청소년이 꼭 읽어야 할

한국 현대 단편 소설 12

청소년이 꼭 읽어야 할
한국 현대 단편 소설 12

처음 찍은날 | 2008년 3월 2일
처음 펴낸날 | 2008년 3월 7일

지은이 | 이청준 외 11인
꾸민이 | 신영재 · 임성옥 · 채대일
펴낸이 | 조 명 숙
펴낸곳 | 도서출판 맑은창
등록번호 | 제16-2083호
등록일자 | 2000년 1월 17일

주소 | 서울 · 금천구 가산동 771 두산 112-502
전화 | (02) 851-9511
팩스 | (02) 852-9511
전자우편 | hannae21@korea.com

ISBN 978-89-86607-64-2 43810

값 9,000원

청소년이 꼭 읽어야 할

한국 현대 단편 소설 12

이청준 외 11인 지음
신영재 · 임성옥 · 채대일 편집

도서출판 맑은창

편집자의 말

학창 시절. 놀기도 바쁜데 부모님도 선생님도 독서를 많이 하란다.

큰 맘 먹고 서점에 가 보니 수많은 책에 놀랄 뿐, 무슨 종류의 책을 어떻게 읽어야 할지 생각이 나지 않는다. 우선 교과서에서 본 작품은 만만해 보이고…… 수능에 출제된 작품은 어렵게만 느껴지고…….

도대체 어떤 작품을 읽어야 하는지 도무지 판단할 수가 없다.

근대화 110년. 벌써 한국 현대문학도 100여 년이 지났다. 1년에 한 작품만 읽어도 100편이 넘는 방대한 분량이 현대소설이다. 다다익선多多益善, 많이 읽을수록 좋다지만 우리의 현실은 녹록치 않다. 그렇다고 줄거리 요약만 탐독하는 어리석음은 없어야 한다. 독서는 단순히 시험을 보기 위한 수단이 아니다. 글을 읽고, 학문을 함에 있어, 독서는 자신의 생각을 체계적으로 정리하고 논리력을 기르는 학습이다. 지루하고 귀찮더라도 전문全文을 차분하게 읽으면서 자신의 사고를 창의적으로 정리할 수 있는 능력을 기르는 게 독서다. 그만큼 독서는 체계적으로 논리력과 창의력을 기를 수 있는 생각의 과정이기에 차분한 필독이 무엇보다 우선되어야 한다.

학창 시절은 언제나 바쁘다. 하는 일이 없어도 시간이 없는 게 학생이다. 그러나 큰 맘 먹고 독서를 하려고 계획을 세웠다면 망설이지 말고 행동하기 바란다. 짧은 시간에 많이만 읽으려고 하지 말고, 한 작품을 읽어도 자신의 생각을 정리하면서 읽기를 바란다.

이 책이 학생들의 창의력 향상에 조금이나마 도움이 되었으면 한다.

2008년 봄

일러두기

이 책에 '현대소설'은 총 12편의 작품이 수록되어 있다. 이 책을 엮으면서 가장 중점을 두었던 기준은 크게 셋이다.

첫째, 모두가 공감하는 작품을 수록했다.

한 번 읽고 나면 쉽게 잊혀져 버린 작품이 아닌 독자의 기억에 오래 남는 작품을 대상으로 했다. 직장인과 대학생을 대상으로 한 조사에서 '내게 감동을 준 소설'을 우선 순위에 두었으며, 그 다음 교과서 작품과 국어 관련(문학, 논술) 선생님들의 추천작을 엄선하여 구성했다.

둘째, 문제는 논리력과 창의력을 중시했다.

소설은 줄거리만 읽고서 체계적인 정리를 할 수 없는 장르이다. 또한 일반화되어 있는 객관식 문제는 오히려 독자의 창의력을 저하시킬 우려가 있다. 이 책은 정독을 전제로 주관식 문제를 중시했다. 단답형, 서술형, 논술

형으로 이어지는 체계적인 문항을 풀면서 구술 면접과 논술에 도움을 주고자 했다.

셋째, 요점을 정리한 문제를 출제, 학습 효과를 극대화했다.

문제를 보면 우선 답안지부터 확인하려는 암기 위주의 학습은 사고력 향상에 도움이 되지 않는다. 이런 현상은 오히려 조급함만 팽배해 생각하는 자체를 싫어하는 결과를 가져온다. 답이 틀리더라도 좋다. 우선 충분히 자기 생각부터 정리하는 습관을 가져야 한다. 답안지부터 확인하려는 성급한 학생들을 위해 해답은 문제와 분리하였다. 무엇보다 문제를 풀 때 해답을 보지 말고 자신의 생각부터 쓰기 바란다. 절대 해답을 맹신하지 말라. 어쩌면 해답이 틀리고 자신의 생각이 정답일 수도 있다.

연대별 문학 배경

1910년대부터 광복까지

일제 시대 소설문학은 1910년대부터 1920년대까지를 전기 1930년대 이후 해방까지를 후기로 나누어 살펴볼 수 있다.

전기 문학은 개화기 시대의 계몽적 성향에서 벗어나기는 했지만 3 · 1운동 실패라는 암울한 시대 현실을 그리고 있다. 많은 동인지 발간은 문학 발전에 토대가 되었다. 또한 신경향파 소설의 등장은 궁핍한 노동자, 민중의 삶을 현실적으로 보여주었다. 후기 문학은 일제의 탄압에 의해 카프문학이 해체되고 순수문학이나 역사소설, 풍자소설이 많이 나타나게 되었다.

현진건 – 운수 좋은 날　　김유정 – 봄봄　　이 상 – 날개
이효석 – 메밀꽃 필 무렵　　황순원 – 별

해방 직후부터 1950년대 소설

이 시기는 식민지 삶을 극복하고 새로운 민족 문화 건설을 위한 노력이 활발했던 격동의 시기이다. 해방 후 혼란한 시대 상황을 사실적으로 그린 작품들이 창작되었다. 또한 현실 속에서 변해 가는 인간의 모습, 분단 문제 등을 형상화한 작품들이 발표되었다.

우리 민족의 최대 비극인 한국전쟁은 우리 민족을 한 민족 두 나라라는 분단국가로 만들어 놓았다. 이 시기의 소설들은 전쟁의 부조리한 현실을 폭로

하면서 우리 민족 공동체 의식의 회복을 통해 반전 의식을 고취하는 작품들이 많이 창작되었다.

이범선 – 오발탄　　　　　전광용 – 꺼삐딴 리

1960년대 이후의 문학

문학은 현실을 떠나 존재할 수 없다는 것을 보여주는 시기이다. 자유당의 부정 부패에 맞선 4·19정신은 1960년대 이후 문학의 정신적 밑바탕이 되었다.

전쟁의 아픔과 빈곤의 현실, 그리고 근대화라는 과정들이 이 시기에 창작된 주된 소재가 되었다.

이후에는 산업화에 바탕을 둔 현실 고발적인 요소의 작품들이 많이 나타난다. 또한 빈부의 격차 등에 나타난 사회 모순이 소설을 통해 폭넓게 보여진다.

김승옥 – 서울, 1964년 겨울　　　조세희 – 뫼비우스의 띠

이청준 – 눈길　　황석영 – 삼포 가는 길　　박완서 – 그 여자네 집

차례

01 이청준

눈 길

이청준(李淸俊, 1939~) ●● 전남 장흥에서 태어났다. 1956년〈사상계〉에 〈퇴원〉이 당선되어 등단하였다. 그의 작품은 추리 소설적 기법과 액자 소설을 즐겨 쓰며, 이 형식적 특성을 통해 주제를 심화해 가는 독특한 견지를 열었다. 즉 이야기가 중첩되면서 서사적 사건과 바깥의 이야기, 또는 작가의 갊이 융해되면서 주제 의식을 강화해 간다. 그는 작품 속에서 장인(匠人)의 세계를 매우 개성적으로 포착하면서 지난 일을 오늘의 삶으로 조명해 보는 진지함에 침잠케 하는 마력을 발휘하는 특성을 지닌다.
주요 작품에 〈임부〉 〈별을 보여 드립니다〉 〈소문의 벽〉 〈조율사〉 〈매잡이〉 〈잔인한 도시〉 〈서편제〉 〈자서전을 쓰십시다〉 〈선학동 나그네〉 〈비화 밀교〉 〈키 작은 자유인〉 《당신들의 천국》 《낮은 데로 임하소서》 《아리아리 강강》 《자유의 문》 《이제 우리들의 잔을》 등이 있다.

01 이청준

눈길

1.

"내일 아침 올라가야겠어요."

점심상을 물려나 앉으면서 나는 마침내 입 속에서 별러 오던 소리를 내뱉어 버렸다.

노인과 아내가 동시에 밥숟가락을 멈추며 나의 얼굴을 멀거니 건너다본다.

"내일 아침 올라가다니. 이참에도 또 그렇게 쉽게?"

노인은 결국 숟가락을 상 위로 내려놓으며 믿기지 않는다는 듯 되묻고 있었다.

나는 이제 내친걸음이었다. 어차피 일이 그렇게 될 바엔 말이 나온 김에 매듭을 분명히 지어 두지 않으면 안 되었다.

"예, 내일 아침에 올라가겠어요. 방학을 얻어 온 학생 팔자도 아닌데, 남들 일할 때 저라고 이렇게 한가할 수가 있나요. 급하게 맡아 놓은 일도 한두 가지가 아니고요."

"그래도 한 며칠 쉬어 가지 않고… 난 해필 이런 더운 때를 골라 왔길래 이참에는 며칠 좀 쉬어 갈 줄 알았더니……."

"제가 무슨 더운 때 추운 때를 가려 살 여유나 있습니까."

"그래도 그 먼 길을 이렇게 단걸음에 되돌아가기야 하겄냐. 넌 항상 한동자로만 왔다가 선걸음에 새벽길을 나서곤 하더라마는…… 이번에는 너 혼자도 아니고…… 하룻밤이나 차분히 좀 쉬어 가도록 하거라."

"오늘 하루는 쉬었지 않아요. 하루를 쉬어도 제 일은 사흘을 버리는 걸요. 찻길이 훨씬 나아졌다곤 하지만 여기선 아직도 서울이 천리 길이라 오는 데 하루 가는 데 하루……."

"급한 일은 우선 좀 마무리를 지어 놓고 오지 않구선……."

노인 대신 이번에는 아내 쪽에서 나를 원망스럽게 건너다보았다.

그건 물론 나의 주변머리를 탓하고 있는 게 아니었다. 내게 그처럼 급한 일이 없다는 걸 그녀는 알고 있었다.

서울을 떠나올 때 급한 일들은 미리 다 처리해 둔 것을 그녀에게는 내가 말을 해 줬으니까. 그리고 이번에는 좀 홀가분한 기분으로 여름 여행을 겸해 며칠 동안이라도 노인을 찾아보자고 내 편에서 먼저 제의를 했었으니까. 그녀는 나의 참을성 없는 심경의 변화를 나무라고 있는 것이었다.

그리고 그 매정스런 결단을 원망하고 있는 것이었다. 까닭 없는 연민과 애원기 같은 것이 서려 있는 그녀의 눈길이 그것을 더욱 분명히 하고 있었다.

"그래, 일이 그리 바쁘다면 가 봐야 하기는 하겠구나. 바쁜 일을 받아 놓고 온 사람을 붙잡는다고 들을 일이겄냐."

한동안 입을 다물고 앉아 있던 노인이 마침내 체념을 한 듯 다시 입을 열었다.

"항상 그렇게 바쁜 사람인 줄은 안다마는, 에미라고 이렇게 먼길을 찾아와도 편한 잠자리 하나 못 마련해 주는 내 맘이 아쉬워 그랬던 것 같구나."

말을 끝내고 무연스런 표정으로 장죽 끝에 풍년초를 꾹꾹 눌러 담기 시작한다.

너무도 간단한 체념이었다.

담배통에 풍년초를 눌러 담고 있는 그 노인의 얼굴에는 아내에게서와 같은 어떤 원망기 같은 것도 찾아볼 수 없었다. 당신 곁을 조급히 떠나고 싶어하는 그 매정스런 아들에 대한 아쉬움 같은 것도 엿볼 수가 없었다.

성냥불도 붙이려 하지 않고 언제까지나 그 풍년초 담배만 꾹꾹 눌러 채우고 앉아 있는 눈길은 차라리 무표정에 가까운 것이었다.

나는 그 너무도 간단한 노인의 체념에 오히려 불쑥 짜증이 치솟았다.

나는 마침내 자리를 일어섰다. 그리고는 그 노인의 무표정에 밀려나기라도 하듯 방문을 나왔다.

장지문 밖 마당가에 작은 치자나무 한 그루가 한낮의 땡볕을 견디고 서 있었다.

2.

지열이 후끈거리는 뒤곁 콩밭 한가운데에 오리나무 무성한 묘지가 하나 있었다. 그 오리나무 그늘에 숨어 앉아 콩밭 아래로 내려다보니 집이라고 생긴 게 꼭 습지에 돋아 오른 여름 버섯 형상을 닮아 있었다.

나는 금세 어디서 묵은 빚 문서라도 불쑥 불거져 나올 것 같은 조마조마한 기분이었다.

애초의 허물은 그 빌어먹을 비좁고 음습한 단칸 오두막 때문이었다. 묵은 빚이 불거져 나올 것 같은 불편스런 기분이 들게 해 오는 것도 그랬고, 처음 예정을 뒤바꿔 하루만에 다시 길을 되돌아 갈 작정을 내리게 한 것 역시 그러했다. 하지만 내게 빚은 없었다. 노인에 대해선 처음부터 빚이 있을 수 없는 떳떳한 처지였다.

노인도 물론 그 점에 대해선 나를 완전히 신용하고 있었다.

"내 나이 일흔이 다 됐는디, 이제 또 남은 세상이 있으면 얼마나 길라더냐."

이가 완전히 삭아 없어져서 음식 섭생[1]이 몹시 불편스러워진 노인을 보고 언젠가 내가 지나가는 말처럼 권해 본 일이 있었다. 싸구려 가치[2]라도 해 끼우는 게 어떻겠느냐는 나의 말 선심에 애초부터 그래 줄 가망이 없어 보여 그랬던지 노인은 단자리에서 사양을 해 버리는 것이었다.

"이럭저럭 지내다 이대로 가면 그만일 육신, 이제 와 늘그막에 웬 딴 세상을 보겄다고……."

한번은 또 치질기가 몹시 심해져서 배변이 무척 힘들어하시는 걸 보고 수술 같은 걸 권해 본 일도 있었다.

노인은 그 때도 역시 비슷한 대답이었다.

"나이를 먹어도 아녀자는 아녀자다. 어떻게 남의 눈에 궂은 데를 보이겄더냐. 그냥저냥 참다 갈란다."

남은 세상이 얼마 길지 못하리라는 체념 때문에도 그랬겠지만, 그보다 노인은 아무것도 아들에겐 주장하거나 돌려 받을 것이 없는 당신의 처지를 감득[3]하고 있는 탓에도 그리 된 것이었다.

고등학교 1학년 때 형의 주벽으로 가계가 파산을 겪은 뒤부터, 그리고 마침내 그 형이 세 조카아이와 그 아이들의 홀어머니까지를 포함한 모든 장남의 책임을 내게 떠맡기고 세상을 떠난 뒤부터 일은 줄곧 그렇게만 되어 온 셈이었다.

고등학교와 대학교와 군영 3년을 치러 내는 동안 노인은 내게 아무것도 낳아 기르는 사람의 몫을 못 했고, 나는 또 나대로 그 고등학교와 대학과 군영의 의무를 치르고 나와서도 자식놈의 도리는 엄두를 못 냈다. 노인이 내게 베푼 바가 없어서가 아니라 그럴 처지가 못 되었기 때문이다. 나는 나대로 형이 내게 떠맡기고 간 장남의 책임을 감당하기를 사양치 않을 수가 없었기 때문이었다.

노인과 나는 결국 그런 식으로 서로 주고받을 것이 없는 처지였다. 노인은 누구보다 그것을 잘 알고 있었다. 그렇기 때문에 내게 대해선 소망도 원망도 있을

1) 건강의 유지에 힘씀　2) 틀니　3) 느껴서 알고 있음

수 없었다.

그런 노인이었다. 한데 이번에는 웬일인지 노인의 눈치가 이상했다. 글쎄 그 가치나 수술마저 한사코 사양을 해 온 노인이, 나이 여든에서 겨우 두 해가 모자란 늘그막에 와서야 새삼스레 다시 딴 세상 희망이 생긴 것일까.

노인은 아무래도 엉뚱한 꿈을 꾸고 있는 것 같았다. 그것은 너무나 엄청난 꿈이었다.

지붕 개량 사업이 애초의 허물이었다.

"집집마다 모두 도단 아니면 기와들을 얹는단다."

노인은 처음 남의 말을 하듯이 집 이야기를 꺼냈었다. 어제 저녁 때 노인과 셋이서 잠자리를 들기 전이었다. 밤이 이슥해서 형수는 뒤늦게 조카들을 데리고 이웃집으로 잠자리를 얻어 나가 버리고, 우리는 노인과 셋이서 그 비좁은 오두막 단칸방에다 잠자리를 함께 폈다.

어기영차! 어기영…… 그때 어디선가 밤일을 하는 남정들의 합창 소리가 왁자하게 부풀어올랐다. 귀를 기울이고 듣고 있다가 무슨 소리냐니까 노인이 문득 생각난 듯이 귀띔을 해 왔다.

"동네가 너도나도 집들을 고쳐 짓느라 밤잠을 안 자고 저 야단들이구나."

농어촌 지붕 개량 사업이라는 것이었다. 통일벼가 보급된 후로는 집집마다 그 초가 지붕 개초[4]가 어렵게 되었단다. 초봄부터 시작된 지붕 개량 사업은 그래저래 제격이었다. 지붕을 개량하면 정부 보조금 5만원을 얻는다는 것이었다. 모심기가 시작되기 전 봄철 한때 하고 모심기가 끝난 초여름께부터 지금까지 마을 집들 거의가 일을 끝냈단다.

나는 처음 그런 노인의 이야기를 들었을 때 무턱대고 가슴부터 덜렁 내려앉고 있었다. 노인에 대한 빚 생각이 처음으로 머리 속에 떠오른 순간이었다. 이 노인이 쓸데없는 소망을 지니면 어쩌나. 하지만 나는 곧 마음을 가라앉혔다. 무엇보

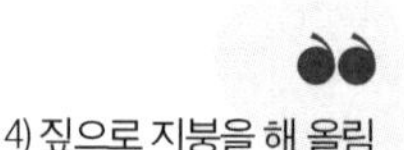

4) 짚으로 지붕을 해 올림

다도 나는 노인에 대해서 빚이란 게 없었다. 노인이 그걸 잊었을 리 없었다. 그리고 그런 아들에게 섣부른 주문을 내색할 리 없었다. 전부터도 그 점만은 안심을 할 만한 노인의 성깔이었다. 한데다가 그 노인이 설령 어떤 어울리잖을 소망을 지닌다 해도 이번에는 그 집 꼴이 문제 밖이었다. 도대체가 기와고 도단이고 지붕을 가꿀 만한 집 꼴이 못 되었다. 그래저래 노인도 소망을 지녀 볼 엄두를 못 낸 모양이었다. 이야기하는 말투가 영락없이 남의 일이었다.

하지만 사실은 그게 오해였다. 노인의 속마음은 그게 아니었다.

"관에서 하는 일이라면 이 집에도 몇 번 이야기가 있었겠군요?"

사태를 너무 낙관한 나머지 위로 겸해 한마디 실없는 소리를 내 놓은 것이 나의 실수였다.

노인은 다시 자리를 일어나 앉았다. 그리고 머리맡에 놓아 둔 장죽 끝에다 풍년초 한 줌을 쏘아 박기 시작했다.

"왜 우리 집이라 말썽이 없었더라냐."

노인은 여전히 남의 말을 옮기듯 덤덤히 말했다.

"이장이 쫓아와 뜸을 들이고, 면에서 나와서 으름장을 놓고 가고…… 그런 일이 한두 번뿐이었으면야…… 나중엔 숫제 자기들 쪽에서 사정 조로 나오더라."

"그래 어머닌 뭐라고 우겼어요?"

나는 아직도 노인의 진심을 모르고 있었다.

"우길 것도 뭣도 없는 일 아니겄냐. 지놈들도 눈깔이 제대로 박힌 인간들인 것인디… 사정을 해 오면 나도 똑같이 사정을 했더니라. 늙은이도 사람인디 나라고 어디 좋은 집 살고 싶은 맘이 없겄소. 맘으로야 천 번 만 번 우리도 남들같이 기와도 입히고 기둥도 갈아내고 하고는 싶지만 이 집 꼴을 좀 들여다보시오들, 이 오막살이 흙집 꼴에다 어디 기와를 얹고 말 것이 있겄소……."

"그랬더니요?"

"그랬더니 몇 번 더 발길을 스쳐 가더니 그 담엔 흐지부지 말이 없더라. 지놈들도 이 집 꼴을 보면 사정을 모를 청맹과니[5]들이라더냐?"

노인은 그 거칠고 굵은 엄지손가락 끝으로 뜨거운 장죽 끝을 눌러 대고 있었다.

"그 친구들 아마 이 동네를 백 퍼센트 지붕 개량으로 모범 마을을 만들고 싶어 그랬던 모양이군요."

나는 왠지 기분이 씁쓸하여 그런 식으로 그만 이야기를 얼버무려 넘기려고 하였다.

그런데 그게 오히려 결정적인 실수였다.

"하기사 그 사람들도 그런 소리들을 하더라. 오늘 밤일을 하고 있는 저 집을 끝내고 나면 이제 이 동네에서 지붕 개량을 안 한 집은 우리하고 저 아랫동네 순심이네 두 집밖엔 안 남는다니까 말이다."

"그래도 동네 듣기 좋은 모범 마을 만들자고 이런 집에까지 꼭 기와를 얹으라 하겠어요."

"그래 말이다. 차라리 지붕에 기와나 도단만 얹으랬으면 우리도 두 눈 딱 감고 한번 저질러 보고 싶기도 하더라마는, 이런 집은 아예 터부터 성주[6]를 다시 할 집이라 그렇제……."

모범 마을이 꼬투리가 되어서 이야기가 다시 엉뚱한 곳으로 번지고 있었다. 나는 비로소 다시 가슴이 섬짓해 왔다. 하지만 이미 때가 너무 늦고 말았다.

"하기사 말이 쉬운 지붕 개량이제 알속은 실상 새 성주를 하는 집도 여러 집 된단다."

한번 이야기를 꺼낸 노인이 거기서부터는 새삼 마을 사정을 소상하게 털어놓기 시작했다.

그 지붕 개량 사업이라는 것은 알고 보니 사실 융통성이 꽤나 많은 일이었다. 원칙은 그저 초가 지붕을 벗기고 기와나 도단을 얹은 것이었지만, 기와의 하중을 견뎌 내기 위해선 기둥을 몇 개쯤 성한 것으로 갈아 넣어야 할 집들이 허다했다. 그걸 구실로 대부분의 사람들은 성주를 새로 하듯 집들을 터부터 고쳐 지어

5) 겉보기엔 멀쩡하지만 앞을 못보는 눈 / 그런 사람 6) 기둥을 세움

버렸다. 노인에게도 물론 그런 권유가 여러 번 들어왔다. 기둥이 허술해서 기와를 못 얹는다는 건 구실일 뿐이었다. 허술한 기둥을 구실로 끝끝내 기와 얹기를 미뤄 온 집이 세 가구가 있었는데 이 날 밤에 또 한 집이 새 성주를 위해서 밤일을 벌이고 있다는 것이었다. 노인이 기와 얹기를 단념한 것은 집 기둥이 너무 허약해서가 아니었다. 노인은 새 성주가 겁이 나 일을 단념할 수밖에 없었던 것이다. 허술한 기둥만 믿을 수가 없었다.

일은 아직도 낙관할 수 없었다. 나는 불시에 다시 그 노인에 대한 나의 빚만을 생각하고 있었다.

노인도 거기서 한동안은 그저 꺼져 가는 장죽불에만 신경을 쏟고 있었다. 하더니 이윽고는 더 이상 소망을 숨기기가 어려운 듯 가는 한숨을 삼키는 것이었다. 그러고는 그 한숨 끝에다 무심결인 듯 덧붙이고 있었다.

"이참에 웬만하면 우리도 여기다 방 한 칸쯤이나 더 늘여 내고 지붕도 도단으로 얹어 버리면 싶긴 하더라만……."

마침내 노인이 당신의 소망을 내비친 것이었다.

"오늘 당할지 내일 당할지 모를 일이기는 하다만, 날짐승만도 못한 목숨이 이리 모질기만 하다 보니 별의별 생각이 다 드는구나. 저런 옷궤 하나도 간수할 곳이 없어 이리 밀치고 저리 밀치다 보면 어떤 땐 그저 일을 저질러 버리고 싶은 생각이 꿀떡 같아지기도 하고…."

노인은 결국 그런 식으로 당신의 소망을 분명히 해 버리고 만 셈이었다. 지금은 아니더라도 적어도 그런 소망을 지녔던 것만은 분명히 한 것이다.

나는 이제 할 말이 없었다. 눈을 감은 채 듣고만 있었다. 노인에 대해선 빚이 없음을 골백번 속으로 다짐하고 있었다.

"이번에는 면에서도 그냥 흐지부지 지나가 주더라만 내년엔 또 이번처럼 어떻게 잠잠해 주기나 할는지. 하기사 면 사람들 무서워 집을 고친다고 할 수도 없는 노릇이제, 늙은이 냄새가 싫어 그런지 그래도 한데서 등짝 붙이고 누울 만한 방 놔두고 밤마다 남의 집으로 잠자릴 얻어 다니는 저것들 에미 꼴도 모른 체하지는 못할 일이니라."

내가 아예 대꾸를 않으니까 노인은 이제 혼잣말 비슷이 푸념을 계속했다. 듣다 보니 그 노인의 머리 속엔 이미 꽤 구체적인 계획표까지 마련되어 있었던 것 같았다.

"나라에서 보조금을 5만원이나 내 주겄다. 일을 일단 저지르고 들었더라면 큰 돈이야 얼마나 더 들 일이 있었을라더냐……. 남정네가 없어 남들처럼 일손을 구하기가 쉽진 못했겄지만 네 형수가 여름 한철만 밭을 매 주기로 했으면 건넛집 용석이 아배라도 그냥 모른 체하지는 않았을 것이다……."

흙일을 돌볼 사람은 그 용석이 아버지에게 부탁을 하고 기둥을 갈아 낼 나무가대는 이장네 산에서 헐값으로 몇 개를 부탁해 볼 수가 있었다는 것이다.

노인의 장죽 끝에는 이제 불기가 꺼져 식어 있었다.

노인은 연신 그 불이 꺼진 장죽을 빨아 대면서, 한사코 그 보조금 5만원과 이웃의 도움이 아까워서라도 일을 단념하기가 아쉬웠다는 투였다.

하지만 노인은 그러면서도 끝끝내 내게 대한 주상이나 원망의 빛을 보이진 않았다. 이야기의 형식은 어디까지나 과거의 일로서 그런 생각을 해봤을 뿐이고, 그럴 뻔했다는 말일 뿐이었다. 그리고 그런 식으로 나에 대해선 어떤 형식으로도 직접적인 부담감을 느끼게 하지 않으려는 식이었다. 말하는 목소리도 끝끝내 그 체념 기가 짙은 특유의 침착성을 잃지 않은 채였다.

"하지만 다 소용없는 일이다. 세상일이 그렇게만 같이만 된다면야 나이 먹고 늙은 걸 설워 안 할 사람이 있을라더냐. 나이를 먹으면 애기가 된다더니 이게 다 나이 먹고 늙어 가는 노망기 한 가지제."

종당에는 그 당신의 은밀스런 소망조차도 당신 자신의 실없는 노망기 탓으로 돌리고 있었다.

하지만 나는 이제 노인의 내심을 못 알아 볼 리 없었다. 한마디 말참견도 없이 눈을 감고 잠이 든 체 잠잠히 누워만 있던 아내까지도 그것을 분명히 눈치채고 있었다.

"당신, 어젯밤 어머니 말씀에 그렇게밖에 응대해 드릴 방법이 없었어요?"

오늘 아침 아내는 마당가로 세숫물을 떠 들고 나왔다가 낮은 소리로 추궁을 해 왔다. 그때 나는 아내에게 그저 쓸데없는 참견 말라는 듯 눈매를 잔뜩 꺾아 떠 보였었다. 아내는 그러는 나를 차라리 경멸 조로 나무랐다.

"당신은 참 엉뚱한 데서 독해요. 늙은 노인네가 가엾지도 않으세요. 말씀이라도 좀더 따뜻하게 위로를 드릴 수 있었을 텐데 말예요."

아내도 분명 노인의 말뜻을 알아듣고 있었다. 그리고 나보다도 노인의 일을 걱정하고 있었다. 노인에 대한 나의 속마음도 속속들이 모두 읽고 있는 게 당연했다. 내일 아침으로 서둘러 서울로 되돌아가겠노라는 나의 결정에 아내가 은근히 분개하고 나선 것도 그런 사연을 모두 알고 있었기 때문이었다. 한다고 그년들 무슨 뾰족한 수가 있을 수가 있는가.

어쨌든 노인이 이제라도 그 집을 새로 짓고 싶어하고 있는 건 분명했다. 아무래도 알 수가 없는 일이었다. 아닌 게 아니라 나이를 먹으면 노인들은 모두 어린애가 되어 가는 것일까. 노인은 정말로 내게 빚이 없다는 사실을 잊어버리고 만 것일까. 노인의 말처럼 그건 일테면 노망기가 분명했다. 그런 염치도 못 가릴 정도로 노인은 그렇게 늙어 버린 것이었다. 하지만 나는 굳이 노인의 그런 노망기를 원망할 필요도 없었다. 문제는 서로간의 빚의 문제였다. 노인에 대해 빚이 없다는 사실만이 내게는 중요했다. 염치가 없어져서건 노망을 해서건 노인에 대해 내가 갚아야 할 빚만 없으면 그만인 것이다.

– 빚이 있을 리 없지. 절대로! 글쎄 노인도 그걸 알고 있으니까 정면으로는 말을 꺼내지 못하질 않던가 말이다.

어디선가 계속 무덥고 게으른 매미 울음소리가 들려왔다.

나는 비로소 자신을 굳힌 듯 오리나무 그늘에서 몸을 힘차게 일으켜 세웠다. 콩밭 아래로 흘러 뻗은 마을이 눈앞으로 멀리 펼쳐져 나갔다. 거기 과연 아직 초가 지붕을 이고 있는 건 노인네의 그 버섯 모양의 오두막과 아랫동네의 다른 한 채가 전부였다.

— 빌어먹을! 그 지붕 개량 사업인지 뭔지 하필 이런 때 법석들이지?

아무래도 심기가 편할 수는 없었다. 나는 공연히 그 지붕 개량 사업 쪽에다 애꿎은 저주를 보내고 있었다.

3.

해가 훨씬 기운 다음에야 콩밭을 가로질러 노인의 집 뒤꼍으로 뜰을 들어서려다 보니, 아내는 결국 반갑지 않은 화제를 벌여 놓고 있었다.

"이 나이에 내가 살면 얼마나 더 좋은 세상을 살겠다고 속없이 새 방 들이고 기와 지붕을 덮자겠냐… 집 욕심 때문이 아니라 나 간 뒷일이 안 놓여 그런다…."

뒤꼍에서 안뜰로 발길을 돌아 나서려는데, 장지문을 반쯤 열어 젖힌 안방에서 노인의 말소리가 도란도란 흘러나오고 있었다.

"날씨가 선선한 봄 가을철이나, 하다못해 마당에 채일(차일)이라도 치고들 지내는 여름철만 되더라도 걱정이 덜하겠다마는, 한겨울 추위 속에서나 운 사납게 숨이 딸깍 끊어져 봐라. 단칸방 아랫목에다 내 시신 하나 가득 늘여 놓으면 그 일을 어쩔 것이냐."

이번에도 또 그 집에 관한 이야기였다. 노인을 어떻게 위로한다는 것일까. 아니면 아내는 노인의 소망을 더 이상 어떻게 외면할 수가 없도록 노골화시켜 버리고 싶은 것일까.

답답하게 눈치만 보고 도는 그 나에 대한 아내의 원망은 그토록 뿌리가 깊고 지혜로웠더란 말인가. 노인의 이야기는 아내가 거기까지 유도해 내고 있었던 게 분명했다. 노인은 이제 그 아내 앞에 당신의 집에 대한 소망을 분명한 목소리로 털어놓고 있었다.

그리고 이젠 당신의 소망에 대한 솔직한 사연을 말하고 있었다. 노인의 그 오랜 체념이 습관과 염치를 방패삼아 어물어물 고비를 지나가려던 내 앞에 노인의 소망이 마침내 노골적인 모습을 드러내 온 것이었다. 노인의 소망은 이미 짐작하고 있었지만, 설마하면 그렇게 분명한 대목까지는 만나게 될 줄을 몰랐던 일이었다. 나는 마치 마지막 희망이 무너진 느낌이었다. 하지만 그 노인의 설명에는 나에게는 마침내 분명해진 것이 있었다. 노인이 갑자기 그 집에 대한 엉뚱한 소망을 지니게 된 당신의 내력이었다. 노인은 아직도 당신의 삶을 위해서는 새삼스런 소망을 지니지 않고 있었다. 노인의 소망은 당신의 사후에 내력이 있었다.

"떠돌아들어 살아오긴 했어도, 난 이 동네 사람들한테 못할 일은 한 번도 안 해 보고 살아 온 늙은이다. 궂은 밥 먹고 궂은 옷 입고 궂은 잠자리 속에 말년을 보냈어도 난 이웃이나 이 동네 사람들한테 궂은 소리는 안 듣고 늙어 왔다. 이 소리가 무슨 소린고 하니 나 죽고 나면 그래도 이 동네 사람들, 이 늙은이 주검 위에 흙 한 삽, 뗏장 한 장씩은 덮어 주러 올 거란 말이다. 늙거나 젊거나 그렇게 내 혼백 들여다봐 주러 오는 사람들을 어찌할 것이냐. 사람은 죽어 이웃이 없는 것보다 더 고단한 것도 없는 법인디, 오는 사람 마다할 수 없고 가난하게 간 늙은이가 죽어서라도 날 들여다봐 주러 오는 사람들한테 쓴 소주 한 잔 대접해 보내고 싶은 게 죄가 될 거나. 그래서 그저 혼자서 궁리해 본 일이란다. 숨 끊어지는 날 바로 못 내가 묻으면 주검하고 산 사람들이 방 하나뿐 아니냐. 먼 데서 온 느그들도 그렇고… 그래서 꼭 찬바람이나 막고 궁둥이 붙여 앉을 방 한 칸만 어떻게 늘여 봤으면 했더니라마는…… 그게 어디 맘 같은 일이더냐. 이도 저도 다 늙고 속없는 늙은이 노망일 테이제……."

노인의 소망은 바로 그 당신의 죽음에 대한 대비에서 비롯된 것이었다.

알 만한 노릇이었다. 살림이 망쪼나고 옛 살던 동네를 나와 떠돌기 시작하면서부터 언제나 당신의 죽음에 대한 대비를 게을리해 오지 않던 노인이었다. 동네 뒷산 양지 바른 언덕 아래다 마을 영감 한 분에게 당신의 집터(노인은 당신의 무덤 자리를 늘 그렇게 말했다)를 미리 얻어 놓고 겨울철에도 날씨가 좋으면 그곳을 찾아가 햇볕 바래기를 하다가 내려온다던 노인이었다. 노인은 이제 당신의 죽음에 마지막 준비를 서두르고 있는 것이었다. 나는 더 노인의 이야기를 엿듣고 있을 수가 없었다. 발길을 움직여 소리 없이 자리를 피해 버리고 싶었다.

한데 그때였다. 쓸데없는 일에 공연히 감동을 잘하는 아내가 아무래도 견딜 수가 없어진 모양이었다.

"전에 사시던 집은 터도 넓고 칸 수도 많았다면서요?"

아내가 느닷없이 화제를 바꾸고 나섰다. 별달리 노인을 달랠 말이 없으니까, 지나간 일이나마 그렇게 넓게 살던 옛집의 기억을 상기시켜서라도 노인을 위로하고 싶어진 것이리라. 그것은 노인도 한때 번듯한 집 살림을 해 온 기억을 되돌이키게 해서 기분을 바꿔 드리고 싶어서이기도 했겠지만, 그 외에도 그것은 또 언제나 가난한 살림만을 보고 가게 하는 부끄러운 며느리 앞에 당신의 자존심을 얼마간이나마 되살려 내게 할 가외의 효과도 있을 수 있었다. 어쨌거나 나는 당분간 다시 자리를 피할 필요가 없어지고 있었다.

"옛날 살던 집이야, 크고 넓었제. 다섯 칸 겹집에다 앞뒤 터가 운동장이었더니라…… 하지만 이제 와서 그게 다 무슨 소용이냐. 남의 집 된 지가 20년이 다 된 것을……."

"그래도 어머님은 한때 그런 좋은 집도 살아 보셨으니 추억은 즐거운 편이 아니시겠어요? 이 집이 답답하고 짜증나실 땐 그런 기억이라도 되살려 보세요."

"기억이나 되살려서 어디다 쓰게야. 새록새록 옛날 생각이 되살아나다 보면 그렇지 않아도 심사가 어지러운 것을."

"하긴 그것도 그러실 거예요. 그렇게 넓은 집에 사셨던 생각을 하시면 지금 사시는 형편이 더 짜증스러워지기도 하시겠죠. 뭐니뭐니 해도 지금 형편이 이렇게 비좁은 단칸방 신세가 되고 마셨으니 말씀예요…."

노인과 아내는 잠시 그렇게 위론지 넋두린지 분간이 가지 않는 소리들을 주고받고 있었다. 한동안 그렇게 오가는 이야기를 듣다 보니, 나는 그 아내의 동기가 다시 조금씩 의심스러워지고 있었다. 아내의 말투는 그저 노인을 위로하기 위해서가 아니었다. 노인을 위로해 드리기는커녕 심기만 점점 더 불편스럽게 하고 있었다. 노인에게 옛집을 상기시켜 드리는 것은 당신의 불편스런 심기를 주저앉히기보다 오늘을 더욱더 비참스럽게 느끼게 만들고 있었다. 집을 고쳐 짓고 싶은 그 은밀스런 소망을 자꾸만 밖으로 후벼 대고 있었다. 아내의 목적은 차라리 그쪽에 있었던 것 같았다.

아내에 대한 나의 판단은 과연 크게 빗나가지 않았다.

"방이 이렇게 비좁은데 그럼 어머니, 이 옷장이라도 어디 다른 데로 좀 내놓을 수 없으세요? 이 옷장을 들여놓으니까 좁은 방이 더 비좁지 않아요."

아내는 마침내 내가 가장 거북스럽게 시선을 피해 오던 곳으로 화제를 끌어들이고 있었다.

바로 그 옷궤 이야기였다. 17, 8년 전, 고등학교 일 학년 때였다. 술버릇이 점점 사나워져 가던 형이 전답을 팔고 선산을 팔고, 마침내는 그 아버지 때부터 살아온 집까지 마지막으로 팔아 넘겼다는 소식이 들려왔다. K시에서 겨울 방학을 보내고 있던 나는 도대체 일이 어떻게 되어 가는지 알아보고 싶어 옛 살던 마을을 찾아가 보았다. 집을 팔아 버렸으니 식구들을 만나게 될 기대는 없었지만, 그래도 달리 소식을 알아 볼 곳이 없었기 때문이었다. 어스름을 기다려 살던 집 골목을 들어서니 사정은 역시 K시에서 듣고 온 대로였다. 집은 텅텅 비어진 채였고 식구들은 어디론지 간 곳이 없었다. 나는 다시 골목 앞에 살고 있던 먼 친척간 누님을 찾아갔다. 그런데 그 누님의 말을 들으니, 노인이 뜻밖에 아직 나를 기다리고 있다는 것이었다.

"여기가 어디냐. 네가 누군디 내 집 앞 골목을 이렇게 서성대고 있어야 하더란 말이냐."

한참 뒤에 어디선가 누님의 소식을 듣고 달려온 노인이 문간 앞에서 어정어정 망설이고 있는 나를 보고 다짜고짜 나무랐다. 행여나 싶은 마음으로 노인을 따라 문간을 들어섰으나 집이 팔린 것은 분명해 보였다.

그날 밤 노인은 옛날과 똑같이 저녁을 지어 내왔고, 거기서 하룻밤을 함께 지냈다. 그리고 이튿날 새벽 일찍 K시로 나를 다시 되돌려 보냈다. 나중에야 안 일이지만 노인은 거기서 마지막으로 내게 저녁밥 한 끼를 지어 먹이고 당신과 하룻밤을 재워 보내고 싶어, 새 주인의 양해를 얻어 그렇게 혼자서 나를 기다리고 있었다는 것이었다. 언젠가 내가 다녀갈 때까지는 내게 하룻밤만이라도 옛집의 모습과 옛날의 분위기 속에 자고 가게 해 주고 싶어서였는지 모른다. 하지만 문간을 들어설 때부터 집안 분위기는 이사를 나간 빈집이 분명했었다.

한데도 노인은 그때까지 매일같이 그 빈집을 드나들며 먼지를 털고 걸레질을 해 온 것이었다. 그리고 그때 노인은 아직 집을 지켜 온 흔적으로 안방 한쪽에다 이불 한 채와 옷궤 하나를 예대로 그냥 남겨 두고 있었다.

이튿날 새벽 K시로 다시 길을 나설 때서야 비로소 집이 팔린 사실을 시인해 온 노인의 심정으로는 그날 밤 그 옷궤 한 가지나마 옛집 살림살이의 흔적으로 남겨서 나의 괴로운 잠자리를 위로하고 싶었음이 분명했던 것이다. 그러한 내력이 숨겨져 온 옷궤였다.

떠돌이 살림에 다른 가재 도구가 없어서도 그랬겠지만, 이 20년 가까이를 노인이 한사코 함께 간직해 온 옷궤였다. 그만큼 또 나를 언제나 불편스럽게 만들어 온 물건이었다. 노인에게 빚이 없음을 몇 번씩 스스로 나짐하고 있다가도 그 옷궤만 보면 무슨 액면가 없는 빚 문서를 만난 듯 기분이 새삼 꺼림칙스러워지곤 하던 물건이었다.

이번에도 물론 마찬가지였다. 노인의 방을 들어선 순간에 벌써 기분을 불편스럽게 해 오던 옷궤였다. 그리고 끝내는 이틀 밤을 못 넘기고 길을 다시 되돌아갈 작정을 내리게 한 것도 알고 보면 바로 그 옷궤의 허물이 컸을지 모른다.

아내도 물론 그 옷궤에 관한 내력을 내게서 들을 만큼 듣고 있었다. 아내가 옷궤의 내력을 알고 있는 여자라면, 그 옷궤에 관한 나의 기분도 짐작을 못할 그녀가 아니었다. 더욱이 내가 바깥에서 두 사람의 이야기를 엿듣고 있는 걸 알고서 그랬을 수도 있었다.

나는 어느 새 그 콧속을 후비는 못된 버릇이 되살아날 만큼 긴장을 하고 있었다. 생각지도 않았던 곳에서 갑자기 묵은 빚 문서가 튀어나올 것 같은 조마조마한 기분이었다. 노인이 치사하게 그 묵은 빚 문서로 나를 궁지에 몰아 넣으려 덤

빌 수도 있었다.

– 그래 보라지. 누가 뭐래도 내겐 절대로 빚진 게 없으니까. 그래 본들 없는 빚이 생길 리가 있을라구.

나는 거의 기구를 드리듯 눈을 감고 기다렸다.

하지만 다행스러운 것은 아직도 그 무심스러워 보이기 만 한 노인의 대꾸였다.

"옷궤를 내 놓으면 몸에 걸칠 옷가지는 다 어디다 간수하고야? 어디다 따로 내놓을 데가 있는 것도 아니지만, 그걸 어디다 내놓을 데가 생긴다고 해도 그것 말고는 옷가지 나부랑일 간수해 둘 데는 있어얄 것 아니냐."

알고 그러는지 모르고 그러는지 노인은 그리 그 옷궤 쪽에는 신경을 쓰고 있지 않은 것 같았다.

"옷이야 어떻게 못을 박아 걸더라도, 사람이 우선 좀 발이라도 뻗고 누울 자리가 있어야잖아요. 이건 뭐 사람보다도 옷장을 모시는 꼴이지 뭐예요."

아내는 거의 억지를 부리고 있었다.

옷궤에 대한 노인의 집착심을 시험에 보기 위한 수작임이 분명했다.

하지만 노인의 반응은 여전히 의연했다.

"그건 네가 모르는 소리다. 그 옷궤라도 하나 없으면 이 집을 누가 사람 사는 집이라 할 수 있겠냐. 사람 사는 집 흔적으로 해서라도 그건 집안에 지녀야 할 물건이다."

"어머님은 아마 저 옷장에 그럴 만한 사연이 있으신가 보군요. 시집 오실 때 해 오신 건가요?"

노인의 나이가 너무 높다 보니 아내는 때로 그 노인 앞에 손주딸처럼 버릇이 없어지기도 했지만, 이번에는 숫제 장난기 한 가지였다.

"내력은 무슨……."

노인은 이제 그것으로 그만 입을 다물어 버리고 말았다. 옷궤 이야기는 더 이상 들추고 싶지가 않은 모양이었다.

하지만 아내도 이젠 그쯤에서 호락호락 물러설 여자가 아니었다. 노인이 입을 다물어 버리자 아내도 그만 거기서 할 말을 잃은 듯 잠시 침묵을 지키고 있더니 이윽고는 다시 공세를 펴기 시작했다.

"하긴 어쨌거나 어머님 마음이 편하진 못하시겠어요. 뭐니뭐니해도 옛날에 사시던 집을 지켜 오시는 게 최선이었는데 말씀예요. 도대체 그 집은 어떻게 해서 팔리게 되었어요?"

다시 그 집 얘기였다. 그 역시 모르고 묻는 소리가 아니었다. 아내는 그 옷궤의 내력과 함께 집이 팔리게 된 사정에 대해서도 모두 알고 있었다. 하면서도 그녀는 다시 노인에게 그것을 되풀이시키려 하고 있었다. 옷궤를 구실로 그 노인의 소망을 유인해 내려는 그녀 나름의 노력의 연장이었다.

하지만 노인의 태도도 아직은 아내에 못지 않게 끈질긴 데가 있었다.

"집이 어떻게 팔리기는…… 안 팔아도 좋은 집을 장난 삼아서 팔았을라더냐. 내 집 지니고 살 팔자가 못 돼 그리 된 거제……."

알고도 묻는 소릴 노인은 또 노인대로 내력을 얼비무려 넘기려고 하였다.

"그래도 사정은 있었을 게 아녜요? 그 집을 지을 때 돌아가신 아버님이 몹시 고생을 하셨다고 하던데요."

"집이야 참 어렵게 장만한 집이었지야. 남같이 한 번에 지어 올린 집이 아니고 몇 해에 걸쳐서 한 칸씩 두 칸씩 살림 형편 좇아서 늘여 간 집이었더니라. 그렇게 마련한 집이 결국은 내 집이 못 되고… 그런다고 이제 그런 소린 해서 다 뭣을 하겄냐. 어차피 내 집이 못 될 운수라 그리 된 일을 이런 소리 곱씹는다고 팔려 간 집 다시 내 집이 되어 돌아올 것도 아니고."

"하지만 그리 어렵게 장만한 집이라 애석한 생각이 더할 게 아녜요. 지금 형편도 그럴 수밖에 없고요. 어떻게 되어 그리 되고 말았는지 그때 사정이라도 좀 말씀해 보세요."

"그만둬라. 다 소용없는 일이다. 이제는 거럭저럭 세월이 흘러서 기억도 많이 희미해진 일이고……."

한사코 이야기를 피하려는 노인에게 아내는 마침내 마지막 수단을 동원하고 있었다.

"좋아요. 어머님께선 아마 지난 일로 저까지 공연히 속을 상하게 할까 봐 그러시는 모양인데요. 그래도 별로 소용이 없으세요. 저도 사실은 이야기를 대강 다 들어 알고 있단 말씀예요."

"이야기를 들어? 누구한테서?"

노인이 비로소 조금 놀라는 기미였다.

"그야 물론 저 사람한테지요."

노인의 물음에 아내가 대답했다. 눈에는 보이지 않았지만, 밖에서 엿듣고 있는 나를 지목한 말투가 분명했다. 짐작대로 그녀는 벌써부터 내가 밖에서 엿듣고 있는 낌새를 알아차리고 있었음이 분명했다.

"제가 알고 있는 건 그 집을 팔게 된 사정뿐만도 아니에요. 어머님께서 저 사람한테 그 팔려 간 집에서 마지막 밤을 지내게 해 주신 일도 모두 알고 있단 말씀예요. 모른 척하고 있기는 했지만 저 옷장 말씀예요. 그날 밤에도 어머님은 저 헌 옷장 하나를 집안에다 아직 남겨 두고 계셨더라면서요. 아직도 저 사람한테 어머님이 거기서 살고 계신 것처럼 보이시려고 말씀이에요."

아내는 차츰 목소리가 떨려 나오고 있었다.

"그렇담 어머님, 이제 좀 속 시원히 말씀해 보세요. 혼자서 참아 넘기시려고만 하지 마시고 말씀이라도 하셔서 속을 후련히 털어 놔 보시란 말씀이에요. 저흰 어머님 자식들 아닙니까. 자식들한테까지 어머님은 어째서 그렇게 말씀을 참아 넘기시려고만 하세요."

아내의 어조는 이제 거의 울먹임에 가까웠다.

노인도 이젠 어찌할 수가 없는지, 한동안 묵묵히 대꾸가 없었다.

나는 온통 입안의 침이 다 마르고 있었다. 노인의 대꾸가 어떻게 나올지 숨도 못 쉰 채 당신의 다음 말만 기다리고 있었다.

하지만 그 아내나 나의 조바심하고는 아랑곳도 없이 노인은 끝내 내 심기를 흐트리지 않았다.

"그래 그 아그(아이)도 어떻게 아직 그날 밤 일을 잊지 않고 있더냐?"

"그래요. 그리고 그날 밤 어머님은 저 사람이 집을 못 들어가고 서성대고 있으니까 아직도 그 집이 안 팔린 것처럼 저 사람을 안으로 데려다가 저녁까지 한 끼 지어 먹이셨다면서요?"

"그럼 됐구나. 그렇게 죄다 알고 있는 일을 뭐하러 한사코 나한테 되뇌게 하려느냐."

"저 사람은 벌써 잊어 가고 있거든요. 저 사람한테선 진짜 얘기를 들을 수도 없고요. 사람이 독해서 저 사람은 그런 일 일부러 잊어요. 그래 이번엔 어머님한테서 진짜 이야길 듣고 싶은 거예요. 저 사람 얘기 말고 어머님의 그날 밤 진짜 심경을 말씀이에요."

"심정이나마나 저하고 별다른 대목이 있었을라더냐. 사세 부득해서 팔았다곤 하지만 아직은 그래도 내 발길이 끊이지 않은 집인데, 그 집을 놔 두고 그 아그가 그래 발길을 주춤주춤 어정대고 서 있더구나……."

아내의 성화를 견디다 못해 노인은 결국, 마지못한 어조로 그날 밤 일을 돌이키고 있었다. 어조에는 아직도 그날 밤의 심사가 조금도 실려 있지 않은 채였다.

"그래 저를 나무래서 냉큼 집안으로 데리고 들어갔더니라. 그리고 더운 밥 지어 먹여서 그 집에서 하룻밤을 재워 가지고 동도 트기 전에 길을 되돌려 떠나 보냈더니라."

"그래 그때 어머님 마음이 어떠셨어요?"

"마음이 어떻기는야. 팔린 집이나마 거기서 하룻밤 저 아그를 재워 보내고 싶어 싫은 곪고 드나들며 마당도 쓸고 걸레질도 훔치며 기다려 온 에미였는디, 더운 밥 해 먹이고 하룻밤을 재우고 나니 그만만 해도 한 소원은 우선 풀린 것 같더구나."

"그래 어머님은 흡족한 기분으로 아들을 떠나 보내셨다는 그런 말씀이시겠군요. 하지만 정말로 그게 그렇게 될 수가 있었을까요? 어머님은 정말로 그러게 흡족한 마음으로 아들을 떠나 보내실 수 있으셨을까 말씀이에요. 아들은 다시 학교로 돌아가는 길이었다 하더라도 어머님 자신은 그때 변변한 거처 하나 마련해 두시질 못하셨을 처지에 말씀이에요."

"나더러 또 무슨 이야길 더 하라는 것이냐."

"그때 아들을 떠나 보내실 때 어머님 심경을 듣고 싶어요. 객지 공부 가는 어린 아들을 그런 식으로 떠나 보내시면서 어머님 자신도 거처가 없이 떠도셔야 했던 그때 처지에서 어머님이 겪으신 심경을 말씀예요."

"그만두거라. 다 쓸데없는 노릇이니라. 이야기를 한들 그때 마음이야 네가 어찌 다 알아들을 수가 있겠냐."

노인은 다시 이야기를 사양했다.

그러나 그 체념 기가 완연한 노인의 어조에는 아직도 혼자 당신의 맘속으로만 지녀 온 어떤 이야기가 남아 있을 것 같았다.

나는 이제 더 이상 기다리고 있을 수가 없었다. 아내는 그런 나의 기미를 눈치채고 있었다 하더라도 노인만은 아직 그걸 알지 못하고 있었다. 노인의 말을 그쯤에서 그만 중단시켜야 했다. 아내가 어떻게 나온다 하더라도 내게까지 그것을 알게 하고 싶지는 않을 노인이었다. 내 앞에선 더 이상 노인의 이야기가 계속될 수가 없었다.

나는 이윽고 헛기침을 한 번 하고서 그 노인의 눈길이 닿고 있는 장지문 앞으로 모습을 불쑥 드러내고 나섰다.

4.

위험한 고비는 그럭저럭 모두 지나가고 있었다.

저녁상을 들일 때 노인은 언제나처럼 막걸리 한 되를 가져오게 하였다. 형의 술버릇 때문에 집안 꼴이 그 지경이 되었는데도 노인은 웬일로 내게 술 걱정을 그리 하지 않았다. 집에만 가면 당신이 손수 막걸리 한 되씩을 미리 마련해다 주곤 하였다.

– 한잔 마시고 잠이나 자거라.

그러면서 언제나 잠을 자기를 권하는 것이었다.

이 날 저녁도 마찬가지였다.

"그래, 정 내일 아침으로 길을 나설라냐?"

저녁상이 들어왔을 때 노인은 그렇게 조심스런 목소리로 나의 내심을 한 번 더 떠왔을 뿐이었다.

"가야 할 일이 있으니까 가겠다는 거 아니겠어요."

나는 노인에게 공연히 짜증 기가 치민 목소리로 퉁명스럽게 대꾸했다.

노인은 그것으로 그만이었다.

"그래 알았다. 저녁하고 술이나 한잔하고 일찍 쉬거라."

아침부터 먼 길을 나서려면 잠이라도 일찍 자 두라는 것이었다. 나는 말없이 노인을 따랐다. 저녁 겸해서 술 한 되를 비우고 그리고 술기를 못 견디는 사람처럼 일찌감치 잠자리를 펴고 누었다.

형수님이 조카들을 데리고 잠자리를 찾아 나가서 이날 밤도 우리는 세 사람 합숙이었다.

어쨌거나 이제 위태로운 고비는 그럭저럭 거의 다 넘겨 가는 셈이었다. 눈을 붙였다. 깨고 나면 그것으로 모든 건 끝나는 것이었다. 지붕이고 옷궤고 더 이상 신경을 쓸 일이 없어진다. 노인에게 숨겨진 빚 문서가 있을까. 하지만 이날 밤만 무사히 넘기고 나면 노인의 어떤 빚 문서도 그것으로 영영 휴지가 되는 것이다.

– 잠이나 자자. 빚이고 뭐고 잠들면 그만이다. 노인에게 빚은 내가 무슨 빚이 있단 말인가…….

나는 제법 홀가분한 기분으로 눈을 감고 잠을 청했다. 술기 탓인지 알알한 잠기운이 이내 눈꺼풀을 덮어 왔다.

그렇게 얼마쯤 아늑한 졸음기 속을 헤매고 난 때였을까. 나는 웬일인지 문득 잠기가 서서히 엷어져 가고 있었다. 그리고 아직도 그 어렴풋한 선잠기 속에 도란도란 조심스런 노인의 말소리가 들려오고 있었다.

"그날 밤사 말고 갑자기 웬 눈이 그리도 많이 내렸던지 잠을 잤으면 얼마나 잤겠느냐마는 그래도 잠시 눈을 붙였다가 새벽녘에 일어나 보니 바깥이 온통 환한 눈 천지로구나… 눈이 왔더라도 어쩔 수가 있더냐. 서둘러 밥 한술씩을 끓여다가 속을 덥히고 그 눈길을 서둘러 나섰더니라……."

나는 다시 정신이 번쩍 들고 말았다. 어찌된 일인지 노인이 마침내 그날 밤 이야기를 아내에게 가닥가닥 털어놓고 있는 중이었다.

"처지가 떳떳했으면 날이라도 좀 밝은 다음에 길을 나설 수 있었으련만, 그땐 어찌 그리 처지가 부끄럽고 저주스럽기만 했던지… 그래 할 수 없이 새벽 눈길을 둘이서 나섰지만, 사오 리나 되는 장처 차부까지 산길이 멀기는 또 얼마나 멀더라냐."

기억을 차근차근 더듬어 나가고 있는 노인의 몽롱한 목소리는 마치 어린 손주 아이에게 옛얘기라도 들려주고 있는 할머니의 그것처럼 아늑한 느낌마저 깃들고 있었다.

아내가 결국엔 노인을 거기까지 유도해 냈음이 분명했다.

– 이야기를 한들 네가 어찌 다 알아들을 수가 있겄냐…….

낮결에 노인이 말꼬리를 한 가닥 깔고 넘은 기미를 아내가 무심히 들어 넘겼을 리 없었다.

그날 밤 – 아니 그날 새벽 – 아내에겐 한 번도 들려 준 일이 없는 그날 새벽의 서글픈 동행을, 나 자신도 한사코 기억의 피안으로 사라져 가 주기를 바라 오던 그 새벽의 눈길의 기억을 노인은 이제 받아 낼 길이 없는 묵은 빚 문서를 들추듯 허무한 목소리로 되씹고 있었다.

"날은 아직 어둡고 산길은 험하고, 미끄러지고 넘어지면서도 차부까지는 그래도 어떻게 시간을 대어 갈 수가 있었구나……."

이야기를 듣고 있는 나의 머리 속에도 마침내 그날의 정경이 손에 닿을 듯 역력히 떠올랐다. 어린 자식놈의 처지가 너무도 딱해서였을까. 아니 어쩌면 노인 자신의 처지까지도 그 밖엔 달리 도리가 없었을 노릇이었는지 모른다. 동구 밖까지만 바래다 주겠다던 노인은 다시 마을 뒷산의 잿길까지만 나를 좀더 바래주마 우겼고, 그 잿길을 올라선 다음에는 새 신작로가 나설 때까지만 산길을 함께 넘어 가자 우겼다. 그럴 때마다 한 차례씩 애시린 실랑이를 치르고 나면 노인과 나는 더 이상 할 말이 있을 수가 없었다. 아닌 게 아니라 날이라도 좀 밝은 다음이었으면 좋았겠는데, 날이 밝기를 기다려 동네를 나서는 건 노인이나 나나 생각을 하지 않았다. 그나마 그 어둠을 타고 마을을 나서는 것이 노인이나 나나 마음이 편했다. 노인의 말마따나 미끄러지고 넘어지면서, 내가 미끄러지면 노인이 나를 부축해 일으키고, 노인이 넘어지면 내가 당신을 부축해 가면서, 그렇게 말없이 신작로까지 나섰다. 그러고도 아직 그 면소 차부까지는 길이 한참이나 남아 있었다. 나는 결국 그 면소 차부까지도 노인과 함께 신작로를 걸었다.

아직도 날이 밝기 전이었다.

하지만 그러고 우리는 어찌 되었던가.

나는 차를 타고 떠나가 버렸고, 노인은 다시 그 어둠 속의 눈길을 되돌아선 것이다.

내가 알고 있는 건 거기까지뿐이었다.

노인이 그후 어떻게 길을 되돌아갔는지는 나로서도 아직 들은 바가 없었다. 노인을 길가에 혼자 남겨 두고 차로 올라서 버린 그 순간부터 나는 차마 그 노인을 생각하기 싫었고, 노인도 오늘까지 그 날의 뒷 얘기는 들려 준 일이 없었다. 한데 노인은 웬일로 오늘사 그날의 기억을 끝까지 돌이키고 있었다.

"어떻게 어떻게 장터 거리로 들어서서 차부가 저만큼 보일 만한 데까지 가니까 그때 마침 차가 미리 불을 켜고 차부를 나오는구나. 급한 김에 내가 손을 휘저어 그 차를 세웠더니, 그래 그 운전수란 사람들은 어찌 그리 길이 급하고 매정하기만 한 사람들이더냐. 차를 미처 세우지도 덜하고 덜크렁덜크렁 눈 깜짝할 사이에 저 아그를 훌쩍 실어 담고 가 버리는구나."

잠잠히 입을 다문 채 듣고만 있던 아내가 모처럼 한 마디를 끼어 들고 있었다.

나는 갑자기 다시 노인의 이야기가 두려워지고 있었다. 자리를 차고 일어나 다음 이야기를 가로막고 싶었다. 하지만 나는 이미 그럴 수가 없었다. 사지가 말을 들어 주지 않았다. 온몸이 마치 물을 먹은 솜처럼 무겁게 가라앉아 있었다. 몸을 어떻게 움직여 볼 수가 없었다. 형언하기 어려운 어떤 달콤한 슬픔, 달콤한 피곤기 같은 것이 나를 아늑히 감싸 오고 있었다.

"어떻게 하기는야. 넋이 나간 사람마냥 어둠 속에 한참이나 찻길만 바라보고 서 있을 수밖에야…… 그 허망한 마음을 어떻게 다 말할 수가 있을거나……."

노인은 여전히 옛 얘기를 하듯 하는 그 차분하고 아득한 음성으로 그날의 기억을 더듬어 나갔다.

"한참 그러고 서 있다 보니 찬바람에 정신이 좀 되돌아오더구나. 정신이 들어 보니 갈 길이 새삼 허망스럽지 않았겄냐. 지금까진 그래도 저하고 나하고 둘이서 함께 헤쳐 온 길인데 이참에는 그 길을 늙은것 혼자서 되돌아서려니… 거기다 아직도 날은 어둡지야… 그대로는 암만 해도 길을 되돌아설 수가 없어 차부를 찾아 들어갔더니라. 한 식경이나 차부 안 나무 걸상에 웅크리고 앉아 있으려니 그제사 동녘 하늘이 훤해져 오더구나…… 그래서 또 혼자 서두를 것도 없는 길을 서둘러 나섰는디, 그때 일만은 언제까지도 잊혀질 수가 없을 것 같구나."

"길을 혼자 돌아가시던 그때 일을 말씀이세요?"

"눈길을 혼자 돌아가다 보니 그 길엔 아직도 우리 둘 말고는 아무도 지나간 사람이 없지 않았겄냐. 눈발이 그친 신작로 눈 위에 저하고 나하고 둘이 걸어온 발자국만 나란히 이어져 있구나."

"그래서 어머님은 그 발자국 때문에 아들 생각이 더 간절하셨겠네요."

"간절하다뿐이었겄냐. 신작로를 지나고 산길을 들어서도 굽이굽이 돌아온 그 몹쓸 발자국들에 아직도 도란도란 저 아그의 목소리나 따뜻한 온기가 남아 있는 듯만 싶었제. 산비둘기만 푸르륵 날아올라도 저 아그 넋이 새가 되어 다시 되돌아오는 듯 놀라지고, 나무들이 눈을 쓰고 서 있는 것만 보아도 뒤에서 금세 저 아그 모습이 뛰어나올 것만 싶었지야. 하다 보니 나는 굽이굽이 외지기만 한 그 산길을 저 아그 발자국만 따라 밟고 왔더니라. 내 자석아, 내 자석아, 너하고 둘이 온 길을 이제는 이 몹쓸 늙은것 혼자서 너를 보내고 돌아가고 있구나!"

"어머님 그때 우시지 않았어요?"

"울기만 했겄냐. 오목오목 디뎌 논 그 아그 발자국마다 한도 없는 눈물을 뿌리며 돌아왔제. 내 자석아, 내 자석아, 부디 몸이나 성히 지내거라. 부디부디 너라도 좋은 운 타서 복 받고 살거라……. 눈앞이 가리도록 눈물을 떨구면서 눈물로 저 아그 앞길만 빌고 왔제……."

노인의 이야기는 이제 거의 끝이 나 가고 있는 것 같았다. 아내는 이제 할 말을 잊은 듯 입을 조용히 다물고 있었다.

"그런디 그 서두를 것도 없는 길이라 그렁저렁 시름없이 걸어온 발걸음이 그래도 어느 참에 동네 뒷산을 당도해 있었구나. 하지만 나는 그 길로는 차마 동네를 바로 들어설 수가 없어 잿등 위에 눈을 쓸고 아직도 한참이나 시간을 기다리고 앉아 있었더니라……."

"어머님도 이젠 돌아가실 거처가 없으셨던 거지요."

한동안 조용히 입을 다물고 있던 아내가 이제 너 이상 참을 수가 없어진 듯 갑자기 노인을 추궁하고 나섰다. 그녀의 목소리는 이제 울먹임 때문에 떨리고 있었다.

나 역시도 이젠 더 이상 노인을 참을 수가 없었다. 이제나마 노인을 가로막고 싶었다. 아내의 추궁에 대한 그 노인의 대꾸가 너무도 두려웠다. 노인의 대답을 들을 수가 없었다. 하지만 그 역시도 불가능한 일이었다.

나는 아직도 눈을 뜰 수가 없었다. 불빛 아래 눈을 뜨고 일어날 수가 없었다. 사지가 마비된 듯 가라앉아 있는 때문만이 아니었다. 졸음기가 아직 아쉬워서도 아니었다. 눈꺼풀 밑으로 뜨겁게 차 오르는 것을 아내와 노인 앞에 보일 수가 없었다. 그것이 너무도 부끄러웠기 때문이었다. 아내는 이번에도 그러는 나를 알고 있었던 것 같았다.

"여보, 이젠 좀 일어나 보세요. 일어나서 당신도 말을 좀 해보세요."

그녀가 느닷없이 나를 세차게 흔들어 깨웠다. 그녀의 음성은 이제 거의 울부

짖음에 가까웠다. 그래도 나는 일어날 수가 없었다. 뜨거운 것을 숨기기 위해 눈꺼풀을 꾹꾹 눌러 참으면서 내처 잠이 든 척 버틸 수밖에 없었다.

음성이 아직 흐트러지지 않고 있는 건 오히려 그 노인뿐이었다.

"가만 두거라. 아침 길 나서기도 피곤할 것인디 곤하게 자고 있는 사람 뭣하러 그러냐."

노인은 일단 아내의 행동을 말려 두고 나서 아직도 그 옛얘기를 하는 듯한 아득하고 차분한 음성으로 당신의 남은 이야기를 끝맺어 가고 있었다.

"그런디 이것만은 네가 잘못 안 것 같구나. 그 때 내가 뒷산 잿등에서 동네를 바로 들어가지 못하고 있었던 일 말이다. 그건 내가 갈 데가 없어 그랬던 건 아니란다. 산 사람 목숨인데 설마 그때라고 누구네 문간방 한 칸이라도 산 몸뚱이 깃들일 데 마련이 안됐겄냐. 갈 데가 없어서가 아니라 아침 햇살이 활짝 퍼져 들어 있는디, 눈에 덮인 그 우리집 지붕까지도 햇살 때문에 볼 수가 없더구나. 더구나 동네에선 아침 짓는 연기가 한참인디 그렇게 시린 눈을 해 갖고는 그 햇살이 부끄러워 차마 어떻게 동네 골목을 들어설 수가 있더냐. 그놈의 말간 햇살이 부끄러워서 그럴 엄두가 안 생겨나더구나. 시린 눈이라도 좀 가라앉히고자 그래 그러고 앉아 있었더니라……."

해 답

1. 나는 노인으로부터 아무런 경제적 도움을 받지 못했으니까 빚이 없다.
2. 노인은 방이 둘쯤 되는 집을 짓고 싶어 했다.

요 점 별 정 리 눈 길 · 이청준

정답 p.39

1. 핵심 정리

*갈래 : 단편소설, 순수소설, 액자소설

*배경 : 여름 하루 낮과 밤(현재), 눈 내리는 겨울(과거 회상)

*성격 : 귀향형 소설, 회상적, 상징적

*시점 : 1인칭 주인공 시점

*주제 : 눈길에서의 추억을 통한 어머니와의 인간적 화해

2. 등장인물의 성격

*나 : 어머니를 노인이라 칭하며 매정하게 대하는 매몰찬 성격의 인물

*노인 : 자식에게 자신의 의견을 강하게 표현하지 못하고 늘 모든 것을 미안해 하는 인고적 인물

*아내 : 남편의 태도를 나무라고 원망하며 남편보다는 노인을 이해하는 인물, 남편과 노인 사이에 갈등을 풀어가는 인물

3. 작품 개관

눈길에서 노인, 즉 어머니는 전통적인 가족관계 또는 고향에서의 삶을 상징한다고 볼 수 있다. 소설의 겉이야기의 주인공인 나는 어머니를 부정하는 것이 가능한 근대인이다. 나는 부모와 자식 간의 관계도 자신과 이해관계를 통해서 파악할 수 있을 만큼 자본주의식 사고방식에 물든 사람이다. 이러한 내가 소설 속의 속 이야기의 주인공은 노인을 만나려고 고향에 간다. 고향에서 나는 자기 자신보다도 오로지 아들만을 위해서 살아온 노인의 삶을 갖은 합리화를 통해 부정하려 들지만 결국 뜨거운 눈물을 흘리며 거역할 수 없는 아늑함과 달콤함 속으로 빨려 들어가게 된다.

현재의 노인과 아내의 대화를 통해 나의 과거 회상이 들춰지고 노인의 큰 사랑을 깨우치게 된다.

4. 문제

01_ 내가 반복적으로 말하고 있는 빛이란 무엇인가?

02_ 노인의 소망을 써 보자.

03_ 이제까지 살아오면서 느낀 부모님의 사랑을 이야기 형태로 써 보자.
(500자 내외)

02 황석영

삼포 가는 길

황석영(黃晳映, 1943~) ●● 근대화 과정, 또는 군대 제도나 전쟁 등의 상황에 의한 인간성 상실과 황폐화 문제를 주로 다루었으며, 소설을 통해 이를 극복하기 위한 방법을 다양하게 모색하였다. 주요 작품으로 〈삼포 가는 길〉 〈장길산〉 〈무기의 그늘〉 〈아우를 위하여〉 등이 있다.

02 황석영

삼포 가는 길

영달은 어디로 갈 것인가 궁리해 보면서 잠깐 서 있었다. 새벽의 겨울 바람이 매섭게 불어왔다. 밝아 오는 아침 햇볕 아래 헐벗은 들판이 드러났고, 곳곳에 얼어붙은 시냇물이나 웅덩이가 반사되어 빛을 냈다. 바람 소리가 먼데서부터 몰아쳐서 그가 섰는 창공을 베면서 지나갔다. 가지만 남은 나무들이 수십여 그루씩 들판가에서 바람에 흔들렸다.

그가 넉달 전에 이곳을 찾았을 때에는 한참 추수기에 이르러 있었고 이미 공사는 막판이었다. 곧 겨울이 오게 되면 공사가 새 봄으로 연기될 테고 오래 머물 수 없으리라는 것을 그는 진작부터 예상했던 터였다. 아니나다를까. 현장 사무소가 사흘 전에 문을 닫았고, 영달이는 밥집에서 달아날 기회만 노리고 있었던 것이다.

누군가 밭고랑을 지나 걸어오고 있었다. 해가 떠서 음지와 양지의 구분이 생기자 언덕의 그림자나 숲의 그늘로 가려진 곳에서는 언 흙이 부서지는 버석이는 소리가 들렸으나 해가 내려쪼인 곳은 녹기 시작하여 붉은 흙이 질척해 보였다. 다가오는 사람이 숲 그늘을 벗어났는데 신발 끝에 벌겋게 붙어 올라온 진흙 뭉치가 걸을 때마다 뒤로 몇 점씩 흩어지고 있었다. 그는 길가에 우두커니 서서 담배를 태우고 있는 영달이 쪽을 보면서 왔다. 그는 키가 훌쩍 크고 영달이는 작달막했다. 그는 팽팽하게 불러 오른 맹꽁이 배낭을 한 쪽 어깨에 느슨히 걸쳐 메고 머리에는 개털 모자를 귀까지 가려 쓰고 있었다. 검게 물들인 야전 잠바의 깃 속에 턱이 반 남아 파묻혀서 누군지 쌍통을 알아볼 도리가 없었다. 그는 몇 걸음 남겨 놓고 서더니 털모자의 챙을 이마빡에 붙도록 척 올리면서 말했다.

"천씨네 집에 기시던 양반이군."

영달이도 낯이 익은 서른 댓 되어 보이는 사내였다. 공사장이나 마을 어귀의 주막에서 가끔 지나친 적이 있는 얼굴이었다.

"아까 존 구경 했시다."

그는 털모자를 잠근 단추를 여느라고 턱을 치켜들었다. 그러고 나서 비행사처럼 양쪽 뺨으로 귀가리개를 늘어뜨리면서 빙긋 웃었다.

"천가란 사람, 거품을 물구 마누라를 개패듯 때려잡던데."

영달이는 그를 쏘아보며 우물거렸다.

"내…… 그런 촌놈은 참."

"거 병신 안 됐는지 몰라, 머리채를 질질 끌구 마당에 나와선 차구 짓밟구……. 야 그 사람 환장한 모양이더군."

이건 누굴 엿먹이느라구 수작질인가, 하는 생각이 들어서 불끈했지만 영달이는 애써 참으며 담뱃불이 손가락 끝에 닿도록 쭈욱 빨아 넘겼다. 사내가 손을 내밀었다.

"불 좀 빌립시다."

"버리슈."

담배 꽁초를 건네주며 영달이가 퉁명스럽게 말했다. 하긴 창피한 노릇이었다. 밥값을 떼고 달아나서가 아니라, 역에 나갔던 천가 놈이 예상 외로 이른 시각인

다섯 시쯤 돌아왔고 현장에서 덜미를 잡혔던 것이었다. 그는 옷만 간신히 추스르고 나와서 천가가 분풀이로 청주댁을 후려 패는 동안 방아실에 숨어 있었다. 영달이는 변명 삼아 혼잣말 비슷이 중얼거렸다.

"계집 탓할 거 있수, 사내 잘못이지."

"시골 아낙네치곤 드물게 날씬합디다. 모두들 발랑 까졌다구 하지만서두."

"여자야 그만이었죠. 처녀 적에 군용차두 탔답니다. 고생 많이 한 여자요."

"바가지한테 세금두 내구, 거기두 줬겠구만."

"뭐요? 아니 이 양반이……."

사내가 입김을 길게 내뿜으며 껄껄 웃어제꼈다.

"거 왜 그러시나. 아, 재미 본 게 댁뿐인 줄 아쇼? 오다가다 만난 계집에 너무 일심 품지 마셔."

녀석의 말버릇이 시종 그렇게 나오니 드러내 놓고 화를 내기도 뭣해서 영달이는 픽 웃고 말았다. 개피떡이나 인절미를 전방으로 호송되는 군인들께 팔았다는 것인데 만은 열치를 티며 시내들 틈을 누비던 계집이 살림을 한답시고 들어앉아 절름발이 천가 여편네 노릇을 하려니 따분했을 것이었다. 공사장 인부들이나 떠돌이 장사치를 끌어들여 하숙도 치고 밥도 파는 사람인데, 사내 재미까지 보려는 눈치였다. 영달이 눈에 청주댁이 예사로 보였을 리 만무했다. 까무잡잡한 얼굴에 곱게 치떠서 흘기는 눈길하며, 밤이면 문밖에 나가 앉아 하염없이 불러대는 〈흑산도 아가씨〉라든가, 어쨌든 나중엔 거의 환장할 지경이었다.

"얼마나 있었소?"

사내가 물었다. 가까이 얼굴을 맞대고 보니 그리 흉악한 몰골도 아니었고, 우선 그 시원시원한 태도가 은근히 밉질 않다고 영달이는 생각했다. 그가 자기보다는 댓살쯤 더 나이 들어 보였다. 그리고 이 바람 부는 겨울 들판에 척 걸터앉아서도 만사 태평인 꼴이었다. 영달이는 처음보다는 경계하지 않고 대답했다.

"넉 달 있었소. 그런데 노형은 어디루 가쇼?"

"삼포에 갈까 하오."

사내는 눈을 가늘게 뜨고 조용히 말했다. 영달이가 고개를 흔들었다.

"방향 잘못 잡았수. 거긴 벽지나 다름없잖소. 이런 겨울철에."

"내 고향이오."

사내가 목장갑 낀 손으로 코 밑을 쓱 훔쳐냈다. 그는 벌써 들판 저 끝을 바라보고 있었다. 영달이와는 전혀 사정이 달라진 것이다. 그는 집으로 가는 중이었고 영달이는 또 다른 곳으로 달아나는 길 위에 서 있었기 때문이었다.

"참…… 집에 가는군요."

사내가 일어나 맹꽁이 배낭을 한쪽 어깨에다 걸쳐 매면서 영달이에게 물었다.

"어디 무슨 일자리 찾아가쇼?"

"댁은 오라는 데가 있어서 여기 왔었소? 언제나 마찬가지죠."

"자, 난 이제 가 봐야겠는걸."

그는 뒤도 돌아보지 않고 질척이는 둑길을 향해 올라갔다. 그가 둑 위로 올라서더니 배낭을 다른 편 어깨 위로 바꾸어 매고는 다시 하반신부터 차례로 개털모자 끝까지 둑 너머로 사라졌다. 영달이는 어디로 향하겠다는 별 뾰죽한 생각도 나지 않았고, 동행도 없이 길을 갈 일이 아득했다. 가다가 도중에 헤어지게 되더라도 우선은 말동무라도 있었으면 싶었다. 그는 멍청히 섰다가 잰걸음으로 사내의 뒤를 따랐다. 영달이는 둑 위로 뛰어올라 갔다. 사내의 걸음이 무척 빨라서 벌써 차도로 나가는 샛길에 접어들어 있었다. 차도 양쪽에 대빗자루를 거꾸로 박아 놓은 듯한 앙상한 포플라들이 줄을 지어 섰는 게 보였다. 그는 둑 아래로 달려 내려가며 사내를 불렀다.

"여보쇼, 노형!"

그가 멈춰 서더니 뒤를 돌아보고 나서 다시 천천히 걸어갔다. 영달이는 달려가서 그 뒤편에 따라붙어 헐떡이면서

"같이 갑시다, 나두 월출리까진 같은 방향인데……."

했는데도 그는 대답이 없었다. 영달이는 그의 뒤통수에다 대고 말했다.

"젠장, 이런 겨울은 처음이오. 작년 이맘 때는 좋았지요. 월 삼천 원짜리 방에

서 작부랑 살림을 했으니까. 엄동설한에 정말 갈데 없이 빳빳하게 됐는데요."

"우린 습관이 되어 놔서."

사내가 말했다.

"삼포가 여기서 몇 린 줄 아쇼? 좌우간 바닷가까지만도 몇 백리 길이요. 거기서 또 배를 타야 해요."

"몇 년 만입니까?"

"십 년이 넘었지. 가 봤자…… 아는 이두 없을 거요."

"그럼 뭣하러 가쇼?"

"그냥…… 나이 드니까, 가보구 싶어서."

그들은 차도로 들어섰다. 자갈과 진흙으로 다져진 길이 그런 대로 걷기에 편했다. 영달이는 시린 손을 잠바 호주머니에 처박고 연방 꼼지락거렸다.

"어이 육실허게는 춥네. 바람만 안 불면 좀 낫겠는데."

사내는 별로 추위를 타지 않았는데, 털모자와 야전 잠바로 단단히 무장한 탓도 있겠지만 원체가 혈색이 건강해 보였다. 사내가 처음으로 다정하게 영달이에게 물었다.

"어떻게 아침은 자셨소?"

"웬걸요."

영달이가 열적게 웃었다.

"새벽에 몸만 간신히 빠져나온 셈인데……."

"나두 못 먹었소. 찬샘까진 가야 밥술이라두 먹게 될 거요. 진작에 떴을 걸. 이젠 겨울에 움직일 생각이 안 납디다."

"인사 늦었네요. 나 노영달이라구 합니다."

"나는 정가요."

"우리두 기술이 좀 있어 놔서 일자리만 잡으면 별 걱정 없지요."

영달이가 정씨에게 빌붙지 않을 뜻을 비쳤다.

"알고 있소, 착암기[1] 잡지 않았소? 우리넨, 목공에 용접에 구두까지 수선할 줄

압니다."

"야 되게 많네. 정말 든든하시겠구만."

"십 년이 넘었다니까."

"그래도 어디서 그런 걸 배웁니까?"

"다 좋은 데서 가르치고 내보내는 집이 있지."

"나두 그런데나 들어갔으면 좋겠네."

정씨가 쓴웃음을 지으며 고개를 저었다.

"지금이라두 쉽지. 하지만 집이 워낙에 커서 말요."

"큰집……."

하다 말고 영달이는 정씨의 얼굴을 쳐다봤다. 정씨는 고개를 밑으로 숙인 채 묵묵히 걷고 있었다. 언덕을 넘어섰다. 길이 내리막이 되면서 강변을 따라서 먼 산을 돌아 나간 모양이 아득하게 보였다. 인가가 좀처럼 보이지 않는 황량한 들판이었다. 마른 갈대밭이 헝클어진 채 휘청대고 있었고 강 건너 곳곳에 모래 바람이 일어나는 게 보였다. 정씨가 말했다.

"저 산을 넘어야 찬샘골인데. 강을 질러가는 게 빠르겠군."

"단단히 얼었을까."

강물은 꽁꽁 얼어붙어 있었다. 얼음이 녹았다가 다시 얼곤 해서 우툴두툴한 표면이 그리 미끄럽지는 않았다. 바람이 불어, 깨어진 살얼음 조각들을 날려 그들의 얼굴을 따갑게 때렸다.

"차라리, 저쪽 다릿목에서 버스나 기다릴 걸 잘못했나 봐요."

숨을 헉헉 들이키던 영달이가 투덜대자 정씨가 말했다.

"자주 끊겨서 언제 올지도 모르오. 그보다두 현금을 아껴야지. 굶어두 돈 있으면 든든하니까."

"하긴 그래요."

1) 바위에 구멍을 뚫는 기계

"월출 가면 남행열차를 탈 수는 있소. 거기서 기차 탈려오?"

"뭐…… 돼가는대루. 그런데 삼포는 어느 쪽입니까?"

정씨가 막연하게 남쪽 방향을 턱짓으로 가리켰다.

"남쪽 끝이오."

"사람이 많이 사나요, 삼포라는 데는?"

"한 열 집 살까? 정말 아름다운 섬이오. 비옥한 땅은 남아 돌아 가구, 고기두 얼마든지 잡을 수 있구 말이지."

영달이가 얼음 위로 미끄럼을 지치면서 말했다.

"야아 그럼, 거기 가서 아주 말뚝을 박구 살아 버렸으면 좋겠네."

"조오치, 하지만 댁은 안될 걸."

"어째서요."

"타관 사람이니까."

그들은 얼어붙은 강을 건넜다. 구름이 몰려들고 있었다.

"눈이 올 거 같군. 길 가기 힘들어지겠소."

정씨가 회색으로 흐려 가는 하늘을 걱정스럽게 올려다보았다. 산등성이로 올라서자 아래쪽에 작은 마을의 집들이 점점이 흩어져 있는 게 한 눈에 들어왔다. 가물거리는 지붕 위로 간신히 알아볼 만큼 가느다란 연기가 엷게 퍼져 흐르고 있었다. 교회의 종탑도 보였고 학교 운동장도 보였다. 기다란 철책과 철조망이 연이어져 마을 뒤의 온 들판을 둘러싸고 있는 것도 보였다. 군대의 주둔지인 듯했는데, 마을은 마치 그 철책의 끝에 간신히 매어 달려 있는 것 같았다.

그들은 읍내로 들어갔다. 다과점도 있었고, 극장, 다방, 당구장, 만물 상점 그리고 주점이 장터 주변에 여러 채 붙어 있었다. 거리는 아침이라서 아직 조용했다. 그들은 어느 읍내에나 있는 서울 식당이란 주점으로 들어갔다. 한 뚱뚱한 여자가 큰 솥에다 우거지국을 끓이고 있었고 주인인 듯한 사내와 동네 청년 둘이 떠들어대고 있었다.

"나는 전연 눈치를 못 챘다구, 옷을 한 가지씩 빼어다 따루 보따리를 싸 놨던 모양이라."

"새벽에 동네를 빠져나간 게 틀림없습니다."

"어젯밤에 윤하사하구 긴밤을 잔다구 그래서, 뒷방에서 늦잠자는 줄 알았지 뭔가."

"새벽에 윤하사가 부대루 들어가자마자 튄 겁니다."

"옷값에 약값에 식비에…… 돈이 보통 들어간 줄 아나, 빚만 해두 자그마치 오만 원이거든."

영달이와 정씨가 자리에 앉자 그들은 잠깐 얘기를 멈추고 두 낯선 사람들의 행색을 살펴보았다. 영달이는 연탄 난로 위에 두 손을 내려뜨리고 비벼대면서 불을 쪼였다. 정씨가 털모자를 벗으면서 말했다.

"국밥 둘만 말아 주쇼."

"네, 좀 늦어져두 별일 없겠죠?"

뚱뚱한 여자가 국솥에서 얼굴을 들고 미리 웃음으로 얼버무리며 양해를 구했다.

"좌우간 맛있게만 말아 주쇼."

여자가 국자를 요란하게 놓고는 한숨을 내리쉬었다.

"개쌍년 같으니!"

정씨도 영달이처럼 난로를 통째로 껴안을 듯이 바싹 다가앉아서 여자를 물끄러미 올려다보았다.

"색시가 도망을 쳤지 뭐예요. 그래서 불도 꺼졌고, 국거리도 없어서 인제 막 시작을 했답니다." 하고 나서 여자가 남자들에게 외쳤다.

"아니 근데 당신들은 뭘 앉아서 콩이네 팥이네 하구 있는 거예요? 냉큼 가서 잡아오지 못하구선, 얼마 달아나지 못했을 테니 따라가서 머리채를 끌구 와요."

주인 남자가 주눅이 든 목소리로 대답했다.

"필요 없네. 아무래도 월출서 기차를 탈 테니까 정거장 목만 지키면 된다구."

"그럼 자전거 타구 빨리 가서 기다려요."

"이거 원 날씨가 이렇게 추워서야."

"무슨 얘기예요, 그 백화라는 년이 돈 오만 원이란 말요."

마을 청년이 끼어들었다.

"서울식당이 원래 백화 땜에 호가 났던 거 아닙니까. 그 애가 장사는 그만이었죠."

"군인들이 백화라면, 군화까지 팔아서라두 술을 마실 정도였으니까."

뚱뚱이 여자가 빈정거렸다.

"웃기네 그래 봤자 지가 똥갈보라. 내 장사 수완 덕이지 뭐. 그년 요새 좀 아프다는 핑계루…… 이건 물을 긷나, 밥을 제대루 하나, 손님을 받나, 소용없어. 그년두 육 개월이면 찬샘 바닥서 진이 모조리 빠진 거예요. 빚이나 뽑아 내면 참한 신마이[2]루 기리까이[3]할려던 참이었어. 아, 뭘해요? 빨리 가서 역을 지키라니까."

마누라의 호통에 주인 사내가 깜짝 놀란 듯이 어깨를 움츠렸다.

"알았내니까……."

"얼른 갔다 와요. 내 대포 한턱 쓸게."

남자들 셋이 우르르 밀려 나갔다. 정씨가 중얼거렸다.

"젠장, 그 백화 아가씨라두 있었으면 술이나 옆에서 쳐 달랠걸."

"큰일예요, 글쎄 저녁마다 장정들이 몰려오는데……."

"아가씨 서넛은 있어야지."

"색시 많이 두면 공연히 번거러워요. 이런 데서야 반반한 애 하나면 실속이 있죠, 모자라면 꿔다 앉히구…… 왜 좀 놀다 갈려우? 내 불러다 주께."

"왜 이러슈, 먼 길 가는 사람이 아침부터 주색 잡다간 저녁에 이 마을서 장사 지내게."

"자 국밥이오."

2) 신출내기, 풋내기의 일본어　3) 매매, 거래의 일본어

배추가 아직 푹 삭질 않아서 뻣뻣했으나 그런 대로 먹을 만하였다. 정씨가 국물을 허겁지겁 퍼넣고 있는 영달에게 말했다.

"작년 겨울에 어디 있었소?"

들고 있던 국그릇을 내려놓고 영달이는

"언제요?"

하고 나서 작년 겨울이라고 재차 말하자 껄껄 웃기 시작했다.

"좋았지 정말, 대전 있었읍니다. 옥자라는 애를 만났었죠. 그땐 공사장에서 별 볼일두 없었구 노임두 실했어요."

"살림을 했군."

"의리있는 여자였어요. 애두 하나 가질 뻔했었는데, 지난 봄에 내가 실직을 하게 되자, 돈 모으면 모여서 살자구 서울루 식모 자릴 구해서 떠나갔죠. 하지만 우리 같은 떠돌이가 언약 따위를 지킬 수 있나요. 밤에 혼자 자다가 일어나면 그 애 때문에 남은 밤을 꼬박 새우는 적두 있읍니다."

정씨는 흐려진 영달이의 표정을 무심하게 쳐다보다가, 창 밖으로 고개를 돌리고는 조용하게 말했다.

"사람이란 곁에서 오랫동안 두고 보지 않으면 저절로 잊게 되는 법이오."

뒤란으로 나갔던 뚱뚱이 여자가 호들갑을 떨면서 돌아왔다.

"아유 어쩌나…… 눈이 올 것 같애. 하늘에 먹구름이 잔뜩 끼고, 바람이 부는군. 이놈의 두상이 꼴에 도중에서 가다 말고 돌아올 게 분명하지."

정씨가 뚱뚱보 여자의 계속될 수다를 막았다.

"월출까지는 몇 리요?"

"한 육십 리 돼요."

"뻐스는 있나요?"

"오후에 두 대쯤 있지요. 이년을 따악 잡아갖구 막차루 돌아올 텐데…… 참, 어디까지들 가슈?"

영달이가 말했다.

"바다가 보이는 데까지."

"바다? 멀리 가시는군. 요 큰길루 가실 거유?"

정씨가 고개를 끄덕이자 여자는 의자에 궁둥이를 붙인 채로 앞으로 다가 앉았다.

"부탁 하나 합시다. 가다가 스물 두엇쯤 되고 머리는 긴데다 외눈 쌍까풀인 계집년을 만나면 캐어 봐서 좀 잡아오수, 내 현금으루 딱, 만 원 내리다."

정씨가 빙그레 웃었다. 영달이가 자신 있다는 듯이 기세 좋게 대답했다.

"그럭허슈, 대신에 데려오면 꼭 만 원 내야 합니다."

"암 내다뿐이요. 예서 하룻밤 푹 묵었다 가시구려."

"좋았어."

그들은 일어났다. 문을 열고 나오는 그들의 뒷덜미에다 대고 여자가 소리쳤다.

"머리가 길구 외눈 쌍꺼풀이예요. 잊지 마슈."

해가 낮은 구름 속에 들어가 있어서 주위는 누런 색안경을 통해서 내다본 것처럼 뿌옇게 보였다. 바람이 읍내의 신작로 한복판에서 회오리 기둥을 곤두세우고 있었다. 그들은 고개를 처박고 신작로를 따라서 올라갔다. 영달이가 담배 한 갑을 샀다. 들판을 스치고 지나가는 바람소리가 날카롭게 들려 왔다.

그들이 마을 외곽의 작은 다리를 건널 적에 성긴 눈발이 날리기 시작하더니 허공에 차츰 흰 색이 빽빽해졌다. 한 스무 채 남짓한 작은 마을을 지날 때쯤 해서는 큰 눈송이를 이룬 함박눈이 펑펑 쏟아져 내려왔다. 눈이 찰지어서 걷기에는 그리 불편하지 않았고 눈보라도 포근한 듯이 느껴졌다. 그들의 모자나 머리카락과 눈썹에 내려앉은 눈 때문에 두 사람은 갑자기 노인으로 변해 버렸다. 도중에 그들은 옛 원님의 송덕비를 세운 비각 앞에서 잠깐 쉬어 가기로 했다. 그 앞에서 신작로가 두 갈래로 갈라져 있었던 것이다. 함석판에 뺑끼[4]로 쓴 이정표가 있긴

4) 페인트

했으나, 녹이 슬고 벗겨져 잘 알아볼 수도 없었다. 그들은 비각 처마 밑에 웅크리고 앉아서 담배를 피웠다. 정씨가 하늘을 올려다보며 감탄했다.

"야 그놈의 눈송이 탐스럽기도 하다. 풍년 들겠어."

"눈 오는 모양을 보니, 근심 걱정이 싹 없어지는데……."

"첨엔 기분두 괜찮았지만, 이렇게 오다가는 길 가기가 그리 쉽지 않겠는걸."

"까짓 가는 데까지 가구 내일 또 갑시다. 저기 누가 오는군."

흰 두루마기를 입고 중절모를 깊숙이 내려쓴 노인이 조심스럽게 걸어오고 있었다. 노인의 모자챙과 접힌 부분 위에 눈이 빙수처럼 쌓여 있었다. 정씨가 일어나 꾸벅하면서

"영감님 길 좀 묻겠습니다요."

"물으슈."

"월출 가는 길이 아랩니까, 저 윗길입니까?"

"윗길이긴 하지만…… 재가 있어 놔서 아무래두 수월친 않을 거야, 아마 교통도 두절된 모양인데."

"아랫길은요?"

"거긴 월출 쪽은 아니지만 고을 셋을 지나면 감천이라구 나오지."

영달이가 물었다.

"감천에 철도가 닿습니까?"

"닿다마다."

"그럼 감찬으루 가야겠구만."

정씨가 인사를 하자 노인은 눈이 가득 쌓인 모자를 위로 들어 보였다. 노인은 윗길 쪽으로 가다가 마을을 향해 꺾어졌다. 영달이는 비각 처마 끝에 회색으로 퇴색한 채 매어져 있는 새끼줄을 끊어 냈다. 그가 반으로 끊은 새끼줄을 정씨에게도 권했다.

"감발[5] 치구 갑시다."

"견뎌 날까."

새끼줄로 감발을 친 두 사람은 걸음에 한결 자신이 갔다. 그들은 아랫길로 접어들었다. 길은 차츰 좁아졌으나, 소 달구지 한 대쯤 지날 만한 길은 그런 대로 계속되었다. 길 옆은 개천과 자갈밭이었고 눈이 한 꺼풀 덮여 있었다. 뒤를 돌아보면, 길 위에 두 사람의 발자국이 줄기차게 따라왔다.

마을 하나를 지났다. 그들은 눈 위로 이리저리 뛰어 다니는 아이들과 개들 사이로 지나갔다. 마을의 가게 유리창마다 성에가 두껍게 덮여 있었고 창 너머로 사람들의 목소리가 들려 왔다. 두 번째 마을을 지날 때엔 눈발이 차츰 걷혀 갔다. 그들은 구멍가게에서 소주 한 병을 깠다. 속이 화끈거렸다.

털썩, 눈 떨어지는 소리만이 가끔씩 들리는 송림 사이를 지나는데, 뒤에 처져서 걷던 영달이가 주첨 서면서 말했다.

"저것 좀 보슈."

"뭘 말요?"

"저쪽 소나무 아래."

쭈그려 앉은 여자의 등이 보였다. 붉은 코우트 자락을 위로 처들고 쭈그린 꼴이 아마도 소변이 급해서 외진 곳을 찾은 모양이다. 여자가 허연 궁둥이를 쳐들고 속곳을 올리다가 뒤를 힐끗 돌아보았다.

"오머머!"

여자가 재빨리 코우트 자락을 내리고 보퉁이를 집어 들면서 투덜거렸다.

"개새끼들 뭘 보구 지랄야."

영달이가 낄낄 웃었고, 정씨가 낮게 소곤거렸다.

"외눈 쌍꺼풀인데 그래."

"어쩐지 예감이 이상하더라니……."

여자는 어딘가 불안했는지 그들에게로 다가오기를 꺼려하며 주춤주춤했다. 영달이가 말했다.

5) 미끄러지지 않게 발을 잡음

"잘 만났는데 백화 아가씨, 참샘에서 뺑소니치는 길이구만."

"무슨 상관야, 내 발루 내가 가는데."

"주인 아줌마가 댁을 만나면 잡아다 달라던데."

여자가 태연하게 그들에게로 걸어 나왔다.

"잡아가 보시지."

백화의 얼굴은 화장을 하지 않았는데도 먼길을 걷느라고 발갛게 달아 있었다. 정씨가 말했다.

"그런 게 아니라…… 행선지가 어디요? 이 친구 말은 농담이구."

여자는 소변 보다가 남자들 눈에 띄인 일보다는 영달이의 거친 말솜씨에 몹시 토라져 있었다. 백화가 걸음을 빨리하며 내쏘았다.

"제따위들이 뭐라구 잡아가구 말구야. 뜨내기 주제에."

"그래 우리두 너 같은 뜨내기 신세다. 찬샘에 잡아다 주고 여비라두 뜯어 써야겠어."

영달이가 여자의 뒤를 바싹 쫓아가며 농담이 아님을 재차 강조했다. 여자가 휙 돌아서더니, 믿을 수 없을 만큼 재빠르게 영달이의 앞가슴을 밀어냈다. 영달이는 미처 피할 겨를도 없이 눈 위에 궁둥방아를 찧고 나가 떨어졌다. 백화가 한 팔은 보퉁이를 끼고, 다른 쪽은 허리에 척 얹고 서서 영달이를 내려다보았다.

"이거 왜 이래? 나 백화는 이래봬도 인천 노랑집에다, 대구 자갈마당, 포항 중앙대학, 진해 칠구, 모두 겪은 년이라구. 조용히 시골 읍에서 수양하던 참인데…… 야아, 내 배 위로 남자들 사단 병력이 지나갔어. 국으로 가만있다가 조용한 데 가서 한 코 달라면 몰라두 치사하게 뚱보 돈 먹자구 나한테 공갈 때리면 너 죽구 나 죽는 거야."

영달이는 입을 벌린 채 일어설 줄을 모르고 백화의 일장 연설을 듣고 있었다. 정씨는 웃음을 참느라고 자꾸만 송림 쪽으로 고개를 돌렸다. 영달이가 멋적게 궁둥이를 털면서 일어났다.

"우리두 의리가 있는 사람들이다. 치사하다면, 그런 짓 안해."

세 사람은 나란히 눈 쌓인 길을 걸었다. 백화가 말했다.

"그럼 반말 놓지 말라구요."

영달이는 입맛을 쩍쩍 다셨고, 정씨가 물었다.

"어디까지 가오?"

"집에요."

"집이 어딘데……."

"저 남쪽이예요. 떠난 지 한 삼 년 됐어요."

영달이가 말했다.

"얘네들은 긴밤 자다가두 툭하면 내일 당장에라두 집에 갈 것처럼 말해요."

백화는 아까와 같은 적의는 나타내지 않았다. 백화는 귀 옆으로 흘러내리는 머리카락을 자꾸 쓰다듬어 올리면서 피곤한 표정으로 영달이를 찬찬히 바라보았다.

"그래요. 밤마다 내일 아침엔 고향으로 출발하리라 작정하죠. 그런데 마음뿐이지, 몇 년이 흘러요. 막상 작정하고 나서 집을 향해 가보는 적두 있어요. 나두 꼭 두 번 고향 근처까지 가 봤던 적이 있어요. 한 번은 동네 어른을 먼발치서 봤어요, 나 이름이 백화지만 가명이예요. 본명은...... 아무에게도 가르쳐 주지 않아."

정씨가 말했다.

"서울 식당 사람들이 월출역으루 지키러 가던데……."

"이런 일이 한두 번인가요 머. 벌써 그럴 줄 알구 감천 가는 길루 왔지요. 촌놈들이니까 그렇지, 빠른 사람들은 서너 군데 길목을 딱 막아 놓아요. 나 그 사람들께 손해 끼친 거 하나두 없어요. 빚이래야 그치들이 빨아먹은 나머지구요. 아유, 인젠 술하구 밤이라면 지긋지긋해요. 밑이 쭉 빠져 버렸어. 어디 가서 여승이나 됐으면…… 냉수에 목욕재계 백 일이면 나두 백화가 아니라구요, 씨팔."

걸을수록 백화는 말이 많아졌고, 걸음은 자꾸 처졌다. 백화는 여러 도시에서 한창 날리던 시절이 얘기를 늘어놓았다. 여자가 결론지은 얘기는 결국 화류계의 사랑이란 돈 놓고 돈 먹기 외에는 모두 사기라는 것이었다. 그 여자는 자기 보퉁이를 꾹꾹 찌르면서 말했다.

"아저씨네는 뭘 갖구 다녀요? 망치나 톱이겠지 머. 요 속에는 헌 속치마 몇 벌, 빤스, 화장품, 그런 게 들었지요. 속치마 꼴을 보면 내 신세하구 똑같아요. 하두 빨아서 빛이 바래구 재봉실이 나들나들하게 닳아 끊어졌어요."

백화는 이제 겨우 스물 두 살이었지만 열 여덟에 가출해서, 쓰리게 당한 일이 많기 때문에 삼십이 훨씬 넘은 여자처럼 조로[6]해 있었다. 한 마디로 관록이 붙은 갈보였다. 백화는 소매가 헤진 헌 코우트에다 무릎이 튀어나온 바지를 입었고, 물에 불은 오징어처럼 되어 버린 낡은 하이힐을 신고 있었다. 비탈길을 걸을 때, 영달이와 정씨가 미끄러지지 않도록 양쪽에서 잡아 주어야 했다. 영달이가 투덜거렸다.

"고무신이라두 하나 사 신어야겠어. 댁에 때문에 우리가 형편없이 지체 되잖나."

"정 그러시면 두 분이서 먼저 가면 될 거 아녜요. 내가 고무신 살 돈이 어딨어?"

"우리두 의리가 있다구 그랬잖어. 산 속에다 여자를 떼놓구 갈 수야 없지. 그런데…… 한 푼두 없단 말야?"

백화가 깔깔대며 웃었다.

"여자 밑천이라면 거기만 있으면 됐지, 무슨 돈이 필요해요?"

"저러니 언제 한 번 온전한 살림 살겠나 말야!"

"이거 봐요. 댁에 같은 훤칠한 내 신랑감들은 제 입에 풀칠두 못해서 떠돌아다니는데, 내가 어떻게 살림을 살겠냐구."

영달이는 백화의 입담을 감당할 수가 없었다. 세 사람은 감천 가는 도중에 있는 마지막 마을로 들어섰다. 마을 어귀의 얼어붙은 개천 위로 물오리들이 종종

6) 빨리 늙음

걸음을 치거나 주위를 선회하고 있었다. 마을의 골목길은 조용했고, 굴뚝에서 매캐한 청솔 연기 냄새가 돌담을 휩싸고 있었는데 나직한 창호지의 들창 안에서는 사람들의 따뜻한 말소리들이 불투명하게 들려 왔다. 영달이가 정씨에게 제의했다.

"허기가 져서 떨려요. 감천엔 어차피 밤에 떨어질 텐데, 여기서 뭣 좀 얻어먹구 갑시다."

"여긴 바닥이 작아 주막이나 가게두 없는 거 같군."

"어디 아무 집이나 찾아가서 사정을 해보죠."

백화도 두 손을 코우트 주머니에 찌르고 간신히 발을 떼면서 말했다.

"온몸이 얼었어요. 밥은 고사하고, 뜨뜻한 아랫목에서 발이나 녹이구 갔으면."

정씨가 두 사람을 재촉했다.

"얼른 지나가지. 여기서 지체하면 하룻밤 자게 될 테니, 감천엘 가면 하숙두 있구, 우리를 태울 기차두 있단 말요."

그들은 이 적막한 산골 마을을 지나갔다. 눈 덮인 들판 위로 물오리 떼가 내려앉았다가는 날아오르곤 했다. 길가에 퇴락한 초가 한 간이 보였다. 지붕의 한 쪽은 허물어져 입을 벌렸고 토담도 반쯤 무너졌다. 누군가가 살다가 먼 곳으로 떠나간 폐가임이 분명했다. 영달이가 폐가 안을 기웃해 보며 말했다.

"저기서 신발이라두 말리구 갑시다."

백화가 먼저 그 집의 눈 쌓인 마당으로 절뚝이며 들어섰다. 안방과 건넌방의 구들장은 모두 주저앉았으나 봉당은 매끈하고 딴딴한 흙바닥이 그런 대로 쉬어 가기에 알맞았다. 정씨도 그들을 따라 처마 밑에 가서 엉거주춤 서 있었다. 영달이는 흙벽 틈에 삐죽이 솟은 나무 막대나 문짝, 선반 등속의 땔 만한 것들을 끌어모아다가 봉당 가운데 쌓았다. 불을 지피자 오랫동안 말라 있던 나무라 노란 불꽃으로 타올랐다. 불길과 연기가 차츰 커졌다. 정씨마저도 불가로 다가앉아 젖은 신과 바지 가랑이를 불길 위에 갖다 대고 지그시 눈을 감았다. 불이 생기니까

세 사람 모두가 먼 곳에서 지금 막 집에 도착한 느낌이 들었고, 잠이 왔다. 영달이가 긴 나무를 무릎으로 꺾어 불 위에 얹고, 눈물을 흘려 가며 입김을 불어 대는 모양을 백화는 이윽히 바라보고 있었다.

"댁에...... 괜찮은 사내야. 나는 아주 치사한 건달인 줄 알았어."

"이거 왜 이래. 괜히 나이롱 비행기 태우지 말어."

"아녜요. 불때는 꼴이 제법 그럴 듯해서 그래요."

정씨가 싱글벙글 웃으면서 영달에게 말했다.

"저런 무딘 사람 같으니, 이 아가씨가 자네한테 반했다…… 그 말이야."

"괜히 그러지 마슈. 나두 과거에 연애해 봤소. 계집년이란 사내가 쐬빠지게 해줘두 쪼끔 벌릴까 말까 한단 말입니다. 이튿날 해만 뜨면 말짱 헛것이지."

"오머머. 어디 가서 하루살이 연애만 해본 모양이네. 여보세요, 화류계 연애가 아무리 돈에 운다지만 한 번 붙으면 순정이 무서운 거예요. 내가 처음 이 길 들어서서 독하게 사랑해본 적두 있었어요."

지붕 위의 눈이 녹아서 투덕투덕 마당 위에 떨어지기 시작했다. 여자는 나무 막대기를 불 속에 넣고 휘저으면서 갑자기 새촘한 얼굴이 되었다. 불길에 비친 백화의 얼굴은 제법 고왔다.

"그런데…… 몇 명이었는지 알아요? 여덟 명이었어요."

"진짜 화류계 연애로구만."

"들어봐요. 사실은 그 여덟 사람이 모두 한 사람이나 마찬가지였거든요."

백화는 주점 〈갈매기집〉에서의 나날을 생각했다. 그 여자는 날마다 툇마루에 걸터앉아서 철조망의 네 귀퉁이에 높다란 망루가 서 있는 군대 감옥을 올려다보았던 것이다. 언덕 위에 흰 뺑끼로 칠한 반달형 퀀셋[7] 막사와 바라크[8]가 늘어서 있었고 주위에 코스모스가 만발해 있어, 그 안에 철장이 있고 죄지은 사람들이 하루 종일 무릎을 꿇고 있으리라고는 믿어지질 않았다. 하루에 한 번씩, 긴 구령

7) 반원형의 간이 건물 8) 가건물 / 임시 막사

소리에 맞춰서 붉은 줄을 친 군복에 박박 깎인 머리의 군 죄수들이 바깥으로 몰려나왔다. 죄수들이 일렬로 서서 세면과 용변을 보는 모습이 보였었다. 그들은 간혹 대여섯 명씩 무장 헌병의 감시를 받으며 작업을 하러 내려오는 때도 있었다. 등에 커다란 광주리를 메고 고개를 숙인 채로 그들은 줄을 지어 걸어왔다.

"처음에 부산에서 잘못 소개를 받아 술집으로 팔렸었지요. 거기에 갔을 땐 벌써 될대루 되라는 식이어서 겁나는 것두 없었구요. 나이는 어렸지만 인생살이가 고달프다는 것두 깨달았단 말예요."

어느 날 그들은 마을의 제방공사를 돕기 위해서 삼십여 명이 내려왔다.

출감이 멀지 않은 사람들이라 성깔도 부리지 않았고 마을 사람들도 그리 경원[9]하지 않았다. 그들이 밖으로 작업을 나오면 기를 쓰고 찾는 것은 물론 담배였다. 백화는 담배 두 갑을 사서 그들 중의 얼굴이 해사한 죄수에게 쥐어 주었다. 작업하는 열흘간 백화는 그들의 담배를 댔다. 날마다 그 어려뵈는 죄수의 손에 몰래 쥐어 주고는 했다. 다음부터 백화는 음식을 장만해서 감옥 면회실로 그를 만나러 갔다. 옥바라지 두 달 만에 그는 이등병 계급장을 달고 백화를 만나러 왔다. 하룻밤을 같이 보내고 병사는 전속지[10]로 떠나갔다.

"그런 식으로 여덟 사람을 옥바라지했어요. 한 달, 두 달 하다 보면 그이는 앞 사람들처럼 하룻밤을 지내구 떠나가군 했어요."

백화는 그런 일 때문에 갈매기집에 있던 시절, 옷 한가지도 못해 입었다. 백화는 지나간 삭막한 삼 년 중에서 그때만큼 즐겁고 마음이 평화로왔던 시절은 없었다. 그 여자는 새로운 병사를 먼 전속지로 떠나 보내는 아침마다 차부[11]로 나가서 먼지 속에 버스가 가리울 때까지 서 있곤 했었다. 백화는 그 뒤부터 부대 근처를 전전하며 여러 고장을 흘러 다녔다.

아직 초저녁이 분명한데 날씨가 나빠서인지 곧 어두워질 것 같았다. 눈은 더욱 새하얗게 돋보였고, 사위는 고요한데 나무 타는 소리만이 들려 왔다.

9) 멀리함 10) 근무 지역 11) 정류장/터미널

"감옥뿐 아니라, 세상이란 게 따지면 고해 아닌가......"

정씨는 벗어서 불가에다 쬐고 있던 잠바를 입으면서 중얼거렸다.

"어둡기 전에 어서 가야지."

그들은 일어났다. 아직도 불길 좋게 타고 있는 모닥불 위에 눈을 한 움큼씩 덮었다. 산천이 차츰 희미하게 어두워졌다. 새들이 이리 저리로 깃을 찾아 숲에 모여들고 있었다. 영달이가 백화에게 물었다.

"그래 이젠 어떡할 셈요, 집에 가면……."

백화가 대답을 않고 웃기만 했다. 정씨가 말했다.

"시집 가야지 뭐."

"시집은 안 가요. 이제 와서 무슨 시집이예요. 조용히 틀어박혀 집의 농사나 거들지요. 동생들이 많아요."

사방이 어두워지자 그들도 얘기를 그쳤다. 어디에나 눈이 덮여 있어서 길을 잘 분간할 수가 없었다. 뒤에 처졌던 백화가 눈덮인 길의 고랑에 빠져 버렸다. 발이라도 삐었는지 백화는 꼼짝 못하고 주저앉아 신음을 했다. 영달이가 달려들어 싫다고 뿌리치는 백화를 업었다. 백화는 영달이의 등에 업히면서 말했다.

"무겁죠?"

영달이는 대꾸하지 않았다. 백화가 어린애처럼 가벼웠다. 등이 불편하지도 않았고 어쩐지 가뿐한 느낌이었다. 아마 쇠약해진 탓이리라 생각하니 영달이는 어쩐지 대전에서의 옥자가 생각나서 눈시울이 화끈했다. 백화가 말했다.

"어깨가 참 넓으네요. 한 세 사람쯤 업겠어."

"댁이 근수가 모자라니 그렇다구."

그들은 일곱 시쯤에 감천 읍내에 도착했다. 마침 장이 섰었는지 파장된 뒤인데도 읍내 중앙은 흥청대고 있었다. 전 부치는 냄새, 고기 굽는 냄새, 곰국 냄새가 풍겨왔다. 영달이는 이제 백화를 옆에서 부축하고 있었다. 발을 디딜 때마다 여자가 얼굴을 찡그렸다. 정씨가 백화에게 물었다.

"어느 방향이오?"

"전라선이예요."

"나는 호남선 쪽인데. 여비는 있소?"

"군용차를 사정해서 타구 가면 돼요."

그들은 장터 모퉁이에서 아직도 따뜻한 온기가 남아 있는 팥시루떡을 사 먹었다. 백화가 자기 몫에서 절반을 떼어 영달에게 내밀었다.

"더 드세요. 날 업구 왔으니 기운이 배나 들었을 텐데."

역으로 가면서 백화가 말했다.

"어차피 갈 곳이 정해지지 않았다면 우리 고향에 함께 가요. 내 일자리를 주선해 드릴께."

"내야 삼포루 가는 길이지만, 그렇게 하지?"

정씨도 영달이에게 권유했다. 영달이는 흙이 덕지덕지 달라붙은 신발 끝을 내려다보며 아무 말이 없었다. 대합실에서 정씨가 영달이를 한쪽으로 끌고 가서 속삭였다.

"여비 있소?"

"빠듯이 됩니다. 비상금이 한 천 원쯤 있으니까."

"어디루 가려우?"

"일자리 있는 데면 어디든지……."

스피커에서 안내하는 소리가 웅얼대고 있었다. 정씨는 대합실 나무 의자에 피곤하게 기대어 앉은 백화 쪽을 힐끗 보고 나서 말했다.

"같이 가시지. 내 보기엔 좋은 여자 같군."

"그런 거 같아요."

"또 알우? 인연이 닿아서 말뚝 박구 살게 될지. 이런 때 아주 뜨내기 신셀 청산해야지."

영달이는 시무룩해져서 역사 밖을 멍하니 내다보았다. 백화는 뭔가 쑤군대고 있는 두 사내를 불안한 듯이 지켜보고 있었다. 영달이가 말했다.

"어디 능력이 있어야죠."

"삼포엘 같이 가실라우?"

"어쨌든……."

영달이가 뒷주머니에서 꼬깃꼬깃한 오백 원짜리 두 장을 꺼냈다.

"저 여잘 보냅시다."

영달이는 표를 사고 삼립빵 두 개와 찐 달걀을 샀다. 백화에게 그는 말했다.

"우린 뒷 차를 탈 텐데…… 잘 가슈."

영달이가 내민 것들을 받아 쥔 백화의 눈이 붉게 충혈되었다.

그 여자는 더듬거리며 물었다.

"아무도…… 안 가나요."

"우린 삼포루 갑니다. 거긴 내 고향이오."

영달이 대신 정씨가 말했다. 사람들이 개찰구로 나가고 있었다. 백화가 보퉁이를 들고 일어섰다.

"정말, 잊어버리지…… 않을게요."

백화는 개찰구로 가다가 다시 돌아왔다. 돌아온 백화는 눈이 젖은 채 웃고 있었다.

"내 이름 백화가 아니예요. 본명은요…… 이점례예요."

여자는 개찰구로 뛰어나갔다. 잠시 후에 기차가 떠났다.

그들은 나무 의자에 기대어 한 시간쯤 잤다. 깨어 보니 대합실 바깥에 다시 눈발이 흩날리고 있었다. 기차는 연착이었다. 밤차를 타려는 시골 사람들이 의자마다 가득 차 있었다. 두 사람은 말없이 담배를 나눠 피웠다. 먼 길을 걷고 나서 잠깐 눈을 붙였더니 더욱 피로해졌던 것이다. 영달이가 혼잣말로

"쳇, 며칠이나 견디나……."

"뭐라구?"

"아뇨, 백화란 여자 말요. 저런 애들……. 한 사날두 시골 생활 못 배겨나요."

"사람 나름이지만 하긴 그럴 거요. 요즘 세상에 일이 년 안으루 인정이 휙 변해 가는 판인데……."

정씨 옆에 앉았던 노인이 두 사람의 행색과 무릎 위의 배낭을 눈 여겨 살피더니 말을 걸어 왔다.

"어디 일들 가슈?"

"아뇨, 고향에 갑니다."

"고향이 어딘데……."

"삼포라구 아십니까?"

"어 알지, 우리 아들놈이 거기서 도자를 끄는데……."

"삼포에서요? 거 어디 공사 벌릴 데나 됩니까. 고작해야 고기잡이나 하구 감자나 매는데요."

"어허! 몇 년 만에 가는 거요?"

"십 년."

노인은 그렇겠다며 고개를 끄덕였다.

"말두 말우 거긴 지금 육지야. 바다에 방둑을 쌓아 놓구, 추럭이 수십 대씩 돌을 실어 나른다구."

"뭣땜에요?"

"낸들 아나, 뭐 관광 호텔을 여러 채 짓는담서 복잡하기가 말할 수 없데."

"동네는 그대루 있을까요?"

"그대루가 뭐요. 맨 천지에 공사판 사람들에다 장까지 들어섰는 걸."

"그럼 나룻배두 없어졌겠네요."

"바다 위로 신작로가 났는데, 나룻배는 뭐에 쓰오. 허허 사람이 많아지니 변고지, 사람이 많아지면 하늘을 잊는 법이거든."

작정하고 벼르다가 찾아가는 고향이었으나, 정씨에게는 풍문마저 낯설었다. 옆에서 잠자코 듣고 있던 영달이가 말했다.

"잘 됐군. 우리 거기서 공사판 일이나 잡읍시다."

그때에 기차가 도착했다. 정씨는 발걸음이 내키질 않았다. 그는 마음의 정처를 잃어버렸던 때문이었다. 어느 결에 정씨는 영달이와 똑같은 입장이 되어 버렸다.

기차는 눈발이 날리는 어두운 들판을 향해서 달려갔다.

해　답

1. 불우하고 고생을 많이 했으며 삶에 지쳐 있고 고향을 떠나 타지에 나와 있는 신세로 미래에 대한 희망이 없는 인물들이다.
2. 개발로 인한 마음의 고향을 잃어버린 현대인의 모습이다. **3.** 삼포

요점별 정리 삼포 가는 길 · 황석영

정답 p.67

1. 핵심 정리

*갈래 : 단편소설

*성격 : 사실적, 현실 비판적

*배경 : 1970년대의 겨울날 공사장에서 철도역까지 눈덮인 길

*시점 : 전지적 작가 시점

*주제 : 산업화 과정에서 소외된 하층민들의 애환과 연대 의식

2. 등장인물의 성격

*정씨 : 교도소에서 출감, 공사장 노동자로 살아가는 이물 고향인 삼포로 가려 하지만 변해 버린 고향 소식에 돌아갈 곳을 상실하고 만다.

*영달 : 일자리를 찾아 정처 없이 떠도는 노동자 무뚝뚝한 성격이지만 마음은 따뜻한 인물이다.

*백화 : 술집 작부로 산전수전 다 겪으며 살아왔지만 따뜻한 마음씨를 버리지 않는 인물

3. 작품 개관

1970년대 이후 급속하게 진행되었던 산업화 과정 속에서 농촌 해체와 고향을 잃고 떠도는 사람들의 삶의 모습을 그리고 있는 작품이다. 소설 속의 인물들은 노동자, 술집 작부 등으로 산업화 피해를 가장 많이 받았던 하층계급에 속하는 인물 유형들이다.

제목으로 쓰인 삼포는 가공의 지명이지만 이들에게는 고된 삶을 벗어나 안식을 누릴 수 있는 이상적 공간으로서 의미를 지닌다. 그러나 삼포는 현

실에 존재하지 않는다. 그 곳 역시 급속한 산업화 과정에서 예외가 될 수 없었다.

이 소설이 고향 상실의 아픔을 보여준다고 하는 것이 이 때문이다. 또한 등장인물들이 서로 각기 다른 삶을 살아왔지만 근대화에 떠밀려 고향을 등진 채 이곳 저곳을 유랑하는 사람들이며 미래에 대한 희망이 없다는 점에서 공통된다. 처음에는 서먹서먹한 관계였던 인물들은 여정이 끝날 무렵에는 인간적인 정을 나누는 관계로 변한다. 이것은 산업화 사회를 이끌어 가는 중요한 민중의 연대 의식이기도 하다.

4. 문제

01_ 이 글에 나타난 세 인물의 공통점을 써 보자.

02_ 정시로 대변되는 현대인의 모습을 간략히 설명해 보자.

03_ 이 글에서 인간이 그리워하는 마음의 고향은 어디인가?

04_ 각자가 생각하는 "고향"의 의미를 써 보자.

03 김승옥

서울, 1964년 겨울

김승옥(金承鈺, 1941~) ●● 일본 오사카에서 태어났으나 전남 순천에서 어린 시절을 보냈다. 바닷가의 체험은 나중에 그의 소설의 주요 모티프가 되었다. 대학 시절 〈산문시대〉 동인으로 활동하면서 김현, 최하림, 이청준, 서정인 들과 교류하였는데, 이 동인들은 이후 우리 문학의 주된 산맥이 되었다. 〈한국일보〉 신춘 문예에 〈생명 연습(生命練習)〉이 당선되면서 등단하였다. 도시적 삶에 적응하려는 모습을 그린 작품이 많았는데, 그 대표작이 〈서울, 1964년 겨울〉 〈무진 기행〉 〈누이를 이해하기 위하여〉 〈건〉 〈환상 수첩〉 등이다. 그 밖에 〈역사〉 〈내가 훔친 여름〉 〈60년대식〉 〈야행〉 등을 잇따라 발표하여 문학적 성과를 쌓았다.

03 김승옥

서울, 1964년 겨울

1964년 겨울을 서울에서 지냈던 사람이라면 누구나 알고 있겠지만, 밤이 되면 거리에 나타나는 선술집 – 오뎅과 군참새와 세 가지 종류의 술등을 팔고 있고, 얼어붙은 거리를 휩쓸며 부는 차가운 바람이 펄럭거리게 하는 포장을 들치고 안으로 들어서게 되어 있고, 그 안에 들어서면 카바이드[1] 불의 길쭉한 불꽃이 바람에 흔들리고 있고, 염색한 군용(軍用) 잠바를 입고 있는 중년 사내가 술을 따르고 안주를 구워 주고 있는 그러한 선술집에서, 그날밤, 우리 세 사람은 우연히 만났다. 우리 세 사람이란 나와 도수 높은 안경을 쓴 안(安)이라는 대학원 학생과 정체를 알 수 없었지만 요컨대 가난뱅이라는 것만은 분명하여 그의 정체를 꼭 알고 싶다는 생각은 조금도 나지 않는 서른 대여섯 살짜리 사내를 말한다. 먼저 말을 주고받게 된 것은 나와 대학원생이었는데, 뭐 그렇고 그런 자기 소개가

1) 물과 작용하면 가스를 발생하는 고체 탄화칼슘

끝났을 때는 나는 그가 안씨라는 성을 가진 스물다섯 살짜리 대한민국 청년, 대학 구경을 해보지 못한 나로서는 상상이 되지 않는 전공(專攻)을 가진 대학원생, 부잣집 장남이라는 걸 알았고, 그는 내가 스물다섯 살짜리 시골 출신, 고등학교는 나오고 육군 사관학교를 지원했다가 실패하고 나서 군대에 갔다가 임질에 한 번 걸려 본 적이 있고, 지금은 구청 병사계(兵事係)에서 일하고 있다는 것을 아마 알았을 것이다.

자기 소개는 끝났지만, 그러고 나서는 서로 할 얘기가 없었다. 잠시 동안은 조용히 술만 마셨는데, 나는 새카맣게 구워진 참새를 집을 때 할 말이 생겼기 때문에 마음속으로 군참새에게 감사하고 나서 얘기를 시작했다.

"안 형, 파리를 사랑하십니까?"

"아니오. 아직까진……" 그가 말했다. "김 형은 파리를 사랑하세요?"

"예."

라고 나는 대답했다.

"날 수 있으니까요. 아닙니다. 날 수 있는 것으로서 동시에 내 손에 붙잡힐 수 있는 것이니까요. 날 수 있는 것으로서 손안에 잡아본 것이 있으세요?"

"가만 계셔 보세요."

그는 안경 속에서 나를 멀거니 바라보며 잠시 동안 표정을 꼼지락거리고 있었다. 그리고 말했다. "없어요. 나도 파리밖에는……."

낮엔 이상스럽게도 날씨가 따뜻했기 때문에 길은 얼음이 녹아서 흙물로 가득했었는데 밤이 되면서부터 다시 기온이 내려가고 흙물은 우리의 발밑에서 다시 얼어붙기 시작했다. 쇠가죽으로 지어진 내 검정 구두는 얼고 있는 땅바닥에서 올라오고 있는 찬 기운을 충분히 막아내지 못하고 있었다. 사실 이런 술집이란, 집으로 돌아가는 길에 잠깐 한잔하고 싶은 생각이 든 사람이나 들어올 데지, 마시면서 곁에 선 사람과 무슨 얘기를 주고받을 데는 되지 못하는 곳이다. 그런 생각이 문득 들었지만 그 안경쟁이가 때마침 나에게 기특한 질문을 했기 때문에 나는 '이 놈 그럴 듯하다'고 생각되어 추위 때문에 저려 드는 내 발바닥에 조금

만 참으라고 부탁했다.

"김 형, 꿈틀거리는 것을 사랑하십니까?"

하고 그가 내게 물었던 것이다.

"사랑하구 말구요."

나는 갑자기 의기 양양해져서 대답했다. 추억이란 그것이 슬픈 것이든지 기쁜 것이든지 그것을 생각하는 사람을 의기 양양하게 한다. 슬픈 추억일 때는 고즈넉이 의기 양양해지고 기쁜 추억일 때는 소란스럽게 의기 양양해진다.

"사관학교 시험에서 미역국을 먹고 나서도 얼마 동안, 나는 나처럼 대학 입학 시험에 실패한 친구 하나와 미아리에 하숙하고 있었습니다. 서울은 그때가 처음이었죠, 장교가 된다는 꿈이 깨어져서 나는 퍽 실의에 빠져 있었습니다. 그때 영영 실의해 버린 느낌입니다. 아시겠지만 꿈이 크면 클수록 실패가 주는 절망감도 대단한 힘을 발휘하더군요. 그 무렵 재미를 붙인 게 아침의 만원된 버스간이었습니다. 함께 있는 친구와 나는 하숙집의 아침 밥상을 밀어 놓기가 바쁘게 미아리 고개 위에 있는 버스 정류장으로 달려갑니다. 개처럼 숨을 헐떡거리면서 말입니다. 시골에서 처음으로 서울에 올라온 청년들의 눈에 가장 부럽고 신기하게 비치는 게 무언지 아십니까? 부러운 건 뭐니뭐니 해도, 밤이 되면 빌딩들의 창에 켜지는 불빛, 아니 그 불빛 속에서 이리저리 움직이고 있는 사람들이고, 신기한 건 버스간 속에서 일 센티미터도 안 되는 간격을 두고 자기 곁에 예쁜 아가씨가 서 있다는 사실입니다. 때로는 아가씨들과 팔목의 살을 대고 있기도 하고 허벅다리를 비비고서 있을 수도 있어서 그것 때문에 나는 하루 종일 시내 버스를 이것저것 갈아타면서 보낸 적도 있습니다. 물론 그날 밤에는 너무 피로해서 토했습니다만……."

"잠깐, 무슨 얘기를 하시자는 겁니까?"

"꿈틀거리는 것을 사랑한다는 얘기를 하려던 참이었습니다. 들어보세요. 그 친구와 나는 출근 시간의 만원 버스 속을 스리꾼들처럼 안으로 비집고 들어갑니다. 그리고 자리를 잡고 앉아 있는 젊은 여자 앞에 섭니다. 나는 한 손으로 손잡이를 잡고 나서, 달려오느라고 좀 멍해진 머리를 올리고 있는 손에 기댑니다. 그리고 내 앞에 앉아 있는 여자의 아랫배 쪽으로 천천히 시선을 보냅니다. 그러면 처음엔 얼른 눈에 뜨이지 않지만 시간이 조금 가고 내 시선이 투명해지면서부터 나는 그 여자의 아랫배가 조용히 오르내리는 것을 볼 수 있습니다……."

"오르내린다는 건……호흡 때문에 그러는 것이겠죠?"

"물론입니다. 시체의 아랫배는 꿈쩍도 하지 않으니까요. 하여튼…… 나는 그 아침의 만원 버스간 속에서 보는 젊은 여자 아랫배의 조용한 움직임을 보고 있으면 왜 그렇게 마음이 편안해지고 맑아지는지 모르겠습니다. 나는 그 움직임을 지독하게 사랑합니다."

"퍽 음탕한 얘기군요."

라고 안은 기묘한 음성으로 말했다. 나는 화가 났다. 그 얘기는, 내가 만일 라디오의 박사 게임 같은 데에 나가게 돼서 '세상에서 가장 신선한 것은?'이라는 질문을 받게 되었을 때, 남들은 상추니 오월의 새벽이니 천사의 이마니 하고 대답하겠지만 나는 그 움직임이 가장 신선한 것이라고 대답하려니 하고 일부러 기억해 두었던 것이었다.

"아니 음탕한 얘기가 아닙니다."

나는 강경한 태도로 말했다.

"그 얘기는 정말입니다."

"음탕하지 않다는 것과 정말이라는 것 사이엔 어떤 관계가 있죠?"

"모르겠습니다. 관계 같은 것은 난 모릅니다. 요컨대……."

"그렇지만 고 동작은 '오르내린다'는 것이지 꿈틀거린다는 것은 아니군요. 김 형은 아직 꿈틀거리는 것을 사랑하지 않으시구먼."

우리는 다시 침묵 속으로 떨어져서 술잔만 만지작거리고 있었다. 개새끼, 그게 꿈틀거리는 게 아니라고 해도 괜찮다, 하고 나는 생각하고 있었다. 그런데 잠시 후에 그가 말했다.

"난 지금 생각해 봤는데, 김 형의 그 오르내림도 역시 꿈틀거림의 일종이라는 결론을 얻었습니다."

"그렇죠?"

나는 즐거워졌다.

"그것은 틀림없는 꿈틀거림입니다. 난 여자의 아랫배를 가장 사랑합니다. 안 형은 어떤 꿈틀거림을 사랑합니까?"

"어떤 꿈틀거림이 아닙니다. 그냥 꿈틀거리는 거죠. 그냥 말입니다. 예를 들면 ……데모도 ……."

"데모가? 데모를? 그러니까 데모……."

"서울은 모든 욕망의 집결지입니다. 아시겠습니까?"

"모르겠습니다."

라고 나는 할 수 있는 한 깨끗한 음성을 지어서 대답했다.

그 때 우리의 대화는 또 끊어졌다. 이번엔 침묵이 오래 계속되었다. 나는 술잔을 입으로 가져갔다. 내가 잔을 비우고 났을 때 그도 잔을 입에 대고 눈을 감고 마시고 있는 게 보였다. 나는 이젠 자리를 떠나야 할 때가 되었다고 다소 서글픈 기분으로 생각했다. 결국 그렇고 그렇다. 또 한 번 확인된 것에 지나지 않다고 생각하면서, '자 그럼 다음에 또……'라고 말할까 '재미있었습니다'라고 말할까, 궁리하고 있는데 술잔을 비운 안이 갑자기 한 손으로 내 한쪽 손을 살며시 잡으면서 말했다.

"우리가 거짓말을 하고 있었다고 생각하지 않으십니까?"

"아니오." 나는 좀 귀찮은 생각이 들었다.

"안 형은 거짓말을 했는지 모르지만 내가 한 얘기는 정말이었습니다."

"난 우리가 거짓말을 하고 있었던 것 같은 느낌이 듭니다."

그는 붉어진 눈두덩을 안경 속에서 두어 번 끔벅거리고 나서 말했다.

"난 우리 또래의 친구를 새로 알게 되면 꼭 꿈틀거림에 대한 얘기를 하고 싶어집니다. 그래서 얘기를 합니다. 그렇지만 얘기는 오 분도 안 돼서 끝나 버립니다."

나는 그가 무슨 이야기를 하고 있는지 알 듯하기도 했고 모를 것 같기도 했다.

"우리 다른 얘기합시다."

하고 그가 다시 말했다.

나는 심각한 얘기를 좋아하는 이 친구를 골려 주기 위해서, 그리고 한편으로는 자기의 음성을 자기가 들을 수 있는 취한 사람의 특권을 맛보고 싶어서 얘기를 시작했다.

"평화 시장 앞에서 줄지어 선 가로등 중에서 동쪽으로부터 여덟 번째 등은 불이 켜져 있지 않습니다……."

나는 그가 좀 어리둥절해 하는 것을 보자 더욱 신이 나서 얘기를 계속했다.

"…… 그리고 화신 백화점 육 층의 창들 중에서는 그 중 세 개에서만 불빛이 나오고 있었습니다.……."

그러자 이번엔 내가 어리둥절해질 사태가 벌어졌다. 안의 얼굴에 놀라운 기쁨이 발하기 시작했기 때문이다.

그가 빠른 말씨로 얘기하기 시작했다.

"서대문 버스 정류장에는 사람이 서른두 명 있는데 그 중 여자가 열일곱 명이고 어린애는 다섯 명, 젊은이는 스물한 명, 노인이 여섯 명입니다."

"그건 언제 일이지요?"

"오늘 저녁 일곱 시 십오 분 현재입니다."

"아."

하고 나는 잠깐 절망적인 기분이었다. 그 반작용인 듯 굉장히 기분이 좋아져서 털어놓기 시작했다.

"단성사 옆골목의 첫번째 쓰레기통에는 초콜릿 포장지가 두 장 있습니다."

"그건 언제?"

"지난 십사일 저녁 아홉 시 현재입니다."

"적십자 병원 정문 앞에 있는 호도나무의 가지 하나는 부러져 있습니다."

"을지로 삼가에 있는 간판 없는 한 술집에는 미자라는 이름을 가진 색시가 다섯 명 있는데, 그 집에 들어온 순서대로 큰 미자, 둘째 미자, 셋째 미자, 넷째 미자, 막내 미자라고 합니다."

"그렇지만 그건 다른 사람들도 알고 있겠군요. 그 술집에 들어가 본 사람은 꼭 김 형 하나뿐이 아닐 테니까요."

"아 참, 그렇군요. 난 미처 그걸 생각하지 못했는데. 난 그 중에 큰 미자와 하룻저녁 같이 잤는데 그 여자는 다음날 아침 일수(日收)[2]로 물건을 파는 여자가 왔을 때 내게 팬티 하나를 사주었습니다. 그런데 그 여자가 저금통으로 사용하고 있는 한 되들이 빈 술병에는 돈이 백십 원 들어 있었습니다."

"그건 얘기가 됩니다. 그 사실은 완전히 김 형의 소유입니다."

우리의 말투는 점점 서로를 존중해 가고 있었다.

"나는……."

하고 우리는 동시에 말을 시작하기도 했다. 그럴 때는 번갈아서 서로 양보했다.

"나는……."

이번에는 그가 말할 차례였다.

"서대문 근처에서 서울역 쪽으로 가는 전차의 트롤리[3]가 내 시야에서 꼭 다섯 번 파란 불꽃을 튀기는 것을 보았습니다. 그건 오늘 밤 일곱 시 십오 분에 거길 지나가는 전차였습니다."

"안 형은 오늘 저녁엔 서대문 근처에서 살고 있었군요."

"예 서대문 근처에서만……."

"난 종로 이가 쪽입니다. 영보 빌딩 안이 있는 변소 문의 손잡이 조금 밑에는 약 이 센티미터 가량의 손톱 자국이 있습니다."

하하하하, 하고 그는 소리 내어 웃었다.

"그건 김 형이 만들어 놓은 자국이겠지요?"

2) 하루 수입 3) 전차의 꼭대기에 전기를 통하게 하는 바퀴

나는 무안했지만 고개를 끄덕이지 않을 수 없었다. 그건 사실이었다.

"어떻게 아세요?"

하고 나는 그에게 물었다.

"나도 그런 경험이 있으니까요."

그가 대답했다.

"그렇지만 별로 기분 좋은 기억이 못 되더군요. 역시 우리는 그냥 바라보고 발견하고 비밀히 간직해 두는 편이 좋겠어요. 그런 짓을 하고 나서는 뒷맛이 좋지 않더군요."

"난 그런 짓을 많이 했습니다만 오히려 기분이 좋았……."

좋았다고 말하려고 했는데, 갑자기 내가 했던 모든 그것에 대한 혐오감이 치밀어서 나는 말을 그치고 그의 의견에 동의하는 고갯짓을 해버렸다.

그러나 그 때 나는 이상스럽다는 생각이 들었다. 내가 약 삼십 분 전에 들은 말이 틀림없다면 지금 내 옆에서 안경을 번쩍이고 앉아 있는 친구는 틀림없는 부잣집 아들이고 높은 공부를 한 청년이다. 그런데 왜 그가 이래야만 되는가?

" 안 형이 부잣집 아들이라는 것은 사실이겠지요? 그리고 대학원 학생이라는 것도……."

내가 물었다.

"부동산만 해도 대략 삼천만 원쯤 되면 부자가 아닐까요? 물론 내 아버지 재산이지만 말입니다. 그리고 대학원생이라는 건 여기 학생증이 있으니까……."

그러면서 그는 호주머니를 뒤적거리면서 지갑을 꺼냈다.

"학생증까진 필요 없습니다. 실은 좀 의심스러운 게 있어서요. 안형 같은 사람이 추운 밤에 싸구려 선술집에 앉아서 나 같은 친구나 간직할 만한 일에 대해서 얘기하고 있다는 것이 이상스럽다는 생각이 방금 들었습니다."

"그건 ……그건……."

그는 좀 열띤 음성으로 말했다.

"그건……그렇지만 먼저 물어 보고 싶은 게 있는데요. 김 형이 추운 밤에 밤거리를 다니는 이유는 무엇입니까?"

"습관은 아닙니다. 나 같은 가난뱅이는 호주머니에 돈이 좀 생겨야 밤거리에 나올 수 있으니까요."

"글쎄 밤거리에 나오는 이유는 무엇입니까?"

"하숙방에 들어앉아서 벽이나 쳐다보고 있는 것보다는 나으니까요."

"밤거리에 나오면 뭔가 좀 풍부해지는 느낌이 들지 않습니까?"

"뭐가요?"

"그 뭔가가. 그러니까 생(生)이라고 해도 좋겠지요. 김 형이 왜 그런 질문을 하는지 그 이유를 조금은 알 것 같습니다. 내 대답은 이렇습니다. 밤이 됩니다. 난 집에서 거리로 나옵니다. 난 모든 것에서 해방된 것을 느낍니다. 아니, 실제로는 그렇지 않을지도 모르지만 그렇게 느낀다는 말입니다. 김 형은 그렇게 안 느낍니까?"

"글쎄요."

"나는 사물의 틈에 끼여서가 아니라 사물을 벌리 두고 바라보게 됩니다. 안 그렇습니까?"

"글쎄요. 좀……."

"아니 어렵다고 말하지 마세요. 이를테면 낮엔 그저 스쳐 지나가던 모든 것이 밤이 되면 내 시선 앞에서 자기들의 벌거벗은 몸을 송두리째 드러내 놓고 쩔쩔맨단 말입니다. 그런데 그게 의미가 없는 일일까요? 그런, 사물을 바라보며 즐거워한다는 일이 말입니다."

"의미요? 그게 무슨 의미가 있습니까? 난 무슨 의미가 있기 때문에 종로 이가에 있는 빌딩들의 벽돌 수를 헤아리는 일을 하는 게 아닙니다. 그냥……."

"그렇죠? 무의미한 겁니다. 아니 사실은 의미가 있는지도 모르지만 난 아직 그걸 모릅니다. 김 형도 아직 모르는 모양인데 우리 한번 함께 그거나 찾아볼까요. 일부러 만들어 붙이지는 말고요."

"좀 어리둥절하군요. 그게 안 형의 대답입니까? 난 좀 어리둥절한데요. 갑자기

의미라는 말이 나오니까."

"아 참, 미안합니다. 내 대답은 아마 이렇게 된 것 같군요. 그냥 뭔가 뿌듯해지는 느낌이 들기 때문에 밤거리로 나온다고."

그는 이번엔 목소리를 낮추어서 말했다.

"김 형과 나는 서로 다른 길을 걸어서 같은 지점에 온 것 같습니다. 만일 이 지점이 잘못된 지점이라고 해도 우리 탓은 아닐 거예요."

그는 이번엔 쾌활한 음성으로 말했다.

"자, 여기서 이럴 게 아니라 어디 따뜻한 데 가서 정식으로 한잔씩 하고 헤어집시다. 난 한 바퀴 돌고 여관으로 갑니다. 가끔 이렇게 밤거리를 쏘다니는 밤엔 꼭 여관에서 자고 갑니다. 여관엘 찾아든다는 프로가 내게는 최고죠."

우리는 각기 계산하기 위해서 호주머니에 손을 넣었다. 그때 한 사내가 우리에게 말을 걸어왔다. 우리 곁에서 술잔을 받아 놓고 연탄불에 손을 쬐고 있던 사내였는데, 술을 마시기 위해서 거기에 들어온 것이 아니라 불이 쬐고 싶어서 잠깐 들렀다는 꼴을 하고 있었다. 제법 깨끗한 코트를 입고 있었고 머리엔 기름도 얌전하게 발라서 카바이드의 불꽃이 너풀댈 때마다 머리칼의 하이라이트가 이리저리 움직이고 있었다. 그러나 어디선지는 분명하지는 않았지만 가난뱅이 냄새가 나는 서른 대여섯 살짜리 사내였다. 아마 빈약하게 생긴 턱 때문이었을까. 아니면 유난히 새빨간 눈시울 때문이었을까. 그 사내가 나나 안(安) 중의 어느 누구에게라고 할 것 없이 그냥 우리 쪽을 향하여 말을 걸어 온 것이다.

"미안하지만 제가 함께 가도 괜찮을까요? 제게 돈은 얼마 있습니다만……."

이라고 그 사내는 힘없는 음성으로 말했다.

그 힘없는 음성으로 봐서는 꼭 끼워 달라는 건 아니라는 것 같았지만, 한편으로는 우리와 함께 가고 싶은 생각이 간절하다는 것 같기도 했다. 나와 안은 잠깐 얼굴을 마주 보고 나서,

"아저씨 술값만 있다면……."

이라고 내가 말했다.

"함께 가시죠."

라고 안도 내 말을 이었다.

"고맙습니다."

하고 그 사내는 여전히 힘없는 음성으로 말하면서 우리를 따라왔다.

안은 일이 좀 이상하게 되었다는 얼굴을 하고 있었고, 나 역시 유쾌한 예감이 들지는 않았다. 술좌석에서 알게 된 사람끼리는 의외로 재미있게 놀게 되는 것을 몇 번의 경험으로 알고 있었지만, 대개의 경우, 이렇게 힘없는 목소리로 끼여드는 양반은 없었다. 즐거움이 넘치고 넘친다는 얼굴로 요란스럽게 끼여들어야만 일이 되는 것이었다. 우리는 갑자기 목적지를 잊은 사람들처럼 사방을 두리번거리면서 느릿느릿 걸어갔다. 전봇대에 붙은 약 광고판 속에서는 예쁜 여자가 춥지만 할 수 있느냐는 듯한 쓸쓸한 미소를 띠고 우리를 내려다보고 있었고, 어떤 빌딩의 옥상에서는 소주 광고의 네온사인이 열심히 명멸[4]하고 있었고, 소주 광고 곁에서는 약 광고의 네온사인이 하마터면 잊어버릴 뻔했다는 듯이 황급히 꺼졌다간 다시 켜져서 오랫동안 빛나고 있었고, 이젠 완전히 얼어붙은 길 위에는 거지가 돌덩이처럼 여기저기 엎드려 있었고, 그 돌덩이 앞을 사람들이 힘껏 웅크리고 빠르게 지나가고 있었다. 종이 한 장이 바람에 쉭 날리어 거리의 저쪽에서 이쪽으로 날아오고 있었다. 그 종잇조각은 내 발밑에 떨어졌다. 나는 그 종잇조각을 집어들었는데 그것은 '미희(美姬) 서비스, 특별 염가(特別廉價)'라는 것을 강조한 어느 비어 홀의 광고지였다.

"지금 몇 시쯤 되었습니까?"

라고 힘없는 아저씨가 안에게 물었다.

"아홉 시 십 분 전입니다."

라고 잠시 후에 안이 대답했다.

"저녁들은 하셨습니까? 난 아직 저녁을 안 했는데, 제가 살 테니까 같이 가시

4) 켜졌다 꺼졌다 함 / 깜박거림

겠어요?"

하고 힘없는 아저씨가 이번엔 나와 안을 번갈아 보며 말했다.

"먹었습니다."

하고 나와 안은 동시에 대답했다.

"혼자서 하시죠."

라고 내가 말했다.

"그만두겠습니다."

힘없는 아저씨가 대답했다.

"하세요. 따라가 드릴 테니까요."

안이 말했다.

"감사합니다. 그럼……."

우리는 근처의 중국 요릿집으로 들어갔다. 방으로 들어가서 앉았을 때, 아저씨는 또 한 번 간곡하게 우리가 뭘 좀 들 것을 권했다. 우리는 또 한 번 사양했다. 그는 또 권했다.

"아주 비싼 걸 시켜도 괜찮겠습니까?"

라고 나는 그의 권유를 철회시키기 위해서 말했다.

"네, 사양 마시고."

그가 처음으로 힘있는 목소리로 말했다.

"돈을 써 버리기로 결심했으니까요."

나는 그 사내에게 어떤 꿍꿍이속이 있는 것만 같은 느낌이 들어서 좀 불안했지만, 통닭과 술을 시켜 달라고 했다. 그는 자기가 주문한 것 외에 내가 말한 것도 사환에게 청했다. 안은 어처구니없는 얼굴로 나를 보았다. 나는 그때 마침 옆방에서 들려오고 있는 여자의 불그레한 신음 소리를 듣고만 있었다.

"이 형도 뭘 좀 드시죠?"

라고 아저씨가 안에게 말했다.

"아니 전……."

안은 술이 다 깬다는 듯이 펄쩍 뛰고 사양했다.

우리는 조용히 옆방의 다급해져 가는 신음 소리에 귀를 기울이고 있었다. 전차의 끽끽거리는 소리와 홍수 난 강물 소리 같은 자동차들의 달리는 소리도 희미하게 들려 오고 있었고 가까운 곳에선 이따금 초인종 울리는 소리도 들렸다. 우리의 방은 어색한 침묵에 싸여 있었다.

"말씀드리고 싶은 게 있는데요."

마음씨 좋은 아저씨가 말하기 시작했다.

"들어 주시면 고맙겠습니다……오늘 낮에 제 아내가 죽었습니다. 세브란스 병원에 입원하고 있었는데……."

그는 이젠 슬프지도 않다는 얼굴로 우리를 빤히 쳐다보며 말하고 있었다.

"네에에."

"그거 안되셨군요."

라고 안과 나는 각각 조의를 표했다.

"아내와 나는 참 재미있게 살았습니다. 아내가 어린애를 낳지 못하기 때문에 시간은 몽땅 우리 두 사람의 것이었습니다. 돈은 넉넉하지 못했습니다만 그래도 돈이 생기면 우리는 어디든지 같이 다니면서 재미있게 지냈습니다. 딸기철엔 수원에도 가고, 포도철에 안양에도 가고, 여름이면 대천에도 가고, 가을엔 경주에도 가보고, 밤엔 영화 구경, 쇼 구경하러 열심히 극장에 쫓아다니기도 했습니다……."

"무슨 병환이셨던가요?"

하고 안이 조심스럽게 물었다.

"급성 뇌막염이라고 의사가 그랬습니다. 아내는 옛날에 급성 맹장염 수술을 받은 적도 있고, 급성 폐렴을 앓은 적도 있다고 했습니다만 모두 괜찮았는데 이번의 급성엔 결국 죽고 말았습니다…… 죽고 말았습니다."

사내는 고개를 떨구고 한참 동안 무언지 입을 우물거리고 있었다. 안이 손가락으로 내 무릎을 찌르며 우리는 꺼지는 게 어떻겠느냐는 눈짓을 보냈다. 나 역시 동감이었지만 그때 그 사내가 다시 고개를 들고 말을 계속했기 때문에 우리는 눌러 앉아 있을 수밖에 없었다.

"아내와는 재작년에 결혼했습니다. 우연히 알게 되었습니다. 친정이 대구 근처에 있다는 얘기만 했지 한 번도 친정과는 내왕이 없었습니다. 난 처갓집이 어딘지도 모릅니다. 그래서 할 수 없었어요."

그는 다시 고개를 떨구고 입을 우물거렸다.

"뭘 할 수 없었다는 말입니까?"

내가 물었다. 그는 내 말을 못 들은 것 같았다. 그러나 한참 후에 다시 고개를 들고 마치 애원하는 듯한 눈빛으로 말을 이었다.

"아내의 시체를 병원에 팔았습니다. 할 수 없었습니다. 난 서적 외판원에 지나지 않습니다. 할 수 없었습니다. 돈 사천 원을 주더군요. 난 두 분을 만나기 얼마 전까지도 세브란스 병원 울타리 곁에 서 있었습니다. 아내가 누워 있을 시체실이 있는 건물을 알아보려고 했습니다만 어딘지 알 수 없었습니다. 그냥 울타리 곁에 앉아서 병원의 큰 굴뚝에서 나오는 희끄무레한 연기만 바라보고 있었습니다. 아내는 어떻게 될까요? 학생들이 해부 실습하느라고 톱으로 머리를 가르고 칼로 배를 째고 한다는데 정말 그러겠지요?"

우리는 입을 다물고 있을 수밖에 없었다. 사환이 다쿠앙과 양파가 담긴 접시를 갖다 놓고 나갔다.

"기분 나쁜 얘길 해서 미안합니다. 다만 누구에게라도 얘기하지 않고서는 견딜 수 없었습니다. 한 가지만 의논해 보고 싶은데, 이 돈을 어떻게 하면 좋을까요? 저는 오늘 저녁에 다 써버리고 싶은데요."

"쓰십시오."

안이 얼른 대답했다.

"이 돈이 다 없어질 때까지 함께 있어 주시겠어요?"

사내가 말했다. 우리는 얼른 대답하지 못했다.

"함께 있어 주십시오."

사내가 말했다. 우리는 승낙했다.

"멋있게 한번 써 봅시다."

라고 사내는 우리와 만나 후 처음으로 웃으면서, 그러나 여전히 힘없는 음성으로 말했다.

중국집에서 거리로 나왔을 때는 우리는 모두 취해 있었고, 돈은 천 원이 없어졌고, 사내는 한쪽 눈으로는 울고 다른 쪽 눈으로는 웃고 있었고, 안은 도망갈 궁리를 하기에도 지쳐 버렸다고 내게 말하고 있었고, 나는 "악센트 찍는 문제를 모두 틀려 버렸단 말야, 악센트 말야"라고 중얼거리고 있었고, 거리는 영화에서 본 식민지의 거리처럼 춥고 한산했고, 그러나 여전히 소주 광고는 부지런히, 약 광고는 게으름을 피우며 반짝이고 있었고, 전봇대의 아가씨는 '그저 그래요'라고 웃고 있었다.

"이제 어디로 갈까?"

하고 아저씨가 말했다.

"어디로 갈까?"

안이 말하고,

"어디로 갈까?"

라고 나도 그들의 말을 흉내 냈다.

아무 데도 갈 데가 없었다. 방금 우리가 나온 중국집 곁에 양품점의 쇼윈도가 있었다. 사내가 그쪽을 가리키며 우리를 끌어당겼다. 우리는 양품점 안으로 들어갔다.

"넥타이를 하나 골라 가져. 내 아내가 사주는 거야."

사내가 호통을 쳤다.

우리는 알록달록한 넥타이를 하나씩 들었고, 돈은 육백 원이 없어져 버렸다. 우리는 양품점에서 나왔다.

"어디로 갈까?"

라고 사내가 말했다.

갈 데는 계속해서 없었다. 양품점의 앞에는 귤장수가 있었다.

"아내는 귤을 좋아했다."

고 외치며 사내는 귤을 벌여 놓은 수레 앞으로 돌진했다. 돈 삼백 원이 없어졌다.

우리는 이빨로 귤껍질을 벗기면서 그 부근에서 서성거렸다.

"택시!"

사내가 고함쳤다.

택시가 우리 앞에서 멎었다. 우리가 차에 오르자마자 사내는,

"세브란스로!"

라고 말했다.

"안 됩니다. 소용없습니다."

안이 재빠르게 외쳤다.

"안 될까?"

사내는 중얼거렸다.

"그럼 어디로?"

아무도 대답하지 않았다.

"어디로 가시는 겁니까?"

라고 운전수가 짜증난 음성으로 말했다.

"갈 데가 없으면 빨리 내리쇼."

우리는 차에서 내렸다. 결국 우리는 중국집에서 스무 발짝도 더 벗어나지 못하고 있었다.

거리의 저쪽 끝에서 요란한 사이렌 소리가 나타나서 점점 가깝게 달려들었다. 소방차 두 대가 우리 앞을 빠르고 시끄럽게 지나쳐 갔다.

"택시!"

사내가 고함쳤다.

택시가 우리 앞에 멎었다. 우리가 차에 오르자마자 사내는,

"저 소방차 뒤를 따라갑시다."

라고 말했다.

나는 귤 껍질 세 개째를 벗기고 있었다.

"지금 불구경하러 가고 있는 겁니까?"

라고 안이 아저씨에게 말했다.

"안 됩니다. 시간이 없습니다. 벌써 열 시 반인데요. 좀더 재미있게 지내야죠. 돈은 이제 얼마 남았습니까?"

아저씨는 호주머니를 뒤져서 돈을 모두 털어냈다. 그리고 그것을 안에게 건네줬다. 안과 나는 세어 봤다. 천구백 원하고 동전이 몇 개, 십 원짜리가 몇 장이 있었다.

"됐습니다."

안은 다시 돈을 돌려주면서 말했다.

"세상엔 다행히 여자의 특징만 중점적으로 내보이는 여자들이 있습니다."

"내 아내 얘깁니까?"

라고 사내가 슬픈 음성으로 물었다.

"내 아내의 특징은 잘 웃는다는 것이었습니다."

"아닙니다. 종삼(鐘三)[5]으로 가자는 얘기였습니다."

안이 말했다.

사내는 안을 경멸하는 듯한 웃음을 띠며 고개를 돌려 버렸다. 그러는 사이에 우리는 화재가 난 곳에 도착했다. 삼십 원이 없어졌다. 화재가 난 곳은 아래층인 페인트 상점이었는데 지금은 미용 학원 이층에서 불길이 창으로부터 뿜어 나오고 있었다. 경찰들의 호각 소리, 소방차들의 사이렌 소리, 불길 속에서 나는 탁탁 소리, 물줄기가 건물의 벽에 부딪쳐서 나는 소리. 그러나 사람들의 소리는 아무 것도 나지 않았다. 사람들은 불빛에 비쳐 무안당한 사람들처럼 붉은 얼굴로 정

5) 종로 3가

물처럼 서 있었다.

우리는 발밑에 굴러 있는 페인트 통을 하나씩 궁둥이 밑에 깔고 웅크리고 앉아서 불구경을 했다. 나는 불이 좀더 오래 타기를 바랐다. 미용 학원이라는 간판에 불이 붙고 있었다. '원'자에 불이 붙기 시작했다.

"김 형, 우리 얘기나 합시다."

하고 안이 말했다.

"화재 같은 건 아무것도 아닙니다. 내일 아침 신문에서 볼 것을 오늘 밤에 미리 봤다는 차이밖에 없습니다. 저 화재는 김 형의 것도 아니고 내 것도 아니고 이 아저씨 것도 아닙니다. 그렇기 때문에 난 화재엔 흥미가 없습니다. 김 형은 어떻게 생각하십니까?"

"동감입니다."

물줄기 하나가 불타고 있는 '학'으로 달려들고 있었다. 물이 닿는 곳에선 회색 연기가 피어 올랐다. 힘없는 아저씨가 갑자기 힘차게 깡통으로부터 일어섰다.

"내 아냅니다."

하고 사내는 환한 불길 속을 손가락질하며 눈을 크게 뜨고 소리쳤다.

"내 아내가 머리를 막 흔들고 있습니다. 골치가 깨질 듯이 아프다고 머리를 막 흔들고 있습니다. 여보……."

"골치가 깨질 듯이 아픈 게 뇌막염의 증세입니다. 그렇지만 저건 바람에 휘날리는 불길입니다. 앉으세요. 불 속에 아주머님이 계실 리가 있습니까?"

라고 안이 아저씨를 끌어 앉히며 말했다. 그러고 나서 안은 나에게 나지막하게 속삭였다.

"이 양반, 우릴 웃기는데요."

나는 꺼졌다고 생각하고 있던 '학'에 다시 불이 붙고 있는 것을 보았다. 물줄기가 다시 그곳으로 뻗어 가고 있었다. 그러나 물줄기는 겨냥을 잘 잡지 못하고 이리 저리 흔들리고 있었다. 불은 날쌔게 '용'자를 핥고 있었다. 나는 '미'까지 어서 불붙기를 바라고 있었고 그리고 그 간판에 불이 붙은 과정을 그 많은 불구경꾼들 중에서 나 혼자만 알고 있기를 바랐다. 그러나 그때 문득 나는 불이 생명을 가진 것처럼 생각되어서, 내가 조금 전에 바라고 있던 것을 취소해 버렸다.

무언가 하얀 것이 우리가 웅크리고 앉아 있는 곳에서 불타고 있는 건물 쪽으로 날아가는 것이 보였다. 그 비둘기는 불 속으로 떨어졌다.

"무엇이 불 속으로 날아 들어갔지요?"

내가 안을 돌아다보며 물었다.

"예 뭐가 날아갔습니다."

안은 나에게 대답하고 나서 이번엔 아저씨를 돌아다보며,

"보셨어요?"

하고 그에게 물었다.

아저씨는 잠자코 앉아 있었다. 그때 순경 한 사람이 우리 쪽으로 달려왔다.

"당신이다."

라고 순경은 아저씨를 한손으로 붙잡으면서 말했다.

"방금 무엇을 불 속에 던졌소?"

"아무것도 안 던졌습니다."

"뭐라구요?"

순경은 때릴 듯한 시늉을 하며 아저씨에게 소리쳤다.

"내가 던지는 걸 봤단 말요. 무얼 불 속에 던졌소?"

"돈입니다."

"돈?"

"돈과 돌을 수건에 싸서 던졌습니다."

"정말이오?"

순경은 우리에게 물었다.

"예, 돈이었습니다. 이 아저씨는 불난 곳에 돈을 던지면 장사가 잘 된다는 이상한 믿음을 가졌답니다. 말하자면 좀 돌았다고 할 수 있는 사람이지만 나쁜 짓을 결코 하지 않는 장사꾼입니다."

안이 대답했다.

"돈은 얼마였소?"

"일 원짜리 동전 한 개였습니다."

안이 다시 대답했다.

순경이 가고 났을 때 안이 사내에게 물었다.

"정말 돈을 던졌습니까?"

"예."

우리는 꽤 오랫동안 불꽃이 튀는 탁탁 소리에 귀를 기울이고 있었다. 한참 후에 안이 사내에게 말했다.

"결국 그 돈은 다 쓴 셈이군요……자, 이젠 약속이 끝났으니 우린 가겠습니다. 안녕히 계십시오."

라고 나는 아저씨에게 작별 인사를 했다.

안과 나는 돌아서서 걷기 시작했다. 사내가 우리를 쫓아와서 안과 나의 팔을 반쪽씩 붙잡았다.

"나 혼자 있기가 무섭습니다."

그는 벌벌 떨며 말했다.

"곧 통행 금지 시간이 됩니다. 난 여관으로 가서 잘 작정입니다."

안이 말했다.

"난 집으로 갈 겁니다."

내가 말했다.

"함께 갈 수 없겠습니까? 오늘 밤만 같이 지내 주십시오. 부탁합니다. 잠깐만 저를 따라와 주십시오."

사내는 말하고 나서 나를 붙잡고 있는 자기의 팔을 부채질하듯이 흔들었다. 아마 안의 팔에 대해서도 그렇게 했으리라.

"어디로 가자는 겁니까?"

나는 아저씨에게 물었다.

"여관비를 구하러 잠깐 이 근처에 들렀다가 모두 함께 여관으로 갔으면 하는데요."

"여관에요?"

나는 내 호주머니 속에 든 돈을 손가락으로 계산해 보며 말했다.

"아닙니다. 폐를 끼쳐 드리고 싶지 않습니다.잠깐만 절 따라와 주십시오."

"돈을 빌리러 가는 겁니까?"

"아닙니다. 받아야 할 돈이 있습니다."

"이 근처에요?"

"예, 여기가 남영동이라면."

"아마 틀림없는 남영동인 것 같군요."

내가 말했다.

사내가 앞장을 서고 안과 내가 그 뒤를 쫓아서 우리는 화재로부터 멀어져 갔다.

"빚 받으러 가기에는 시간이 너무 늦었습니다."

안이 사내에게 말했다.

"그렇지만 저는 받아야만 합니다."

우리는 어느 어두운 골목길로 들어섰다. 골목의 모퉁이를 몇 개인가 돌고 난 뒤에 사내는 대문 앞에 전등이 켜져 있는 집 앞에서 멈췄다. 나와 안은 사내로부터 열 발짝쯤 떨어진 곳에서 멈췄다. 사내가 벨을 눌렀다. 잠시 후에 대문이 열리고, 사내가 대문 앞에 선 사람과 말하는 소리가 들렸다.

"주인 아저씨를 뵙고 싶은데요."

"주무시는데요."

"그럼 아주머니는?"

"주무시는데요."

"꼭 뵈어야겠는데요.

"기다려 보세요."

대문이 다시 닫혔다. 안이 달려가서 사내의 팔을 잡아 끌었다.

"그냥 가시죠?"

"괜찮습니다. 받아야 할 돈이니까요."

안이 다시 먼저 서 있던 곳으로 걸어왔다. 대문이 열렸다.

"밤 늦게 죄송합니다."

사내가 대문을 향해 고개를 숙이며 말했다.

"누구시죠?"

대문은 잠에 취한 여자의 음성을 냈다.

"죄송합니다. 이렇게 너무 늦게 찾아와서 실은……."

"누구시죠? 술 취하신 것 같은데……."

"월부 책값 받으러 온 사람입니다."

하고, 사내는 비명 같은 높은 소리로 외쳤다.

"월부 책값 받으러 온 사람입니다."

이번엔 사내는 문기둥에 두 손을 짚고 앞으로 뻗은 자기 팔 위에 얼굴을 파묻으며 울음을 터뜨렸다.

"월부 책값 받으러 온 사람입니다. 월부 책값……."

사내는 계속해서 흐느꼈다.

"내일 낮에 오세요."

대문이 탕 닫혔다.

사내는 계속해서 울고 있었다. 사내는 가끔 '여보'라고 중얼거리며 오랫동안 울고 있었다. 우리는 여전히 열 발짝쯤 떨어진 곳에서 그가 울음을 그치기를 기다리고 있었다. 한참 후에 그가 우리 앞으로 비틀비틀 걸어왔다. 우리는 모두 고개를 숙이고 어두운 골목길을 걸어서 거리로 나왔다. 적막한 거리에는 찬바람이 세차게 불고 있었다.

"몹시 춥군요."

라고 사내는 우리를 염려한다는 음성으로 말했다.

"추운데요. 빨리 여관으로 갑시다."

안이 말했다.

"방을 한 사람씩 따로 잡을까요?"

여관에 들어갔을 때 안이 우리에게 말했다.

"그게 좋겠지요?"

"모두 한방에 드는 게 좋겠어요."

라고 나는 아저씨를 생각해서 말했다.

아저씨는 그저 우리 처분만 바란다는 듯한 태도로, 또는 지금 자기가 서 있는 곳이 어딘지도 모른다는 태도로 멍하니 서 있었다. 여관에 들어서자 우리는 모든 프로가 끝나 버린 극장에서 나오는 때처럼 어찌할 바를 모르고 거북스럽기만 했다. 여관에 비한다면 거리가 우리에게 더 좋았던 셈이었다. 벽으로 나누어진 방들, 그것이 우리가 들어가야 할 곳이었다.

"모두 같은 방에 들기고 하는 것이 어떻겠어요?"

내가 다시 말했다.

"난 아주 피곤합니다."

안이 말했다.

"방은 각각 하나씩 차지하고 자기로 하지요."

"혼자 있기가 싫습니다."

라고 아저씨가 중얼거렸다.

"혼자 주무시는 게 편하실 거예요."

안이 말했다.

우리는 복도에서 헤어져 사환이 지적해 준, 나란히 붙은 방 세 개에 각각 한 사람씩 들어갔다.

"화투라도 사다가 놉시다."

헤어지기 전에 내가 말했지만,

"난 아주 피곤합니다. 하시고 싶으면 두 분이나 하세요."

하고 안은 말하고 나서 자기의 방으로 들어가 버렸다.

"나도 피곤해 죽겠습니다. 안녕히 주무세요"

라고 나는 아저씨에게 말하고 나서 내 방으로 들어갔다. 숙박계엔 거짓 이름, 거짓 주소, 거짓 나이, 거짓 직업을 쓰고 나서 사환이 가져다 놓은 자리끼를 마시고 나는 이불을 뒤집어 썼다. 나는 꿈도 안 꾸고 잘 잤다

다음날 아침 일찍 안이 나를 깨웠다.

"그 양반 역시 죽어 버렸습니다."

안이 내 귀에 입을 대고 그렇게 속사였다.

"예?"

나는 잠이 깨끗이 깨어 버렸다.

"방금 그 방에 들어가 보았는데 역시 죽어 버렸습니다."

"역시 ……"

나는 말했다.

"사람들이 알고 있습니까?"

"아직까진 아무도 모르는 것 같습니다. 우선 빨리 도망해 버리는 게 시끄럽지 않을 것 같습니다."

"사실이지요?"

"물론 그렇겠죠."

나는 급하게 옷을 주워 입었다. 개미 한 마리가 방바닥을 내 발이 있는 쪽으로 기어오고 있었다. 그 개미가 내 발을 붙잡으려고 하는 것 같은 느낌이 들어서 나는 얼른 자리를 옮겨 디디었다.

밖의 이른 아침에는 싸락눈이 내리고 있었다. 우리는 할 수 있는 한 빠른 걸음으로 여관에서 멀어져 갔다.

"난 그가 죽으리라는 것을 알고 있었습니다."

안이 말했다.

"난 짐작도 못했습니다."

라고 나는 사실대로 이야기했다.

"난 짐작하고 있었습니다."

그는 코트의 깃을 세우며 말했다.

"그렇지만 어떻게 합니까?"

"그렇지요. 할 수 없지요. 난 짐작도 못 했는데……."

내가 말했다.

"짐작했다고 하면 어떻게 하겠어요?"

그가 내게 물었다.

"씨팔것, 어떻게 합니까? 그 양반 우리더러 어떡하라는 건지……."

"그러게 말입니다. 혼자 놓아두면 죽지 않을 줄 알았습니다. 그게 내가 생각해 본 최선의, 그리고 유일한 방법이었습니다."

"난 그 양반이 죽으리라는 짐작도 못 했으니까요. 씨팔것, 약을 호주머니에 넣고 다녔던 모양이군요."

안은 눈을 맞고 있는 어느 앙상한 가로수 밑에서 멈췄다. 나도 그를 따라가서 멈췄다. 그가 이상하다는 얼굴로 나에게 물었다.

"김 형, 우리는 분명히 스물다섯 살짜리죠?"

"난 분명히 그렇습니다."

"나도 그건 분명합니다."

그는 고개를 한번 기웃했다.

"두려워집니다."

"뭐가요?"

내가 물었다.

"그 뭔가가, 그러니까……."

그가 한숨 같은 음성으로 말했다.

"우리가 너무 늙어 버린 것 같지 않습니까?"

"우린 이제 겨우 스물다섯 살입니다."

나는 말했다.

"하여튼……"

하고 그가 내게 손을 내밀며 말했다.

"자, 여기서 헤어집시다. 재미 많이 보세요."

하고 나도 그의 손을 잡으며 말했다.

우리는 헤어졌다. 나는 마침 버스가 막 도착한 길 건너편의 버스 정류장으로 달려갔다. 버스에 올라서 창으로 내어다 보니 안은 앙상한 나뭇가지 사이로 내리는 눈을 맞으며 무언가 곰곰이 생각하고 서 있었다.

해 답

1. 개미 **2.** 자기 중심적으로 고립된 채 타인과 인간관계를 맺지 않고 사는 현대 도시인의 고독하고 개별화된 삶을 드러낸다.

요점별 정리 서울, 1964년 겨울 · 김승옥

정답 p.97

1. 핵심 정리

*갈래 : 단편소설

*배경 : 1964년 어느 겨울 서울 거리

*성격 : 현실 고발적, 사실적

*시점 : 1인칭 주인공 시점

*주제 : 뚜렷한 가치관을 갖지 못한 사람들의 방황과 연대감 상실로 인한 절망감

2. 등장인물의 성격

*나 : 육사 시험에 실패하고 구청 병사계에 근무하는 스물다섯 살의 시골 출신 사내로 소외감과 고독감을 느끼며 살아간다.

*안 : 스물다섯 살의 부잣집 장남이며 대학원생으로 삶을 냉소하면서도 자기 구원을 시도하는 인물

*사내 : 30대 중반의 월부 책장수. 죽은 마누라 시체를 병원 해부 실습용으로 팔고 절망에 빠진 인물

3. 작품 개관

1964년 황량하고 추운 겨울. 서로 알지 못하는 세 남자가 우연히 만나 하룻밤을 함께 보내면서 발생한 일을 그리고 있다. 그들은 서로에 대해 알려하지 않는 무관심으로 일관하는데, 이는 현대 도시사회의 익명성과 단절성을 상징적으로 보여주는 것이다. 날 수 있는 것으로서 손 안에 잡아본 것은 파리밖에 없다는 점에서 공통점을 가지고 있는 안과 나는 상실과 좌절을 경험한 인물이고 장례 비용이 없어 급성 뇌막염으로 죽은 아내의 시체를

병원에 팔고 4천원을 받은 사내는 일상적 삶에 상실감을 느낀 인물이다. 이 세 사람은 우연한 만남과 헤어짐을 통해 열려 있는 공동의 광장으로 나아가지는 못하고 개인의 폐쇄적인 회로 속에 갇혀 있는 단절된 인간관계를 보여준다. 세 사내가 여관에 와서도 각각 다른 방을 쓰게 되고 안씨의 경우 외판원 사내가 자살할 것이라 짐작하면서도 이를 말리지 않는 사실에서 인간적 유대가 없는 현대사회에서 소외는 극대화되면서 인간관계의 단절로 이어지는 것이다.

4. 문제

01_ 작품 끝부분에서 나의 심리상태를 나타내는 객관적 상관물을 써 보자.

02_ 이 작품에서 구체적인 이름을 사용하는 대신 "나", "안", "사내" 등으로 익명화시킨 것이 가져오는 효과를 써 보자.

03_ 만일 밤길을 걸어가다가 어떤 사람이 골목에 쓰러져 있는 것을 목격했다면 어떻게 할 것인지 구체적으로 서술해 보자.(300자 내외)

04 조세희

뫼비우스의 띠

조세희(趙世熙, 1942~) ●● 경기 가평에서 태어났다. 1965년 〈경향신문〉에 〈돛대 없는 장선(葬船)〉이 당선되어 등단하였다. 이후 작품 활동을 하지 않다가 1975년 〈문학사상〉에 〈칼날〉을 발표하면서 작품 활동을 재개하였다. 이후 '난장이' 연작을 쓰면서 문단의 주목을 받았다. 부정성을 드러내는 형식에 있어서의 세련됨과 서정적 문체는 그의 소설을 한결 힘 있는 것으로 만든다. 1970년대 산업사회의 별리를 가장 예민하고 감동적으로 포착한 작가로 정평이 나 있다.

주요 작품에는 '난장이' 연작을 비롯해서 〈나무 한 그루 서 있거라〉 〈모두 네 잎 토끼풀〉 〈모독〉 〈어린 왕자〉 《하얀 저고리》 등이 있다.

04 조세희

뫼비우스의 띠

수학 담당 교사가 교실로 들어갔다.
학생들은 그의 손에 책이 들려 있지 않은 것을 보았다.
학생들은 교사를 신뢰했다.

이 학교에서 학생들이 신뢰하는 유일한 교사였다.

그가 입을 열었다.
"제군, 지난 1년 동안 고생 많았다. 정말 모두 열심히들 공부해 주었다.
그래서 이 마지막 시간만은 입학 시험과 상관이 없는 이야기를 하고 싶었다.
나는 몇 권의 책을 뒤적여보다가 제군과 함께 이야기해보고 싶은 것을 발견했다.
일단 내가 묻는 형식을 취하겠다. 두 아이가 굴뚝 청소를 했다.

한 아이는 얼굴이 새까맣게 되어 내려왔고,
또 한 아이는 그을음을 전혀 묻히지 않은 깨끗한
얼굴로 내려왔다.
제군은 어느 쪽의 아이가 얼굴을 씻을 것이라고 생각하는가?"

학생들은 교단 위에 서 있는 교사를 바라보았다.
아무도 얼른 대답을 하지 못했다.

잠시 후에 한 학생이 일어섰다.
"얼굴이 더러운 아이가 얼굴을 씻을 것입니다."
"그런데, 그렇지가 않다."
교사가 말했다.

"왜 그렇습니까?"
다른 학생이 물었다.

교사는 말했다.

"한 아이는 깨끗한 얼굴, 한 아이는 더러운 얼굴을 하고 굴뚝에서 내려왔다.

얼굴이 더러운 아이는 깨끗한 얼굴의 아이를 보고 자기도 깨끗하다고 생각한다.
이와 반대로 깨끗한 얼굴을 한 아이는 상대방의 더러운 얼굴을 보고 자기도 더럽다고 생각할 것이다."

학생들이 놀람의 소리를 냈다. 그들은 교단 위에 서 있는 교사에게서 눈을 떼지 않았다.

"한 번만 더 묻겠다."

교사가 말했다.

"두 아이가 굴뚝 청소를 했다. 한 아이는 얼굴이 새까맣게 되어 내려왔고, 또 한 아이는 그을음을 전혀 묻히지 않은 깨끗한 얼굴로 내려왔다.

제군은 어느 쪽의 아이가 얼굴을 씻을 것이라고 생각하는가?"

똑같은 질문이었다. 이번에는 한 학생이 얼른 일어나 대답했다.

"저희들은 답을 알고 있습니다.

얼굴이 깨끗한 아이가 얼굴을 씻을 것입니다."

학생들은 교사의 말을 기다렸다.

교사는 말했다.

"그 답은 틀렸다."

"왜 그렇습니까?"

"더 이상의 질문을 받지 않을 테니까 잘 들어주기 바란다. 두 아이는 함께 똑같은 굴뚝을 청소했다.

따라서 한 아이의 얼굴이 깨끗한데 다른 한 아이의 얼굴은 더럽다는 일은 있을 수가 없다."

교사는 분필을 들고 돌아섰다. 그는 칠판 위에다 뫼비우스의 띠 라고 썼다.

"제군이 이미 교과서를 통해서 알고 있는 것이지만,

이것 역시 입학 시험과는 상관없는 이야기니까 가벼운 마음으로 들어주기 바란다. 면에는 안과 겉이 있다.

예를 들자. 종이는 앞뒤 양면을 갖고 지구는 내부와 외부를 갖는다. 평면인

종이를 길쭉한 직사각형으로 오려서 그 양끝을 맞붙이면 역시 안과 겉 양면이 있게 된다. 그런데 이것을 한번 꼬아 양끝을 붙이면 안과 겉을 구별할 수 없는, 즉 한쪽 면만 갖는 곡면이 된다. 이것이 제군이 교과서를 통해서 잘 알고 있는 뫼비우스의 띠이다. 여기서 안과 겉을 구별할 수 없는 곡면을 생각해 보자."

앉은뱅이는 콩밭으로 들어갔다. 아직 날이 저물기 전이어서 잘 여문 콩대를 몇 개 골라 꺾을 수 있었다. 콩밭에 잡초가 너무 많았다. 앉은뱅이는 꺾은 콩대를 가슴에 까고 밭고랑 사이를 기었다. 조용해서 잡초의 씨앗 떨어지는 소리까지 그는 들을 수 있었다. 말이 콩밭이지 잡초밭이나 마찬가지였다. 앉은뱅이는 황톳길을 나와 콩대를 빼었다. 나무 타는 냄새가 좋았다. 날은 금방 저물기 시작했다. 그가 콩밭으로 들어가기 전에 불을 붙여놓은 나무들이 빨갛게 타들어갔다. 그는 깨어진 철판을 불 위에 놓고 콩을 까넣었다. 바짝 마른 나무는 연기 한 줄기 내지 않고 잘 탔다. 그 나무는 몇 시간 전까지만 해도 꼽추네 마루로 깔려 있었던 것이다.

사람들이 꼽추네 집을 무너뜨렸다. 쇠망치를 든 사나이들이 한쪽 벽을 부수고 뒤로 물러서자 북쪽 지붕이 거짓말처럼 내려앉았다. 그들은 더 이상 꼽추네 집에 손을 대지 않았고, 미루나무 옆 털여뀌풀 위에 앉아 있던 꼽추는 일어서면서 하늘만 보았다. 그의 부인은 네 아이와 함께 종자로 남겨두었던 옥수수를 떴다.

쇠망치를 든 사나이들은 다음 집으로 건너가기 전에 꼽추네 식구들을 말없이 바라보았다. 아무도 덤벼들지 않았고, 아무도 울지 않았다. 이것이 그들에게 무서움을 주었다.

주위가 어두워왔다. 앉은뱅이는 먹이를 찾아나선 몇 마리의 쏙독새가 들판에 낮게 날으는 날개 소리를 들었다. 그는 철판 위에 계속 콩을 까넣었다. 나무 타는 냄새와 콩 익는 냄새가 좋았다. 호수 건너편으로 한떼의 사람들이 지나가고 있었다. 아파트 공사장 인부들이었다. 앉은뱅이는 호숫가 들판을 가로지른 그들의 실루엣[1)]이 버스 정류장 쪽으로 이어지는 것을 보았다.

그는 꼽추의 발짝 소리를 기다리면서 철판을 불 위에서 끌어내렸다. 꼽추의 발짝 소리는 들리지 않았다. 꼽추의 부인, 큰 아이, 작은아이 모두 잘 참았다.

그는 익은 콩을 입 안에 넣고 씹었다. 꼽추네 마루는 아주 잘 탔다. 동네 사람들이 참지 못하고 쇠망치를 든 한 사나이들에게 울면서 달라붙었다.

사람들은 집단 행동에 대해서는 책임을 지지 않아도 되는 것으로 믿고 있었다.

그들은 쇠망치를 든 한 사나이를 끌어내어 치고 받았다. 그는 몇 분 뒤에 피를 흘리며 일어나 한 쪽 팔을 흔들더니 입에 물고 있던 피를 확 뱉아냈다. 부러진 앞니들이 피에 섞여 나왔다.

앉은뱅이는 쇠망치를 든 사나이들이 다가오자 코스모스가 한창인 길 옆으로 비켜 앉으며 집을 가리켰다. 앉은뱅이네 식구들은 꼽추네 식구들보다 대가 약했다. 부인은 펌프대 뒤쪽에 쪼그리고 앉더니 때묻은 치마를 올려 얼굴을 감쌌다. 아이들은 그 옆에서 연신 두 눈을 쓸어내렸다. 지붕과 벽은 순식간에 내려앉고 먼지만 올렸다.

앉은뱅이는 꼽추가 다가오는 발짝 소리를 들었다. 꼽추는 들고 온 플라스틱통을 불기가 닿지 않을 곳에 놓았다. 통에 휘발유가 가득 들어 있었다. 꼽추는 이 무거운 통을 들고 어두운 십리 벌판길을 걸어왔다. 그 벌판 끝 공터에는 약장수들이 은박지에 싼 산토닌[2]을 팔고 있었다.

그들은 폐차장에서 망가진 승용차를 사 몰고 다녔다. 차 안에는 나왕 각목,

단단한 돌, 맥주병, 긴 못, 숫돌에 날카롭게 긴 장검들을 실었다. 사범이라는 사람이 사용하는 도구였다. 그는 손으로 돌과 맥주병을 깨고, 나왕 각목을 부러뜨리고, 나무에 박아 끝을 구부린 긴 못으로 이를 뽑았다. 그가 날카로운 장검을 손아귀에 넣어 나일론 끈으로 묶고, 그 칼끝을 배에 대어 눌러 뺄 때 사람들은 온몸 피부 조직이 칼날 밑에서 짓이겨지는 착각을 느끼고는 했다.

1) 형상 / 윤곽 2) 구충제

사범은 아무렇지도 않았다.

그의 힘은 무서웠다. 꼽추는 그에게서 휘발유를 얻었다. 승용차의 구조도 자세히 살펴보았다. 앉은뱅이는 꼽추가 어둠 속에 잠겨 있는 동네 쪽으로 고개를 돌리고 서 있는 것을 보았다. 꼽추가 주저앉자 그는 철판을 밀어주었다. 꼽추는 콩을 입으로 가져가다 말고 낮게 물었다.

"무슨 소리지?"

"응?"

"무슨 소리가 났어."

두 사람은 잠깐 숨소리를 죽였다.

"새가 날아다니는 소리야."

앉은뱅이가 말했다.

"쏙독새가 먹이를 찾아 날고 있어."

"밤에?"

"낮엔 잠을 잔다구. 나무에 혹처럼 붙어서 잠을 자는 새야."

꼽추는 입으로 가져가던 콩을 철판 위에 놓았다. 앉은뱅이는 꼽추가 떨리는 손으로 담배를 피워 무는 것을 보았다.

"왜 그래?"

앉은뱅이가 물었다.

"아무것도 아냐."

꼽추가 말했다.

"겁이 나서 그래?"

"무서울 건 없어."

"마음이 내키지 않으면 들어가."

꼽추는 고개를 저었다. 꼽추네 아이들은 천막 안에서 잠을 잤다. 그 아이들은 잠들기 전에 천막 앞에다 불을 피웠다. 앉은뱅이네 아이들이 저희 집 부엌 문짝을 가져와 불 위에 놓았다. 다 부서져 팔 수도 없는 것이었다.

천막 안은 캄캄했다. 불 앞에 모여 섰던 동네 사람들이 흩어져가자 집들이 들어섰던 어수선한 땅은 어둠에 싸였다. 어른들은 한 줄기 부연 불빛을 따라갔다.

방범 초소 앞 공터에 승용차가 서 있었고, 사나이는 차 안에서 몇 사람이 건네준 종이쪽지와 인감증명을 들여다보았다. 사나이는 밖으로 돈을 내밀었다.

사람들은 차 앞에 쪼그리고 앉아 돈을 세었다.

앉은뱅이는 철판을 다시 불 위에 올려놓고 콩을 까넣었다. 그는 꼽추가

콩이라도 먹는 것을 보고 싶었다. 그는 꼽추가 지난 며칠 동안 무엇을 먹는 것을 본 적이 없다.

"나올 때가 됐잖아?"

꼽추가 물었다. 그의 담배는 바짝 타들어가 두 손가락 끝에 걸려 있었다.

"됐어."

앉은뱅이가 말했다.

"그자가 날 죽이지만 않게 해줘. 살이 피둥피둥 찐 친구야. 그 몸무게로 눌러오면 난 숨도 한번 세내로 못 쉬고 뻗을 거야."

"그러면서 날더러 들어가래?"

"자네가 들어가면 다른 방법을 써야지."

"다른 방법?"

"묻지 마."

앉은뱅이는 고개를 돌렸다. 그의 시야를 아파트 건물들이 가렸다. 벌판 서쪽 끝에서 동쪽 끝까지 잔뜩 들어선 아파트의 골조들이 시꺼먼 모습으로 서 있었다.

꼽추가 두 손으로 모래흙을 퍼 불 위에 뿌렸다. 앉은뱅이는 철판을 끌어내렸다. 그는 꼽추가 불을 다 끌 때까지 묵묵히 보고만 있었다. 마지막 한 점의 불까지 덮어버리자 주위는 어둠에 싸였다.

"불을 켰어."

꼽추가 말했다. 앉은뱅이는 동네 쪽으로 고개를 돌렸다. 승용차의 불빛이 밤

하늘을 몇 번 휘둘러 젓더니 서서히 움직이기 시작했다.

"먹어."

앉은뱅이가 철판을 밀어놓으며 말했다. 꼽추는 철판을 콩밭으로 차버렸다. 그는 휘발유가 든 플라스틱 통을 들고 앞서 걸었다. 앉은뱅이는 급히 그의 뒤를 따라갔다. 길이 움푹 파인 곳에 물이 괴어 있었다. 물 가운데 디딤돌이 두 개 놓여 있어 꼽추는 어림짐작으로 그것들을 밟고 건너뛰었다. 그는 앉은뱅이를 기다렸다. 앉은뱅이는 물웅덩이를 피해 길가 잡초 위로 기어 꼽추가 서 있는 곳으로 갔다. 그는 길 한가운데 자리를 잡고 반듯이 앉았다. 그리고 양쪽 주머니에 꼭꼭 감아넣었던 전깃줄을 꺼내 친구에게 보였다. 꼽추는 고개를 끄덕이고 바른쪽 콩밭으로 들어가 숨었다. 앉은뱅이는 사방이 너무 조용해 겁이 났다. 그래서 친구에게 말을 걸었다.

"오늘 시세 알아봤어?"

"응."

꼽추는 보이지 않고 목소리만 들려왔다.

"얼마래?"

"삼십팔만 원."

앉은뱅이는 더 이상 말할 기분이 나지 않았다.

"앞을 봐."

꼽추가 콩밭 속에서 말해왔다. 앉은뱅이는 두 줄기의 불빛이 밤하늘을 휘저으며 다가오는 것을 보았다. 불빛 이외에는 아무것도 보이지 않았다. 눈을 감았다.

밝은 불빛은 앉은뱅이의 망막에 진한 어둠만 남겼다. 그는 꼼짝을 하지 않았다.

완충기가 그의 턱을 밀어붙이더니 승용차는 멎었다. 욕을 퍼부어대는 사나이의 목소리가 들려왔다.

꼽추는 바른쪽 콩밭에서 몸을 찰싹 붙였다. 사나이가 문을 열고 나왔다.

앉은뱅이는 옆으로 몸을 들더니 눈이 부신 얼굴로 사나이를 올려다보았다.

"이봐, 왜 그래?"

사나이가 외쳤다. 앉은뱅이가 작은 목소리로 뭐라고 중얼거리고 있었다.

사나이는 허리를 굽히며 물었다.

"뭐라구?"

"죽고 싶다구."

앉은뱅이가 말했다.

"내 위로 차를 몰아가. 나를 상관하지 말구."

그 목소리가 아주 작아 사나이는 앉은뱅이 옆에 쭈그리듯 앉았다.

"이유나 알자. 도대체 왜 그러는 거야?"

"나를 알겠어?"

"알잖구. 나에게 입주권을 팔았잖아."

"그래, 당신이 십육만 원에 사갔지."

"나를 원망할 건 없어. 나는 시에서 주는 이주 보조금보다 만 원이나 더 준거야."

"아무도 원망하진 않아."

앉은뱅이가 말했다.

"우린 그 돈으로 전세 들었던 사람을 내보낼 수 있었어."

"이봐, 길을 비키게."

사나이가 말했다. 앉은뱅이는 얼굴을 돌렸다.

"전세돈 빼주니까 끝이야."

"아파트 입주 능력이 없어서 팔아버린 것 아냐? 그런데 이제 와서 무슨 이야길 하는 거야?"

"집이 헐린 걸 봤지?"

"봤어."

사나이의 목소리가 거칠어졌다.

"우리집이 없어졌어."

앉은뱅이의 목소리는 여전히 작았다.

"당신은 나에게 이십만 원을 더 줘야 돼."

"뭐라구?"

"아무것도 모른다고 그럴 수가 있어? 삼십팔만 원짜리를 십육만 원에 사다 이십이만 원씩이나 더 받고 넘긴다는 건 말이 안 돼. 나에게 이십만 원을 줘도 이만 원의 이익을 보는 것 아냐? 더구나 당신은 우리 동네 입주권을 몰아 사버렸지?"

"비켜!"

사나이가 몸을 일으켰다.

"비키지 않으면 집어던질 테야."

"마음대로 해."

아주 짧은 순간 앉은뱅이는 정신을 잃었었다. 사나이의 구둣발이 그의 가슴을 차버렸던 것이다. 앉은뱅이는 너무 약했다. 사나이는 앉은뱅이의 얼굴을 큰 주먹으로 몇 번 쥐어박더니 번쩍 들어 풀숲으로 내던졌다.

그는 거꾸로 처박히듯 내던져진 앉은뱅이가 길 위로 기어나오려고 곰지락거리는 것을 확인하고 돌아섰다. 방해물이 기어나오기 전에 빨리 지나가야 했다.

그는 승용차 안으로 들어가기 위해 몸을 굽혔다. 순간, 검은 그림자가 그의 명치 밑을 힘껏 차왔다. 사나이의 큰 몸이 힘없이 나가떨어졌다. 콩밭에 숨어 있던 꼽추가 차 안으로 들어가 있다 죽을 힘을 다해 사나이를 차버렸던 것이다.

"돈을 줄게!"

사나이는 말을 하고 싶었다. 그러나 그는 말을 할 수가 없었다. 꼽추가 그의 입에 큰 반창고를 붙인 뒤였다. 몸도 움직일 수가 없었다. 그의 몸은 전깃줄로 꽁꽁 묶여 있었다. 사나이는 꼽추가 앉은뱅이를 차 앞으로 끌고 가는 것을 보았다. 불빛에 드러난 앉은뱅이의 얼굴은 피투성이였다. 꼽추가 그의 얼굴을 씻어주었다. 앉은뱅이는 울고 있었다.

"내가 뻗는 꼴을 보고 싶었지?"

앉은뱅이가 말했다.

"그렇지 않다면 좀더 빨리 나왔어야 했어. 자넨 내가 뻗는 꼴을 보고 싶었던 거야."

"그만둬."

꼽추가 몸을 돌려 걸으며 말했다. 저자를 차에 태워야 돼. 그리고 가방을 찾아야지.

"태워."

앉은뱅이가 따라오며 말했다. 사나이는 온몸을 뒤틀다 지쳐 조용히 누워 있었다.

꼽추가 차 안으로 들어가 밤하늘을 일직선으로 가르며 켜져 있던 두 줄기의 불을 꺼버렸다. 엔진도 껐다. 그는 운전석 밑에서 검정색 가방을 찾았다.

밖에서는 앉은뱅이가 사나이의 등을 받쳐 밀어 앉혔다. 꼽추가 나와 허리를 끼어안아 일으켰다. 두 친구는 사나이의 몸을 떠받치듯 밀어 운전석으로 올려 앉혔다.

"나를 저자 옆에 앉혀줘."

앉은뱅이가 말했다. 꼽추가 그를 안아 바른쪽 좌석에 앉혀주었다. 자신은 뒤쪽으로 들어가 검정색 가방을 열었다. 사나이는 보기만 했다.

"돈과 서류야."

꼽추가 말했다.

"보여줘."

앉은뱅이가 말했다. 사나이는 앉은뱅이와 꼽추가 자기의 모든 것을 갖고 있다는 것을 알았다.

"우리 건 벌써 팔아 버렸어."

앉은뱅이가 가방 안을 뒤적이면서 말했다. 사나이는 두 눈만 껌벅거렸다.

"잘 봐."

"우리 이름이 이 공책에 적혀 있어. 그런데 연필로 그어버린 거야. 이건 팔았다는 뜻이야."

앉은뱅이가 쳐다보자 사나이가 고개만 끄덕였다.

“삼십팔만 원에?”

사나이가 다시 고개를 끄덕였다.

“돈을 세어봐.”

꼽추가 말했다. 앉은뱅이가 돈을 세기 시작했다. 그는 꼭 이십만 원씩 두 뭉치의 돈만 꺼냈다.

“이건 우리 돈야.”

앉은뱅이가 말했다. 사나이는 다시 고개만 끄덕였다. 그는 앉은뱅이가 뒷좌석의 친구에게 한 뭉치의 돈을 넘겨주는 것을 보았다. 앉은뱅이의 손이 부들부들 떨렸다. 꼽추의 손도 마찬가지로 떨렸다. 두 친구의 가슴은 더 떨렸다.

앉은뱅이는 앞가슴을 풀어헤쳐 돈뭉치를 넣더니 단추를 잠그고 옷깃을 여몄다.

꼽추는 윗옷 바른쪽 주머니에 넣었다. 꼽추의 옷에는 안주머니가 없었다.

돈을 챙겨넣자 내일 할 일들이 머리에 떠올랐다. 앉은뱅이의 머리에도 내일 할 일들이 떠올랐다. 아이들은 천막 안에서 잠을 자고 있었다.

“통은 가져와.”

앉은뱅이가 말했다. 그의 손에는 마지막 전깃줄이 들려 있었다. 밖으로 나온 꼽추는 콩밭에서 플라스틱 통을 찾았다. 그는 친구의 얼굴만 보았다. 그

이외에는 정말 아무것도 보지 않았다. 그는 승용차 옆을 떠나 동네를 향해 걷기 시작했다. 유난히 조용한 밤이었다. 그는 이따금 걸음을 멈추고 앉은뱅이가 기어오는 소리를 듣기 위해 귀를 기울였다.

앉은뱅이는 승용차 안에서 몸을 굴려 밖으로 떨어져나올 것이다. 그는 문을 쾅 닫고 아주 빠르게 손을 놀려 어둠 깔린 황톳길 위를 기어올 것이다.

꼽추는 자기의 평상 걸음과 손을 빠르게 놀렸을 때의 앉은뱅이의 속도를

생각하면서 걸었다.

동네 입구로 들어선 꼽추는 헐린 외딴집 마당가로 가 펌프의 손잡이를 눌렀

다.

그는 두 손으로 물을 받아 입을 축였다. 그 손을 윗옷 바른쪽 주머니에 대어보았다. 앉은뱅이가 가쁜 숨을 몰아쉬며 기어오고 있었다. 꼽추는 앞으로 다가가 앉은뱅이의 얼굴을 들여다보았다. 어두워서 잘 보이지 않았다.

앉은뱅이의 몸에서는 휘발유 냄새가 났다. 꼽추가 펌프를 찧어 앉은뱅이의 얼굴을 씻어주었다. 앉은뱅이는 얼굴이 쓰라려 눈을 감았다. 그러나 이런 아픔쯤은 아무것도 아니었다. 그는 가슴 속에 들어 있는 돈과 내일 할 일들을 생각했다. 그가 기어온 황톳길 저쪽 끝에서 불길이 솟아올랐다. 그는 일어서려는 친구를 잡아 앉혔다.

쇠망치를 든 사람들이 왔을 때 꼽추네 식구들은 정말 잘 참았다. 앉은뱅이네 식구는 꼽추네 식구들보다 대가 약했다. 앉은뱅이는 갑자기 일어서려고 한 친구가 마음에 들지 않았다. 폭발 소리가 들려 왔을 때는 앉은뱅이도 놀랐다.

그러나 그것도 잠깐뿐이었다. 불길도 자고 폭발 소리도 자버렸다.

어둠과 침묵이 두 사람을 싸고 있었다. 꼽추가 앞서 걸었다. 앉은뱅이가 그 뒤를 따랐다.

"살 게 많아."

그가 말했다.

"모터가 달린 자전거와 리어카를 사야 돼. 그 다음에 강냉이 기계를 사야지. 자네는 운전만 하면 돼. 내가 기어다니는 꼴을 보지 않게 될 거야."

앉은뱅이는 친구의 반응을 기다렸다. 꼽추는 말이 없었다.

"왜 그래?"

앉은뱅이는 급히 따라가 꼽추의 바짓가랑이를 잡았다.

"이봐, 왜 그래?"

"아무것도 아냐."

꼽추가 말했다.

"겁이 나서 그래?"

앉은뱅이가 물었다.

"아무렇지도 않아."

꼽추가 말했다.

"묘해. 이런 기분은 처음야."

"그럼 잘 됐어."

"잘 된 게 아냐."

앉은뱅이는 이렇게 차분한 친구의 목소리를 처음 들었다.

"나는 자네와 가지 않겠어."

"뭐!"

"자네와 가지 않겠다구."

"갑자기 무슨 소릴 하는 거야? 내일 삼양동이나 거여동으로 가자구. 그곳엔 방이 많아. 식구들을 안정시켜 놓고 우린 강냉이 기계를 끌고 나오면 되는 거야.

모터가 달린 자전거를 사면 못 갈 곳이 없어. 갈현동에 갔었던 일 생각나? 몇 방을 튀겼었는지 벌써 잊었어? 밤 아홉시까지 계속 돌려댔었잖아. 그들은강냉이를 먹기 위해 튀기러 오는 게 아냐. 옛날 생각이 나서 아이들을 앞세우고 올 뿐야. 그런 델 찾아다니면 돼. 우린 며칠에 한 번씩 집에 돌아가 여편네가 입을 벌릴 정도의 돈을 쏟아 놓아줄 수가 있다구. 그런데 자네는 무슨 생각을 하는 거야?"

"나는 사범을 따라갈 생각야."

"그 약장수?"

"응."

"미쳤어? 그 나이에 무슨 약장사를 하겠다는 거야?"

"완전한 사람은 얼마 없어. 그는 완전한 사람야. 죽을 힘을 다해 일하고 그 무서운 대가로 먹고 살아. 그가 파는 기생충약은 가짜가 아냐. 그는 자기의 일을 훌륭히 도와줄 수 있는 내 몸의 특징을 인정해 줄 거야."

꼽추는 이렇게 말하고 한마디 덧붙였다.

"내가 무서워하는 것은 자네의 마음야."

"그러니까, 알겠네."

앉은뱅이가 말했다.

"가. 막지 않겠어. 나는 아무도 죽이지 않았어."

"어쨌든."

꼽추가 돌아서면서 말했다.

"무슨 해결이 나야 말이지."

어둠이 친구를 감싸 앉은뱅이는 발짝 소리밖에 듣지 못했다. 조금 있자 발작 소리도 들리지 않았다. 그는 아이들이 잠든 천막을 찾아 기어가기 시작했다.

울지 않겠다고 이를 악물었다. 그러나 흐르는 눈물은 어쩔 수 없었다. 그는 이 밤이 또 얼마나 길까 생각했다.

교사는 두 손을 교탁 위에 얹었었다. 그는 제자들을 향해 말했다.

"끝으로 내부와 외부가 따로 없는 입체는 없는지 생각해보자. 내부와 외부를 경계지을 수 없는 입체, 즉 뫼비우스의 입체를 상상해보라. 우주는 무한하고 끝이 없어 내부와 외부를 구분할 수 없을 것 같다. 간단한 뫼비우스의 띠에 많은 진리가 숨어 있는 것이다. 내가 마지막 시간에 왜 굴뚝 이야기나 하고, 띠 이야기를 하는지 제군은 생각해주리라 믿는다. 차차 알게 되겠지만 인간의 지식은 터무니없이 간사한 역할을 맡을 때가 많다. 제군은 이제 대학에 가 더 많은 것을 배우게 될 것이다. 제군은 결코 제군의 지식이 제군이 입을 이익에 맞추어 쓰여지는 일이 없도록 하라. 나는 제군을 정상적인 학교 교육을 받은 사람, 사물을 옳게 이해할 줄 아는 사람으로 가르치려고 노력했다. 아제 나의 노력이 어떠했나 자신을 테스트해볼 기회가 온 것 같다. 다른 인사말은 서로 생략하기로 하자."

"차렷!"

반장이 벌떡 일어서며 소리쳤다.

"경례!"

교사는 상체를 굽혀 답례하고 교단에서 내려왔다. 그는 교실에서 나갔다.

겨울 해는 이미 기울어 교실 안이 어두워왔다.

해 답

1. 뫼비우스의 띠는 누가 가해자인지 피해자인지를 쉽게 알 수 없는 왜곡된 현실의 상징이다. 다른 한편으로는 뫼비우스의 띠는 안과 밖의 구별이 없다는 점에서 빈부의 격차 없이 평등하게 살고자 하는 사람들의 희망을 의미하는 것으로 볼 수 있다.

2. 사기당한 돈을 되찾기 위해서

요점별 정리 뫼비우스의 띠 · 조세희

정답 p.117

1. 핵심 정리

*갈래 : 단편소설, 연작소설

*배경 : 1970년대 도시 재개발 지역

*성격 : 현실 고발적, 상징적

*시점 : 3인칭 전지적 작가 시점

*주제 : 산업화의 진행과정에서 인간의 가치가 소외되는 사회 현실

2. 등장인물의 성격

*수학 선생님 : 지식만 전달하는 것이 아니라 세상을 올바르게 이해하는 방법을 가르친다.

*곱추 : 사기당한 돈을 되찾기 위해 앉은뱅이와 함께 행동하는 철거민

*앉은뱅이 : 입주권을 파는 과정에서 부동산업자로부터 사기당한 돈을 돌려받기 위해 부동산 업자를 납치한 후 차와 함께 불태워 버림

3. 작품 개관

연작 소설 난쟁이가 쏘아올린 작은 공의 다른 작품들처럼 난쟁이를 주인공으로 하여, 산업화로 말미암은 도시 빈민의 비극적 삶의 현실을 비판적 시선으로 그리고 있다. 안쪽과 바깥쪽이 구별되지 않는 뫼비우스의 띠와 같이 우리가 진실이라 여기는 것이 그렇지 않을 때가 있음이 제시되어 있으며 명확히 흑백으로 구분되지 않는 현실에 대한 작가의 세계 인식이 담겨 있다.

또한 사물과 세계를 이해하려 할 경우 현실 비판의 안목이 필요함을 역

설하고 있다. 그러나 다른 작품들과는 달리 수학교사가 학생들에게 이야기하는 과정 속에서 제시되는 일종의 액자 소설 형태를 보여준다는 점이 특징이다.

앞부분은 독자들에 대한 한 작가의 문제 제기, 중간부분은 현실에 적용하는 일화, 마지막 부분은 주제의식의 정리로 이해할 수 있을 것이다.

4. 문제

01_제목의 "뫼비우스의 띠"가 의미하는 것은 무엇인지 생각해 보자.

02_곱추와 앉은뱅이가 사나이를 죽이려고 결심한 이유는 무엇인지 생각해 보자.

03_꼽추와 앉은뱅이의 행동에서 잘못된 점은 없는지 생각해 보고 있다면 왜 잘못되었는지 구체적으로 써 보자.(300자 내외)

05 전광용

꺼삐딴 리

전광용(全光鏞, 1919~1988) ●● 함남 북청에서 태어났다. 1939년 〈동아일보〉에 동화 〈별나라 공주와 토끼〉가 입선, 1955년 〈조선일보〉 신춘문예에 〈흑산도〉가 당선되어 등단하였다. 그는 대학 시절 연극 활동에 깊은 관심을 기울였으며, 이후 대학 교수와 소설가의 일을 병행하면서 많지 않은 작품을 발표하면서도 정교한 구조의 작품을 쓴 것으로 평가된다. 실향민이지만 실향을 주제로 한 작품은 많지 않으며, 다양한 주제의 작품을 면밀한 계획과 치밀한 필치로 그렸다.
주요 작품으로 〈동혈 인간〉 〈지층〉 〈해조도〉 〈사수〉 〈태백산맥〉 〈나신〉 〈젊은 소용돌이〉 〈곽 서방〉 등이 있다.

05 전광용

꺼삐딴 리

수술실에서 나온 이인국(李仁國) 박사는 응접실 소파에 파묻히듯이 깊숙이 기대어 앉았다.

그는 백금 무테 안경을 벗어 들고 이마의 땀을 닦았다. 등골에 축축이 밴 땀이 잦아 들어감에 따라 피로가 스며 왔다. 두 시간 이십 분의 집도. 위장 속의 균종(菌腫) 적출[1]. 환자는 아직 혼수 상태에서 깨지 못하고 있다.

수술을 끝낸 찰나 스쳐 가는 육감 그것은 성공 여부의 적중률을 암시하는 계시 같은 것이다. 그러나 오늘은 웬일인지 뒷맛이 꺼림칙하다.

그는 항생질 의약품이 그다지 발달하지 않았던 일제 시대부터 개복 수술에 최단 시간의 기록을 세웠던 것을 회상해 본다.

맹장염이나 포경 수술, 그 정도의 것은 약과다. 젊은 의사들에게 맡겨 버리면

1) 세균으로 인해 생기는 종기를 수술해 제거함

그만이다. 대수술의 경우에는 그렇게 방임할 수만은 없다. 환자 측에서도 대개 원장의 직접 집도를 조건부로 입원시킨다. 그는 그것을 자랑으로 삼아 왔고 스스로 집도[2]하는 쾌감을 느꼈었다.

그의 병원 부근은 거의 한 집 건너 병원이랄 수 있을 정도로 밀집한 지대다. 이름 없는 신설 병원 같은 것은 숫제 비 장날 시골 전방처럼 한산한 속에 찾아오는 손님을 기다리고 있는 형편이다.

그러나 이인국 박사는 일류 대학 병원에까지 손을 쓰지 못하여 밀려오는 급환자들 틈에 끼여 환자의 감별에는 각별한 신경을 쓰고 있다.

그것은 마치 여관 보이가 현관으로 들어서는 손님의 옷차림을 훑어보고 그 등급에 맞는 방을 순간적으로 결정하거나 즉석에서 서슴지 않고 거절하는 경우와 흡사한 것이라고나 할까.

이인국 박사의 병원은 두 가지의 전통적인 특징을 가지고 있다.

병원 안이 먼지 하나도 없이 정결하다는 것과, 치료비가 여느 병원의 갑절이나 비싸다는 점이다.

그는 새로운 환자의 초진(初診)에서는 병에 앞서 우선 그 부담 능력을 감정하는 데서부터 시작한다. 신통하지 않다고 느껴지는 경우에는 무슨 핑계를 대든가, 그것도 자기가 직접 나서는 것이 아니라 간호원더러 따돌리게 하는 것이다.

그렇게 중환자가 아닌 한 대부분의 경우, 예진(豫診)은 젊은 의사들이 했다. 원장은 다만 기록된 진찰 카드에 따라 환자의 증세와 아울러 경제 제도를 판정하는 최종 진단을 내리면 된다.

상대가 지기(知己)나 거물급이 아닌 한 외상이라는 명목은 붙을 수가 없었다. 설령, 있다 해도 이 양면 진단은 한 푼의 미수(未收)[3]나 결손도 없게 한, 그의 인생을 통한 의술 생활의 신조요 비결이었다.

그러기에 그의 고객은, 왜정 시대는 주로 일본인이었고, 현재는 권력층이 아

2) 수술을 하기위해 칼을 잡음 3) 받지 못함

니면 재벌의 셈속에 드는 축이어야만 했다.

그의 일과는 아침에 진찰실에 나오자 손가락 끝으로 창틀이나 탁자 위를 훑어 무테 안경 속 움푹한 눈으로 응시하는 일에서 출발한다.

이때 손가락 끝에 먼지만 묻으면 불호령이 터지고, 간호원은 하루 종일 원장의 신경질에 부대껴야만 한다.

아무튼 그의 단골 고객들은 그의 정결한 결벽성에 감탄과 경의를 표해 마지않는다.

1·4 후퇴시 청진기가 든 손가방 하나를 들고 월남한 이인국 박사다. 그는 수복되자 재빨리 셋방 하나를 얻어 병원을 차렸다. 그러나 이제는 평당 50만 환을 호가하는 도심지에 타일을 바른 2층 양옥을 소유하게 되었다. 그는 자기 전문인 외과 외에 내과, 소아과, 산부인과 등 개인 병원을 집결시켰다. 운영은 각자의 호주머니 셈속이었지만, 종합 병원의 원장 자리는 의젓이 자기가 차지하고 있다.

이인국 박사는 양복 조끼 호주머니에서 십팔금 회중 시계를 꺼내어 시간을 보았다.

2시 40분!

미국 대사관 브라운 씨와의 약속 시간은 이십 분밖에 남지 않았다. 이 시계에도 몇 가닥의 유서 깊은 이야기가 숨어 있다. 이인국 박사는 시계를 볼 때마다 참말 '기적'임에 틀림없었던 사태를 연상하게 된다.

왕진 가방과 38선을 넘어온 피난 유물의 하나인 시계, 가방은 미군 의사에게서 얻은 새것으로 갈아 매어 흔적도 없게 된 지금, 시계는 목숨을 걸고 삶의 도피행을 같이 한 유일품이요, 어찌 보면 인생의 반려(伴侶)이기도 한 것이다.

밤에 잘 때에도 그는 시계를 머리맡에 풀어놓거나 호주머니에 넣은 채로 버려두지 않는다. 반드시 풀어서 등기 서류, 저금 통장 등이 들어 있는 비상용 캐비닛 속에 넣고야 잠자리에 드는 것이었다. 거기에는 또 그럴 만한 연유가 있었다. 이 시계는 제국 대학을 졸업할 때 받은 영예로운 수상품이다. 뒤쪽에는 자기 이름이 새겨져 있다.

그 후 삼십여 년, 자기 주변의 모든 것이 변하여 갔지만 시계만은 옛모습 그대로다. 주변뿐만 아니라 자기 자신은 얼마나 변한 것인가. 이십대 홍안을 자랑하던 젊음은 어디로 사라진 것인지 머리카락도 반백이 넘었고 이마의 주름은 깊어만 간다. 일제 시대, 소련국 점령하의 감옥 생활, 6 · 25 사변, 삼팔선, 미군 부대, 그 동안 몇 차례의 아슬아슬한 죽음의 고비를 넘긴 것인가.

'월삼 17석'[4)]

우여곡절 많은 세월 속에서 아직도 제 시간을 유지하는 것만도 신기하다. 시간을 보고는 습성처럼 째각째각 소리에 귀기울이는 때의 그의 가느다란 눈매에는 흘러간 인생의 축도가 서리는 것이었다. 그 속에서도 각모(角帽)[5)]와 쓰메에리[6)] 학생복을 벗어버리고 신사복으로 갈아입던 그날의 감회를 더욱 새롭게 해주는 충동을 금할 길 없는 것이었다.

이인국 박사는 수술 직전에 서랍에 집어넣었던 편지에 생각이 미쳤다.

미국에 가 있는 딸 나미. 본래의 이름은 일본식의 나미코다. 해방 후 그것이 거슬린다기에 나미로 불렀고 새로 기류계[7)]에 올릴 때에는 코(子)를 완전히 떼어 버렸다.

나미창! 딸의 모습은 단란하던 지난날의 추억과 더불어 떠올랐다.

온 집안의 재롱동이였던 나미, 그도 이젠 성숙했다.그마저 자기 옆에서 떠난 지금, 새로운 정에서 산다고는 하지만 이인국 박사는 가끔 물밀어 오는 허전한 감을 금할 길이 없었다.

아내는 거제도 수용소에 있을 때 죽었고, 아들의 생사는 지금껏 알 길이 없다.

서울에서 다시 만나 후처로 들어온 혜숙(蕙淑), 이십 년의 연령차에서 오는 세대의 거리감을 그는 억지로 부인해 본다. 그러나 혜숙의 피둥피둥한 탄력에 윤기가 더해가는 살결에 비해 자기의 주름 잡힌 까칠한 피부는 육체적 위축함마저 느끼게 하는 때가 없지 않았다.

4) 삼팔선을 넘은지 17년 5) 각진 모자 6) 밴드 칼라 7) 호적

그들 사이에서 난 돌 지난 어린것, 앞날이 아득한 이 핏덩이만이 지금의 이인국 박사의 곁을 지켜주는 유일한 피붙이다.

이인국 박사는 기대와 호기에 가득 찬 심정으로 항공 우편의 피봉[8]을 뜯었다.

전번 편지에서 가타부타 단안은 내리지 않고 잘 생각해서 결정하라고 한 그후의 경과다.

'결국은 그렇게 되고야 마는 건가…….'

그는 편지를 탁자 위에 밀어 놓았다. 어쩌면 이러한 결말은 딸의 출국 이전에서부터 이미 싹튼 것인지도 모른다는 생각이 들었다.

대학에서 영문과를 택한 딸, 개인 지도를 하여 준 외인 교수, 스칼라십을 얻어 준 것도 그고, 유학 절차의 재정 보증인을 알선해 준 것도 그가 아닌가. 우연한 일은 아니다.

그러한 시류에 따라 미국 유학을 해야만 한다고 주장한 것은 오히려 아버지 자기가 아닌가.

동양학을 연구하고 있는 외인 교수. 이왕이면 한국 여성과 결혼했으면 좋겠다던 솔직한 고백에, 자기의 학문을 위한 탁월한 견해라고 무심코 찬의를 표한 것도 자기가 아니던가. 그것도 지금 생각하면 하나의 암시였음이 분명하지 않은가.

이인국 박사는 상아로 된 오존 파이프를 앞니에 힘을 주어 지그시 깨물며 눈을 감았다.

꼭 풀 쑤어 개 좋은 일을 한 것만 같은 몸서리가 느껴졌다.

'더러운 년 같으니, 기어코…….'

그는 큰기침을 내뱉었다.

그의 생각은 왜정 시대 내선 일체(內鮮一體)의 혼인론이 떠돌던 이야기에 꼬리를 물었다. 그때는 그것을 비방하거나 굴욕처럼 느끼지는 않아다. 오히려 당

8) 겉봉투

연한 것으로 해석했고 어찌 보면 우월한 것으로 생각하지 않았던가. 그런데 이 경우는…….

그는 딸의 편지 구절을 곱씹었다.

'애정에 국경이 있어요?'

이것은 벌써 진부하다. 아비도 학창 시절에 그런 풍조는 다 마스터했다. 건방지게, 이게 새삼스레 아비에게 설교조로…… 좀더 솔직하지 못하고…….

그러니 외딸인 제가 그런 국제 결혼의 시금석이 되겠단 말인가.

'아무튼 아버지께서 쉬 한 번 오신다니 최종 결정은 아버지의 의향에 따라 결정할 예정입니다만…….'

그래 아버지가 안 가면 그대로 정하겠단 말인가.

이인국 박사는 일대 잡종(一大雜種)[9]의 유전 법칙이 떠오르는지 머리를 내저었다. '흰둥이 손자' 생각만 해도 징그럽다.

그는 내던졌던 사진을 다시 집어들었다.

대학 캠퍼스 같은 석조전의 거대한 건물, 그 앞의 정원, 뒤쪽에 짝을 지어 걸어가는 남녀 학생, 이 배경 속에 딸과 그 외인 교수가 나란히 어깨를 짚고 서서 웃음을 짓고 있다.

'흥 놀기는 잘들 논다…….'

웅, 신음 소리를 치며 그는 자리에서 일어섰다. 아무튼 미스터 브라운을 만나 이왕 가는 길이면 좀더 서둘러야겠다. 그 가장 대우가 좋다는 국무성 초청 케이스의 혹정 여부를 빨리 확인해야겠다는 생각이 조바심을 쳤다.

그는 아내 혜숙이 있는 살림방 쪽으로 건너갔다.

"여보, 나미가 기어코 결혼하겠다는구려."

"그래요……."

아내의 어조에는 별다른 감동이나 의아도 없음을 이인국 박사는 직감했다.

9) 순수품종에서 얻은 최초의 것

그는 가능한 한 혜숙이 앞에서 전실 소생의 애들 이야기를 하는 것을 삼가 왔다.

어떻게 보면 나미의 미국 유학을 간접적으로 자극한 것은 가정 분위기의 소치[10]라는 자격지심이 없지 않기도 했다.

나미는 물론 혜숙을 단 한 번도 어머니라고 불러 준 일이 없었다.

혜숙이 또한 나미 앞에서 어머니라고 버젓이 행세한 일도 없었다.

지난날의 간호원과 오늘의 어머니, 그 사이에는 따져서 표현할 수 없는 미묘한 감정들이 복제되어 있었다.

"선생님의 일이라면 무엇이든지 돕겠어요."

서울에서 이인국 박사를 다시 만났을 때 마음속 그대로 털어놓은 혜숙의 첫마디였다.

처음에는 혜숙이도 부인의 별세를 몰랐고, 이인국 박사도 혜숙이의 혼인 여부를 참견하지 않았다.

혜숙은 곧 대학 병원을 그만두고 이리로 옮겨 왔다.

나미는 옛정이 다시 살아 혜숙을 언니처럼 따랐다.

이들의 혼인이 익어 갈 때 이인국 박사는 목에 걸리는 딸의 의향을 우선 듣기로 했다.

딸도 아버지의 외로움을 동정하고 있었다. 자기 자신 아버지의 시중이 힘에 겨웠고 또 그 사이 실지의 아버지 뒤치다꺼리를 혜숙이 해왔으므로 딸은 즉석에서 진심으로 찬의를 표했다.

그러나 시간이 흐를수록 혜숙과 나미의 간격은 벌어졌고, 혜숙은 남편과의 정상적인 가정 생활에서 나미가 장애물이 되는 것 같은 느낌을 차츰 가지게 되었다.

혜숙 자신도 처음에는 마음놓고 이인국 박사를 남편이랍시고 일대일로 부르진 못했다.

10) (~ 인해) 일어난 일

나미의 출발, 그 후 어린애의 해산, 이러한 몇 고개를 넘는 사이에 이제 겨우 아내답게 늠름히 남편을 대할 수 있고 이인국 박사 또한 제대로의 남편의 체모로 아내에게 농을 걸 수 있게끔 되었다.

"기어코 그 외인 교수와 가까워지는 모양인데."

이인국 박사는 안내의 얼굴을 직시하지는 못하고 마치 독백하듯이 뇌까렸다.

"할 수 있어요. 제 좋다는 대로 해야지요."

마치 남의 이야기를 하는 것처럼 이인국 박사에게는 들려 왔다.

"글쎄, 하기는 그렇지만……."

그는 입맛만 다시며 더 이상 계속하지 못했다.

잠을 깨어 울고 있는 어린것에게 젖을 물리고 있는 아내의 젊은 육체에서 자극을 느끼면서 이인국 박사는 자기 자신이 죄를 지은 것만 같은 나미에 대한 강박 관념을 금할 길이 없었다.

저 어린것이 자라서 아들 원식(元植)이나 또 나미 정도의 말상대가 될래도 아직 이십여 년의 세월이 흘러야 한다.

그때 자기는 칠십이 넘는 할아버지다.

현대 의학이 인간의 평균 수명을 연장하고, 암 같은 고질이 아닌 한 불의의 죽음은 없다 하지만, 자기 자신이 의사이면서 스스로의 생명 하나를 보장할 수 없다.

'마누라는 눈 앞에서 나는 새 놓치듯이 죽이지 않았던가.'

아무리 해도 조놈이 대학을 나올 때까지는 살아야 한다. 아무렴, 때가 때인 만큼 미국 유학까지는 내 생전에 시켜주어야지.

하기야 그런 의미에서도 일찌감치 미국 혼반을 맺어 두는 것도 그리 해로울 건 없지 않나. 아무렴 우리보다는 낫게 사는 사람들인데. 남 좀 보기 체면이 안 서서 그렇지.

그는 자위인지 체념인지 모를 푸념을 곱씹었다.

"여보, 저걸 좀 꾸려요."

이인국 박사의 말씨는 점잖게 가라앉았다.

"뭐 말이에요?"

아내는 젖꼭지를 물린 채 고개만을 돌려 되묻는다.

"저 병 말이오."

그는 화장대 위에 놓은 골동품을 가리켰다.

"어디 가져 가셔요?"

"저 미 대사관 브라운 씨 말이야. 늘 신세만 졌는데……."

아내가 꼼꼼히 싸놓은 포장물을 들고 이인국 박사는 천천히 현관을 나섰다. 벌써 석간 신문이 배달되었다.

아무리 생각해도 그것은 분명 기적임에 틀림없는 일이었다. 간헐적으로 반복되어 공포와 감격을 함께 휘몰아치는 착잡한 추억.늘 어제일 마냥 생생하기만 하다.

1945년 8월 하순.

아직 해방의 감격이 온 누리를 뒤덮어 소용돌이칠 때였다.

말복(末伏)도 지난 날씨언만 여전히 무더웠다. 이인국 박사는 이 며칠 동안 불안과 초조에 휘둘려 잠도 제대로 자지 못했다. 무엇인가 닥쳐올 사태를 오들오들 떨면서 대기하는 상태였다.

그렇게 붐비던 환자도 얼씬하지 않고 쉴 사이 없던 전화도 뜸하여졌다. 입원실은 최후의 복막염 환자였던 도청의 일본인 과장이 끌려간 후 텅 비었다.

조수와 약제사는 궁금증이 나서 고향에 다녀오겠다고 떠나갔고 서울 태생인 간호원 혜숙만이 남아 빈집 같은 병원을 지키고 있었다.

이 층 삽 조 다다미방에 혼도시[11]와 유카다[12] 바람에 뒹굴고 있던 이인국 박사는 견디다 못해 부채를 내던지고 일어났다.

그는 목욕탕으로 갔다. 찬물을 퍼서 대야째로 머리에서부터 몇 번이고 내리부었다. 등줄기가 시리고 몸이 가벼워졌다.

11) 일본식 팬티 12) 일본식 가운

그러나 수건으로 몸을 닦으면서도 무엇인가 짓눌려 있는 것 같은 가슴속의 갑갑증을 가셔 낼 수는 없었다.

그는 창문으로 기웃이 한 길가를 내려다보았다. 우글거리는 군중들은 아직도 소음 속으로 밀려가고 있다.

굳게 닫혀 있는 은행 철문에 붙은 벽보가 한길을 건너 하얀 윤곽만이 두드러져 보인다.

아니 그곳에 씌어 있는 구절.

'친일파, 민족 반역자를 타도하자.'

옆에 붙은 동그라미를 두 겹으로 친 글자가 그대로 눈앞에 선명하게 보이는 것만 같다.

어제 저물녘에 그것을 처음 보았을 때의 전율이 되살아왔다.

순간 이인국 박사는 방쪽으로 머리를 홱 돌렸다.

'나야 괜찮겠지…….'

혼자 뇌까리면서 그는 다시 부채를 들었다. 그러나 벽보를 들여다보고 있을 때 자기와 눈이 마주치는 순간, 일그러지는 얼굴에 경멸인지 통쾌인지 모를 웃음을 비죽이 흘리면서 아래 위로 훑어보던 그 춘석이 녀석의 모습이 자꾸만 머릿속으로 엄습하여 어두운 밤에 거미줄을 뒤집어쓴 것처럼 께름텁텁하기만 했다.

그깐놈 하고 머리에서 씻어 버리려 해도 거머리처럼 자꾸만 감아 붙는 것만 같았다.

벌써 육 개월 전의 일이다.

형무소에서 병보석으로 가출옥되었다는 중환자가 업혀서 왔다.

휑뎅그런 눈에 앙상하게 뼈만 남은 몸을 제대로 가누지도 못하는 환자. 그는 간호원의 부축으로 겨우 진찰을 받았다.

청진기의 상아 꼭지를 환자의 가슴에서 등으로 옮겨 두 줄기의 고무줄에서 감득되는 숨소리를 감별하면서도, 이인국 박사의 머릿속은 최후 판정의 분기점을 방황하고 있었다.

입원시킬 것인가, 거절할 것인가…….

환자의 몰골이나 업고 온 사람의 옷매무새로 보아 경제 정도는 뻔한 일이라 생각되었다.

그러나 그것보다도 더 마음에 켕기는 것이 있었다. 일본인 간부급들이 자기 집처럼 들락날락하는 이 병원에 이런 사상범을 입원시킨다는 것은 관선 시의원이라는 체면에서도 떳떳치 못할뿐더러, 자타가 공인하는 모범적인 황국 신민(皇國新民)[13]의 공든 탑이 하루아침에 무너지는 결과를 가져오는 것이라는 생각이 들었다.

순간 그는 이런 경우의 가부 결정에 일도양단[14]하는 자기 식으로 찰나적인 단안을 내렸다.

그는 응급 치료만 하여 주고 입원실이 없다는 가장 떳떳하고도 정당한 구실로 애걸하는 환자를 돌려 보냈다.

환자의 집이 병원에서 멀지 않은 긴니편 골목 안에 있다는 것은 후에 간호원에게서 들었다. 그러나 그쯤은 예사로운 일이었기에 그는 그대로 아무렇지도 않게 흘려 버렸다.

그런데 며칠 전 시민 대회 끝에 있는 해방 경축 시가 행진을 자기도 흥분에 차 구경하느라고 혜숙이와 함께 대문 앞에 나갔다가, 자위대 완장을 두르고 대열에 끼인 젊은이와 눈이 마주쳤다.

이쪽을 노려보는 청년의 눈에서 불똥이 튀는 것 같은 살기를 느꼈다.

무슨 영문인지 모르고 어리벙벙하던 이인국 박사는, 그것이 언젠가 입원을 거절당한 사상범 환자 춘석이라는 것을 혜숙에게서 듣고야 슬금슬금 주위의 눈치를 살피며 집으로 기어 들어왔다.

그 후 그는 될 수 있는 대로 거리로 나가는 것을 피하였지마는 공교롭게도 어

13) 황제의 백성 / 일본 백성　14) 머뭇거리지 않고 과감하게

제 저녁에 그 벽보 앞에서 마주쳤었다.

갑자기 밖이 왁자지껄 떠들어대었다. 머리에 깍지를 끼고 비스듬히 누워서 갈피를 잡을 수 없는 생각에 골몰하던 이인국 박사는 일어나 앉아 한길 쪽에 귀를 기울였다. 들끓는 소리는 더 커갔다. 궁금증에 견디다 못해 그는 엉거주춤 꾸부린 자세로 밖을 내다보았다. 포도[15]에 뒤끓는 사람들은 손에 손에 태극기와 적기(赤旗)[16]를 들고 환성을 울리고 있었다.

'무엇일까?'

그는 고개를 갸웃하며 다시 자리에 주저앉았다.

계단을 구르며 급히 올라오는 발자국 소리가 들려 왔다. 혜숙이다.

"아마 소련군이 들어오나 봐요. 모두들 야단법석이에요……."

숨을 헐떡이며 이야기하는 혜숙이의 말에 이인국 박사는 아무 대꾸도 없이 눈만 껌벅이며 도로 앉았다. 여러 날에 라디오에서 오늘 입성 예정이라고 했으니 인제 정말 오는가 보다 싶었다.

혜숙이 내려간 뒤에도 이인국 박사는 한참 동안 아무 거동도 못 하고 바깥쪽을 내다보고만 있었다.

무엇을 생각했던지 그는 움찔 자리에서 일어났다. 그리고는 벽장문을 열었다. 안쪽에 손을 뻗쳐 액자들을 끄집어내었다.

'국어 상용[國語(日語) 상용]의 가(家)'

해방되던 날 떼어서 집어넣어 둔 것을 그 동안 깜박 잊고 있었다.

그는 액자의 뒤를 열어 음식점 면허장 같은 두터운 모조지를 빼내어 글자 한 자도 제대로 남지 않게 손끝에 힘을 주어 꼼꼼히 찢었다.

이 종잇장 하나만 해도 일본인과의 교제에 있어서 얼마나 떳떳한 구실을 할 수 있었던 것인가. 야릇한 미련 같은 것이 섬광처럼 머릿속을 스쳐갔다.

환자도 일본말 모르는 축은 거의 오는 일이 없었지만 대의 관계는 물론 집안

15) 포장 도로 16) 붉은 기 / 공산주의를 상징

에서도 일체 일본말만을 써왔다. 해방 뒤 부득이 써 오는 제 나라 말이 오히려 의사 표현에 어색함을 느낄 만큼 그에게는 거리가 먼 것이었다.

마누라의 솔선 수범하는 내조지공도 컸지만 애들까지도 곧잘 지켜 주었기에 이 종잇장을 탄 것이 아니던가. 그것을 탄 날은 온 집안이 무슨 경사나 난 것처럼 기뻐들 했다.

"잠꼬대까지 국어로 할 정도가 아니면 이 영예로운 기회야 얻을 수 있겠소." 하던 국민 총력 연맹 지부장의 웃음 띤 치하 소리가 떠올랐다.

그 순간, 자기 자신은 아이들을 소학교로부터 일본 학교에 보낸 것을 얼마나 다행으로 여겼던 것인가.

그는 후 한숨을 내뿜었다. 그리고는 지금 통장의 잔액을 깡그리 내주던 은행 지점장의 호의에 새삼 고마움을 느끼는 것이었다.

그것마저 없었더라면…… 등골에 오싹하는 한기가 느껴 왔다.

무슨 정치가 오든 그것만 있으면 시내 사람의 절반 이상이 굶어 죽기 전에야 우리 집 차례는 아니겠지. 그는 순금고기 들어 있는 안방 단스[17]를 생각하면서 혼자 중얼거렸다.

이인국 박사는 무슨 일이 일어나도 꼭 자기만은 살아남을 것 같은 막연한 기대를 곱씹고 있다.

주위가 어두워 왔다.

지축이 흔들리는 것 같은 동요와 소름이 가까워졌다. 군중들의 환호성이 터져 나왔다. 만세 소리가 연방 계속되었다.

세상 형편을 알아보려고 거리에 나갔던 아내가 돌아왔다.

"여보, 당꾸[18] 부대가 들어왔어요. 거리는 온통 사람들 사태가 났는데 집안에 처박혀 뭘 하구 있어요……."

어둠 속에서 아내의 음성은 격했으나 감격인지 당황인지 알 길이 없었다.

17) 서랍장 / 함　18) 탱크

‘계집이란 저렇게 우둔하구두 대담한 것일까……’

이인국 박사는 엷은 어둠 속에서 마누라 쪽을 주시하면서 입맛을 다셨다.

“불두 엽때 안 켜구.”

마누라가 전등 스위치를 틀었다. 이인국 박사는 백 촉 전등이 너무 환한 것이 못마땅했다.

“불은 왜 켜는 거요?”

“그럼 켜지 않구 캄캄한데…… 자 어서 나가 봅시다.”

마누라가 이끄는 데 따라 이인국 박사는 마지못하면서 시침을 떼고 따라 나섰다.

헤드라이트의 눈부신 광선. 탱크 부대의 진주는 끝을 알 수 없이 계속되고 있다.

이인국 박사는 부신 불빛을 피하면서 가로수에 기대어 섰다. 박수와 환호성, 만세 소리가 그칠 줄 모르는 양안(兩岸)[19]을 끼고 탱크는 물밀듯 서서히 흘러간다. 위뚜껑을 열고 반신을 내민 중대가리의 병정은 간간이 ‘우라아’ 하면서 손을 내흔들고 있다.

이인국 박사는 자기와는 아무 관련도 없는 이방 부대라는 환각을 느끼면서 박수도 환성도 안 나가는 멋쩍은 속에서 멍하니 쳐다보고만 있다. 그는 자기의 거동을 주시하지나 않나 해서 주위를 두리번거렸다.

그러나 아무도 그에게는 관심을 두는 일없이 탱크를 향하여 목청이 터지도록 거듭 만세만 부르고 있지 않은가.

‘어떻게 되겠지……’

그는 밑도 끝도 없는 한마디를 뇌이면서 유유히 집으로 들어왔다.

민요 뒤에 계속 되던 행진곡이 그치고 주둔군 사령관의 포고문이 방송되고 있다.

19) 하천의 양쪽

이인국 박사는 라디오 앞에 다가앉아 귀를 기울였다.

시민의 생명 재산은 절대 보장한다. 각자는 안심하고 자기의 직장을 수호하라. 총기 일본도 등 일체의 무기 소지는 금하니 즉시 반납하라는 등의 요지였다.

그는 문득 단스 속에 넣어 둔 엽총에 생각이 미치었다. 그러면 저거도 마쳐야 하는 것일까. 영국에 쌍발, 손때 묻은 애완물같이 느껴져 누구에게 단 한 번 빌려주지 않았던 최신형 특제품이었다.

이인국 박사는 다이얼을 돌렸다. 대체 서울에서는 어떻게들 하고 있는 것일까.

거기도 마찬가지다. 민요가 아니면 행진곡이 나오고 그러다가는 건국 준비 위원회의 누구인가의 연설이 계속된다.

대체 앞으로 어떻게 될 것인가 궁금증을 해결할 방법이 없다.

해방 직후 이삼 일 동안은 자기도 태연하였지만 뻔질나게 드나들던 몇몇 친구들도 소련군 입성이 보도된 이후부터는 거의 나타나질 않는다. 그렇다고 자기 자신이 뛰어다니며 물을 경황은 더욱 없다.

밤이 이슥해서야 중학교와 국민학교를 다니는 아들딸이 굉장한 구경이나 한 것처럼 탱크와 로스케[20]의 이야기를 늘어놓으며 돌아왔다.

그들은 아버지의 심중은 아랑곳없다는 듯이 어머니, 혜숙이와 함께 저희들 이야기에만 꽃을 피우고 있었다.

앞일은 대체 어떻게 전개될 것인지 뛰어넘을 수가 없는 큰 바다가 가로놓인 것만 같았다. 풀어낼 수 있는 실마리가 전연 다듬어지지 않는 뒤헝클어진 상념 속에서 그래도 이인국 박사는 꺼지려는 짚불을 불어 일으키는 심정으로 막연한 한 가닥의 기대만을 끝내 포기하지 않은 채 천장을 멍청히 쳐다보고만 있었다.

지난 일에 대한 뉘우침이나 가책 같은 건 아예 있을 수 없었다.

자동차 속에서 이인국 박사는 들고 나온 석간을 펼쳤다.

20) 러시아인

일면의 제목을 대강 훑고 난 그는 신문을 뒤집어 꺾어 삼면으로 눈을 옮겼다

'북한 소련 유학생 서독으로 탈출'

바둑돌 같은 굵은 활자의 제목. 왼편 전단을 차지한 외신 기사. 손바닥만한 사진까지 곁들여 있다.

그는 코허리에 내려온 안경을 올리면서 눈을 부릅떴다.

그의 시각은 활자 속을 헤치고 머릿속에는 아들의 환상이 뒤엉켜 들이차 왔다. 아들을 모스크바로 유학시킨 것은 자기의 억지에서였던 것만 같았다.

출신 계급, 성분, 어디 하나나 부합될 조건이 있었단 말인가. 고급 중학을 졸업하고 의과 대학에 입학된 바로 그해다.

이인국 박사는 그때나 지금이나 자기의 처세 방법에 대하여 절대적인 자신을 가지고 있다.

"얘, 너 그 노어[21] 공부를 열심히 해라."

"왜요?"

아들은 갑자기 튀어나오는 아버지의 말에 의아를 느끼면서 반문했다.

"야 원식아, 별수없다. 왜정 때는 그래도 일본말이 출세를 하게 했고 이제는 노어가 또 판을 치지 않니. 고기가 물을 떠나서 살 수 없는 바에야 그 물 속에서 살 방도를 궁리해야지. 아무튼 그 노서아 말 꾸준히 해라."

아들은 아버지 말에 새삼스러이 자극을 받는 것 같진 않았다.

"내 나이로도 인제 이만큼 뜨내기 회화쯤은 할 수 있는데, 새파란 너희 낫세[22]로야 그걸 못 하겠니?"

"염려 마세요, 아버지……."

아들의 대답이 그에게는 믿음직스럽게 여겨졌다.

이인국 박사는 심각한 표정으로 말을 이었다.

"어디 코큰 놈이라구 별것이겠니, 말 잘해서 진정이 통하기만 하면 그것들두

21) 러시아어 22) 나이

다 그렇지……."

이인국 1박사는 끝내 스텐코프 소좌의 배경으로 요직에 있는 당 간부의 추천을 받아 아들의 소련 유학을 결정 짓고야 말았다.

"여보, 보통으로 삽시다. 거저 표나지 않게 사는 것이 이런 세상에선 가장 편안할 것 같아요, 이제 겨우 죽을 고비를 면했는데 또 쟤까지 그 '높이 드는' 복판에 휘몰아 넣으면 어쩔라구……."

"가만있어요, 호랑이두 굴에 가야 잡는 법이오. 무슨 세상이 되든 할 대로 해 봅시다."

"그래도 저 어린것을 어떻게 노서아까지 보낸단 말이오."

"아니, 중학교 야들도 가지 못해 골들을 싸매는데, 대학생이 못 가 견딜라구."

"그래도 어디 앞 일을 알겠소……."

"괜한 소리, 쟤가 소련 바람을 쏘이구 와야 내게 허튼 소리 하는 놈들도 찍소리를 못할 거요. 어디 보란 듯이 다시 한 번 살아 봅시다."

아들의 출발을 앞두고, 기징하는 마누라를 우격다짐으로 무마시키고 그는 아들의 유학을 관철하였다.

'흥 혁명 유가족두 가기 힘든 구멍을 이인국의 아들이 뚫었으니 어디 두구 보자…….'

그는 만장의 기염을 토하며 혼자 중얼거리고는 희망에 찬 미소를 풍겼다.

그 다음해에 사변이 터졌다.

잘 있노라는 서신이 계속하여 왔지만 동란 후 후퇴할 때까지 소식은 두절된 대로였다.

마누라의 죽음은 외아들을 사지로 보낸 것 같은 수심에도 그 원인이 있었다고 그는 생각하고 있다.

이인국 박사는 신문 다치키리 속에 채워진 글자를 하나도 빼지 않고 다 훑어 내려갔다.

그러나 아들의 이름에 연관되는 사연은 한마디도 없었다.

'이 자식은 무얼 꾸물꾸물하느라고 이런 축에도 끼지 못한담…… 사태를 판별하고 임기 응변의 선수를 쓸 줄 알아야지, 멍추 같이…….'

그는 신문을 포개어 되는대로 말아 쥐었다.

'개천에서 용마가 난다는데 이건 제 애비만도 못한 자식이야.'

그는 혀를 찍찍 갈겼다.

'어쩌면 가족이 월남한 것조차 모르고 주저하고 있는 것이나 아닐까. 아니 이제는 그쪽에도 소식이 가서 제게도 무언중의 압력이 퍼져 갈 터인데…… 역시 고지식한 놈이 아무래도 모자라…….'

그는 자동차에서 내리자 건가래침을 내뱉었다.

'독또오루 리, 내가 책임지고 보장하겠소. 아들을 우리 조국 소련에 유학시키시오.'

스텐코프의 목소리가 고막에 와부딪는 것만 같았다.

자위대가 치안대로 바뀐 다음 날이다. 이인국 박사는 치안대에 연행되었다.

시멘트 바닥에 무릎을 꿇고 앉은 그는 입술이 파랗게 질려 있었다. 하반신이 저려 오고 옆구리가 쑤신다. 이것만으로도 자기의 생애를 통한 가장 큰 고역이라고 그는 생각하고 있다. 그러나 그것보다는 앞으로 닥쳐올 얘기할 수 없는 사태가 공포 속에 그를 휘몰았다.

지나가고 지나오는 구둣발 소리와 목덜미에 퍼부어지는 욕설을 들으면서 꺽이듯이 축 늘어진 그의 머리는 들릴 줄을 몰랐다.

시간만이 흘러가고 있었다.

그의 머릿속에는 짓눌렸던 생각들이 하나씩 꼬리를 치켜들기 시작했다.

'이럴 줄 알았더라면 어디든지 가 숨거나, 진작으로 남으로라도 도피했을 걸…… 그러나 이 판국에 나를 감싸줄 사람이 어디 있담. 의지할 곳은 다 나와 같은 코스를 밟았거나 조만간에 밟을 사람들이 아닌가. 일본인! 가장 믿었던 성벽이 다 무너지고 난 지금 누구를…….'

'그래도 어떻게 되겠지…….'

이 막연한 기대는 절박한 이 순간에도 그에게서 완전히 떠나 버리지는 않았다.

'다행이다. 인민 재판의 첫 코에 걸리지 않은 것만 해도.. 끌려간 사람들의 행방은 전혀 알 길이 없다. 즉결 처형을 당했다는 소문도 떠돈다. 사흘의 여유만 더 있었더라면 나는 이미 이곳을 떴을지도 모른다. 다 운명이다. 아니 그래도 무슨 수가 있겠지…….'

"쪽발이 끄나풀, 야 이 새끼야."

고함 소리에 놀라 이인국 박사는 흠칫 머리를 들었다.

때도 묻지 않은 일본 병사 군복에 완장을 찬 젊은이가 쏘아 보고 있다. 춘석이다.

이인국 박사는 다시 쳐다볼 힘도 없었다. 모든 사태는 짐작되었다.

이제는 죽는구나, 그는 입 속으로 뇌까렸다.

"왜놈의 밀바시, 이 개새끼야."

일본 군용화가 그의 옆구리를 들이찬다.

"이 새끼, 어디 죽어 봐라."

구둣발은 앞뒤를 가리지 않고 전신을 내지른다.

등골 척수에 다급한 충격을 받자 이인국 박사는 비명을 지르고 꼬꾸라졌다.

그는 현기증을 일으켰다. 어깻죽지를 끌어 바로 앉혀도 몸을 가누지 못하고 한쪽으로 쓰러졌다.

"민족과 조국을 팔아먹은 이 개돼지 같은 놈아, 너는 총살이야, 총살…….

어렴풋이 꿈 속에서처럼 들려 왔다. 그러나 그에게는 그 말도 아무런 반항을 일으키지 못했다.

시간이 얼마나 흘렀을까. 자기 앞자락에서 부스럭거리는 감촉과 금속성의 부스럭거리는 소리를 듣고 어렴풋이 정신을 차렸다.

노란 털이 엉성한 손목이 시계줄을 끄르고 있다. 그는 반사적으로 앞자락의 시계 주머니를 부둥켜 쥐면서 손의 임자를 힐끔 쳐다보았다. 눈동자가 파란 중대가리 소련 병사가 시계 줄을 거머쥔 채 이빨을 드러내고 히죽이 웃고 있다.

그는 두 손으로 있는 힘을 다해 양복 안주머니를 감싸 쥐었다.

"흥…… 야뽄스키……."

병사의 눈동자는 점점 노기를 띠어 갔다.

"아니, 이것만은!"

그들의 대화는 서로 통하지 않는 대로 손아귀와 눈동자의 대결은 그대로 지속되고 있었다.

병사는 됫박만한 손으로 이인국 박사의 손가락 끝에서 시계를 채어 냈다.시계 줄은 끊어져 고리가 달린 끝머리가 이인국 박사의 손가락 끝에서 달랑거렸다.

병사는 밖으로 나가 버렸다.

"죽음과 시계……."

이인국 박사는 토막난 푸념을 되풀이하고 있다.

양쪽 팔목에 팔뚝 시계를 둘씩이나 차고도 만족이 안 가 자기의 회중 시계까지 앗아 가는 그 병정의 모습을 머릿속에 똑똑히 되새겨 갈 뿐이다.

감방 속을 빼곡히 찼다.

그러나 고참자와 신입자의 서열은 분명했다. 달포가 지나는 사이에 맨 안쪽 똥통 위에 자리잡았던 이인국 박사는 삼분지 이의 지점으로 점차 승격되었다.

그는 하루종일 말이 없었다. 범인 속에 섞여 있던 감방 밀정이 출감된 다음 날부터 불평만을 늘어놓던 축들이 불려 나가 반송장이 되어 들어왔지만, 또 하루 이틀이 지나자 감방 속의 분위기는 여전히 불평과 음식 이야기로 소일되었다.

이인국 박사는 자기의 죄상이라는 것을 폭로하기도 싫었지만 예전에 고등계 형사들에게서 실컷 얻어들은 지식이 약이 되어 함구령이 지상 명령이라는 신념을 일관하고 있었다.

그는 간밤에 출감한 학생이 내던지고 간 노어 회화 책을 첫장부터 꼼꼼히 뒤지고 있을 뿐이다.

등골이 쏘고 옆구리가 결려 온다. 이것으로 고질이 되는가 하는 생각이 없지 않다. 아침저녁으로 기온이 사뭇 내려가고 있다. 아무리 체념한다면서도 초조감을 막을 길 없다.

노어 책을 읽으면서도 그의 청각은 늘 감방 속의 이야기를 놓치지 않고 있다.

그들이 예측하는 식대로의 중형으로 치른다면 자기의 죄상은 너무도 어마어마하다. 양곡 조합의 쌀을 몰래 팔아먹은 것이 칠 년, 양민을 강제로 보국대에 동원했다는 것이 십 년, 감정적인 즉결이 아니라 법에 의한 처단이라고 내대지만 이 난리 판국에 법이고 뭣이고 있을까. 마음에만 거슬리면 총살일 판인데…….

'친일파, 민족 반역자, 반일 투사 치료 거부, 일제의 간첩 행위…….'

이건 너무도 어마어마한 죄상이다. 취조할 때 나열하던 그대로 한다면 고작해야 무기 징역, 사형감인지도 모른다.

그는 방안을 둘러보며 후 큰 숨을 내쉬었다.

처마 밑에 바싹 달라붙은 환기창에서 들이비치던 손수건만한 햇살이 참대자처럼 길어졌다가 실오리만큼 가늘게 떨리며 사라졌다. 그 창살을 거쳐 아득히 보이는 가을 하늘이 잊었던 지난 일을 한 덩어리로 얽어 휘몰아 오곤 했다. 가슴이 짜릿했다.

밖의 세계와는 영원한 단절이다.

그는 눈을 감았다. 마누라, 아들, 딸, 혜숙이, 누구누구…… 그러다가 외과계의 원로 이인국 박사에 이르자, 목구멍이 타는 것 같이 꽉 막혔다.

그는 헛기침을 하고 침을 삼켰다.

'그럼, 어쩐단 말이야, 식민지 백성이 별수 있었어. 날구 뛴들 소용이 있었느냐 말이야, 어느 놈은 일본놈한테 아첨을 안 했어. 주는 떡을 안 먹은 놈이 바보지. 흥, 다 그놈이 그놈이었지.'

이인국 박사는 자기 변명을 합리화시키고 나면 가슴이 좀 후련해 왔다.

거기다 어저께의 최종 취조 장면에서 얻은 소련 고문관의 표정은 그에게 일루의 희망을 던져 주는 것이 있었다. 물론 그것이 억지의 자위일지도 모른다고 생각되었지만.

아마 스텐코프 소좌라고 했지. 그 혹부리 장교, 직업이 의사라고 했을 때, 독또오루 독또오루 하고 고개를 기웃거리던 순간의 표정, 그것이 무슨 기적의 예감 같기만 했다.

이인국 박사는 신음 소리에 놀라 눈을 떴다.

복도에 켜져 있는 엷은 전등 불빛이 쇠창살을 거처방 안에 줄무늬를 놓으며 비쳐 들어왔다. 그는 환기창 쪽을 올려다보았다. 아직도 동도 트지 않은 깜깜한 밤이다.

생똥 냄새가 코를 찌른다. 바짓가랑이 한쪽이 축축하다. 만져 본 손을 코에 갔다 댔다. 구역질이 난다. 역시 똥 냄새다.

옆에 누운 청년의 앓는 소리는 계속되고 있다. 찬찬히 눈여겨보았다. 청년 궁둥이도 젖어 있다.

'설산가 보다.'

그는 살창문을 흔들며 교화 소원을 고함쳐 불렀다.

"뭐야!"

자다가 깬 듯한 흐린 소리가 들려 왔다.

"환자가…… 이거, 봐요."

창살 사이로 들여다보는 소원의 얼굴은 역광 속에서 챙 붙은 모자 밑의 둥그스름한 윤곽밖에 알려지지 않는다.

이인국 박사는 청년의 궁둥이께를 손가락으로 가리키며 들여다보고 있다.

"이거, 피로군, 피야."

그는 그제서야 붉은빛을 발견하곤 놀란 소리를 쳤다.

"적리야, 이질……."

그는 직업 의식에서 떠오르는 대로 큰 소리를 질렀다.

"뭐, 적리?"

바깥 소리는 확실히 납득이 안 간 음성이다.

"피똥 쌌소, 피똥을…… 이것 봐요."

그는 언성을 더욱 높였다.

"응, 피똥……."

아우성 소리에 감방 안의 사람들은 하나 둘 눈을 뜨며 저마다 놀란 소리를 쳤다.

"적리, 이건 전염병이오, 전염병."

"뭐. 전염병……."

그제서야 교화소원이 문을 열고 들어왔다.

얼마 후 환자는 격리되었고 남은 사람들은 똥을 닦느라고 한참 법석을 치고 다시 잠을 불러일으키질 못했다.

이튿날 미결감 다른 감방에서 또 같은 증세의 환자가 두셋 발생했다. 날이 갈수록 환자는 늘기만 했다.

이 판국에 병만 나면 열의 아홉은 죽는 길밖에 없다고 생각한 이인국 박사는 새로운 위험에 사로잡히기 시작했다.

서넉 후 이인국 박사는 고문판실로 불려 나갔다.

"동무는 당분간 환자의 응급 치료실에서 일하시오."

이게 무슨 청천 벽력 같은 기적일까, 그는 통역의 말을 의심했다.

소련 장교와 통역관을 번갈아 쳐다보고 있는 그의 눈동자는 생기를 띠어 갔다.

"알겠소 엥……."

"네."

다짐에 따라 이인국 박사는 기쁨을 억지로 감추며 평범한 어조로 대답했다.

'글쎄 하늘이 무너져도 솟아날 구멍은 있다니까.'

그는 아무 표정도 나타내지 않으려고 이를 악물었다.

죽어 넘어진 송장이 개 치우듯 꾸려져 나가는 것을 보고 이인국 박사는 꼭 자기 일 같이만 느껴졌다.

'의사, 이것은 나의 천직이다.'

그는 몇 번이고 감격에 차 중얼거렸다. 그는 있는 힘을 다해 자기 담당의 환자를 치료했다. 이러한 일은 그의 실력이 혹부리 고문관의 유다른 관심을 끌게 한 계기를 만들어 주었다.

사상범을 옥사시키는 경우는 책임자에게 큰 문책이 온다는 것은 훨씬 후에야 그가 안 일이다.

소련 군의관에게 기술이 인정된 이인국 박사는 계속 병원에서 근무하게 되었다. 그러나 죄상 처벌의 결말에 대해서는 알 길이 없었다.

그는 이 절호의 기회를 최대한으로 활용하고 싶었다. 이제는 죽어도 여한이 없을 것만 같았다.

이렇게 하여 이 보이지 않는 구속에서까지 완전히 벗어날 수는 없을까.

그는 환자의 치료를 하면서도 늘 스텐코프의 왼쪽 뺨에 붙은 오리알 만한 혹을 생각하고 있었다.

불구라면 불구로 볼 수 있는 그 혹을 가지고 고급 장교에까지 승진했다는 것은, 소위 말하는 당성(黨性)이 강하거나 그렇지 않으면 전공(戰功)이 특별했음에 틀림없다는 생각이 들었다.

그것 하나만 물고 늘어지면 무엇인가 완전히 살아날 틈새기가 생길 것만 같았다.

이인국 박사의 뜨내기 노어도 가끔 순시하는 스텐코프와 인사말을 주고받을 수 있을 정도로 진전되었다.

이 안에서의 모든 독서는 금지되었지만 노어 교본과 당사(黨史)[23]만은 허용되었다.

이인국 박사는 마치 생명의 열쇠나 되는 듯이 초보 노어 책을 거의 암송하다시피 했다.

크리스마스를 전후하여 장교들의 주연이 베풀어지는 기회가 거듭되었다.

23) 공산당 역사

얼근히 주기를 띤 스텐코프가 순시를 돌았다.

이인국 박사는 오늘의 이 기회를 놓치지 않겠다고 마음먹었다.

수일 전 소군 장교 한 사람이 급성 맹장염이 터져 복막염으로 번졌다.

그 환자의 실을 뽑는 옆에 온 스텐코프에게 이인국 박사는 말 절반 손짓 절반으로 혹을 수술하겠다는 의사를 표명했다.

스텐코프는 '하라쇼'를 연발했다.

그 후 몇 번 통역을 사이에 두고 수술 계획에 대한 자세한 의사를 진술할 기회가 생겼다.

이인국 박사는 일본인 시장의 혹을 수술하던 일을 회상하면서 자신있는 설복을 했다.

'동경 경응 대학 병원에서도 못하겠다는 것을 내가 거뜬히 해치우지 않았던가.'

그는 혼자 머릿속에서 자문 자답하면서 이번 일에 도박 같은 심정으로 생명을 걸었다.

소련 군의관을 입회시키고 몇 차례의 예비 진단이 치러졌다.

수술일은 왔다.

이인국 박사는 손에 익은 자기 병원의 의료 기재를 전부 운반하여 오게 했다.

군의관 세 사람이 보조하기로 했지만 집도는 이인국 박사 자신이 했다. 야전병원의 젊은 군의관들이란 그에게 있어선 한갓 풋내기로밖에 보이지 않았다.

그는 수술을 진행하는 동안 그들 군의관들을 자기 집 조수 부리듯 했다. 집도 이후의 수술대는 완전히 자기 진단하의 왕국이라고 생각되었다.

그러나 아까 수술 직전에 사인한, 실패되는 경우에는 총살에 처한다는 서약서가 통일된 정신을 순간순간 흐려 놓곤 했다.

수술대에 누운 스텐코프의 침착하면서도 긴장에 찼던 얼굴, 그것도 전신 마취가 끝난 후 삼 분이 못 갔다.

간호부는 가제로 이인국 박사의 이마에 내 맺힌 땀방울을 연방 찍어내고 있다.

기구가 부딪는 금속성과 서로의 숨소리만이 고촉의 반사등이 내리비치는 방안의 질식할 것 같은 침묵을 헤살 짓고 있다.

수술은 예상 이상의 단시간으로 끝났다.

위생복을 벗은 이인국 박사의 전신은 땀으로 흠뻑 젖었다.

완치되어 퇴원하는 날 스텐코프는 이인국 박사의 손은 부서져라 쥐면서 외쳤다.

"꺼비딴[24] 리, 스바씨보[25]."

이인국 박사는 입을 헤벌리고 웃기만 했다. 마음의 감옥에서 해방된 것만 같았다.

"아진, 아진…… 오첸 하라쇼."[26]

스텐코프는 엄지손가락을 높이 들면서 네가 첫째라는 듯이 이인국 박사의 어깨를 치며 칭찬했다.

다음 날 스텐코프는 이인국 박사를 자기 방으로 불렀다.

그가 이인국 박사에게 스스로 손을 내밀어 예절적인 악수를 청한 것은 이것이 처음이었다.

'적과 적이 맞부딪치면서 이렇게 백팔십 도로 전환될 수가 있을까. 노랑 대가리도 역시 본심에서는 하나의 인간임에는 틀림없는 것이 아닌가.'

"내일부터는 집에서 통근해도 좋소."

이인국 박사는 막혔던 둑이 터지는 것 같은 큰 숨을 삼켜 가면서 내쉬었다.

이번에는 이인국 박사가 스텐코프의 손을 잡았다.

"스바씨보, 스바씨보."

"혹 나한테 무슨 부탁이 없소?"

이인국 박사는 문득 시계가 머리에 떠올랐다.

24) 최고, 우두머리의 러시아어 26) 고맙습니다 26) 아주 좋아

그러면서도 곧이어 이 마당에 그런 이야기를 꺼낸다는 것은 오히려 쩨쩨하게 보이지 않을까 하는 생각이 뒤따랐다. 그러나 아무래도 그 미련이 가셔지지 않았다.

이인국 박사는 비록 찾지 못하는 경우가 있더라고 솔직히 심중을 털어놓으리라고 마음먹었다.

그는 통역의 보조를 받아 가며 시간과 장소를 정확히 회상하면서 시계를 약탈당한 경위를 상세히 설명했다.

스텐코프는 혹이 붙었던 뺨을 쓰다듬으면서 긴장된 모습으로 듣고 있었다.

"염려없소, 독또우루[27] 리. 위대한 붉은 군대가 그럴 리가 없소. 만약 있었다 하더라도 그것은 무슨 착각이었을 것이오. 내가 책임지고 찾도록 하겠소."

스텐코프의 얼굴에 결의를 띤 심각한 표정이 스쳐 가는 것을 이인국 박사는 똑바로 쳐다보았다.

'공연한 말을 끄집어내어 일껏 잘되어 가는 일이 부스럼을 만드는 것은 아닐까.'

그는 솟구치는 불안과 후회를 짓눌렀다.

"안심하시오, 독또우리 리, 하하하."

스텐코프는 말을 큰 웃음으로 넌지시 말끝을 막았다.

이인국 박사는 죽음의 직전에서 풀려나 집으로 향했다.

어느 사이 저렇게 노어로 의사 표시를 할 수 있게 되었느냐고 스텐코프가 감탄하더라는 통역의 말을 되뇌이면서…….

차가 브라운 씨의 관사 앞에 닿았다.

성조기를 보면서 이인국 박사는 그날의 적기(赤旗)와 돌려온 시계를 생각하고 있었다.

응접실에 안내된 이인국 박사는 주인이 나오기를 기다리면서 방안을 둘러보

27) 의사 / 닥터

왔다. 대사관으로는 여러 번 찾아갔지만 집으로 찾아온 것은 이번이 처음이다.

삼 년 전 딸이 미국으로 갈 때부터 신세진 사람이다.

벽 쪽 책꽂이에는 〈조선왕조실록(朝鮮王朝實錄)〉 〈대동야승(大東野乘)〉 등 한적(漢籍)이 빼곡히 차 있고 한쪽에는 고서의 질책(帙册)이 가지런히 쌓여져 있다.

맞은편 책상 위에는 작은 금동 불상 곁에 몇 개의 골동품이 진열되어 있다. 십이 폭 예서(隷書) 병풍 앞 탁자 위에 놓인 재떨이도 세월의 때묻은 백자기다.

저것들도 다 누군가가 가져다 준 것이 아닐까 하는 데 생각이 미치자 이인국 박사는 얼굴이 화끈해졌다.

그는 자기가 들고 온 상감진사(象嵌辰砂)[28] 고려 청자 화병에 눈길을 돌렸다. 사실 그것을 내놓는 데는 얼마간의 아쉬움이 없지 않았다. 국외로 내어 보낸다는 자책감 같은 것은 아예 생각해 본 일이 없는 그였다.

차라리 이인국 박사에게는 저렇게 많으니 무엇이 그리 소중하고 달갑게 여겨지겠느냐는 망설임이 더 앞섰다.

브라운 씨가 나오자 이인국 박사는 웃으며 선물을 내어놓았다. 포장을 풀고 난 브라운 씨는 만면에 미소를 띠며 기쁨을 참지 못하는 듯 탱큐를 거듭 부르짖었다.

"참 이거 귀중한 것입니다."

"뭐 대단한 것이 아닙니다만 그저 제 성의입니다."

이인국 박사는 안도감에 잇닿은 만족을 느끼면서 브라운 씨의 기쁨에 맞장구를 쳤다.

브라운 씨가 영어 반 한국말 반으로 섞어 하는 이야기를 들으면서 이인국 박사는 흐뭇한 기분에 젖었다.

"닥터 리는 영어를 어디서 배웠습니까?"

"일제 시대에 일본말 식으로 배웠지요. 예를 들면 '잣도 이즈 아 갓도' 식으루

28) 무늬를 파고 화합물로 채우는 기술

요."

"그런데 지금 발음은 좋은데요. 문법이 아주 정확한 스텐더드 잉글리시입니다."

그는 이 말을 들을 때 문득 스텐코프의 말이 연상됐다. 그러고 보면 영국에 조상을 가진다는 브라운 씨는 알(R) 발음을 그렇게 나타내지 않는 것 같게 여겨졌다.

"얼마 전부터 개인 교수를 받고 있습니다."

"아, 그렇습니까?"

이인국 박사는 자기의 어학적 재질에 은근히 자긍을 느꼈다.

브라운 씨가 부엌 쪽으로 갔다오더니 양주 몇 병이 놓인 쟁반이 따라 나왔다.

"아무 거라도 마음에 드는 것으로 하십시오."

이인국 박사는 워드카 한 잔을 신통한 안주도 없이 억지로라도 단숨에 들이켜야 속이 시원해 하던 스텐코프를 브라운 씨 얼굴에 겹쳐 보고 있다.

그는 혈압 때문에 술을 조절해야 하는 자기 체질에 알맞게 스카치 한 잔을 핥듯이 조금씩 목을 축이면서 브라운 씨의 이야기를 들었다.

"그거, 국무실에서 통지 왔습니다."

이인국 박사는 뛸 듯이 기뻤으나 솟구치는 흥분을 억제하면서 천천히 손을 내밀어 악수를 청했다.

"탱큐, 탱큐."

어쩌면 이것은 수술 후의 스텐코프가 자기에게 하던 방식 그대로인지도 모른다는 생각이 들었다.

이인국 박사는 지성이면 감천이라고, 나의 처세법은 유에스에이에도 통하는구나 하는 기고만장한 기분이었다.

청자병을 몇 번이고 쓰다듬으면서 술잔을 거듭하는 브라운 씨도 몹시 즐거운 표정이었다.

"미국에 가서의 모든 일도 잘 부탁합니다."

"네, 염려 마십시오. 떠나실 때 소개장을 써드리지요."

"감사합니다."

"역사는 짧지만, 미국은 지상의 낙토입니다. 양국의 우호와 친선에 도움이 되기를 바랍니다……."

"탱큐……."

다음날 휴전선 지대로 같이 수렵하러 가기로 약속하고 이인국 박사는 브라운 씨 대문을 나섰다.

이번 새로 장만한 영국제 쌍발 엽총의 총신을 머리에 그리면서 그의 몸은 날기라도 할 듯이 두둥실 가벼웠다. 이인국 박사는 아까 수술한 환자의 경과가 궁금했으나 그것은 곧 씻겨져 갔다.

그의 마음 속에는 새로운 포부와 희망이 부풀어올랐다.

신체 검사는 이미 끝난 것이고 외무부 출국 수속도 국무성 통지만 오면 즉일 될 수 있게 담당 책임자에게 교섭이 되어 있지 않은가? 빠르면 일주일 내에 떠나게 될지도 모른다는 브라운 씨의 말이 떠올랐다.

대학을 갓 나와 임상 경험도 신통치 않은 것들이 미국에만 갔다 오면 별이라도 딴 듯이 날치는 꼴이 사나왔다.

'어디 나두 댕겨오구 나면 보자!'

문득 딸 나미와 아들 원식의 얼굴이 한꺼번에 망막으로 휘몰아 왔다. 그는 두 주먹을 불끈 쥐며 얼굴에 경련을 일으키듯 긴장을 띠다가 어색한 미소를 흘려보냈다.

'흥, 그 사마귀 같은 일본놈들 틈에서도 살았고, 닥싸귀 같은 로스케 속에서 살아났는데, 양키라고 다를까…… 혁명이 일겠으면 일구, 나라가 바뀌겠으면 바뀌구, 아직 이 이인국의 살 구멍은 막히지 않았다. 나보다 얼마든지 날뛰던 놈들도 있는데, 나쯤이야…….'

그는 허공을 향하여 마음껏 소리치고 싶었다.

'그러면 우선 비행기 회사에 들러 형편이나 알아볼까…….'

이인국 박사는 캘리포니아 특산 시가를 비스듬히 문 채 지나가는 택시를 불러 세웠다.

그는 스프링이 튈 듯이 부스에 털썩 주저앉았다.

"반도 호텔로……."

차창을 거쳐 보이는 맑은 가을 하늘이 이인국 박사에게는 더욱 푸르고 드높게만 느껴졌다.

해 답

1. 금시계 **2.** 북한에서는 소련이 세계의 중심이라 생각했기 때문에
3. 출세 지향적이고 출세나 치부에 도움이 되는 환자를 선택하고 그 환자를 잘 돌봄으로써 목표를 이루려고 한다.

요점별 정리 꺼삐딴 리 · 전광용

정답 p.152

1. 핵심 정리

*갈래 : 단편소설, 풍자소설

*성격 : 비판적, 풍자적

*배경 : 해방과 6 · 25를 전후한 시기의 북한과 남한

*시점 : 전지적 작가 시점

*주제 : 시류에 따라 변질적으로 순응해 가는 기회주의적 인간 비판

2. 등장인물의 성격

*이인국 : 외과 의사. 일제말기 - 광복 - 소련군 진주 - 한국전쟁의 과정이라는 역사적 수난기에 카멜레온처럼 상황에 따라 적절히 변신하는 인물의 전형

*주변 인물 : 아들과 딸. 스텐코프(소련인), 브라운(미국인) 등의 인물

3. 작품 개관

시대 상황에 따라 재빠르게 변신하는 이인국 박사의 모습을 통해 일제 강점기에서 6 · 25전쟁에 이르는 격동기의 현대 한국사를 보여줌으로써 인간의 기회주의적 속성을 고발하고 풍자한 작품이다.

주인공 이인국 박사는 일제 강점기에 의학대학을 나와 친일파로 득세를 한다. 광복이 되자 소련군의 진주로 인해 친일파 처단 정책으로 감옥에 갇히지만 스텐코프소좌의 환심을 사 풀려난다. 한국전쟁 중 월남하여 병원을 개업하고 친미파가 되어 큰돈을 벌어들인다. 꺼삐딴 리라는 제목을 통해 주인공의 출세와 영달에 눈먼 기회주의가의 최고봉인 동시에 한국 사회의 지도층 인사임을 암시하고 있다.

4. 문제

01_ 이 소설은 이인국 박사를 중심으로 보여진다. 이인국 박사가 의과대학을 졸업할 때 우등상으로 받은 것은 무엇인가?

02_ 이인국 박사가 해방 후 북쪽에서 자식들을 소련에 유학 보낸 이유는 무엇 때문인가?

03_ 환자를 대하는 이인국 박사의 태도는 어떠한가?

04_ 이인국 박사를 통해 시류에 영합하는 한 인물의 전형을 볼 수 있다. '우리'라는 의식보다는 '나'라는 의식이 강한 개인주의적 삶에 충실한 인간이다. 우리는 대한민국의 국민으로 올바른 삶을 살아가야 한다. 어떠한 삶이 올바른 삶이 될 것인지 이인국 박사의 삶에 비추어 서술해 보자.(500자 내외)

06 이범선

오발탄

이범선(李範宣, 1920~1982) ●● 평남 안주에서 태어났다. 1955년 〈현대문학〉에 〈암표〉 〈일요일〉이 추천되어 등단. 그의 작품은 서정성에 기초한 것과 리얼리즘에 충실한 것들로 대별되는데, 서정성 짙은 작품은 아름다운 세계로의 지향을 담고 있으며, 리얼리즘 계열의 작품은 전후의 경제적 곤궁과 부조리한 사회에 대한 고발성을 담고 있다.
주요 작품에 〈학마을 사람들〉 〈갈매기〉 〈하오의 무지개〉 〈청대문집 개〉 〈흰 까마귀의 수기〉 등이 있다.

06 이범선

오발탄

계리사 [1]사무실 서기 송철호는 여섯 시가 넘도록 사무실 한구석 자기 자리에 멍청하니 앉아 있었다. 무슨 미진한 사무가 있는 것도 아니었다. 장부는 벌써 집어치운 지 오래고 그야말로 멍청하니 그저 앉아 있는 것이었다. 딴 친구들은 눈으로 시계바늘을 밀어 올리다시피 다섯 시를 기다려 후다닥 나가 버렸다. 그런데 점심도 못 먹은 철호는 허기가 나서만이 아니라 갈 데도 없었었다.

"송 선생은 안 나가세요?"

이제 청소를 해야 할테니 그만 나가달라는 투의 사환애의 말에, 철호는 다 낡아빠진 해군 작업복 저고리 호주머니에 깊숙이 찌르고 있던 두 손을 빼내어서 무겁게 책상 위에 올려 놓았다.

"나가야지."

하품 같은 대답이었다.

1) 공인회계사

사환애는 저쪽 구석에서부터 비질을 하기 시작하였다. 먼지가 사정없이 철호의 얼굴로 몰려왔다.

철호는 어슬렁 일어섰다. 이쪽 모서리 창가로 갔다. 바께쓰의 물을 대야에 따랐다. 두 손을 끝에서부터 가만히 물 속에 담갔다. 아직 이른 봄이라 물이 꽤 손끝에 시렸다. 철호는 물 속에 잠긴 두 손을 물끄러미 내려다보고 있었다. 펜대에 시달린 오른손 장지 첫마디에 콩알만한 못이 박혔다. 그 못에서 파란 명주실 같은 것이 사르르 물 속으로 풀려났다. 잉크, 그것은 잠시 대야 밑바닥을 기다 말고 사뿐히 위로 떠올라 안개처럼 연하게 피어서 사방으로 번져 나갔다. 손가락 끝을 중심으로 하고 그 색의 농도가 점점 연해져 나갔다. 맑게 개인 가을 하늘 색으로 대야 가장자리까지 번져 나간 그것은 다시 중심의 손끝을 향해 접어들며, 약간 진한 파랑색으로 달무리 모양 동그란 원을 그렸다.

피! 이건 분명히 피다!

철호는 엉뚱한 생각을 하고 있었다. 슬그머니 물 속에서 손을 빼내었다. 그러자 이번엔 대야 밑바닥에 한 사나이의 얼굴을 보았다. 철호의 눈을 마주 쳐다보는 그 사나이는 얼굴의 온 근육을 이상스레 히물히물 움직이며 입을 비죽거려 웃고 있었다.

이마에 길게 흐트러진 머리카락, 그 밑에 우묵하니 패인 두 눈, 까깡진 볼, 날카롭게 여윈 턱, 송장처럼 꺼멓고 윤기 없는 얼굴 그것은 까마득한 원시인의 한 사나이였다.

몽둥이 끝에, 모난 돌을 하나 칡덩굴로 아무렇게나 잡아매서 들고, 동굴 속에 남겨 두고 나온 식구들을 위하여 온 종일 숲 속을 맨발로 헤매고 다니던 사나이.

곰? 그건 용기가 부족하다.

멧돼지? 힘이 모자란다.

노루? 너무 날쌔어서.

꿩? 그놈은 하늘을 난다.

토끼? 토끼. 그래, 그놈쯤은 꽤 때려 잡음직하다. 그런데 그것마저 요즈음은 몫에 잘 돌아오지 않는다. 사냥꾼이 너무 많다. 토끼보다도 더 많다.

그래도 무어든 들고 들어가야 하는 것이다.

사나이는 바위 잔등에 무릎을 꿇고 앉아 냇물에 손을 씻는다. 파란 물 속에 빨간 노을이 잠겼다. 끈끈하게 사나이의 손에 묻었던 피가 노을빛보다 더 진하게 우러난다.

무엇인가 때려잡은 모양이다. 곰? 멧돼지? 노루? 꿩? 토끼?

그런데 사나이가 들고 일어선 것은 그 어느것도 아니었다. 보기에도 징그러운 내장. 그것이 무슨 짐승의 내장인지는 사나이 자신도 모른다. 사나이는 그 짐승의 머리도 꼬리도 못 보았다. 누군가 숲 속에 끌어내어 버린 것을 주워 오는 것이었다.

철호는 옆에 놓인 비누를 집어 들었다. 마구 두 손바닥으로 비볐다. 우구구 까닭 모를 울분이 끓어 올랐다.

빈 도시락마저 들지 않은 손이 홀가분해 좋긴 하였지만, 해방촌 고개를 추어오르기에는 뱃속이 너무 허전했다.

산비탈을 도려내고 무질서하게 주워 붙인 판잣집들이었다. 철호는 골목으로 접어들었다. 레이션 곽을 뜯어 덮은 처마가 어깨를 스칠 만치 비좁은 골목이었다. 부엌에서들 아무 데나 마구 버린 뜨물이, 미끄러운 길에는 구공탄 재가 군데군데 헌데 더뎅이 모양 깔렸다.

저만치 골목 막다른 곳에, 누런 시멘트 부대 종이를 흰 실로 얼기설기 문살에 얽어맨 철호네 집 방문이 보였다. 철호는 때에 절어서 마치 가죽 끈처럼 된 헝겊이 달린 문걸쇠를 잡아당겼다. 손가락이라도 드나들 만치 엉성한 문이면서 찌걱찌걱 집혀서 잘 열리지 않았다. 아래가 잔뜩 잡힌 채 비틀어진 문틈으로 그의 어머니의 소리가 새어 나왔다.

"가자! 가자!"

미치면 목소리마저 변하는 모양이었다. 그것은 이미 그의 어머니의 조용하고 부드럽던 그 목소리가 아니고, 쨍쨍하고 간사한 게 어떤 딴 사람의 목소리였다.

문을 열고 들어서는 철호의 얼굴에 걸레 썩는 냄새 같은 것이 확 풍겨왔다. 철호는 문안에 들어선 채 우두커니 아랫목을 내려다보고 있었다.

중학교 시절에 박물관에서 미이라를 본 일이 있었다. 그건 꼭 솜 누더기에 싸 놓은 미이라였다. 흰 머리카락은 한 오리도 제대로 놓인 것이 없었다. 그대로 수세미였다. 그 어머니는 벽을 향해 돌아누워서 마치 딸국질처럼 어떤 일정한 사이를 두고, 가자 가자 하는 외마디 소리를 지르고 있었다. 그 해골 같은 몸에서 어떻게, 그런 쨍쨍한 소리가 나오는지 이상하였다.

철호는 윗방으로 올라가 털썩 벽에 기대어 앉아 버렸다. 가슴에 커다란 납덩어리를 올려놓은 것 같았다. 정말 엉엉 소리를 내어 울고 싶었다. 눈을 꼭 지리감으며 애써 침을 삼켰다.

두 달 전까지만 해도 철호는 저녁 때 일터에서 돌아오면 어머니야 알아듣건 말건 그래도 '어머니 지금 돌아왔습니다.' 하고 인사를 하곤 하였었다. 그러나 요즈음은 그것마저 안하게 되었다. 그저 한참 물끄러미 굽어보고 섰다가 그대로 윗방으로 올라와 버리는 것이었다.

컴컴한 구석에 앉아 있던 철호의 아내가 슬그머니 일어섰다. 담요 바지 무릎을 한쪽은 꺼멍, 또 한쪽은 회색으로 기웠다. 만삭이 되어서 꼭 바가지를 엎어 놓은 것 같은 배를 안은 아내는 몽유병자처럼 철호의 앞을 지나 나갔다. 부엌으로 나가는 것이었다. 분명 벙어리는 아닌데 아내는 말이 없었다.

"아버지."

철호는 누가 꼭대기를 쿡 쥐어박기나 한 것처럼 흠칠했다.

바로 옆에 다섯 살 난 딸애가 눈을 동그랗게 뜨고 철호를 쳐다보고 있었다. 철호는 어린것에게로 얼굴을 돌렸다. 웃어 보이려는 철호의 얼굴이 도리어 흉하게 이지러졌다.

"나아, 삼촌이 나이롱 치마 사 준댔다."

"응."

"그리구 구두두 사 준댔다."

"응."

"그러면 나 엄마하고 화신[2] 구경간다."

"……."

철호는 그저 어린것의 노랗게 뜬 얼굴을 바라보고 있을 뿐이었다. 철호의 헌 셔츠 허리통을 잘라서 위에 끈을 꿰어 스커트로 입은 딸애는 짝짝이 양말 목달이에다 어디서 주운 것인지 가는 고무줄을 끼었다.

"가자! 가자!"

아랫방에서 또 어머니의 그 저주 같은 소리가 들려왔다. 벌써 칠 년을 두고 들어와도 전연 모를 그 어떤 딴 사람의 목소리.

철호는 또 눈을 감았다. 머릿속의 뇟줄이 팽팽히 헤어졌다. 두 주먹으로 무엇이건 콱 때려부수고 싶은 충동에 철호는 어금니를 바스러져라 맞씹었다.

좀 춥기는 해도 철호는 집안보다 이 바위 잔등이 더 좋았다. 그래 철호는 저녁 난 먹으년 언제나 이렇게 집 뒤 산등성이에 있는 바위 위에 두 무릎을 세워 안고 앉아서 하염없이 거리의 등불들을 바라보며 밤 깊기를 기다리는 것이었다. 어느 거리쯤인지 잘 분간할 수 없는 저 밑에서 술 광고 네온사인이 핑그르르 돌고 깜빡 꺼졌다가 또 번뜩 켜지고 핑그르르 돌고는 깜빡 꺼지고 하였다.

철호는 그저 언제까지나 그렇게 그 네온사인을 지켜보고 있었다.

바위 잔등이 차츰차츰 식어 왔다. 마침내 다 식고 겨우 철호가 깔고 앉은 그 부분에만 약간 온기가 남았다. 이제 조그만 더 있으면 밑이 시려올 것이다. 그러면 철호는 하는 수없이 일어서야 하는 것이다.

드디어 철호는 일어섰다. 오래 꾸부려 붙이고 있던 두 다리가 저렸다, 두 손을 작업복 호주머니에 깊숙이 찔렀다. 철호는 밤하늘을 한 번 쳐다보았다. 지금까지 바라보던 밤거리보다 더 화려하게 별들이 뿌려져 있었다. 철호는 그 많은 별

2) 화신백화점

들 가운데서 북두칠성을 찾아보았다. 머리를 뒤로 젖혀 하늘을 쳐다보는 채 빙그르르 그 자리에서 돌았다. 거꾸로 달린 물주걱 같은 북두칠성은 쉽사리 찾아낼 수 있었다. 그 북두칠성 앞에 딴 별들보다 좀 크고 빛나는 별, 그건 북극성이었다. 철호는 지금 자기가 서 있는 지점과 북극성을 연결하는 직선을 밤 하늘에 길게 그어 보았다. 그리고 그 선을 눈이 닿는 데까지 연장시켰다. 철호는 그렇게 정북을 향하여 한참이나 서 있었다. 고향 마을이 눈앞에 떠올랐다. 마을의 좁은 길까지, 아니 그 길에 박혀 있던 돌 하나까지도 선히 볼 수 있었다.

으스스 몸이 떨렸다. 한기가 전기처럼 발끝에서 튀어 콧구멍으로 빠져 나갔다. 철호는 크게 재채기를 하였다. 그리고 또 한 번 부르르 몸을 떨며 바위 밑으로 내려왔다.

철호는 천천히 골목 안으로 들어섰다.

"가자!"

철호는 멈칫 섰다. 낮에는 이렇게까지 멀리 들리는 줄은 미처 몰랐던 어머니의 그 소리가 골목 어귀에까지 들려왔다.

"가자!"

그러나 언제까지 그렇게 골목에 서 있을 수도 없는 노릇이었다. 철호는 다시 발을 옮겨 놓았다. 정말 무거운 발걸음이었다. 그건 다리가 저려서만이 아니었다.

"가자!"

철호가 그의 집쪽으로 걸음을 옮겨 놓을 때마다 그만치 그 소리는 더 크게 들려왔다.

가자는 것이었다. 돌아가자는 것이었다. 고향으로 돌아가자는 것이었다. 옛날로 되돌아가자는 것이었다. 그것은 이렇게 정신 이상이 생기기 전부터 철호의 어머니가 입버릇처럼 되풀이하던 말이었다.

삼팔선, 그것은 아무리 자세히 설명을 해주어도 철호의 늙은 어머니에게만은 아무 소용 없는 일이었다.

"난 모르겠다. 암만 해도 난 모르겠다. 삼팔선. 그래 거기에다 하늘에 꾹 닿도록 담을 쌓았단 말이냐 어쨌단 말이냐. 제 고장으로 제가 간다는데 그래 막는 놈이 도대체 누구란 말이야."

죽어도 고향에 돌아가서 죽고 싶다는 철호의 어머니였다. 그리고는,

"이게 어디 사람 사는 게냐. 하루 이틀도 아니고."

하며 한숨과 함께 무릎을 치며 꺼지듯이 풀썩 주저앉곤 하는 것이었다. 그럴 때마다 철호는 .

"어머니 그래도 남한은 이렇게 자유스럽지 않아요?"

하고, 남한이니까 이렇게 생명을 부지하고 살 수 있지, 만일 북한 고향으로 간다면 당장에 죽는 것이라고, 자유라는 것이 얼마나 소중한 것인가를 갖은 이야기를 다 예로 들어가며 어머니에게 이해시키기란 삼팔선을 인식시키기보다도 몇 백 갑절 더 힘드는 일이었다. 아니 그것은 거의 불가능한 일이라 했다. 그래 끝내 철호는 어머니에게 자유라는 것을 설명하는 일을 단념하고 말았다. 그렇게 되고 보니 철호의 어머니에게는 아들-지지리 고생을 하면서도 고향으로 돌아갈 생각만은 죽어도 하지 않는 철호가 무슨 까닭인지는 몰라도 늙은 에미를 잡으려고 공연한 고집을 피우고 있는 천하에 고약한 놈으로만 여겨지는 것이었다.

그야 철호에게도 어머니의 심정이 이해되지 않는 것은 아니었다.

무슨 하늘이 알 만치 큰 부자는 아니었지만 그래도 꽤 큰 지주로서 한 마을의 주인격으로 제법 풍족하게 평생을 살아오던 철호의 어머니 눈에는 아무리 그네가 세상을 모른다고는 해도 산등성이를 악착스레 깎아 내고 거기에다 게딱지 같은 판잣집을 다닥다닥 붙여 놓은 이 해방촌이 이름 그대로 해방촌일 수는 없는 노릇이었다.

"나두 내 나라를 찾았다게 기뻐서 울었다. 엉엉 울었다. 시집 올 때 입었던 홍치마를 꺼내 입구 춤을 추었다. 그런데 이꼴 좋다. 난 싫다. 아무래두 난 모르겠다. 뭐가 잘못 됐건 잘못된 너머 세상이디 그래."

철호의 어머니 생각에는 아무리 해도 모를 일이었던 것이었다. 나라를 찾았다

면서 집을 잃어버려야 한다는 것은, 그것은 정말 알 수 없는 일이었던 것이다.

철호의 어머니는 남한으로 넘어온 후로 단 하루도 이 '가자'는 말을 하지 않은 날이 없었다.

그렇게 지내오던 그날, 육이오 사변으로 바로 발밑에 빤히 내려다보이는 용산 일대가 폭격으로 지옥처럼 무너져 나가던 날, 끝내 철호는 어머니를 잃어버리고 말았던 것이었다.

"큰애야 이젠 정말 가자. 데것 봐라. 담이 홈싹 무너뎄는데 삼팔선의 담이 테렇게 무너뎄는데 야."

그때부터 철호의 어머니는 완전히 정신 이상이었다. 지금의 어머니, 그것은 이미 철호의 어머니는 아니었다. 아무리 따져 보아도 그것이 철호 자기의 어머니일 수는 없었다. 세상에 아들 딸마저 알아보지 못하는 어머니가 있을 수 있는 것일까? 그날부터 철호의 어머니는.

"가자! 가자!"

하고 저렇게 쨍쨍한 목소리로 외마디 소리를 지를 뿐 그 밖의 모든 것을 완전히 잃어버리고 있었다. 철호에게 있어서 지금의 어머니는, 말하자면 어머니의 시체에 지나지 않았다. 뚫어진 창호지 구멍으로 그래도 희미한 불빛이 새어나오고 있었다. 철호는 윗방 문을 열었다. 아랫방과 윗방 사이 문턱에 위태롭게 올려놓은 등잔이 개똥벌레처럼 가물거리고 있었다. 윗방 아랫목에는 딸애가 반듯이 누워서 잠이 들었다 담요를 몸에다 돌돌 말고 반듯이 누운 것이 꼭 송장 같았다. 그 옆에 철호의 아내가 두 무릎을 끓고 앉아 있었다. 꺼먼 헝겊과 회색 헝겊으로 기운 담요 바지 무릎 위에는 빨강색 우단으로 만든 조그마한 운동화가 한 켤레 놓여 있었다. 철호가 방안에 들어서자 아내는 그 어린애의 빨간 신발을 모두어 자기 손바닥에 올려 놓아 철호에게 들어보였다.

"삼촌이 사 왔어요."

유난히 속눈썹이 긴 아내의 눈이 가늘게 웃었다. 참으로 오래간만에 보는 아내의 웃음이었다. 자기가 미인이었다는 것을 잊어버리고 만 지 오랜 아내처럼,

또 오래 보지 못하여 거의 잊어버려 가던 아내의 웃는 얼굴이었다.

철호는 등잔이 놓인 문턱 가까이 가서 앉으며 아내의 손에서 빨간 어린애의 신발을 받아 눈앞에서 아래위를 살펴보았다

"산보 갔었소?"

거기 등잔불을 사이에 두고 윗방을 향해 앉은 철호의 동생 영호가 웃으며 철호를 쳐다보았다.

"언제 들어왔니?"

"지금 막 들어와 앉는 길입니다."

그러고 보니 영호는 아직 넥타이도 끄르지 않고 있었다.

"형님!"

새삼스레 부르는 동생의 소리에 철호는 손에 들었던 어린애의 신발을 아내에게 돌리며 영호의 얼굴을 빤히 바라보았다.

"이제 우리두 한번 살아 봅시다. 제길, 남 다 사는데 우리라구 밤낮 이렇게만 살겠수? 근사한 양옥도 한 채 사구, 장기판만한 문패에다 형님의 이름 석자를, 세길 장님도 보게 써서 대못으로 땅땅 때려박구 한 번 살아봅시다."

군대에서 나온 지 이 년이 넘도록 아직도 직업도 못 잡은 영호가 언제나 술만 취하면 하는 수작이었다.

"그리구 이천만 환짜리 세단 차도 한 대 삽시다. 거기다 똥통이나 싣고 다니게. 모든 새끼들이 아니꼬와서. 일이야 있건 없건 종일 빵빵 울리면서 동리를 들락날락해야지. 제길. 하하하."

비스듬히 벽에 기대어 앉은 영호는 벌겋게 열에 뜬 얼굴을 하고 담배 연기를 푸 내뿜었다.

"또 술 마셨구나."

고학으로 고생고생 다니던 대학 삼 학년에서 군대에 들어갔다가 나온 영호로서는 특별한 기술이 없이 직업을 잡지 못하는 것은 별 도리도 없는 노릇이라 칠 수도 있었지만, 이건 어디서 어떻게 마시는 것인지 거의 저녁마다 이렇게 취해

들어오는 동생 영호가 몹시 못마땅한 철호의 말이었다.

"네, 조금 했습니다. 친구들이……."

그것도 들으나마나 늘 같은 대답이었다. 또 그것이 거짓말이 아니라는 것도 철호는 알고 있었다.

"이제 술 좀 그만 마셔라."

"친구들과 어울리면 자연히 마시게 되는 걸요."

"글쎄 그러니까 그 어울리는 걸 좀 삼가란 말이다."

"그럴 수도 없구요. 하하하."

"그렇다구 언제까지 그저 그렇게 어울려서 술이나 마시면 뭐가 되나?"

"되긴 뭐가 돼요. 그저 답답하니까 만나는 거구. 만나면 어찌 어찌하다 한잔씩 하며 이야기나 하는 거죠 뭐."

"글쎄 그게 맹랑한 일이란 말이다."

"그렇지만 형님, 그런 친구들이라도 있다는 게 좋지 않수. 그게 시시한 친구들이라 해도. 정말이지 그놈들마저 없었더라면 어떻게 살 뻔했나 하고 생각할 때가 많아요. 와팔이, 절름발이 그런 놈들. 무식한 놈들, 참 시시한 놈들이지요. 죽다 남은 놈들. 그렇지만 형님, 그놈들 다 착한 놈들이야요. 최소한 남을 속이지는 않거던요. 공갈을 때릴 망정. 하하하하 전우, 전우."

영호는 고개를 뒤로 젖히고 천장을 향해 후 담배 연기를 바라보며 한 손으로 목의 넥타이를 앞으로 잡아당겨 반쯤 끌러 늦추어 놓았다.

"가자!"

아랫목에서 어머니가 소리를 질렀다.

영호는 슬그머니 아랫목으로 고개를 돌렸다. 한참이나 그렇게 어머니쪽으로 고개를 돌리고 있는 영호는 아무 말도 없이 그저 눈만 껌뻑껌뻑 하고 있었다.

철호는 길게 한숨을 쉬었다. 앞에 놓인 등잔불이 거물거물 춤을 추었다. 철호는 저고리 호주머니에서 담배를 꺼내었다. 꼬기꼬기 구겨진 파랑새 갑 속에서 담배를 한 개비 뽑아내었다. 바삭바삭 마른 담배는 양끝이 반쯤 빠져 나갔다. 철호는 그 양끝을 비벼 말았다. 흡사 비과 모양으로 되었다. 철호는 그 비과 모양의 담배 한 끝을 입에다 물었다.

"이걸 피슈. 형님."

영호가 자기 앞에 놓였던 담배갑을 집어서 철호의 앞으로 내어 밀었다. 빨간색 양담배 갑이었다. 철호는 그 여느 것보다 좀 긴 양담배 갑을 한 번 힐끔 쳐다보았을 뿐, 아무 소리도 없이 등잔불로 입에 문 파랑새 끝을 가져갔다. 영호는 등잔불 위에 꾸부린 형 철호의 어깨를 넌지시 바라보고 있었다. 지지지 소리가 났다. 앞 이마에 하트러져 내렸던 철호의 머리카락이 등잔불에 타며 또르르 말려 올랐다. 철호는 얼굴을 들었다. 한 모금 빨자 벌써 손끝이 따갑게 되어 꽁초가 되어 버린 담배를 입에서 떼었다. 천천히 연기를 내뿜는 철호의 미간에는 세로 석 줄의 깊은 주름이 패어졌다. 영호는 들었던 담배갑을 도루 방바닥에 내려놓았다. 그리고 조용히 등잔불로 시선을 떨구었다. 그의 입가에서 야룻한 웃음이 – 애달픈 아니 그 누군가를 비웃는 듯한, 그런 미소가 천천히 흘러 지나갔다.

한참 동안 아무도 말이 없었다.

"가자!"

아랫방 아랫목에서 몸을 뒤채는 어머니가 잠꼬대를 했다. 어머니는 이제 꿈속에서마저 생활을 잃어버린 모양이었다. 아주 낮은 그 소리는 한숨처럼 느리게 아래 윗방에 가득 차 흘러 사라졌다.

여전히 아무도 말이 없었다.

철호는 꽁초를 손 끝에 꼬집어 쥔 채 넋빠진 사람 모양 가물거리는 등잔불을 지켜보고 있었고, 동생 영호는 비스듬히 벽에 기대어 앉은 채 철호의 손끝에서 타고 있는 담배 꽁초를 바라보고 있었고, 철호의 아내는 잠든 딸애의 머리맡에 가지런히 놓인 빨간 신발을 요리조리 매만지고 있었다.

"가자!"

또 한 번 어머니의 소리가 저 땅 밑에서 새어나오듯이 들려왔다.

"형님은 제가 이렇게 양담배를 피우는 게 못마땅하지요?"

영호는 반쯤 탄 담배를 자기의 눈앞에 가져다 그 빨간 불티를 들여다보며 말했다.

"분에 맞지 않지."

철호는 여전히 등잔불을 바라보며 대답했다.

"그렇지만 형님, 형님은 파랑새와 양담배 두 가지 중에서 어느 것이 더 좋으슈?"

"……? 그야 양담배가 좋지. 그래서?"

그래서 너는 보리밥도 못 버는 녀석이 그래 좋은 것은 알아서 양담배를 피우는거냐 하는 철호의 눈초리가 번뜩 영호의 면상을 때렸다.

"그래서 전 양담배를 택했어요."

"뭐가?"

"형님은 절 오해하시고 계셔요."

"……?"

"제가 무슨 돈이 있어서 양담배를 사서 피우겠어요. 어쩌다 친구들이 사주는 것이니 피우는 거지요. 형님은 또 제가 거의 저녁마다 술을 마시고 또 제법 합승을 타고 들어오는 것도 못마땅하시죠. 저도 알고 있어요. 형님은 때때로 이십오환 전차값도 없어서 종로서 근 십리를 집에까지 터덜터덜 걸어서 돌아오시는 것을, 그렇지만 형님이 걸으신다고 해서, 한사코 같이 타고 가자는 친구들의 호의, 아니 그건 호의도 채 못 되는 싱거운 수작인지도 모르죠. 어쨌든 그것을 굳이 뿌리치고 저마다 걸어야 할 아무 까닭도 없지 않습니까? 이상한 놈들이죠. 술, 담배는 사주고 합승은 태워줘도 돈은 안 주거든요."

영호는 손 끝으로 뱅글뱅글 비벼 돌리는 담뱃불을 들여다보며 말했다.

"어쨌든 너도 이제 좀 정신 차려 줘야지. 벌써 군대에서 나온 지도 이태나 되지 않니."

"정신 차려야죠. 그렇지 않아도 이달 안으로는 어찌되든 간에 결판을 내구 말 생각입니다."

"어디 취직을 해야지."

"취직이요? 형님처럼요? 전차값도 안 되는 월급을 받고 남의 살림이나 계산해 주란 말이지요?"

"그럼 뭐 별 뾰족한 수가 있는 줄 아니."

"있지요. 남처럼 용기만 조금 있으면."

"……?"

어처구니없는 영호의 수작에 철호는 그저 멍청하니 영호의 얼굴을 쳐다보았다. 손끝이 따가왔다. 철호는 비루 깡통[3]으로 만든 재떨이에 담배를 비벼 껐다.

"용기?"

"네. 용기."

"용기라니?"

"적어도 까마귀만한 용기만이라도 말입니다. 영리할 필요는 없더군요. 우둔해도 상관 없어요. 까마귀는 도무지 허수아비를 무서워하지 않습니다. 참새처럼 영리하지 못한 덧으로 그놈의 까마귀는 애당초에 허수아비를 무서워할 줄조차 모르거든요."

영호의 입가에는 좀 전에 파랑새 꽁초에다 불을 당기는 철호를 바라보던 때와 같은 야릇한 웃음이 또 소리없이 감돌고 있었다.

"너, 설마 무슨 엉뚱한 계획을 세우고 있는 것은 아니겠지."

철호는 약간 긴장한 얼굴을 하고 영호를 바라보며 꿀꺽하고 침을 삼켰다.

"아니오. 엉뚱하긴 뭐가 엉뚱해요. 그저 우리들도 남처럼 다 벗어 던지고 홀가분한 몸차림으로 달려보자는 것이죠 뭐."

"벗어 던지고?"

"네, 벗어 던지고 양심이고, 윤리고, 관습이고, 법률이고 다 벗어 던지고 말입니다."

3) 버린 깡통

영호의 큰 두 눈이 유난히 빛나는가 하자 철호의 눈을 정면으로 밀고 들었다.

"양심이고, 윤리고, 관습이고, 법률이고?"

"……."

"너는, 너는……."

"……."

영호는 아무 대답도 하지 않았다. 그러나 눈만은 똑바로 형 철호를 쳐다보고 있었다.

"그렇게나 살자면 이 형도 벌써 잘 살 수 있었다."

철호의 목소리는 떨리고 있었다.

"그렇게나라니요?"

"양심을 버리고, 윤리와 관습을 무시하고, 법률까지도 범하고!"

흥분한 철호의 큰 목소리에 영호는 지금까지 철호의 얼굴에 주었던 시선을 앞으로 죽 뻗치고 앉은 자기의 발끝으로 떨구었다.

"저도 형님을 존경하고 있어요. 고생하시는 형님을, 용케 이 고생을 참고 견디는 형님을. 그렇지만 형님은 약한 사람이야요. 용기가 없는 거지요. 너무 양심이 강해요. 아니 어쩌면 사람이 약하면 약한 만치. 그만치 반대로 양심이란 가시는 여물고 굳어지는 것인지도 모르죠."

"양심이란 가시?"

"네. 가시지요. 양심이란 손끝의 가십니다. 빼어 버리면 아무렇지도 않은데 공연히 그냥 두고 건드릴 때마다 깜짝깜짝 놀라는 거야요. 윤리요? 그건 나이롱 빤쯔 같은 것이죠. 입으나 마나 불알이 덜렁 비쳐 보이기는 매한가지죠. 관습이요? 그건 소녀의 머리 위에 달린 리본이라고나 할까요? 있으면 예쁠 수도 있어요. 그러나 없대서 뭐 별일도 없어요. 법률? 그건 마치 허수아비 같은 것입니다. 허수아비. 덜 굳은 바가지에다 되는 대로 눈과 코를 그리고 수염만 크게 그린 허수아비. 누더기를 걸치고 팔을 쩍 벌리고 서 있는 허수아비. 참새들을 향해서는 그것이 제법 공갈이 되지요. 그러나 까마귀쯤만 돼도 벌써 무서워하지 않아요. 아니 무서워하기는커녕 그놈이 상투 끝에 턱 올라 앉아서 썩은 흙을 쑤시던 더러운 주둥이를 쓱쓱 문질러도 별일 없거든요. 흥."

영호는 코웃음을 쳤다. 그리고 거기 문턱 밑에 담배갑에서 새로 담배를 한 개 빼어 물고 지금까지 들고 있던 다 탄 꽁다리에서 불을 옮겨 빨았다.

"가자!"

어머니의 그 소리가 또 들렸다. 어머니는 분명히 잠이 들어 있는 것이었다. 그러면서도 간간이 저렇게 가자, 가자 소리를 지르는 것이었다. 그것은 어쩌면 어머니에게는 호흡처럼 생리화해 버린 것인지도 몰랐다.

철호는 비스듬히 모로 앉은 동생 영호의 옆 얼굴을 한참이나 노려보고 있었다. 영호는 영호대로 퀭한 두 눈으로 깜박이기를 잊어버린 채 아까부터 앞으로 뻗힌 자기의 발끝을 바라보고 있었다. 이윽고 철호는 영호에게서 눈을 돌려 버렸다. 그리고 아랫방과 윗방 사이 칸막이를 한 널쪽에 등을 기대며 모로 돌아앉았다. 희미한 등잔불빛에 잠든 딸애의 조그마한 얼굴이 애처로왔다. 그 어린것 옆에 앉은 철호의 아내는 왼쪽 무릎을 세우고 그 위에 손을 펴 깔고 턱을 괴었다. 아까부터 철호와 영호, 형제가 하는 말을 조용히 듣고만 있는 그네는 무엇을 생각하고 있는지 한쪽 손끝으로, 거기 방바닥에 가지런히 놓은 빨간 어린애의 신발만 몇 번이고 쓸어 보고 있었다.

철호는 고개를 푹 떨구어 턱을 가슴에 묻었다. 영호는 새로 피워 문 담배를 연거푸 서너 번 들이빨았다. 그리고 또 말을 계속하였다.

"저도 형님의 그 생활 태도를 잘 알아요. 가난하더라도 깨끗이 살자는. 그렇지요, 깨끗이 사는 게 좋지요. 그런데 형님 하나 깨끗하기 위하여 치르는 식구들의 희생이 너무 어처구니없이 크고 많단 말입니다. 헐벗고 굶주리고. 형님 자신만 해도 그렇죠. 밤낮 쑤시는 충치 하나 처치 못하시고 이가 쑤시면 치과에 가서 치료를 하거나 빼어 버리거나 해야 할 거 아니야요. 그런데 형님은 그것을 참고 있어요. 낯을 잔뜩 찌푸리고 참는단 말입니다. 물론 치료비가 없으니까 그러는 수밖에 없겠지요. 그겁니다. 바로 그겁니다. 그 돈을 어떻게든가 구해야죠. 이가 쑤시는데 그럼 어떻게 해요. 그걸 형님처럼, 마치 이 쑤시는 것을 참고 견디는 그것이 돈을 – 치료비를 버는 것이기나 한 것처럼 생각하는 것. 안 쓰는 것을 혹 버는 셈이라고는 할 수도 있을 거야요. 그렇지만 꼭 써야 할 데 못 쓰는 것이 버는 셈이라고는 할 수 없지 않아요. 세상에는 이런 세 층의 사람들이 있다고 봅니다. 즉 돈을 모으기 위해서만으로 필요 이상의 돈을 버는 사람과, 필요하니까 그 필요하니 만치의 돈을 버는 사람과 또 하나는 이건 꼭 필요한 돈도 채 못 벌고서 그 대신 생활을 졸이는 사람들. 신발에다 발을 맞추는 격으로 형님은 아마 그 맨 끝의 층에 속하겠지요. 필요한 돈도 미처 벌지 못하는 사람, 깨끗이 살자니까 그럴 수밖에 없다고 하시겠지요. 그래요. 그것은 깨끗하기는 할지 모르죠. 그렇지만 그저 그것뿐이지요. 언제까지나 충치가 쏘아 부은 볼을 싸쥐고 울상일 수밖에 없지요. 그렇지 않습니까? 그야 형님! 인생이 저 골목 안에서 십 환짜리를 받고 코 흘리는 어린애들에게 보여 주는 요지경이라면야 자기가 가지고 있는 돈값만치 구멍으로 들여다보고 말을 수도 있겠지요. 그렇지만 어디 인생이 자기 주머니 속의 돈 액수만치만 살고 그만두고 싶으면 그만둘 수 있는 요지경인가요 어디. 돈만치만 말을 수 있는 그런 편리한 목구멍인가요 어디. 싫어도 살아야 하니까 문제지요. 사실이지 자살을 할만치 소중한 인생도 아니고요. 살자니까 돈이 필요하구요. 필요한 돈이니까 구해야죠. 왜 우리라고 좀더 넓은 테두리, 법률선까지 못 나가란 법이 어디 있어요. 아니 남들은 다 벗어던지구 법률선까지도 넘나들면서 사는데, 왜 우리만이 옹색한 양심의 울타리 안에서 숨이 막혀야해요. 법률이란 뭐야요. 우리들이 피차에 약속한 선이 아니야요?"

영호는 얼굴을 번쩍 들며 반쯤 끌러 놓았던 넥타이를 마저 끌러서 방 구석에 픽 던졌다.

철호는 여전히 턱을 가슴에 푹 묻은 채 묵묵히 앉아 두 짝 다 엄지발가락이 몽땅 밖으로 나온 뚫어진 양말을 내려다보고 있었다. 나일론 양말을 한 켤레 사면 반 년은 무난히 뚫어지지 않고 견딘다는 말은 들었다. 그러나 뻔히 알면서도 번번이 백 환짜리 무명양말을 사들고 들어오는 철호였다. 칠백 환이란 돈을 단번에 잘라낼 여유가 도저히 없는 월급이었던 것이다.

"가자!"

어머니는 또 몸을 뒤채었다.

"그건 억설[4]이야."

철호는 천천히 고개를 들었다. 신문지를 바른 맞은편 벽에, 쭈구리고 앉은 아내의 그림자가 커다랗게 비쳐 있었다. 꼽추처럼 꼬부리고 앉은 아내의 그림자는 헝클어진 머리카락이 괴물스러웠다. 철호는 눈을 감았다. 머리마저 등 뒤 칸막이 반자에 기대었다.

철호의 감은 눈앞에 십여 년 전 아내가 흰 저고리 까만 치마를 입고 선히 나타났다. 무대에 나선 그녀는 더욱 예뻤다. E여자대학 졸업음악회였다. 노래가 끝나자 박수 소리가 그칠 줄을 몰랐다. 그날 저녁 같이 거리를 거닐던 그녀는 정말 싱싱하고 예뻤었다. 그러나 지금 철호 앞에 쭈그리고 앉은 아내는 그때의 그녀가 아니었다. 무슨 둔한 동물처럼 되어 버린 그녀. 이제 아무런 희망도 가져보려고 하지 않는 아내. 철호는 가만히 눈을 떴다. 그래도 아내의 속눈썹만은 전처럼 까맣고 길었다.

"가자!"

철호는 흠칠 놀라 환상에서 깨어났다.

"억설이요? 그런지도 모르죠."

한참이나 잠잠하니 앉아 까물거리는 등잔불을 바라보던 영호의 맥빠진 대답이었다.

"네 말대로 한다면 돈 있는 사람들은 다 나쁜 사람이란 말밖에 더 되나 어디."

"아니죠. 제가 어디 나쁘고 좋고를 가렸어요. 나쁘긴 누가 나빠요? 왜 나빠요. 아, 잘 사는 게 나빠요? 도시 나쁘고 좋고부터 따질 아무런 금도 없지요, 뭐."

"그렇지만 지금 네 말로는 잘 살자면 꼭 양심이고 윤리고 뭐고 다 버려야 한다

1) 억지부리는 말

는 것이 아니고 뭐야."

"천만에요. 잘못 이해하신 겁니다. 간단히 말씀드리면 이렇다는 것입니다. 즉, 양심껏 살아가면서 잘 살 수도 있기는 있다. 그러나 그것은 극히 적다. 거기에 비겨서 그 시시한 것들을 벗어 던지기만 하면 누구나 틀림없이 잘 살 수 있다."

"그것이 바로 억설이란 말이다. 마음 한 구석이 어딘가 비틀려서 하는 억지란 말이다."

"글쎄요. 마음이 비틀렸다고요. 그건 아마 사실일는지 모르겠어요. 분명히 비틀렸어요. 그런데 그 비틀리기가 너무 늦었어요. 어머니가 저렇게 미치기 전에 비틀렸어야 했지요. 한강 철교를 폭파하기 전에 말입니다. 하나밖에 없는 누이동생 명숙이가 양공주가 되기 전에 비틀렸어야 했지요. 환도령이 내리기 전에 하다 못해 동대문 시장에 자리라도 한 자리 비었을 때 말입니다. 그러구 이놈의 배때기에 지금도 무슨 내장이기나 한 것처럼 박혀 있는 파편이 터지기 전에 말입니다. 아니 그보다도 더 전에, 제가 뭐 무슨 애국자나처럼 남들이 다 기피하는 군대에 어머니의 원수를 갚겠노라고 자원하던 그 전에 말입니다."

"……."

"…… 그보다도 더 전에 썩 전에 비틀렸어야 했을지 모르죠. 나면서부터 비틀렸더라면 더 좋았을지도 모르죠."

영호는 푹 고개를 떨구었다. 길게 한숨을 내쉬었다. 그 한숨이 후르르 떨고 있었다. 철호는 한참 동안 아무 말도 하지 않았다. 윗목에 앉아 있던 철호의 아내가 방바닥에 떨어진 눈물을 손끝으로 장난처럼 문지르고 있었다. 영호도 훌쩍훌쩍 코를 들이키고 있었다.

"그렇지만 인생이란 그런 게 아니야. 너는 아직 사람이란 어떻게 살아야만 하는 것인지조차도 모르고 있어."

"그래요. 사람이란 과연 어떻게 살아야 하는 것인지는 정말 모르겠어요. 그렇지만 이제 이 물고 뜯고 하는 마당에서 살자면, 생명만이라도 유지하자면 어떻게 해야 할는지는 알 것 같애요. 허허."

영호는 눈물이 글썽하니 고인 눈을 천장을 향해 쳐들며 자기 자신을 비웃듯이 허허 하고 웃었다.

"가자!"

또 어머니는 가자고 했다. 영호는 아랫목으로 눈을 돌렸다. 철호는 길게 한숨을 쉬었다. 등잔불이 크게 흔들거렸다. 방안의 모든 그림자들이 움직였다. 집 전체가 그대로 기울거리는 것 같았다. 그것뿐 조용했다. 밤이 꽤 깊은 모양이었다. 세상이 온통 잠들고 있었다.

저만치 골목 밖에서부터 딱 딱 딱 딱 구둣발 소리가 뾰족하게 들려왔다. 점점 가까워 왔다. 바로 아랫방 문 앞에서 멎었다. 영호는 문께로 얼굴을 돌렸다. 삐걱 삐걱 두어 번 비틀리던 방문이 열렸다. 여동생 명숙이가 들어섰다. 싱싱한 몸매에 까만 투피스가 제법 어느 회사의 여사무원 같았다.

"늦었구나."

영호가 여전히 두 다리를 쭉 뻗고 앉은 채 고개만 뒤로 젖혀서 명숙을 쳐다보았다.

명숙은 영호의 말에 아무런 대꾸도 없이 돌아서서 문밖에서 까만 하이힐을 집어 올려 아랫방 모서리에 들여놓았다. 그리고 백을 휙 방구석에 던졌다. 겨우 윗저고리와 스커트를 벗어 걸은 명숙은 아랫방 뒷구석에 가서 털썩하고 쓰러지듯 가로누워 버렸다. 그리고 거기 접어 놓은 담요를 끌어다 머리 위에서부터 푹 뒤집어 썼다.

철호는 명숙을 거들떠 보지도 않고 덤덤히 등잔불만 지켜보고 있었다.

철호는 언젠가 퇴근하던 길에 전차 창문 밖으로 본 명숙의 꼴을 생각하고 있는 것이었다.

철호가 탄 전차가 을지로 입구 십사거리에 머물러 신호를 기다리고 있었다. 손잡이를 붙들고 창을 향해 서 있던 철호는 무심코 밖을 내다보았다. 전차 바로 옆에 미군 지프차가 한 대 와 섰다. 순간 철호는 확 낯이 달아올랐다.

핸들을 쥔 미군 바로 옆자리에 색안경을 쓴 한국 여자가 앉아 있었다. 그것이 바로 명숙이었던 것이다. 바로 철호의 턱밑에서였다. 역시 신호를 기다리는 그 지프차 속에서 미군이 한 손을 핸들에 걸치고 또 한 팔로 명숙의 허리를 넌지시 끌어안는 것이었다. 미군이 명숙의 얼굴을 들여다보며 뭐라고 수작을 걸었다. 명숙은 다리를 겹치고 앉은 채 앞을 바라보는 자세 그대로 고개를 까딱거렸다. 그 미군 지프차 저편에 선 택시 조수가 명숙이와 미군을 쳐다보며 피시시 웃었다. 전차 간에서도 마찬가지였다. 철호 바로 옆에 나란히 서 있던 청년 둘이 쑥덕거렸다.

"그래도 멋은 부렸네."

"뭣? 그래 색안경을 썼으니 말이지?"

"장사치곤 고급이지, 밑천 없이."

"저것도 시집을 갈까?"

"흥."

철호는 손잡이를 놓았다. 그리고 반대편 가운데 문께로 가서 돌아서고 말았다. 그것은 분명히 슬픈 감정만은 아니었다. 뭐라고 말할 수조차 없는 숯덩어리 같은 것이 꽉 목구멍을 치밀었다. 정신이 아뜩해지는 것 같았다. 하품을 하고 난 뒤처럼 콧속이 싸하니 쓰리면서 눈물이 징 솟아올랐다. 철호는 앞에 있는 커다란 유리를 콱 머리로 받아 부수고 싶은 충동을 느끼며, 어금니를 꽉 맞씹었다. 찌르르 벨이 울렸다. 덜커덩 전차가 움직였다. 철호는 문짝에 어깨를 가져다 기대고 눈을 감아 버렸다.

그날부터 철호는 정말 한 마디도 누이동생 명숙이와 말을 하지 않았다. 또 명숙이도 철호를 본체 만체했다.

"자, 우리도 이제 잡시다."

영호가 가슴을 펴서 내어밀며 바로 앉았다.

등잔불을 끄고 두 방 사이의 문을 닫았다.

푹 가라앉는 것같이 피곤했다. 그러면서도 철호는 정작 잠을 이룰 수는 없었다. 밤은 고요했다. 시간이 그대로 흐르기를 멈추어 버린 것같이 조용했다. 철호의 아내도 이제 잠이 들었나 보다. 앓는 소리를 내었다. 철호는 눈을 감았다. 어딘가 아득히 먼 것을 느끼고 있었다. 철호도 잠이 들어가고 있었다.

"가자!"

다들 잠든 밤의 어머니의 그 소리는 엉뚱하게 컸다. 철호는 흠칠 눈을 떴다. 차츰 눈이 어둠에 익어 갔다. 며칠인가, 문틈으로 새어 들은 달빛이 철호의 옆에서 잠든 딸애의 머리에서부터 발끝까지 죽 파란 줄을 그었다. 철호는 다시 눈을 감았다. 길게 한숨을 쉬며 벽을 향해 돌아 누웠다.

"가자!"

또 어머니가 소리를 질렀다. 그러나 철호는 눈을 뜨지 않았다. 그도 마저 잠이 들어버린 것이었다.

그런데 이번에는 아랫방에서 명숙이가 눈을 떴다. 아랫목에 어머니와 윗목에 오빠 영호 사이에 누운 명숙은 어둠 속에 가만히 손을 내어밀었다. 어머니의 손을 더듬어 잡았다. 뼈 위에 겨우 가죽만이 씌워진 손이었다. 그 어머니의 손에서는 체온이 느껴지는 것이 아니라 축축히 습기가 미끈거렸다. 명숙은 어머니 쪽을 향하여 돌아 누웠다. 한쪽 손을 마저 내밀어서 두 손으로 어머니의 송장 같은 손을 감싸 쥐었다.

"가자!"

딸의 손을 느끼는지 못 느끼는지 어머니는 또 한 번 허공을 향해 가자고 소리 질렀다.

"엄마!"

명숙의 낮은 소리였다. 명숙은 두 손으로 감싸 쥔 어머니의 여윈 손을 가만히 흔들었다.

"가자!"

"엄마!"

기어이 명숙은 흐느끼기 시작하였다. 명숙은 어머니의 손을 끌어다 자기의 입에 틀어막았다.

"엄마!"

숨을 죽여가며 참는 명숙의 울음은 한숨으로 바뀌며 어머니의 손가락을 입 안에서 잘근잘근 씹어 보는 것이었다.

"겁내지 마라."

옆에서 영호가 잠꼬대를 했다.

"가자!"

어머니는 명숙의 손에서 자기의 손을 빼어 가지고 저쪽으로 돌아누워 버렸다.

명숙은 다시 담요를 끌어다 머리 위까지 푹 썼다. 그리고 담요 속에서 흐득흐득 울고 있었다.

"엄마."

이번엔 윗방에서 어린 것이 엄마를 불렀다.

철호는 잠 속에서 멀리 그 소리를 들었다. 그러면서도 채 잠이 깨어지지는 않았다.

"엄마."

어린 것은 또 한 번 엄마를 불렀다.

"오 오, 왜 엄마 여기 있어."

아내의 반쯤 깬 소리였다. 어린 것을 끌어다 안는 모양이었다. 철호는 그 소리를 멀리 들으며 다시 곤히 잠들어 버렸다.

"오줌."

"오, 오줌 누겠니. 자 일어나. 착하지."

철호의 아내는 일어나 앉으며 어린 것을 안아 일으켰다. 구석에서 깡통을 끌어다 대어 주었다.

"참, 삼춘이 네 신발 사왔지. 아주 예쁜데. 볼래?"

깡통을 타고 앉은 어린 것을 뒤에서 안아 주고 있던 철호의 아내는 한 손으로 어린 것의 베개맡에 놓아두었던 신발을 집어다 보여주었다. 희미하게 달빛이 들이비쳤을 뿐인 어두운 방안에서는 그것은 그저 겨우 모양뿐 색채를 잃고 있었다.

"내꺼야? 엄마."

"그래. 네꺼야."

"예뻐?"

"참 예뻐. 빨강이야."

"응……."

어린 것은 잠에 취한 소리로 물으며 신발을 두 손에 받아 가슴에 안았다.

"자 이제 거기 놔두고 자야지."

"응, 낼 신어도 돼?"

"그럼."

어린 것은 오물오물 담요 속을 파고 들어갔다.

"엄마. 낼 신어도 돼?"

"그럼."

뭐든가 좀 좋은 것은 아껴아 한다고만 들어오던 어린 것은 또 한 번 이렇게 다짐하는 것이었다.

아내는 어린 것의 담요 가장자리를 꾹 꾹 눌러주고 나서 그 옆에 누웠다.

다들 다시 잠이 들었다. 어느 사이에 달빛이 비껴서 칼날 같은 빛을 철호의 가슴으로 옮겼다. 어린 것이 부시시 머리를 들었다. 배를 깔고 엎드렸다. 어린 것은 조그마한 손을 베개 너머로 내밀었다. 거기 가지런히 놓아둔 신발을 만져 보았다. 어린 것은 안심한 듯이 다시 베개를 베고 누웠다. 또 다시 조용해졌다. 한참만에 또 어린 것이 움직거렸다. 잠이 든 줄만 알았던 어린 것은 또 엎드렸다. 머리맡에 신발을 또 끌어당겼다. 조그마한 손가락으로 신발 코를 꾹 눌러보았다. 그리고는 이번에는 아주 자리 위에 일어나 앉았다. 신발을 무릎 위에 들어 올려놓았다. 달빛에다 신발을 들이대어 보았다. 바닥을 뒤집어 보았다. 두 짝을 하나씩 두 손에 갈라들고 고무 바닥을 맞대어 보았다. 이번엔 발을 앞으로 내놓았다. 가만히 신발을 가져다 신었다. 앉은 채로 꼭 방바닥을 디디어 보았다.

"가자!"

어린 것은 깜짝 놀랐다. 얼른 신발을 벗었다. 있던 자리에 도로 모아 놓았다. 그리고 한 번 더 신발을 바라보고 난 어린 것은 살그머니 누웠다. 오물오물 담요 속으로 기어 들어갔다.

점심을 못 먹은 배는 오후 두 시에서 세 시 사이가 제일 견디기 힘들었다. 철호는 펜을 장부 위에 놓았다. 저쪽 구석에 돌아앉은 사환애를 바라보았다. 보리차라도 한 잔 더 마시고 싶었다. 그러나 두 잔까지는 사환애를 시켜서 가져오랄 수 있었으나 세 번까지는 부르기가 좀 미안했다. 철호는 걸상을 뒤로 밀고 일어섰다. 책상 모서리에 놓인 찻잔을 집어들었다. 그리고 출입문으로 나갔다. 복도의 풍로 위에서 커다란 주전자가 끓고 있었다. 보리차를 찻잔 하나 가득히 부었다. 구수한 냄새가 피어올랐다. 철호는 뜨거운 찻잔을 손가락으로 꼬집어 들고 조심조심 자기 자리로 돌아와 앉았다. 그리고 찻잔을 입으로 가져갔다. 후 불었다. 마악 한 모금 들이마시는 때였다.

"송 선생님, 전화입니다."

사환애가 책상 앞에 와 알렸다. 철호는 얼른 찻잔을 책 상 위에 내려놓았다. 그리고 과장 책상 앞으로 갔다. 수화기를 들었다.

"네, 송철호올시다. 네? 경찰서요?…… 전 송철호라는 사람인데요? 네? 송영호요? 네 바로 제 동생입니다. 무슨?…… 네? 네? 송영호가요? 제 동생이 말입니까? 곧 가겠습니다. 네, 네."

철호는 수화기를 걸었다. 그리고 걸어놓은 수화기를 멍하니 내려다보고 서 있었다. 사무실 안 사람들의 시선이 모두 철호에게로 쏠렸다.

"무슨 일인가. 동생이 교통사고라도?"

서류를 뒤적이던 과장이 앞에 서 있는 철호를 쳐다보며 물었다.

"네? 네, 저 과장님, 잠깐 다녀오겠습니다."

철호는 마시던 보리차를 그대로 남겨 둔 채 사무실을 나섰다.

영문을 모르는 동료들이 서로 옆의 사람의 얼굴을 힐끗 쳐다보는 것이었다.

철호는 전에도 몇 번 경찰서의 호출을 받은 일이 있었다.

양공주 노릇을 하는 누이동생 명숙이가 걸려 들면 그 신원보증을 해야 하는 철호였다. 그때마다 철호는 치안관 앞에서 낯을 못 들고 앉았다가 순경이 앞세우고 나온 명숙을 데리고 아무 말도 없이 경찰서 뒷문을 나서곤 하였다. 그럴 때면 철호는 울었다. 하나밖에 없는 누이동생이 정말 밉고 원망스러웠다. 철호는 명숙을 한 번 돌아다보는 일도 없이 전차 길을 따라 사무실로 걸었고, 또 명숙은 명숙이대로 적당한 곳에서 마치 낯도 모르는 사람처럼 딴 길로 떨어져 가버리곤 하는 것이었다.

그런데 이번에는 누이 동생이 아니라 남동생 영호의 건이라고 했다. 며칠전 밤에 취해서 지껄이던 영호의 말들이 머리를 스치고 지나갔다. 불안했다. 그런들 설마하고 마음을 다시 먹으며 철호는 경찰서 문을 들어섰다.

권총 강도.

형사에게서 동생 영호의 사건 내용을 들은 철호는 앞에 앉은 형사의 얼굴을 바보 모양 멍청히 바라보고 있을 뿐이었다. 점점 핏기가 가셔 가는 철호의 얼굴은 표정을 잃은 채 굳어가고 있었다.

어느 회사에서 월급을 줄 돈 천오백만 환을 찾아서 은행 앞에 대기시켰던 지프차에 싣고 마악 떠나려고 하는데 중절모를 깊숙이 눌러쓰고 색안경을 낀 괴한 두 명이 차 속으로 올라오며 권총을 내어들더라는 것이었다.

철호는 눈도 깜박하지 않고 그저 영호의 머리카락이 흐트러져 내린 이마를 바라보고 있었다.

"돌아가세요, 형님."

영호는, 등신처럼 서 있는 형이 도리어 민망한 듯이 조용히 말했다.

"수감해."

형사가 문간에 지키고 서 있는 순경을 돌아보았다.

영호는 그에게로 오는 순경을 향해 마주 걸어갔다. 영호는 뒷문으로 끌려나가다 말고 멈춰섰다. 그리고 뒤를 돌아보았다.

"형님. 어린 것 화신 구경이나 한 번 시키세요. 제가 약속했었는데."

뒷문이 쾅 닫혔다. 철호는 여전히 영호가 사라진 뒷문을 바라보고 서 있었다. 눈이 뿌옇게 흐려졌다. 아무것도 보이지 않았다.

"쏠 의사는 처음부터 없었던 것 같은데."

조서를 한 옆으로 밀어놓으며 형사가 중얼거렸다. 철호는 거기 걸상에 가만히 걸터앉았다.

"혹시 그와 같이 한 청년을 모르시나요?"

철호의 귀에는 형사의 말소리가 아주 멀었다.

"끝내 혼자서 했다고 우기는데, 그러나 증인이 있으니까 이제 차츰 사실대로 자백하겠지만."

여전히 철호는 말이 없었다.

경찰서를 나온 철호는 어디를 어떻게 걸었는지 알 수 없었다. 철호는 술 취한 사람 모양 허청거리는 다리로 자기 집이 있는 언덕길을 올라가고 있었다. 철호는 골목길 어귀에 들어섰다.

"가자!"

철호는 거기 멈춰 섰다. 고개를 뒤로 젖혔다. 그러나 그는 하늘을 쳐다보는 것이 아니었다. 하고 숨을 크게 내쉬는 철호는 울고 있었다. 눈물이 코 속으로 흘러서 찝찝하니 목구멍을 넘어갔다.

"가자, 가자. 어딜 가잔 거야? 도대체 어딜 가잔 거야?"

철호는 꽥 소리를 지르고 있었다. 거기 처마 밑에 모여 앉아서 소꿉질을 하던 어린애들이 부시시 일어서며 그를 쳐다보았다 철호는 그 앞을 모른 체 지나쳐버렸다.

"오빤 어딜 그렇게 돌아다뉴?"

철호가 아랫방에 들어서자 윗방 구석에서 고리짝을 열어 놓고 뒤지고 있던 명숙이가 역한 소리를 했다. 윗방에는 넝마 같은 옷가지들이 한 무더기 쌓여 있었다. 딸애는 고리짝 옆에 쪼그리고 앉아서 명숙이가 뒤져 내놓는 헌 옷들을 무슨 진귀한 것이나처럼 지켜보고 있었다. 철호는 아내가 어딜 갔느냐고 물어보려다 말고 그대로 윗방 아랫목에 털썩 주저앉아 버렸다.

"어서 병원에 가보세요."

명숙은 여전히 고리짝을 들추며 돌아앉은 채 말했다.

"병원엘?"

"그래요."

"병원에라니?"

"언니가 위독해요. 어린애가 걸렸어요."

"뭐가?"

철호는 눈앞이 아찔했다.

점심 때부터 진통이 시작되었는데 영 해산을 못하고 애를 썼단다. 그런데 죽을 악을 쓰다 보니까 어린애의 머리가 아니라 팔부터 나왔다고 한다. 그래 병원으로 실어갔는데, 철호네 회사에 전화를 걸었더니 나가고 없더라는 것이었다.

"지금쯤은 아마 애기를 낳았거나, 그렇지 않으면……."

명숙은 흰 헝겊들을 골라 개켜서 한 옆으로 젖혀 놓으며 말했다. 아마 어린애의 기저귀를 고르고 있는 모양이었다. 그런데 이상했다. 좀전에 아찔했던 정신이 사르르 풀리며 온몸의 맥이 쏙 빠져나갔다. 철호는 오래간만에 머릿속이 깨끗이 개이는 것을 느꼈다.

말라리아를 앓고 난 다음 날처럼 맥은 하나도 없으면서 머리는 비상히 깨끗했다. 뭐 놀랄 일이 있느냐 하는 심정이 되었다. 마치 회사에서 무슨 사무를 한 뭉텅이 맡았을 때와 같은 심사였다. 철호는 호주머니에서 담배를 꺼내어 물었다. 언제나 새로 사무를 맡아 시작하기 전에 하는 버릇이었다. 철호는 일어섰다. 그리고 문을 열었다.

"어딜 가슈?"

명숙이가 돌아보았다.

"병원에."

"무슨 병원인지도 모르면서."

철호는 참 그렇다고 생각했다.

"S병원이야요."

"……."

철호는 슬그머니 문밖으로 한 발을 내디디었다.

"돈을 가지고 가야지 뭐."

"…… 돈."

철호는 다시 문안으로 들어섰다. 우두커니 발부리를 내려다보고 서 있었다. 명숙이가 일어섰다. 그리고 아랫방으로 내려갔다. 벽에 걸어놓았던 핸드백을 열었다.

"옛수."

백 환짜리 한 다발이 철호 앞 방바닥에 던져졌다. 명숙은 다시 돌아서서 백을 챙기고 있었다. 철호는 명숙의 뒷모습을 물끄러미 바라보고 있었다. 철호의 눈이 명숙의 발 뒤축에 머물렀다. 나일론 양말이 계란만치 구멍이 뚫렸다. 철호는 명숙의 그 구멍 뚫린 양말 뒤축에서 어떤 깨끗함을 느끼고 있었다. 오래간만에 참으로 오래간만에 철호는 명숙에 대한 오빠로서의 애정을 느꼈다.

"가자."

어머니가 또 외마디 소리를 질렀다.

철호는 눈을 발 밑에 돈다발로 떨구었다. 허리를 꾸부렸다. 연기가 든 때처럼 두 눈이 싸하니 쓰렸다.

"아버지 병원에 가? 엄마 애기 났어?"

"그래."

철호는 돈을 저고리 호주머니에 구겨 넣으며 문을 나섰다.

"가자."

골목을 빠져나가는 철호의 등 뒤에서 또 한 번 어머니의 소리가 들려 왔다.

아내는 이미 죽어 있었다.

"네. 그래요."

철호는 간호원보다도 더 심상한 표정이었다. 병원의 긴 복도를 휘청휘청 걸어서 널따란 현관으로 나왔다. 시체가 어디 있느냐고 묻지도 않았다. 무엇인가 큰 일이 한 가지 끝났다는 그런 기분이었다. 아니 또 어찌 생각하면 무언가 해야 할 일이 많이 생긴 것 같은 무거운 기분이기도 했다. 그러면서도 그 해야 할 일이 무엇인지는 좀처럼 생각이 나질 않았다. 그저 이제는 그리 서두를 필요도 없어졌다는 생각만으로 철호는 거기 병원 현관에 한참이나 우두커니 서 있었다.

이윽고 병원의 큰 문을 나선 철호는 전차 길을 따라서 천천히 걸었다. 자전거가 휙 그의 팔굽을 스치고 지나갔다. 그는 멈춰 섰다. 자기도 모르게 그는 사무실 쪽으로 걸어가고 있었다. 여섯 시도 더 지났을 무렵이었다. 이제 사무실로 가야 할 아무 일도 없었다. 그는 전차 길을 건넜다. 또 한참 걸었다. 그는 또 멈춰 섰다. 또 걸었다. 그저 걸었다. 집으로 돌아가자는 생각도 아니면서 그의 발길은 자동기계처럼 남대문 쪽을 향해 걷고 있었다. 문방구점, 라디오방, 사진관, 제과점. 그는 길가에 늘어선 이런 가게의 진열장을 하나 하나 기웃거리며 걷고 있었다. 그러면서도 무엇이 있는지 하나도 보이지는 않았다. 그러던 철호는 또 우뚝 섰다. 그는 거기 눈앞에 걸린 간판을 쳐다보고 있었다. 장기판만한 판에 빨간 페인트로 치과라고 써 있었다. 철호는 갑자기 자기 이가 쑤시는 것을 느꼈다. 아침부터 아니 벌써 전부터 훌떡훌떡 쑤시는 충치가 갑자기 아파 왔다. 양쪽 어금니가 아래 위 다 쑤셨다. 사실은 어느 것이 정말 쑤시는 것인지조차도 분간할 수가 없었다. 철호는 호주머니에 손을 넣어 보았다. 만 환 다발이 만져졌다.

철호는 치과 간판이 걸린 층계 이층으로 올라갔다.

치과 걸상에 머리를 젖히고 입을 아 벌리고 앉았다. 의사는 달가닥달가닥 소리를 내며 이것 저것 여러 가지 쇠꼬치를 그의 입에 넣었다 꺼냈다 하였다. 철호는 매시근하니 잠이 왔다. 아무런 생각도 하지 않고 입을 크게 벌린 채 눈을 감고 있었다.

"좀 아팠지요? 뿌리가 꾸부러져서."

의사가 집게에 뽑아든 이를 철호의 눈앞에 가져다 보여주었다. 속이 시꺼멓게 썩은 징그러운 이 뿌리에 빨건 살점이 묻어 나왔다. 철호는 솜을 입에 문 채 머리를 좌우로 흔들어 보였다. 사실 아프지도 아무렇지도 않았다.

"됐습니다. 한 삼십 분 후에 솜을 빼버리슈. 피가 좀 나올 겁니다."

"이쪽을 마저 빼 주시오."

철호는 옆의 타구에 침을 뱉고 나서 또 한쪽 볼을 눌러보였다.

"어금니를 한 번에 두 개씩 빼면 출혈이 심해서 안 됩니다."

"괜찮습니다."

"아니, 내일 또 빼지요."

"다 빼주십시오. 한몫에 몽땅 다 빼 주십시오."

"안됩니다. 치료를 해가면서 한 개씩 빼야지요."

"치료요? 그럴 새가 없습니다. 마악 쑤시는 걸요."

"그래도 안 됩니다. 빈혈증이 일어나면 큰일납니다."

하는 수 없었다. 철호는 치과를 나왔다. 또 걸었다. 잇몸이 멍하니 아픈 것같기도 하고 또 어찌하면 시원한 것 같기도 했다. 그는 한손으로 볼을 쓸어 보았다.

그렇게 얼마를 건던 철호는 거기에 또 치과 간판을 발견하였다. 역시 이층이었다.

"안 될텐데요."

거기 의사도 꺼렸다. 철호는 괜찮다고 우겼다. 한쪽 어금니를 마저 빼었다. 이번에는 두 볼에다 다 밤알 만큼씩한 솜덩어리를 물고 나왔다. 입안이 찝찔했다. 간간이 길가에 나서서 피를 뱉았다. 그때마다 시뻘건 선지피가 간 덩어리처럼 엉겨서 나왔다. 남대문을 오른쪽에 끼고 돌아서 서울역이 보이는 데까지 왔을 때 으스스 몸이 한 번 떨렸다. 머리가 휑하니 비어 버린 것 같다고 생각했다. 바로 그때에 번쩍하고 거리에 전등이 들어왔다. 눈앞이 한 번 환해졌다. 다음 순간에는 어찌된 셈인지 좀 전에 전등이 켜지기 전보다 더 거리가 어두워졌다. 철호는 눈을 한 번 꾹 감았다. 다시 떴다. 그래도 매한가지였다. 이건 뱃속이 비어서 그렇다고 철호는 생각했다. 그는 새삼스레, 점심도 저녁도 안 먹은 자기를 깨달았다. 뭐든가 좀 먹어야겠다고 생각 했다. 구수한 설렁탕 생각이 났다. 입안에 군침이 하나 가득히 고였다. 그는 어느 전주 밑에 가서 쭈그리고 앉아서 침을 뱉았다. 그런데 그것은 침이 아니라 진한 피였다. 그는 다시 일어섰다. 또한번 오한이 전신을 간질이고 지나갔다. 다리가 약간 떨리는 것 같았다. 그는 속히 음식점을 찾아내어야겠다고 생각했다. 서울역 쪽으로 허청허청 걸었다.

"설렁탕."

무슨 약 이름이기나 한 것처럼 한마디 일러 놓고는 그는 식탁 위에 엎드려 버렸다. 또 입안으로 하나 찝찔한 물이 고였다. 철호는 머리를 들었다. 음식점 안을 한 바퀴 휘 둘러보았다. 머리가 아찔했다. 그는 일어섰다. 그리고 문 밖으로 급히 걸어 나섰다. 음식점 옆 골목에 있는 시궁창에 가서 쭈그리고 앉았다. 울컥하고 입안엣 것을 뱉았다. 그러나 이번에는 주위가 어두워서 그것이 핀지 또는 침인지 알 수 없었다. 철호는 저고리 소매로 입술을 닦으며 일어섰다. 이를 뺀 자리가 쿡 한 번 쑤셨다. 그러자 뒤이어 거기서 호응이나 하듯이 관자놀이가 또 쑤셨다. 철호는 아무래도 좀 이상하다고 생각하였다. 이제 빨리 집으로 돌아가 누워야겠다고 생각했다. 그는 다시 큰길로 나왔다. 마침 택시가 한 대 왔다. 그는 손을 한 번 흔들었다.

철호는 던져지듯이 털썩 택시 안에 쓰러졌다.

"어디로 가시죠?"

택시는 벌써 구르고 있었다.

"해방촌."

자동차는 스르르 속력을 늦추었다. 해방촌으로 가자면 차를 돌려야 하는 까닭이었다. 운전사는 줄지어 달려오는 자동차의 사이가 생기기를 노리고 있었다.

저만치 자동차의 행렬이 좀 끊겼다. 운전사는 핸들을 잔뜩 비틀어 쥐었다. 운전사가 몸을 한편으로 기울이며 마악 핸들을 틀려는 때였다. 뒷자리에서 철호가 소리를 질렀다.

"아니야. S병원으로 가."

철호는 갑자기 아내의 죽음을 생각했던 것이었다. 운전사는 다시 홱 핸들을 이쪽으로 틀었다. 운전사 옆에 앉아 있는 조수 애가 한 번 철호를 돌아보았다. 철호는 뒷자리 한구석에 가서 몸을 틀어 박은 채 고개를 뒤로 젖히고 눈을 감고 있었다. 차는 한국은행 앞 로터리를 돌고 있었다. 그때에 또 뒤에서 철호가 소리를 질렀다.

"아니야. ×경찰서로 가."

눈을 감고 있는 철호는 생각하는 것이었다. 아내는 이미 죽었는데 하고. 이번에는 다행히 차의 방향을 바꿀 필요가 없었다. 그냥 달렸다.

"×경찰서 앞입니다."

철호는 눈을 떴다. 상반신을 번쩍 일으켰다. 그러나 곧 또 털썩 뒤로 기대고 쓰러져버렸다.

"아니야. 가."

"×경찰서 앞입니다. 손님."

조수 애가 뒤로 모을 틀어돌리고 말했다.

"가자."

철호는 여전히 눈을 감고 있었다.

"어디로 갑니까."

"글쎄 가."

"허 참 딱한 아저씨네."

"……."

5) 잘못 쏜 총알

"취했나?"

운전사가 힐끔 조수 애를 쳐다보았다.

"그런가 봐요."

"어쩌다 오발탄[5] 같은 소년이 걸렸어. 자기 갈 곳도 모르게."

운전사는 기어를 넣으며 중얼거렸다. 철호는 까무룩히 잠이 들어가는 것 같은 속에서 운전사가 중얼거리는 소리를 멀리 듣고 있었다. 그리고 마음 속으로 혼자 생각하는 것이었다. – 아들 구실, 남편 구실, 애비 구실, 형 구실, 오빠 구실, 또 계리사 사무실 서기 구실, 해야 할 구실이 너무 많구나. 너무 많구나. 그래 난 네 말대로 아마도 조물주의 오발탄인지도 모른다. 정말 갈 곳을 알 수가 없다. 그런데 지금 나는 어디건 가긴 가야 한다 –.

철호는 점점 더 졸려왔다. 다리가 저린 것처럼 머리의 감각이 차츰 없어져 갔다.

"가자."

철호는 또한번 귓가에 어머니의 소리를 들었다고 생각하며 푹 모로 쓰러지고 말았다.

차가 네 거리에 다다랐다. 앞의 교통 신호대에 빨간 불이 켜졌다. 차가 섰다. 또 한 번 조수 애가 뒤를 돌아보며 물었다.

"어디로 가시죠?"

그러나 머리를 푹 앞으로 수그린 철호는 아무 대답도 없었다. 따르릉 벨이 울렸다. 긴 자동차의 행렬이 움직이기 시작했다. 철호가 탄 차도 목적지를 모르는 대로 행렬에 끼어서 움직이는 수밖에 없었다. 철호의 입에서 흘러내린 선지피가 흥건히 그의 와이셔츠 가슴을 적시고 있는 것을 아무도 모르는 채, 교통 신호대의 파란불 밑으로 차는 네거리를 지나갔다.

해 답

1. 실향민인 어머니가 고향을 그리워하는 마음과 이북에서 아쉬움 없이 살았던 지주로서의 삶을 그리워하는 것. **2.** 조물주의 오발탄

요점별 정리 오발탄 · 이범선

정답 p.190

1. 핵심 정리

*갈래 : 단편소설, 전후소설

*성격 : 현실 고발적, 비판적, 사실적

*배경 : 6 · 25전쟁 직후 서울 해방촌 일대

*시점 : 작가 관찰자 시점

*주제 : 전쟁으로 파멸해 가는 인간상과 내면의 허무 표출

2. 등장인물의 성격

*철호 : 계리사 사무실 서기. 가난하고 힘든 현실을 살아가면서 양심을 지키려고 애쓰는 인물

*영호 : 철호의 동생. 사회적 모순이 반발하여 한탕주의로 살아가려는 인물

*어머니 : 전쟁통에 정신 이상이 됨

*명숙 : 철호의 여동생. 가난을 벗어나고자 양공주가 된다.

*아내 : 명문 여대 음악과 출신으로 말없이 남편을 뒷바라지 한다. 만삭의 몸이나 가난 때문에 죽음

3. 작품 개관

1959년 발표된 소설로 전후 한국사회의 빈곤과 부조리를 고발했다는 점에서 문제작으로 평가받고 있다.

오발탄은 삶의 방향을 상실한 주인공 철호가 자신의 존재를 비극적으로 규정한 것이다. 철호 일가는 궁핍과 분단된 현실 때문에 온전한 삶을 살지 못한다. 해방촌의 빈민굴에서 고향을 그리다가 미쳐 버린 어머니, 생활고

에 시달리다가 가족들을 위해 양공주가 되어 버린 누이, 학업을 중단하고 입대했다가 상이 군인이 되어 돌아온 영호, 영양 실조로 누렇게 뜬 딸과 만삭인 아내가 철호의 가족이다.

이런 부정적인 상황은 개선되지 않고 악화된다. 동생은 강도질을 하다가 잡히고 아내는 병원에서 죽는다. 이 작품은 당시의 사람들이 어떤 삶의 자세를 취하든 그들을 사회적 낙오자로 만들어 버리는 것은 황폐하고 궁핍한 전후 현실임을 고발하고 있다.

그러나 등장 인물들이 부정적인 현실을 타개할 수 있는 가능성이나 전망을 제시하지 못하고 있는 까닭에 이 작품의 비극성은 심화된다.

4. 문제

01_ 어머니가 말하는 "가자"의 의미를 써 보자.

02_ 철호는 사람의 방향을 잃고 갈 곳을 찾지 못하는 자신의 신세를 어떻게 말하는지 본문에서 찾아 써 보자.

07 박완서

그 여자네 집

박완서(朴婉緖, 1931~) ●● 경기도 개풍에서 태어났다. 1970년 〈여성동아〉에 〈나목(裸木)〉이 당선되어 등단함. 그녀의 작품은, 사회의식과 역사의식이 투철한 토대에서 부조리에 대한 비판을 주조로 하고 있다. 그런 한편, 분단 현실에 대한 진단과 대응을 소설화하는 특징을 가지고 있다. 대표작에 〈엄마의 말뚝〉 〈그 가을의 사흘 동안〉 〈그 해 겨울은 따뜻했네〉 〈휘청거리는 오후〉 〈나목〉 〈황혼〉 〈미망〉 등이 있다.

07 박완서

그 여자네 집

지난 여름 작가 회의에서 북한 동포 돕기 시 낭송회를 한 적이 있다. 시인들만 참석하는 줄 알았더니 각계 원로들도 자기가 평소에 애송하던 시를 낭송하는 순서가 있다고, 나한테도 한편 낭송해 달라고 했다. 내가 원로 소리를 듣게 된 것이 당혹스러웠지만, 북한 돕기라는 데 핑계를 둘러대고 빠질 만큼 빤질빤질하지는 못했나 보다. 하겠다고 했다. 그러나 거역할 수 없는 명분보다 더 중요한 것은 낭송하고 싶은 시가 있었다는 게 아니었을까. 그 무렵 나는 김용택의 '그 여자네 집'이라는 시에 사로잡혀 있었다. 김용택은 내가 좋아하는 시인 중의 한 사람일 뿐 가장 좋아하는 시인이라고는 말 못 하겠다. 마찬가지로 '그 여자네 집'이 그의 많은 시 중 빼어난 시인지 아닌지도 잘 모르겠다.

'그 여자네 집'은 다음과 같다.

가을이면 은행나무 은행잎이 노랗게 물드는 집
해가 저무는 날 먼 데서도 내 눈에 가장 먼저 뜨이는 집
생각하면 그리웁고
바라보면 정다운 집
어디 갔다가 늦게 집에 가는 밤이면
불빛이, 따뜻한 불빛이 검은 산 속에 살아 있는 집
그 불빛 아래 앉아 수를 놓으며 앉아 있을
그 여자의 까만 머릿결과 어깨를 생각만 해도
손길이 따뜻해져오는 집

살구꽃이 피는 집
봄이면 살구꽃이 하얗게 피었다가
꽃잎이 하얗게 담 너머까지 날리는 집
살구꽃 떨어지는 살구나무 아래로
물을 길어오는 그 여자 물동이 속에
꽃잎이 떨어지면 꽃잎이 일으킨 물결처럼 가 닿고
싶은 집
샛노란 은행잎이 지고 나면
그 여자
아버지와 그 여자
큰 오빠가
지붕에 올라가
하루종일 노랗게 지붕을 이는 집
노란 집

어쩌다가 열린 대문 사이로 그 여자네 집 마당이 보이고

그 여자가 마당을 왔다갔다하며
무슨 일이 있는지 무슨 말인가 잘 알아들을 수 없는 말소리와
옷자락이 언뜻언뜻 보이면
그 마당에 들어가서 나도 그 일에 참여하고 싶은 집

마당에 햇살이 노란 집
저녁 연기가 곧게 올라가는 집
뒤안에 감이 붉게 익은 집
참새떼가 지저귀는 집
눈 오는 집
아침 눈이 하얗게 처마 끝을 지나
마당에 내리고
그 여자가 몸을 웅숭크리고
아직 쓸지 않은 마당을 지나
뒤안으로 김치를 내러 가다가 "하따, 눈이 참말로 이쁘게도 온다이이" 하며
눈이 가득 내리는 하늘을 바라보다가
속눈썹에 걸린 눈을 털며
김칫독을 열 때
하얀 눈송이들이 김칫독 안으로
내리는 집
김칫독에 엎드린 그 여자의 등허리에
하얀 눈송이들이 하얗게 하얗게 내리는 집
내가 목화송이 같은 눈이 되어 내리고 싶은 집
밤을 새워, 몇밤을 새워 눈이 내리고
아무도 오가는 이 없는 늦은 밤
그 여자의 방에서만 따뜻한 불빛이 새어나오면

발자국을 숨기며 그 여자네 집 마당을 지나 그 여자의 방 앞
뜰방에 서서 그 여자의 눈 맞은 신을 보며
머리에, 어깨에 쌓인 눈을 털고
가만히, 내리는 눈송이들도 들리지 않는 목소리로
가만 가만히 그 여자를 부르고 싶은 집

그
여
자
네 집

어느날인가
그 어느날인가 못밥을 머리에 이고 가다가 나와 딱
마주쳤을 때
"어머나" 깜짝 놀라며 뚝 멈추어 서서 두 눈을 똥그랗게 뜨고
나를 쳐다보며 반가움을 하나도 감추지 않고
환하게, 들판에 고봉[1]으로 담아놓은 쌀밥같이
화아안하게 하얀 이를 다 드러내며 웃던 그
여자 함박꽃 같던 그
여자

그 여자가 꽃 같은 열아홉살까지 살던 집
우리 동네 바로 윗동네 가운데 고샅 첫 집
내가 밖에서 집으로 갈 때

1) 위로 수북하게 담음 / 곱배기

차에서 내리면 제일 먼저 눈길이 가는 집
그 집 앞을 다 지나도록 그 여자 모습이 보이지 않으면
저절로 발걸음이 느려지는 그 여자네 집
지금은 아, 지금은 이 세상에 없는 그 집
내 마음 속에 지어진 집
눈 감으면 살구꽃이 바람에 하얗게 날리는 집
눈내리고, 아 눈이, 살구나무 실가지 사이로
목화송이 같은 눈이 사흘이나
내리던 집
그 여자네 집
언제나 그 어느 때나 내 마음이 먼저
가
있던 집

그
여자네
집
생각하면, 생각하면 생. 각. 을. 하. 면……

내가 '녹색평론'에서 그 시를 처음 읽고 깜짝 놀란 것은, 이건 바로 우리 고향의 마을과 곱단이와 만득이 이야기다 싶었기 때문이다. 지금은 칠순이 훨씬 넘은 장만득 씨는 아직도 문학 청년 기질을 가지고 있다. 불과 몇 년 전까지만 해도 신춘 문예 철만 되면 가슴이 울렁거린다고 했다. 가슴이 울렁거린 게 아니라 응모도 해 봤으리라고 나는 넘겨 짚고 있다. 그 울렁거림이 얼마나 참을 수 없는 울렁거림이라는 걸 알기 때문이다. 만일 그 시가 김용택이라는 유명한 시인의 시가 아니라 처음 들어 보는 시인의 시였다면 나는 장만득 씨가 가명으로 등단을

했으리란 걸 의심치 않았을 것이다. 나는 그 시를 읽고 또 읽었다. 처음에 희미했던 영상이 마치 약물에 담근 인화지처럼 점점 선명해졌다. 숨어 있던 수줍은 아름다움까지 낱낱이 드러내자 나는 마침내 그리움과 슬픔으로 저린 마음을 주체할 수가 없어서 혼자서 느릿느릿 포도주 한 병을 비웠다.

곱단이는 범강장달이[2] 같은 아들을 내리 넷이나 둔 집의 막내이자 고명딸이었다. 부지런한 농사꾼의 아버지와 착실한 아들들은 가을이면 우리 마을에서 제일 먼저 이엉을 이었다. 다섯 장정이 휘딱 해치울 일이건만 제일 먼저 곱단이네 지붕에 올라앉아 부산을 떠는 건 만득이였다. 만득이는 우리 동네의 유일한 읍내 중학생이라 품앗이 일에서는 저절로 제외되곤 했건만 곱단이네가 일손이 모자라는 집도 아닌데 제일 먼저 달려들곤 했다. 곱단이 작은 오빠하고 만득이는 친구 사이였다. 그래도 마을 사람들은 만득이가 곱단이네 집이라면 발벗고 나서고 싶어하는 게 친구네 집이라서가 아니라 그 여자, 곱단이네 집이기 때문이라는 걸 알고 있었다. 부엌에서 더운 점심을 짓느라 연기가 곧게 올라가는 따뜻한 가을날, 곱단이네 지붕에 제일 먼저 뛰어올라 깃발처럼 으스대는 만득이를 보고 동네 노인들은 제 색시가 고우면 처갓집 말뚝에도 절을 한다더니만, 하고 혀를 찼지만 그건 곧 만득이가 곱단이 신랑이 되리라는 걸 온 동네가 다 공연하게 인정하고 있다는 증거였다.

둘 사이는 그들보다 어린 우리 또래들 사이에도 선망의 대상이었다. 우리들은 연애를 건다고 말하면서 야릇하게 마음 설레곤 했다. 40년대의 보수적인 시골 마을에서도 젊은 남녀가 부모 몰래 사랑을 나누는 일이 없었던 건 아니었나 보다. 누가 누구하고 바람이 났다던가, 눈이 맞았다던가, 심지어는 배가 맞았다는 소문까지 날 적이 있었다. 그건 부모가 얼굴을 못 들고 다닐만한 스캔들이었고, 그 뒤끝에도 거의 다 너절하거나 께적지근한 것이었다.

곱단이하고 만득이가 좋아하는 것을 바람났다고 말하지 않고, 연애 건다고 말

2) 키가 크고 기운이 셈

한 것은 그런 스캔들과 차별 짓고 싶은 마음에서였을 것이다. 마을 사람들로서는 일종의 애정이요 동경이었다. 남자들은 서당에서 한문 공부를 하고, 여자들은 어깨 너머로 언문을 해독할 수 있을 정도로 까막눈은 면했다 하나 읍에서 이십여 리나 떨어진 이 마을에서 신식학교 교육은 아직 먼 풍문이었다. 그러나 기회만 닿으면 자식에게만은 시켜 보고 싶은 거였다. 연애에 대해서도 비슷한 생각을 가졌던 것 같다. 도시에서 배운 사람들이 하는 개화된 풍속에 대한 거역할 수 없는 호기심을 가지고 있었다. 젊은 사람들 사이에서뿐만 아니라 사사건건 트집잡기 전부터 둘이 짝이 된다면 얼마나 보기 좋은 한 쌍이 될까 눈을 가느스름히 뜨고 상상하는 것만으로 즐거워한 게 노인들이었기 때문이다. 만득이나 곱단이네나 일 년 계량하기에 모자라지도 넘치지도 않을 만한 토지를 가진 자작농이었고, 인품이 후하여 어려운 살필 줄 아는 집안이었다. 만득이는 위로 누나들만 있었고, 곱단이는 오빠들만 있어서, 기다리던 귀한 아들딸이었다. 제 집에서 귀히 여기는 자식은 남들도 한 번 볼 거 두 번 보면서 덕담을 아끼지 않는 법이다. 그들 또한 그리하였다.

곱단이는 시골 아이답지 않게 살갗이 희고, 맑은 눈에 속눈썹이 길었다. 나는 그녀의 속눈썹이 얼마나 길었는지 표현할 말을 몰랐었는데 김용택의 시 중에서 마침내 가장 알맞은 말을 찾아 냈다. 함박눈이 내려 앉아서 쉴 만큼 길었다. 함박눈은 녹아 이슬 방울이 되고 촉촉이 젖은 눈썹이 그녀의 검은 눈동자에 그늘을 드리우면, 목석의 애간장이라도 녹일 듯 애틋한 표정이 되곤 했다. 만득이는 총명하여 하나를 가르치면 열을 알았고, 생긴 것 또한 관옥같았다. 촌구석에서는 드문 일들이었다. 만득이가 개천에서 난 용이라면 곱단이는 진흙탕에 핀 연꽃이었다. 누가 먼저랄 것도 없이 둘이 장차 신랑 각시가 되면 얼마나 어여쁜 한 쌍이 될까 하는 소리가 저절로 나왔다. 이구동성으로 두 사람의 천생연분을 점친 것이다. 양가의 처지 또한 서로 기울지도 넘치지도 않았고, 어른들은 소박하고 정직하여 남들이 사윗감 며느리감으로 점찍어 준 아이들을 어려서부터 눈여겨보며 아름답고 늠름하게 자라는 걸 서로 기특해 하며 귀여워하였다. 곱단이와 만득이는 우리 마을의 화초요 꿈이었다. 그러나 한두 번이라도 중매를 서 본 사람은 알 것이다. 남 보기에는 하늘이 정해 준 배필처럼 어울리는 한 쌍이어 그들을 맺어 주는 것에 거의 소명 의식 같은 걸 느끼고 중매에 나서지만 본인은 의외로 냉담한 경우가 많다는 것을, 남자가 여자가 서로 연정을 느끼는 건 신의 장난질처럼 인간의 계획 밖의 일이다. 남이 나서서 잘 되기를 꾀하거나 도와 주려고 하면 되레 어깃장을 놓은 속성까지 있는 것 같다.

그러나 만득이와 곱단이는 마을 사람들의 꿈을 배반하지 않았다. 곱단이가 만득이를 보면 유난히 부끄럼을 타기 시작한 게 그 증거였다. 곱단이가 만득이 때문에 방구리를 깨트린 일은 두고두고 동네 사람들의 입초시에 오르내렸다. 위말 아랫말 합쳐야 이십여 호밖에 안 되는 작은 마을이라 우물이 하나밖에 없었다. 물 긷는 일은 전적으로 아낙네들 몫이었고, 물동이를 이고도 동이를 손으로 잡는 법 없이 두 손을 자유롭게 놀리며, 고개도 이리저리 돌려 볼 것 다 보고 다닐 수 있어야 비로소 살림에 관록이 붙은 주부였다. 계집애들은 엄마들의 그런 솜씨에 찬탄의 눈길을 보내는 한편, 언젠가는 자기들도 그런 최고의 경지에 도달하지 않으면 안 된다는 압박감을 가졌음 직하다. 계집애들은 어려서부터 물동이를 이고 싶어했다. 아이들도 능히 일 수 있는 작은 물동이를 방구리라고 했다. 방구리는 실용보다는 딸애들의 놀이 기구에 가까워서 깨뜨리기도 잘했다. 계집애를 얕볼 때, 쬐그만 계집애란 말 대신 방구리만한 계집애로 통하는 게 우리 마을이었다.

곱단이는 귀한 딸이고 올케가 둘씩이나 있어서 물동이 같은 거 안 이어도 됐건만 자기 몫의 방구리는 가지고 있었고, 동무들이 하는 건 다 해보고 싶은 나이였다. 그러나 머리에 인 방구리 손잡이를 양손으로 움켜잡지 않고는 한 발자국도 못 떼는 초보였다. 그렇게 방구리로 물을 길어 가는데 저만치서 만득이가 오는 게 보였다. 만득이는 방구를 들어 주려고 급히 달려오고 그걸 본 곱단이는 에구머니나, 흘러내린 치마말기를 추켜올리려고 급히 방구리 손잡이를 놓아 버린 것이다. 방구리가 깨진 건 말할 것도 없다. 곱단이가 열너덧 살 가슴이 살구씨만큼 부풀어 올랐을 무렵이었다. 저고리를 짧게 입고 치마말기로 가슴을 동일 때라 임질을 할 때면 겨드랑과 가슴이 드러나게 돼 있었다. 그 무렵의 우리 고장의 풍습으로는 젊은 여자들도 거기에 대한 수치감이 별로 없었다. 임을 이고 가는 엄마 뒤에 업힌 아이가 겨드랑 밑으로 엄마의 앞가슴을 더듬거나 끌어당겨 빨기까지 하는 모습도 흔히 볼 수 있었다. 가슴에 대한 수치심도 일종의 문화 현상이 아닐까. 그 시절엔 엄마의 가슴은 아이들의 밥그릇 정도로 여겼던 반면 배꼽을 드러내는 건 수치스럽게 여겼다. 처녀는 좀 달랐겠지만 그런 풍토에서 방구리를 깨뜨리면서까지 가슴을 가리고 싶어했던 것은 예사스러운 일이 아니었다.

우리 마을에서 만득이가 제일 먼저 읍내 중학교로 진학하자 곱단이는 아버지를 졸라 십 리 밖에 새로 생긴 소학교 분교에 입학했다. 방구리 사건이 있고 나서였다. 분교를 간이 학교라고 불렀고, 입학하는 데는 연령 제한 같은 것도 없었다. 남학생 중에는 아이 아범도 있을 정도였다. 중학교도 마찬가지였나 보다. 만득이도 소학교만 나오고 몇 년 집에서 농사를 거들다가 서울로 시집간 큰누나가 신식 교육의 필요성을 역설해서 상급 학교에 가게 됐으니 늦공부인 셈이었다.

간이 학교는 우리 마을에서 읍으로 가는 도중에 있는 긴내골이라는 오십여호가 넘는, 인근에서는 가장 큰 마을에 있었다. 고개를 두 번 넘고 시냇물을 한 번 건너야 했다. 만득이와 곱단이가 등하굣길을 자연스럽게 같이 했을 것은 말할 것도 없다. 겉으로 보기에 두 사람이 유별나 보이지는 않았다. 늘 곱단이가 한참 뒤져서 걷고 만득이는 휘적휘적 앞서 가다가 기다려 주곤 했다. 부부가 같이 외출을 해도 나란히 걷지를 못하고 아내가 한참 뒤에서 걷는 걸 예절처럼 알던 시대였다. 곱단이보다 갈 길이 곱절이 되는 만득이가 갑갑한 곱단이의 걸음걸이를 참지 못하고 휭하니 먼저 가 버릴 적도 있었다.

들을 적시는 개울물이 도처에 그물망처럼 퍼져 있는, 물이 흔한 고장이었지만 다리를 통해 건너야 하는 긴내골의 시냇물은 유난히 아름다운 강이었다. 물은 깊지 않았지만 골이 깊어서 길에서 수면까지 비스듬히 가파른 둔덕에는 잗다란 들꽃들이 봄 여름 가을 내 쉼 없이 피었다 지곤 했고, 흰 자갈과 잔모래와 꽃 그림자 사이를 무리 지어 유영하는 물고기들과 장난치듯 부서지는 잔물결은 수정처럼 투명했다. 그 시냇물에는 흙 다리가 놓여 있었다. 양쪽 둔덕을 두 개의 기둥목으로 가로질러 놓고, 그 사이를 새끼줄이나 칡넝쿨 같은 것으로 엮고는 진흙으로 빤빤하게 싸 바른 흙다리는 마치 오솔길의 연속처럼 편안했다. 그러나 비가 많이 오거나 봄의 해토 무렵엔 흙다리 곳곳에 구멍이 뚫리기도 하고 미끌거리기도 했다. 그런 불편은 잠깐, 곧 누군가의 손길로 감쪽같이 보수가 되곤 했지만 문제는 장마중이거나 미처 보수를 하기 전이었다. 특히 계집애들은 구멍 난 흙다리를 건너기를 무서워했다. 차라리 둔덕을 내려가 신발 벗고 점벙점벙 강물로 들어가는 게 안심스러웠다. 물이 불어 봤댔자 허리 정도밖에 안 찼지만 그럴 때는 앞서서 작대기로 물의 깊이를 알려 주고 계집애들을 인도하는 게 남학생들의 중요한 사내 구실이었다. 그러나 만득이는 곱단이가 사내 녀석들하고 치마를 배꼽위까지 걷어올리고 속바지를 적셔 가며 물을 건너는 걸 참을 수 없어 했다. 등굣길은 물론 하굣길까지 어떻게든 시간을 맞춰 지키고 있다가 구멍 뚫린 흙다리 위로 건너게 해 주었다. 흙다리를 건너면서 곱단이가 얼마나 무섬을 타고, 앙탈을 하고, 그러면 만득이는 그걸 다 받아 주며 다독거리느라 길지도 않은 흙다리 위에서 둘이 몇 번씩이나 서로 얼싸안는다는 소문이 자자하게 퍼지곤 했다. 그러나 구닥다리 노인들도 그런 소문을 망신스러워하지 않고 귀엽게 여겼다. 둘은 어차피 혼인할 테고 둘이 서로 좋아하는 것은 아름다운 한 쌍의 새가 부리를 비비는 것처럼 예쁘게만 보였다. 흙다리가 아니라 연애 다리라는 소리도 악의라곤 없었다.

중학교 상급반으로 오르면서 만득이는 문학에 눈을 뜨게 된 것 같다. 한동안 그는 '오뇌의 무도'[3]라는 시집을 책가방에 넣지 않고 옆구리에 끼고 다닌 적이 있는데 그게 그렇게 멋있어 보일 수가 없었다. 학교 문턱에도 못 가 본 이도 남자들은 한문을 다 읽을 줄 알았다. 서당이 마을 사내들의 의무교육 기관처럼 돼 있

3) 1921년 김억에 의해 발행된 한국 최초의 번역 시집

었다. '오뇌의 무도'라고 붙여서 읽을 수는 있어도 그게 무슨 뜻인지 확 오는 게 아니었다. 글자는 한자건만 그 낱말이 불러일으키는 이미지는 이국적이고 하이칼라한 것이었다. 어디서 흘러들어온 말인지 하이칼라란 말이 우리 마을 젊은이들 사이에서 한창 유행할 때였다. 어딘지 이국적이고 약간 겉멋 들어 보이는 건 뭐든지 하이칼라라고 했다.

마을 젊은이들 사이에 춘원 바람을 일으킨 것도 만득이였다. '흙', '단종애사', '무정' 같은 춘원의 책이 젊은이들 사이를 돌며 나달나달해질 때까지 읽혔다. 책은 나달나달해졌지만 거기 한번 맛들인 청년들의 눈빛은 별처럼 빛났다. 그러나 곧 춘원이 창씨 개명에 앞장서고 청년들을 전쟁터로 내모는 연설을 했다는 말을 퍼뜨려, 청년들을 실의에 빠뜨리고 헷갈리게 만든 것도 만득이였다. 그가 마을 청년들의 정신의 맥을 쥐었다 폈다 한다고 해도 과언이 아니었다. 2차 세계 대전이 말기에 접어들면서 마을의 형편도 날로 어려워지고 있었지만, 젊은이들의 정신의 기갈은 그보다 더 심각하였기 때문에 먹혀들기도 그만큼 쉬웠다. 만득이가 퍼뜨린 책 때문에 마음이 통하게 된 젊은이들이 모여서 문학 얘기도 하고 세상 돌아가는 일에, 울분을 토로하기도 하는 모임이 자연히 형성되었는데, 거기서도 중심 인물은 물론 만득이였다. 그러나 고작 만학의 중학생이었다. 식민지 청년의 의식있는 모임이라기보다는 만득이의 지적 허영심을 충족시키는 장이었다. 그는 가끔 자기가 쓴 시를 비장한 어조로 읽어 주곤 했는데 그 중 곱단이가 눈물이 글썽일 정도로 좋아하는 시가 나중에 알고 보니 임화의 시 뒷부분이었다.

오늘도 연기는
구름보다도 높고,
누구이고 청년이 몇,
너무나 좁은 하늘을

넓은 희망의 눈동자 속 깊이
호수처럼 담으리라,
벌리는 팔이 아무리 좁아도,
오오! 하늘보다 너른 나의 바다.

이런 시였는데 팔을 벌리고 '오오! 하늘보다 너른 나의 바다' 할 때는 어찌나 격정적으로 목메어 부르는지 곱단이는 그 때마다 만득이를 더 넓은 세상으로 내놓아야 할 것 같아 가슴이 떨린다고 했다.

곱단이는 나에게 가끔 만득이가 보낸 편지를 보여 줄 적이 있었다. 누가 보여 달랜 것도 아닌데 보여 주는 게 계면쩍었던지 혼자 보기 아까워서……라는 말을 덧붙이곤 하였다. 연애 편지를 혼자 보기 아까워한다는 건 실상 말이 안 되는 소리다. 그건 보여줘도 무관한 담백한 편지라는 뜻도 되지만, 곱단이 보기에 그럴 듯한 문학적 표현을 자랑하고 싶어서이기도 했을 것이다. 그 중 아직도 생각나는 것은 곱단이네 울타리 밑의 꽈리나무를 '꼬마 파수꾼들이 초롱불을 빨갛게 켜 들고 서 있는 것 같다'고 표현한 거였다. 당시 우리 동네 집들은 거의 다 개나리로 뒤란 울타리를 치고 살았다. 그리고 뒤 집이나 울타리 밑에서 꽈리가 자생했다. 봄에서 여름에 걸쳐서는 거기에 꽈리나무가 있다는 것도 모를 정도로 전혀 눈에 안 띄는 잡초나 다름없었다. 꽈리가 거기 있다는 걸 알게 되는 건 풀숲이 누렇게 생기를 잃고 난 후였다. 익은 꽈리는 단풍보다 고왔고, 아닌 게 아니라 초롱처럼 자리를 내주고, 들에서는 고추가 다홍빛으로 물든 감잎도 더 고운 감한테 자리를 내주고, 들에서는 고추가 다홍빛으로 물들 때였다. 꽈리란 심심한 계집애들이 더러 입 안에서 뽀드득대는 것 외엔 아무짝에도 쓸모 없는 하찮은 잡초에 불과했다. 우리 집 울타리 밑에도 꽈리가 지천으로 자라고 있었다.

그렇게 흔해빠진 꽈리 중 곱단이네 꽈리만이 초롱에 불 켜 든 꼬마 파수꾼이 된 것이다. 만득이는 어쩌면 그리움에 겨워 곱단이네 울타리 밑으로 개구멍을 내려다 말고 발갛게 초롱불을 켜 든 꼬마 파수꾼 때문에 이성을 찾은 거나 아닐까. 그렇지 않고서야 그 흔해빠진 꽈리 중에서 곱단이네 꽈리만을 그렇게 특별한 꽈리로 만들 수는 없는 일이었다.

우리 마을엔 꽈리뿐 아니라 살구나무도 흔했다. 살구나무가 없는 집이 없었다. 여북해야 마을 이름도 행촌리였겠는가. 봄에 살구나무는 개나리와 함께 온 동네를 꽃대궐처럼 화려하게 꾸며 주었지만, 열매는 시금털털한 개살구였다. 약에 쓰려고 약간의 씨를 갈무리하는 집이 있긴 해도 열매는 아이들도 잘 안 먹어서 떨어진 자리에서 썩어 갔다. 아름다운 마을이었다. 살구꽃이 흐드러지게 필 무렵엔 자운영과 오랑캐꽃이 들판과 둔덕을 뒤덮었다. 장운영은 고루 질펀하게 피고, 오랑캐꽃은 소복소복 무리를 지어 가며 다문다문 피었다. 살구가 흙에 스며 거름이 될 무렵엔 분분히 지는 찔레꽃이 외진 길을 달밤처럼 숨가쁘게 그윽하게 만들었다.

'그 여자네 집'을 읽으면서 돌이켜 보니 행촌리의 그 흔한 살구나무 중에서도 곱단이네 살구나무는 특별났던 것 같다. 다 같은 초가집 중에서도 만득이에겐 곱단이네 시붕이 유난히 샛노랬던 것처럼, 그 흔해빠진 꽈리나무 중에서 곱단이네 꽈리나무만이 특별났던 것처럼.

곱단이네는 행촌리 윗말 첫 집이었다. 뒷동산에서 흘러내린 개울물이 곱단이네를 휘돌아 아랫말로 흐르면서 만득이네 문전옥답 논배미를 지나게 돼 있었다. 곱단이네 살구나무는 곱단이 아버지가 딸과 딸의 동무들을 위해 튼튼한 그네를 매 줄 정도로 큰나무였다. 만득이는 아마 개울물이 하얗게 하얗게 실어나르는 살구꽃을 연서처럼 울렁거리며 바라보았을 것이다.

1945년 봄에도 행촌리에 살구꽃이 피고, 꽈리꽃, 오랑캐꽃, 자운영이 피었을까. 그럴 리 없건만 괜히 안 피고 말았을 거 같다. 그 꽃들이 피어나기 전에 만득이와 곱단이의 연애도 끝나고 말았을까. 만학이던 만득이는 읍내의 사 년제 중학교를 졸업하자마자 징병으로 끌려나갔다. 며칠 간의 여유는 있었고, 양가에서는 그 사이에 혼사를 치르려고 했다. 연애 못 걸어 본 총각도 씨라도 남기려고 서둘러 혼처를 구해 혼사를 치르는 일이 흔할 때였다. 더군다나 만득이는 외아들이었고, 사주단자는 건네지 않았어도 서로 연애 건다는 걸 온 동네가 다 아는 각싯감이 있었다. 그러나 그는 한사코 혼사 치르기를 거부했다. 그건 그의 사랑법이었을 것이다. 남들이 다 안 알아 줘도 곱단이한테만은 그의 사랑법을 이해시키려고, 잔설이 아직 남아 있는 이른 봄의 으르름 달밤을 새벽닭이 울 때까지 곱단이를 끌고 다녔다고 한다. 곱단이가 그의 제안에 마음으로부터 승복했는지 안 했는지 알 길이 없다. 그러나 끌려다니지를 않고 어디 방앗간 같은 데서 밤을 지냈다고 해도 만득이의 손길이 곱단이의 젖가슴도 범하질 못하였으리라는 걸 곱단이의 부모도, 마을 사람들도 믿었다. 그런 시대였다. 순결한 시대였는지, 바보 같은 시대였는지는 모르지만, 그 때 우리가 존중한 법도라는 건 그런 거였다.

만득이에 대문에 일본 깃대와 출정 군인의 집이라는 깃발이 만장처럼 처량히 휘날리고, 그 집 사랑에서 며칠씩 술판이 벌어져도 밀주 단속에도 안 걸리고……, 그렇게 그까짓 열흘 눈 깜박할 새가 지나가 만득이는 마침내 입영을 하게 됐다. 만득이가 꼭 살아올 테니 기다리라고 곱단이를 설득하기는 어렵지 않았을 것이다. 곱단이가 딴 데 시집 갈 아이도 아니거니와 식구들 역시 딴 데 시집 보낼 엄두라도 낼 사람들이 아니었으므로, 설득에 그렇게 오랜 시간이 걸린 것은, 그럴 것이면 왜 혼사를 치르고 나서 떠나면 안 되냐는 곱단이의 지당한 생각 때문이었을 것이다. 곱단이는 이름처럼 마음씨도 비단결 같은 처녀였지만 옳다고 생각하는 걸 굽힐 만큼 호락호락하진 않았으니까. 사위스러워서 아무도 입에 올리진 않았지만 마을 사람들은 만득이가 사지(死地)로 가고 있다는 걸 알기 때문에 과부 안 만들려는 그의 깊은 마음을 내심 여간 대견히 여기는 게 아니었다. 만득이와 곱단이는 요샛말로 하면 마을의 마스코트라고나 할까. 둘 다 행복해지지 않으면 재앙이라도 내릴 것처럼 지켜 주고 싶어했고, 만득이의 처사는 그런 소박한 인심에도 거슬리지 않는 최선의 것이었다.

만득이가 떠난 후에도 마을 청년들은 앞서거니 뒤서거니 징병이나 징용으로 끌려가 마을에 남자라고는 중늙은이 이상만 남게 되었다. 곱단이의 오빠들도 도시로 나가 공장에 취직한 셋째 오빠와 부모님을 모시는 큰오빠 빼고 두 오빠가 징용으로 나가 아들 부잣집이 허룩해졌다. 장정만 데려가는 게 아니라 양식 공출도 극악해져 그 풍요하던 마을도 앞으로 넘길 보릿고개 걱정이 태산 같았다. 궂은 날 부침질만 해도 서로 나누느라 한 채반은 부쳐야 했던 인심도 스스로 금가기 시작할 무렵이었다. 아우 나쁜 소식이 염병보다 더 흉흉하고 걷잡을 수 없이 온 동네를 휩쓸었다. 전에도 여자 정신대에 대해서 아주 모르고 있었던 것은 아니다. 일본 본토나 남양 군도에 가서 일하고 싶은 처녀들은 지원하면 보내 주고 나중에 집에 송금도 할 수 있다는 면사무소의 공문이 한바탕 돈 후였지만 그럴 생각이 있는 집은 한 집도 없었고, 설마 돈벌이를 강제로 보내리라고는 아무도 짐작을 못 했다. 그러나 들려오는 소문은 그게 아니어서 몇 사람씩 배당을 받은 면사무소 노무과 서기들과 순사들이 과년한 딸 가진 집을 위협도 하고 다짜고짜 끌어가는 일까지 있다고 했다. 설마설마하는 사이에 더 나쁜 일이 생겼다. 그건 같은 면 내에서 생긴 일이기 때문에 소문이 아니라 실제 상황이었다. 동구 밖에서 감춰놓은 곡식을 뒤지려고 나타난 면서기와 순사를 보고 정신대를 뽑으러 오는 줄 지레짐작을 한 부모가 딸애를 헛간 짚더미 속에 숨겼다고 했다. 공출 독려반들은 날카로운 창이 달린 장대로 곡식을 숨겨 두었음 직한 곳이면 닥치는 대로 찔러 보는 게 상례였다. 헛간의 짚가리로 창을 들이대는 것과 그 부모네들이 안 된다고 비명을 지른 것은 거의 동시였다. 창 끝에 처녀의 살점이 묻어 나왔다고도 하고, 꿰진 창자가 묻어 나왔다고도 하고, 처녀는 그 자리에서 죽었다고도 하고, 피를 많이 흘리면서 달구지로 읍내 병원으로 실려 갔는데 죽었는지 살았는지 모른다고도 했다. 아무튼 그 소문의 파문은 온 면 내의 딸 가진 집을 주야로 가위눌리게 했다. 끔찍한 일이었다.

도시에서 군수 공장에 다니는 곱단이의 오빠가 종아리에 각반을 차고 징 달린 구두를 신은 중년 남자를 데리고 내려왔다. 신의주에 있는 중요한 공사판에서 측량 기사로 있는, 한번 장가 갔던 남자라고 했다. 곱단이 부모로부터 그 흉흉한 소문을 듣고 급하게 구해온 곱단이의 신랑감이었다. 첫 장가 든 부인이 십 년이 가깝도록 아이를 못 낳아 내치고, 새장가를 든다는 그는 곱단이의 그 고운 얼굴보다는 별로 크지 않은 엉덩이만 유심히 보면서, 글쎄, 아이를 잘 낳을 수 있을까? 연방 고개를 갸우뚱, 그닥 탐탁지 않아했다고 한다. 그러나 워낙 총각이 씨가 마른 시대였다. 게다가 지금 그 늙은 신랑감이 하고 있는 일은 군사적인 중요한 일이라 징용은 절로 면제된다고 한다. 곱단이네는 그 고운 딸을 번갯불에 콩 궈 먹듯이 그 재취 자리로 보내 버렸다.

곱단이가 어떤 심정으로 그 혼사에 응했는지는 알 길이 없다. 피를 보면 멀쩡한 사람도 정신이 회까닥해진다고 하지 않는가? 피 묻은 소문도 마찬가지였다. 곱단이네 식구뿐 아니라 마을 사람들도 이성을 잃고 말았다. 만득이와 곱단이의 연애를 어여삐 여기고, 스스로 증인이 된 마을 어른들도 이제 곱단이를 위해 할 수 있는 일은 일본군한테 내주지 않는 일뿐이었다. 더군다나 곱단이 어머니는 피가 무서워 닭 모가지 하나 못 비트는 착하디 착한 위인이었다. 그 피 묻은 소문에 살이 떨려 우두망찰했을 것이다. 곱단이는 만득이와의 언약을 저버리고 딴 데로 시집을 가느니 차라리 죽고 싶었을 것이다. 그러나 그녀도 스스로 제 목숨을 끊을 만큼 모질지는 못했다. 죽은 것과 마찬가지로 넋을 놓아 버리는 게 고작이었을 것이다. 곱단이네서 혼자를 치르고 사흘 만에 신랑을 따라 집을 떠나는 곱단이는 사자(死者)를 분단장해 놓은 것처럼 섬뜩하니 표정이라곤 없었다.

멀고 먼 신의주로 시집 가 첫 근친도 오기 전에 해방이 되었다. 그녀는 열아홉에 떠난 지붕 노란 집에 다시 돌아오지 못했다. 우리 고장은 아슬아슬하게 38이남이 되어 북조선의 신의주와는 길이 막히고 말았다. 만득이는 살아서 돌아왔다. 그 이듬해 만득이는 같은 행촌리 처녀인 순애와 혼사를 치렀다. 순애는 투덕투덕 복 있게 생긴 처녀였지만 곱단이에겐 댈 것도 아니었다. 혼사 날 마을 풍속대로 신랑을 달았는데 군대나 징용 갔다가 심성이 거칠 대로 거칠어져 돌아온 청년들이 어찌나 호되게 신랑 발바닥을 때렸던지 만득이가 엉엉 울었다고 한다. 만득이 또한 군대 가서 고초를 겪을 만큼 겪었는데 그까짓 장난삼아 치는 매를 못 견디어 울었을까? 울고 싶어, 실컷 울고 싶었을 것 같다. 이렇게 만득이의 일거수일투족을 곱단이와 연관지어 생각하고 싶은 게 아직도 두 사람의 어여쁜 사랑을 못 잊어 하는 마을 사람들의 심정이었으니 그리고 시집 간 순애의 마음도 편치는 않았을 것이다. 그러나 두 사람은 마을 사람들이 금실을 확인해 볼 겨를도 없이 곧 서울로 세간을 냈다. 외아들이었지만 서울 누나가 동생의 일자리를 구해 놓고 데려갔다.

6·25 전쟁 후 38선 대신 그어진 휴전선은 행촌리를 휴전선 이북 땅으로 만들어 놓았다. 그 동안 서로 만나지는 못했어도 귀향길에 만득이가 순애하고 곧잘 산다는 소식 정도는 들을 수 있었는데 그나마 못 듣게 되었다. 6·25 전쟁 때 죽지 않았으면 같은 서울 하늘 밑 어디메 살아 있겠거니, 문득문득 생각이 나던 것도 잠시 만득이는 내 기억 속에 아주 사라져 버렸다. 서울살이라는 게 촌수 닿는 친척도 결혼 청첩장이나 부고나 받아야 마지못해 챙길 정도로, 이해 관계가 닿지 않는 인간 관계는 지딱지딱 잊게 돼 있었다.

만득이를 서울에서 다시 만난 지는 채 십 년도 안 된다. 지금은 돌아가셨지만 그 때까지는 생존해 계시던 삼촌이 우리 고향 군민회에 가 보고 싶다고 하셔서 모시고 간 사리에서였다. 실향민들이 마음을 달래려는 자리가 흔히 그렇듯이 노인네들 천지였다. 매년 열리는 군민회의라지만 삼촌처럼 처음 간 분은 서로 알아보는 데도 한참 시간이 걸렸다. 알아보는 걸 도와 주려는 주최측의 배려로 면 단위로 나눠서 자리를 잡았고, 우리끼리 다시 리 단위로 무리를 만들었다. 행촌리는 나하고 삼촌하고 낯모르는 노부부 네 사람밖에 없었다. 그 이듬해 돌아가신 삼촌은 그때도 이미 여든 가까운 연세여서 고향의 흙 냄새 대신 고향 사람 채취라도 맡고 싶은 마음에 느닷없이 군민회 나들이를 하고 싶어한 것 같다. 죽을 날이 가까우면 안 하던 짓을 하게 되는 걸 자손들은 가벼운 망령 정도로 취급했다. 오죽해야 조카가 모시고 가게 됐을까. 행촌리 노신사도 삼촌을 알아보는 것 같지 않았다. 그냥 어른 대접으로 행촌리 살던 아무개라고 공손하게 인사를 했지만 나는 별로 귀담아듣지 않아 못 알아들었다. 나중에 그가 나에게 명함을 주며 인사를 청하지 않았으면 아마 끝까지 못 알아보았을 것이다. 무슨 전업사 대표 장만득으로 돼 있는 명함을 받고나서야 뭔가 이상해서 다시 한 번 쳐다보니,

젊은 날의 그가 어디 숨어 있다가 고개를 내밀었듯이 분명하게 떠올랐다. 몸집도 별로 불지 않고 얼굴도 잘 늙지 않는 동안이었다. 나하고 그는 그닥 친한 사이가 아니었다. 그는 곱단이 것이었으므로 당시의 우리 또래들은 다들 그를 소 닭 보듯 하는 걸 예절로 알았다. 그건 장만득 씨도 마찬가지였을 것이다. 그는 워낙 마을에서 유명했지만, 유명 인사가 팬을 알아보란 법은 없다. 나는 그에게 하나도 안 변했다고 말하고 나서 쑥스럽게 웃었다. 한참 동안 못 알아본 주제에 그건 말도 안 되는 소리였기 때문이다.

순애를 떠올리는 건 더욱 불가능했다. 이 유복하고 금실 좋아 보이는 노부부 중 한쪽이 순애인지도 자신이 없었다. 오히려 순애 쪽에서 나에게 아는 척을 하며 하나도 안 변했다고 해 줘서 순애려니 했다. 나는 학교 다닌답시고 학교도 안 다니는 집에서 바느질이나 배우는 나보다 나이 많은 애들하고 동무한 적이 없었다. 만득이하고 순애는 보기 좋은 부부였다. 그냥 헤어지기는 섭섭하여 서로 전화 번호를 교환했는데 뜻밖에도 순애가 자주 전화를 해서 점심도 같이 하고 쇼핑도 같이 하는 교분이 이어졌다. 그 여자는 장만득 씨가 아직도 곱단이를 못 잊고 있다는 얘기를 하소연했다.

아우님, 다들 나더러 팔자 좋다고 하지만 나 같은 빛 좋은 개살구도 없다우. 아우님이니까 얘기야, 딴 사람들한테 아무리 얘기해 봤댔자 나만 이상한 사람 되지 누가 내 속을 알겠수. 돈 잘 벌고 생전 외도라곤 모르고, 애들한테 잘 하고, 나한테도 죄지은 것 없이 죽는 시늉도 하라면 하는 남편이 어디 있냐고들 하지만, 아마 나처럼 지독한 시앗을 보고 사는 년도 없을 거유. 곱단이 년이 내 남편한테 찰싹 붙어 있다는 걸 번연히 알면서도 머리채를 잡을 수가 있나, 망신을 줄 수가 있나, 미칠 노릇이라우. 그래도 내가 아우님을 만났게 망정이지. 그렇지 않았으면 이 억울한 사정을 누구한테 말이라도 할 수 있겠수. 그 영감 지금도 글쎄 그년한테 연애 편지를 쓴다니까요. 설마라고? 나도 처음엔 설마했지. 지도 쑥스러운지 시를 쓴다고 합디다. 내가 몰래 훔쳐봤더니 뭐 '그대 어깨가 살구꽃 내리네.' 아니면 '살구꽃은 해마다 피는데, 우리 임은 왜 한 번 가고 다시 아니 오시나.'

이 따위가 연애 편지지 그래 시란 말이유. 그뿐인 줄 알아요? 우리가 작년 중국 여행을 갔을 적에도 얼마나 내 오장을 뒤집었다구요. 속 모르고 따라간 나도 배알 빠진 년이지만, 백두산 구경하고 나서, 단동인가 어디서 배를 타고 북한 땅 가까이까지 가 보는 압록강 유람선 관광이라는 걸 했는데, 정말 저 쪽 북한 땅 강가에 놀이 나온 아이들까지 보이게 배가 가까이 가니까 나도 마음이 좀 이상해집디다. 그냥 뱃놀이를 편하게 즐기는 건 다 중국 사람들이고, 표정이 심각하게 굳어지는 건 다들 남한 사람들이더라구요. 그 정도는 당연한 거지. 근데 우리 영감은 별안간 뱃전에다 고개를 떨구고 소리내어 엉엉 울지를 않겠수. 머리가 허연 늙은이가 온몸을 들먹이면서. 분단의 슬픔이라구? 어이고, 그게 아니라 거기서 보이는 땅이 신의주였어요. 곱단이 년 사는 데가 닿을 듯 닿을 듯, 닿지는 않으니까 미치겠는 거지 뭐. 당장 강으로 밀어 처넣고 싶더라구요. 헤엄쳐서 어서 그년한테 가라구요. 그뿐일 줄 알아요. 여기서 돈 잘 벌고 사업 잘 하다가 느닷없이 아이들은 여기서 키우고 싶지 않다면서 미국으로 이민을 가잔 적이 다 있었다니까요. 시나 내나 영어 한 마디 못 하는 주세에 이민을 가자는 속셈이 뭐였겠수? 뻔하지. 미국 시민권을 얻으면 북한을 마음대로 드나든다면서요. 내가 그 꼬임에 넘어갈 성싶어요? 가려면 혼자 가라구, 가서 그년 데려다 잘 살아 보라고 했더니 나를 정신병자 취급하면서 주저앉습니다. 아이들한테는 끔찍한 양반이니까요. 실상 그거 하나 믿고 여지껏 서러운 세상 견딘 거죠.

간추리면 대강 그런 얘기였다. 아닌 게 아니라 그런 얘기는 곱단이와 만득이가 연애 걸던 시절을 아는 사람 아니면 도저히 먹혀들 것 같지 않은 이야기였다. 그러나 그 여자 레퍼토리는 그 몇 가지의 에피소드에 국한돼 있었다. 아직도 만득이가 곱단이 생각만 한다는 증거를 더는 대지 못했고, 나도 비슷한 얘기를 하도 여러 번 들으니까 넌더리가 나면서 그 여자보다는 장만득 씨가 불쌍해질 무렵 그 여자의 부음을 듣게 됐다. 장만득 씨가 상처를 한 것이다. 고혈압으로 몇 년째 약을 복용하고 있었는데, 돌연 쓰러진 후 의식을 회복하지 못한 채 사흘 만에 숨을 거두었다고 했다. 문상을 가서 그 여자의 영정 사진을 보고 섬뜩했다. 이십대 후반으로밖에 안 보이는 사진이었다. 요샌 영정 사진도 너무 늙은 건 보기 싫다고, 아주 늙기 전에 찍어 놓는다고는 하지만 칠순의 남편이 눈물을 떨구고 있는 앞에 이십대의 사진은 너무했다 싶었다. 자식들이 문상객들의 그런 눈치를 채고, 어머니는 평소에도 나 죽거든 늙어 빠진 영정 쓰지 말라고 부탁하시더니, 돌아가신 후에 보니까 손수 마련해 놓으신 영정 사진이 있더라고 했다. 나는 나도 모르게 그 여자의 젊었을 적과 곱단이의 젊었을 적을 머릿속으로 비교하고 있었다. 댈 것도 아니었다. 내 상상 속에서 곱단이는 더욱 요요해지고, 그 여자는 젊다는 것 외엔 흔한 얼굴 그대로였다. 그리고 그제야 그 여자가 불쌍해졌다. 아아, 저 여자는 일생 얼마나 지독한 연적(戀敵)과 더불어 산 것일까. 생전 늙지도, 금도 가지 않는 연적이란 얼마나 견디기 어려운 적이었을까.

그 여자가 죽고 나서 만득이를 따로 만날 일이 있을 리 없었다.

그를 우연히 만난 것은 그가 상처하고 나서도 이삼 년 후 엉뚱하게 정신대 할머니를 돕기 위한 모임에서였다. 뜻밖이었지만, 생전의 그의 아내로부터 귀에 못이 박이게 주입된 선입관이 있는지라 그가 그 모임에 나타난 것도 곱단이하고 연결지어서 생각되는 걸 어쩔 수가 없었다. 모임이 끝난 후 그가 보이지 않자 나는 마치 범인을 뒤쫓듯이 허겁지겁 행사장을 빠져 나와 저만치 어깨를 축 늘어뜨리고 걸어가는 그를 불러 세웠다. 그리고 다짜고짜 따지듯이 재취 장가를 들었느냐고 물었다. 그는 아니라고 말하고 나서 앞으로도 할 생각이 없다고, 묻지도 않은 말까지 덧붙이는 것이었다.

왜요? 곱단이를 못 잊어서요? 여긴 왜 왔어요? 정신대에 그렇게 한이 맺혔어요? 고작 한 여자 때문에. 정신대만 아니었으면 둘이서 혼인했을 텐데 하구요? 참 대단하십니다.

내 퍼붓는 말에 그는 대답 대신 앞장서서 근처 찻집으로 갔다. 그 나이에 아직도 싱그러움이 남아 있는 노인을 마치 순애의 넋이 씐 것처럼 꼬부장한 마음으로 바라다보았다. 그가 나직나직 말했다.

내가 곱단이를 아직도 잊지 못한다는 건 순전히 우리 집사람이 지어 낸 생각이에요. 난 지금 곱단이 얼굴도 생각이 안 나요. 우리 집사람이 줄기차게 이르집어 주지 않았으면 아마 이름도 잊어버렸을 거예요. 내가 곱단이를 그리워했다면 그건 아마 누구에게나 있을 수 있는 젊은 날에 대한 아련한 향수였겠지요. 아름다운 내 고향에서 보낸 젊은 날을 문득문득 그리워하는 것도 죄가 되나요. 내가 유람선 위에서 운 것도 저게 정말 북한 땅일까? 남의 나라에서 바라보니 이렇게 지척인데 내 나라에선 왜 그렇게 멀었을까? 그게 서럽고 부끄러워 나도 모르게 눈물이 받친 거지. 거기가 신의주라는 건 별로 중요하지 않았어요.

오늘 여기 오게 된 것도, 글쎄요. 내가 한 짓도 내가 설명할 수 있을 것 같지 않지만…… 아마 얼마 전 우연히 일본 잡지에서 정신대 문제를 애써 대수롭게 여기지 않으려는 일본 사람들의 생각을 읽고 분통이 터진 것과 관계가 있겠죠. 강제였다는 증거가 있느냐, 수적으로 한국에서 너무 부풀려 말한다, 뭐 이런 투였어요. 범죄 의식이 전혀 없더군요. 그걸 참을 수가 없었어요. 비록 곱단이의 얼굴은 생각나지 않지만 나는 지금도 생생하게 느낄 수가 있어요. 곱단이가 딴 데로 시집 가면서 느꼈을, 분하고 억울하고 절망적인 심정을요, 나는 정신대 할머니처럼 직접 당한 사람들의 원한에다 그걸 면한 사람들의 한까지 보태고 싶었어요. 당한 사람이나 면한 사람이나 똑같이 그 제국주의적 폭력의 희생자였다고 생각해요. 면하긴 했지만 면하기 위해 어떻게들 했나요? 강도의 폭력을 피하기 위해 얼떨결에 십 층에서 뛰어내려 죽었다고 강도는 죄가 없고 자살이 되나요? 삼천 리 강산 방방곡곡에서 사랑의 기쁨, 그 향기로운 숨결을 모조리 질식시켜 버리니 그 천인공노할 범죄를 잊어버린다면 우리는 사람도 아니죠. 당한 자의 한에다가 면한 자의 분노까지 보태고 싶은 내 마음 알겠어요? 장만득 씨의 눈에 눈물이 그렁해졌다.

해 답

1. 만득이가 징병으로 끌려감 **2.** 자신이 전쟁터로 가기 때문에 곱단이를 과부로 만들지 않기 위해 **3.** 징병, 징용, 정신대

요점별 정리 그 여자네 집 · 박완서

정답 p.216

1. 핵심 정리

*갈래 : 단편소설

*배경 : 과거 – 일제 말 행촌리 현재 – 1988년경 서울

*성격 : 회고적, 고발적

*시점 : 1인칭 관찰자 시점

*주제 : 일제의 폭력주의와 분단의 시대상황에 의해 파괴된 개인의 삶에 대한 고발과 그에 대한 한과 분노

2. 등장인물의 성격

*만득 : 곱단이에 대한 애정을 적극적으로 표현하는 잘생긴 마을 청년. 일제 강점기에 징병으로 끌려갔다 돌아온 후 순애와 결혼

*곱단 : 만득이와 사랑하는 사이였으나 정신대에 끌려가지 않기 위해 다른 남자와 결혼

*순애 : 징병에서 돌아온 만득이와 혼인. 평생 연적으로 곱단이를 품고 살아갔다.

*나 : 이 작품의 서술자로 만득이와 곱단이 순애와 같은 마을에서 살았다.

3. 작품 개관

1인칭 서술자인 내가 김용택의 시 '그 여자네 집' 이란 작품을 통해 어린 시절 같은 마을에 살았던 만득이와 곱단이의 사랑이야기를 떠올린다. 일제의 잔혹한 만행으로 두 사람은 헤어졌지만, 애틋한 사랑이야기는 언제까지나 서술자의 가슴에 남아 있다. 우연히 만난 늙은 만득이와 그의 아내 순애를 통해 우리의 아픈 현대사가 개인의 삶에 어떤 영향을 끼쳤는가가 잘 보여지는 작품이다. 일제 강점기, 사랑과 헤어짐 그리고 분단이라는 상황을 통해 개인의 비극을 민족의 비극으로 승화시킨 작품이라 할 수 있겠다.

4. 문제

01_만득이와 곱단이가 헤어지게 되는 계기가 되는 사건은?

02_만득이는 사랑하는 곱단이가 있으면서 혼인을 하지 않고 징병을 간다. 그 이유를 써 보자.

03_이 글에서 두드러지게 나타나는 일제 만행을 써 보자.

04_이 글을 읽은 후 일제의 정신대 피해 여성에게 적절한 피해 보상을 했는지, 하지 않았다면 어떻게 해야 적절한 보상이 될 수 있는지 각자의 생각을 써 보자.(100자 내외)

08 황순원

별

황순원(黃順元, 1915~2000) ●● 평남 대동에서 태어났다. 1931년 '동광' 지에 〈나의 꿈〉을 발표하여 문단에 등단한 후 〈별〉 등의 소설을 쓰기 시작했다. 그의 작품의 특성은 소설을 시적으로 제작하였다는 점이다. 이 서정주의의 힘은 휴머니즘이라는 주제와 맞물리면서 리얼리즘보다 더한 힘을 발휘했다. 전쟁 체험을 소설화한 단편들에서도, 일시적인 이념 대립의 모순을 민족애와 같은 끈끈한 정으로 치유하고 있는 휴머니티가 넘치고 있다.

그의 대표작에는 〈어둠 속에 찍힌 판화〉 〈학〉 〈너와 나만의 시간〉 〈소나기〉 〈독짓는 늙은이〉 〈목넘이 마을의 개〉 《별과 같이 살다》 《카인의 후예》 《나무들 비탈에 서다》 등이 있다.

08 황순원

별

동네 애들과 노는 아이를 한동네 과수[1] 노파가 보고, 같이 저자에라도 다녀오는 듯한 젊은 여인에게 무심코, 쟈 동복 누이[2]가 꼭 죽은 쟈 오마니 닮았디 왜, 한 말을 얼김에 듣자 아이는 동무들과 놀던 것도 잊어버리고 일어섰다. 아이는 얼핏 누이의 얼굴을 생각해 내려 하였으나 암만해도 떠오르지 않았다. 집으로 뛰면서 아이는 저도 모르게, 오마니 오마니, 수없이 외었다. 집뜰에서 이복동생을 업고 있는 누이를 발견하고 달려가 얼굴부터 들여다보았다. 너무나 엷은 입술이 지나치게 큰 데 비겨 눈은 짭짭하니 작고, 그 눈이 또 늘 몽롱히 흐려 있는 누이의 얼굴. 아홉 살 난 아이의 눈은 벌써 누이의 그런 얼굴 속에서 기억에는 없으나 마음 속으로 그렇게 그려 오던 돌아간 어머니의 모습을 더듬으며 떨리는 속으로 찬찬히 누이를 바라보았다. 참으로 오마니는 이 누이의 얼굴과 같았을

1) 과부 2) 한 어머니에게서 난 누이 / 친누나

까. 그러자 제법 어른처럼 갓난 이복동생을 업고 있던 열 한 살잡이 누이는 전에 없이 별나게 자기를 자세히 들여다보는 동복 남동생에게 마치 어머니다운 애정이 끓어오르기나 한 듯이 미소를 지어 보였을 때, 아이는 누이의 지나치게 큰 입새로 드러난 검은 잇몸을 바라보며 누이에게서 돌아간 어머니의 그림자를 찾던 마음은 온전히 사라지고, 어머니가 누이처럼 미워서는 안 된다고 머리를 옆으로 저었다. 우리 오마니는 지금 눈앞에 있는 누이로서는 흉내도 못 내게스레 무척 이뻤으리라. 그냥 남동생이 귀엽다는 듯이 미소를 짓고 있는 누이에게 아이는 처음으로 눈을 흘기며 무서운 상을 해 보였다. 미운 누이의 얼굴이 놀라 한층 밉게 찌그러질 만큼. 생각다 못해 종내 아이는 누이가 꼭 어머니 같다고 한 동네 과수 노파를 찾아 자기 집에서 왼편 쪽으로 마주난 골목 막다른 집으로 갔다. 마침 노파는 새로 지은 저고리 동정에 인두질[3]을 하고 있었다. 늘 남에게 삯바느질을 시켜 말쑥한 옷만 입고 다녀 동네에서 이름난 과수 노파가 제 손으로 인두질을 하다니 웬일일까. 그러나 아이를 보자 과수 노파는 아이보다도 더 의아스러운듯한 눈치를 하면서 인두를 화로에 꽂는다. 아이는 곧 노파에게, 아니 우리 오마니하구 우리 뉘하구 같이 생겠단 말은 거짓말이디요? 했다. 노파는 더욱 수상하다는 듯이 아이를 바라보다가 그러나 남의 일에는 홍미없다는 얼굴로, 왜 닮았디, 했다. 아이는 떨리는 입술로 다시, 아니 우리 오마니 입하구 뉘 입하구 다르게 생기디 않았이요? 하고 열심히 물었다. 노파는 이번에는 화로에 꽂았던 인두를 뽑아 자기 입술 가까이 갖다 대어 보고 나서, 반만큼 세운 왼쪽 무릎 치마에 문대고는 일감을 잡으며 그저, 그러구 보믄 다르든 것 같기두 하군, 했다. 아이는 인두질하는 과수 노파의 손 가까이로 다가서며 퍼뜩 과수 노파의 손이 나이보다는 젊고 고와 보인다는 생각을 하면서, 우리 오마니 닛몸은 우리 뉘 닛몸터럼 검디 않구 이뻤디요? 했다. 과수 노파는 아이가 가까이 다가와 어둡다는 듯이 갑자기 인두 든 손으로 아이를 물러나라고 손짓하고 나서 한결같이 홍없이, 그래앤, 했

3) 다림질

다. 그러나 아이만은 여기서 만족하여 과수 노파의 집을 나서 그달음으로 자기 집까지 뛰어오면서, 그러면 그렇지 우리 오마니가 뉘처럼 미워서야 될 말이냐고 속으로 수없이 되뇌었다. 안뜰에 들어서자 누이가 안 보임을 다행으로 여기며 방 안으로 들어갔다. 그리고 책상 앞으로 가 란도셀 속에서 산수책을 꺼내다가 그 속에 인형을 발견하고 주춤 손을 거두었다. 누이가 비단 색헝겊을 모아 만들어 준 낭자를 튼 예쁜 각시인형이었다. 그리고 아이가 언제나 란도셀 속에 넣어 가지고 다니는 인형이었다. 과목은 요일을 따라 바뀌었으나 항상 란도셀 속에 이 인형만은 변함없이 들어 있었다. 아이는 인형을 꺼내 들었다. 그러나 지금 아이는 이 인형의 여태까지 그렇게 이쁘던 얼굴이 누이의 얼굴이나처럼 미워짐을 어쩔 수 없었다. 곧 아이는 인형을 내다버려야 한다는 걸 느꼈다. 그걸 품에 품고 밖으로 나섰다. 저녁 그늘이 내린 과수 노파가 사는 골목을 얼마 들어가다 아이는 주위에 사람 없는 것을 살피고 나서 주머니에서 칼을 꺼냈다. 칼 끝으로 땅을 파 가지고 거기에다 품 속의 인형을 묻었다. 그리고는 그곳을 떠났다. 인형인가 누이인가 분간 못 할 서로 얽힌 손들이 매달리는 것 같음을 아이는 느꼈다. 그러나 아이는 어머니와 다른 그 손들을 쉽사리 뿌리칠 수 있었다. 골목을 다 나온 곳에서 달구지를 벗은 당나귀가 아이의 아랫도리를 찼다. 아이는 굴러 나가동그라졌다. 분하다. 일어난 아이는 당나귀 고삐를 쥐고 달구지채로 해서 당나귀 등에 올라탔다. 당나귀가 제 꼬리를 물려는 듯이 돌다가 날뛰기 시작했다. 아이는, 그럼 우리 오마니가 뉘터럼 생겠단 말이가? 뉘터럼 생겠단 말이가? 하고 당나귀가 알아나 듣는 것처럼 소리를 질렀다. 당나귀가 더 날뛰었다. 아이의, 뉘터럼 생겠단 말이가 하는 소리가 더 커갔다.그러다가 별안간 뒤에서 누이의 데런! 하는 부르짖음 소리를 듣고 당나귀 등에서 떨어지고 말았다. 땅에 떨어진 아이는 다리 하나를 약간 삔 채로 나자빠져 있었다. 누이가 분주히 달려왔다. 그러나 아이는 누이가 위에서 굽어보며 붙들어 일으키려는 것을 무지스럽게 손으로 뿌리치고는 혼자 벌떡 일어나, 삔 다리를 예사롭게 놀려 집으로 돌아왔다.

갓난 이복동생을 업어 주는 것이 학교 다녀온 뒤의 나날의 일과가 되어 있는 누이가, 하루는 아이의 거동에서 자기를 꺼리고 있다는 것을 눈치채고는 그런 동생을 기쁘게 해 주려는 듯이, 업은 애의 볼기짝을 돌려 대더니 꼬집기 시작했다. 물론 누이의 손은 힘껏 꼬집는 시늉만 했고, 그럴 적마다 그 작은 눈을 힘주는 듯이 끔쩍끔쩍하였지만, 결국은 애가 울지 않을 정도로 조심하면서 꼬집어 대는 것이었다.사실 줄곧 누이에게만 애를 업히는 의붓어머니에게 슬그머니 불평 같은 것이 가고 누이에게는 동정이가던 아이었다. 그러나 이날 아이는 자기를 기껍게나[4] 해 주려는 듯이 이복동생의 볼기짝을 힘껏 꼬집는 시늉을 하는 누이에게 재미있다는 생각이 일기는커녕 도리어 밉고, 실눈을 끔쩍일 적마다 흉하게만 여겨졌다. 아이는 문득 누이를 혼내어 줄 계교가 생각났다. 그는 날렵하게 달려가 이복동생의 볼기짝을 진짜로 꼬집어 댔다. 그리고 업힌 애가 울음을 터뜨리는 걸 보고야 꼬집기를 멈추고 골목으로 뛰어가 숨었다. 이제 턱이 받은 의붓어머니가 달려나와, 왜 애를 그렇게 갑자기 울리느냐고 누이를 꾸짖으리라. 아이는 골목에서 몰래 의붓어머니가 나오기만 기다렸다. 사실 곧 의붓어머니는 나왔다. 그리고 또 어김없이 누이를 내려다보면서, 앨 왜 그렇게 갑자기 울리니, 했다. 아이는 재미나하는 장난스런 미소를 떠올렸다. 그러나 다음 순간 아이는 누이의 대답이 어떨까 하는 생각이 들면서, 이번에는 저도 모르게 미소가 걷히고 귀가 기울어졌다. 그렇게 자기들에게 몹쓸게 굴지는 않는다고 생각되면서도 어딘가 어렵고 두렵게만 여겨지는 의붓어머니에게 겁난 누이가 그만 자기가 꼬집어서 운다고 바로 이르기나 하면 어쩌나. 그러나 누이는 의붓어머니가 어렵고 힘들고 두렵게 생각되지도 않는지 대담스레 고개를 들고, 아마 내 등을 빨다가 울 젠 배가 고파 그런가 봐요, 하지 않는가. 아, 기묘한 거짓말을 잘 돌려댄다. 그러나 지금 대담하게 의붓어머니에게 거짓말을 하여 자기를 감싸 주는 누이에게서 어머니의 애정 같은 것이 풍기어 오는 듯함을 느끼자 아이는, 우리 오마니가

4) 속마음에 썩 바쁘게

뉘 같지는 않았다고 속으로 부르짖으며 숨었던 골목에서 나와 의붓어머니에게로 걸어갔다. 그리고는, 난 또 애 업구 어디 넘어디디나 않았나 했군, 하면서 누이의 등에서 어린애를 풀어 내고 있는 의붓어머니에게 아이도 이번에는 겁내지 않고, 이자 내가 애 엉뎅일 꼬집었어요, 했다.

아이는 옥수수를 좋아했다. 옥수수를 줄줄이 다음다음 뜯어먹는 게 참 재미있었다. 알이 배고 줄이 곧은 자루면 엄지손가락 쪽의 손바닥으로 되도록 여러 알을 한꺼번에 눌러 밀어 얼마나 많이 붙은 쌍동아를 떼낼 수 있나 누이와 내기하기도 했었다. 물론 아이는 이 내기에서 누이한테 늘 졌다. 누이는 줄이 곧지 않은 옥수수를 가지고도 꽤는 잘 여러 알 붙은 쌍동이를 떼내곤 했다. 그렇게 떼낸 쌍동이를 누이가 손바닥에 놓아 내밀어 아이는 맛있게 그걸 집어먹기도 했었다. 그러나 이날 아이는 누이가, 우리 누가 많이 쌍동이를 만드나 내기할까? 하는 것을 단박에, 싫어! 해 버렸다. 누이는 혼자 아이로서는 엄두도 못 낼 긴 쌍동이를 떼냈다. 아이는 일부러 줄이 곧게 생긴 옥수수자루인데도 쌍동이를 떼내지 않고 알알이 뜯어먹고만 있었다. 누이는 금방 뜯어 낸 쌍동이를 아이에게 내주었다. 그러나 아이는 거칠게, 싫어! 하고 머리를 도리질하고 말았다. 누이가 새로 더 긴 쌍동이를 뜯어 내서는 다시 아이에게 내밀었다. 그러나 누이가 마치 어머니나처럼 굴 적마다 도리어 돌아간 어머니가 누이와 같지 않다는 생각으로 해서 더 누이에게 냉정할 수 있는 아이는, 내민 누이의 손을 쳐 쌍동이를 떨궈 버리고 말았다. 그러던 어떤 날 저녁, 어둑어둑한 속에서 아이가 하늘의 별을 세며 별은 흡사 땅 위의 이슬과 같다고 생각하고 있는데, 누이가 조심스레 걸어오더니 어둑한 속에서도 분명한 옥수수 한 자루를 치마폭 밑에서 꺼내어 아이에게 쥐어 주었다. 그러나 아이는 그것을 먹어 볼 생각도 않고 그냥 뜨물항아리 있는 데로 가 그 속에 떨구듯 넣어 버렸다.

아이는 또 땅바닥에 갖가지 지도 같은 금을 그으며 놀기를 잘했다. 바다를 모르는 아이는 바다 아닌 대동강을 여러 개 그리고, 산으로는 모란봉을 몇 개고 그리곤 했다. 그러다가 동무가 있으면 땅따먹기도 했다. 상대편의 말을 맞히고 뼘을 재어 구름이 피어오르는 듯한 땅과 무성한 나무 같은 땅을 만드는 게 재미있었다. 그날도 아이는 옆집 애와 길가에서 땅따먹기를 하고 있었다. 옆집 애의 땅한테 아이의 땅이 거의 잠식당하고 있었다. 한쪽 금에 붙어 꼭 반달처럼 생긴 땅과 거기에 붙은 한 뼘 남짓한 땅이 남았을 뿐이었다. 그것마저 옆집 애가 새로 말을 맞히고 한 뼘 재먹은 뒤에는 반달에 붙은 땅이 또 줄었다. 이번에는 아이가 칠 차례였다. 옆집 애가 말을 놓았다. 그것은 아이의 반달땅 끝에서 한껏 먼 곳이었다. 그러나 아이는 기어코 반달 끝에다 자기의 말을 놓았다. 옆집 애는 아이의 반달땅에 달린 다른 나머지 땅에서가 자기의 말이 제일 가까운데 왜 하필 반달 끝에서 치려는지 이상히 여기는 눈치였다. 사실 아이의 어디까지나 반달 끝에다 한 뼘 맘껏 둘러재어 동그라미를 그어 놓았으면 얼마나 아름다울지 모르겠다는 계획을 옆집 애는 알 턱 없었다. 아이는 반달 끝에서 옆집 애의 말까지의 길을 닦았다. 이번에는 꼭 맞혀 이 반달 위에 무지개같은 동그라미를 그어 놓으리라. 아이의 입은 꼭 다물어지고 눈은 빛났다. 뒤이어 아이는 옆집 애의 말을 겨누어 엄지손가락에 버텼던 장가락을 튕기었다. 그러나 아이의 장가락 손톱에 맞은 말은 옆집 애의 말에서 꽤 먼 거리를 두고 빗지나갔다. 옆집 애가 됐다는 듯이 곧 자기의 말을 집어들며 아이가 아무리 먼 곳에 말을 놓더라도 대번에 맞혀 버리겠다는 득의의 미소를 떠올렸다. 그러면서 아이의 말 놓기를 기다리다가 흐려지지도 않은 경계선을 사금파리 말을 세워 그었다. 아이의 반달 끝이 이지러지게 그어졌다. 아이가, 이건 왜 이르캐? 하고 고함쳤다. 옆집 애는 곧 다시 고쳐 금을 그었다. 옆집 애는 아이가 자기의 땅을 줄게 그어서 그러는 줄로 알았는지, 이번에는 반달의 등이 약간 살찌게 그어 놓았다. 아이는 그래도, 것두 아냐! 했다. 그러는데 어느 새 왔었는지 누이가 등 뒤에서 옆집 애의 말을 빼앗아서는 동생을 도와 반달의 배가 부르게 긋기 시작했다. 그러나 아이는 누이가 채 다 긋기도 전에 손바닥으로 막 지워 버리면서, 이건 더 아냐! 이건 더 아냐! 하고 소리질렀다.

하루는 아이가 뜰안에서 혼자 땅바닥에다 지도 같은 금을 그으며 놀고 있는데, 바깥에서 누이가 뒷집 계집애와 싸우는 소리가 들려, 마침 안의 어른들이 듣지 못하고 있는 것을 다행으로 열린 대문 새로 내다보았다. 아이가 늘 이쁘다고 생각해 오던 뒷집 계집애의 내민 역시 이쁜 얼굴에서, 그래 안 맞았단 말이가? 하는 말소리가 빠른 속도로 계속되는 대로, 또 누이의 내민 밉게 찌그러진 얼굴에서는, 안 맞디 않구, 하는 소리가 같은 속도로 계속되고 있었다. 땅따먹기 하다가 말이 맞았거니 안 맞았거니 해서 난 싸움이 분명했다. 어느 편이 하나 물러나는 법 없이 점점 더 다가들면서 내민 입으로 자기의 말소리를 좀더 이악스레[5] 빠르게들 하고 있는데, 저쪽에서 뒷집 계집애의 남동생이 달려오더니 다짜고짜로 누이에게 흙을 움켜 뿌리는 것이 아닌가. 그러자 뒷집 계집애의 이쁜 얼굴이 더 내밀어지며, 그래 안 맞았단 말이가? 하는 소리가 더 날카롭게 빠르게 계속되는 한편, 누이는 먼저 한 걸음 물러나며, 안 맞디 않구 하는 소리도 떠져 갔다. 뒷집 계집애의 남동생이 또 흙을 움켜 뿌렸다. 뒷집 계집애의 남동생이 흙을 움켜 뿌릴 적마다 이쪽 누이는 흠칫흠칫 물러나며 말소리가 줄고, 뒷집 계집애의 말소리는 더욱 잦아갔다. 그러자 아이는 저도 깨닫지 못하고 대문을 나서 그리로 걸어갔다. 아이를 보자 뒷집 계집애의 남동생이 우선 흙 뿌리기를 멈추고, 다음에 뒷집 계집애가 다가오기를 멈추고, 다음에 계집애의 말소리가 늦추어지고, 다음에 누이가 뒷걸음치던 걸음을 멈추었다. 그리고 누이는 뒷집 계집애의 남동생처럼 자기의 남동생도 역성을 들러 오는 것으로만 안 모양이어서 차차 기운을 내어 다가나가며, 안 맞디 않구, 안 맞디 않구, 하는 소리를 점점 빠르게 회복하고 있었다. 거기 따라 뒷집 계집애는 도로 물러나며 점차, 그래 안 맞았단 말이가? 하는 소리를 늦추고 있고, 뒷집 계집애의 남동생도 한 옆으로 아이를 피하고 있었다. 그러나 아이는 싸움터로 가까이 가자 누이의 홍분된 얼굴이 전에 없이 더 흉하

5) 달라붙는 기세가 굳세고 끈덕지게

게 느껴지면서, 어디 어머니가 저래서야 될 말이냐는 생각에, 냉연하게 그곳을 지나쳐 버리고 말았다. 그리고 등 뒤로 도로 빨라 가는 뒷집 계집애의 말소리와 급작스레 떠 가는 누이의 말소리를 들으면서도 아이는 누이보다 이쁜 뒷집 계집애가 싸움에 이기는 게 옳다고 생각하며 저만큼 골목 어귀에서 여물을 먹고 있는 당나귀에게로 걸어갔다.

열 네 살의 소년이 된 아이는 뒷집 계집애보다 더 이쁜 소녀와 알게 되었다. 검고 맑고 깊은 눈하며, 개끗하고 건강한 볼, 그리고 약간 노란 듯한 머리카락에서 풍기는 숫한 향기. 아이는 소녀와 함께 있으면서 그 맑은 눈과 건강한 볼과 머리카락 향기에 온전히 홀린 마음으로 그네를 바라보기만 하면 그만이었다. 그러나 소녀 편에서는 차차 말없이 자기를 쳐다보기만 하는 아이에게 마음 한구석으로 어떤 부족감을 느끼는 듯했다. 하루는 아이와 소녀는 모란봉 뒤 한 언덕에 대동강을 등지고 나란히 앉아 있었다. 언덕 앞 연보랏빛 하늘에는 희고 산뜻한 구름이 빛나며 떠 가고 있었다. 아이가 구름에 주었던 눈을 소녀에게로 돌렸다. 그리고는 소녀의 얼굴을 언제까지나 들여다보기 시작했다. 소녀의 맑은 눈에도 연보랏빛 하늘이 가득 차 있었다. 이제 구름도 피어나리라. 그러나 이때 소녀는 또 자기만 말끄러미 바라보고 있는 아이에게 느껴지는 어떤 부족감을 못 참겠다는 듯한 기색을 떠올렸는가 하면, 아이의 어깨를 끌어당기면서 어느 새 자기의 입술을 아이의 입에다 갖다 대고 비비었다. 아이는 저도 모르게 피하는 자세를 취하였으나 서로 입술을 비비고 난 뒤에야 소녀에게서 물러났다. 벌떡 일어났다. 그리고 아이는, 거친 숨을 쉬면서 상기돼 있는 소녀를 내려다보았다. 이미 소녀는 아이에게 결코 아름다운 소녀는 아니었다, 얼마나 추잡스러운 눈인가. 이 소녀도 어머니가 아니라는 생각이 불현듯 떠올랐다. 아이는 소녀에게서 돌아섰다. 소녀는 실망과 멸시[6]로 찬 아이의 기색을 느끼며 아이를 붙들려 했으나 아이는

6) 업신여김 / 깔봄 / 무시

쉽게 그네를 뿌리치고 무성한 여름의 언덕길을 뛰어내릴 수 있었다.

하늘에 별이 별나게 많은 첫가을 밤이었다. 아이는 전에 땅 위의 이슬같이만 느껴지던 별이 오늘 밤엔 그 어느 하나가 꼭 어머니일 것 같은 생각이 들어, 수많은 별을 뒤지고 있었다. 그러나 아이는 곧 안에서 누구를 꾸짖는 듯한 아버지의 음성에 정신을 깨치고 말았다. 아이는 다시 하늘로 눈을 부었으나 다시는 어느 별 하나가 어머니라는 환상을 붙들 수는 없었다. 아쉬웠다. 다시 어버지의 누구를 꾸짖는 듯한 음성이 들려 나왔다. 아이는 아쉬운 마음으로 아버지의 음성이 들려 오는 창 가까이로 갔다. 안에서는 아버지가 두 번 다시 그런 눈치만 뵀단 봐라, 죽여 없애구 말 테니, 꼭대기 피두 안 마른 년이 누굴 망신 시킬려구, 하는 품이 누이 때문에 여간 노한 게 아닌 것 같았다. 좀한 일에는 노하는 일이 없는 아버지가 이렇도록 노함에는 심상치 않은 일이 일어났음에 틀림없었다. 의붓어머니의 조심스런 음성으로, 좌우간 그편 집안을 알아보시구레, 하는 말이 들려 나왔다. 이어서 여선히 아버시의, 알아보긴 쥐뿔을 알아봐! 하는 노기찬 음싱이 뒤따랐다. 이번엔 누이의 나직이 떨리는 음성이 한 번, 동무의 오래비야요, 했다. 이젠 학교두 고만둬라, 하는 아버지의 고함에, 누이 아닌 아이가 등골이 서늘해짐을 느꼈다. 그러면서 얼마 전에 누이가 호리호리한 키에 흰 얼굴을 한 청년과 과수 노파가 살고 있는 골목 안에 마주 서 있는 것을 본 일이 생각났다. 그때 누이는 청년이 한반 동무의 오빠인데 심부름을 왔었다고 변명하듯 말했고, 아이는 아이대로 그저 모른 체하고 있었으나, 속으로는 누이 같은 여자와 좋아하는 청년의 마음을 정말 모르겠다고 생각했었다. 그 청년과 누이가 만나는 것을 집안에서도 알았음에 틀림없었다. 지금 안에서 의붓어머니의 낮으나 힘이 든 음성으로, 얘 넌 또 웬 성냥 장난이가! 하는 것만은 이제는 유치원에 다니게 된 이복동생을 꾸짖는 소리리라. 요사이 차차 의붓어머니가 어렵고 두렵기만 한 게 아니고 진정으로 자기네를 골고루 위해 주고 있다는 것을 깨닫게 된 아이는, 동복인 누이의 일로 의붓어머니를 걱정시키는 것이 아버지에게보다 더 안됐다고 생각됐다. 다시 의붓어머니의 조심성 있고 은근한 음성으로, 넌두 생각이 있갔디만 이제 네게 잘못이라두 생기믄 땅 속에 있는 너의 어머니한테 어떻게 내가 낯을 들겠니, 자 이젠 네 방으루 건너가그라, 함에 아이는 이번에는 의붓어머니의 애정에 얼굴이 달아오르면서, 정말 누이가 돌아간 어머니까지 들추어내게 하는 일을 저질렀다가는 용서 않는다고 절로 주먹이 쥐어졌다. 어디서 스며오듯 누이의 흐느끼는 소리가 들려 왔다. 두 번 다시 그런 일만 있었단 봐라, 초매(치마)루 묶어서 강물에 집어 넣구 말디 않나, 하는 아버지의 약간 노염은 풀렸으나 아직 엄한 음성에, 아이는 이번에는 또 밤바람과 함께 온몸을 한 번 부르르 떨었다.

꽤 쌀쌀한 어떤 날 밤이었다. 의붓어머니가 아버지에게 애걸하다시피 하여 학교만은 그냥 다니게 된 누이보고 아이가, 우리 산보가, 했다. 누이는 먼저 뜻하지 않았던 일에 놀란 듯 흐린 눈을 크게 떠 보이고 나서 곧 아이를 따라 나섰다. 밖은 조각달이 달려 있었다. 그리고 수많은 별들이 빛나고 있었다. 싸늘한 바람이 불어 왔다. 바람이 불어 올 적마다 별들은 빛난다기보다 떨고 있는 것만 같았다. 아이는 앞서 대동강 쪽으로 난 길을 접어들었다. 누이는 그저 아이를 따랐다. 어둑한 속에서도 이제 누이를 놀래어 주리라는 계교 때문에 아이의 얼굴은 미소가 떠올라 있었다. 강둑을 거슬러 오르니까 더 써느러웠다[7]. 전에 없이 남동생이 자기를 밖으로 이끌어 낸 것을 의아하게 여기는 눈치로, 그러나 즐거운 듯이 누이가 아이에게, 춥디 않니? 했다. 아이는 거칠게 머리를 옆으로 저었다. 젓고 나서 어둠으로 해서 누이가 자기의 머리 저음을 분간치 못했으리라고 깨달았으나 아이는 그냥 잠자코 말았다. 누이가 돌연 혼잣말처럼, 사실 나 혼자였다믄 벌써 죽구 말았어, 죽구 말디 않구, 살믄 멀하노……. 그래두 네가 있어 그렇디, 둘이 있다 하나가 죽으믄 남는 게 더 불쌍할 것 같애서……, 난 정말 그래, 하며 바람 때문인지 약간 느끼는 듯했다. 아이는 혹시 집에서 누이의 연애 사건을 알게 된

7) 서느렇다 / 서늘하다

것이 자기가 아버지나 의붓어머니에게 고자질한 것으로 잘못 알고 있지나 않나 하는 생각이 들자, 누이를 쓸어안고 변명이나 할 듯이 홱 돌아섰다. 누이도 섰다. 그러나 아이는 계획해 온 일을 실현할 좋은 계기를 바로 붙잡았음을 기뻐하며 누이에게, 초매 벗어라! 하고 고함을 치고 말았다. 뜻밖에 당하는 일로 잠시 어쩔 줄 모르고 섰다가 겨우 깨달은 듯이 누이는 어둠 속에서 조용히 저고리를 벗고 어깨치마를 머리 위로 벗어 냈다. 아이가 치마를 빼앗아 땅에 길게 폈다. 그리고 아이는 아버지처럼 엄하게 가루 눠라! 했다. 누이는 또 곧 순순히 하라는 대로 했다. 그러나 아이는 치마로 누이를 묶어 강물에 집어 넣는 차례에 이르러서는 자기의 하는 일이면 누이가 죽는 한이 있더라도 아무 항거 없이 도리어 어머니다운 애정으로 따라 할 것만 같은 생각이 들며, 누이가 돌아간 어머니와 같은 애정을 베풀어서는 안 된다고 치마 위에 이미 죽은 듯이 누워 있는 누이를 그대로 남겨 둔 채 돌아서 그곳을 떠나고 말았다.

누이는 시내 어떤 실업가의 막내아들이라는 작달막한 키에 얼굴이 김푸른, 누이의 한반 동무의 오빠라는 청년과는 비슷도 안 한 남자와 아무 불평 없이 혼약을 맺었다. 그리고 나서 얼마 안 되어 결혼하는 날, 누이는 가마 앞에서 의붓어머니의 팔을 붙잡고는 무던히나 슬프게 울었다. 아이는 골목에 몸을 숨기고 있었다. 누이는 동네 아낙네들이 떼어 놓는 대로 가마에 오르기 전에 젖은 얼굴을 들었다. 자기를 찾고 있음에 틀림없다고 생각하면서도, 아이는 그냥 몸을 숨기고 있었다. 그리고 누이가 시집간 지 또 얼마 안 되는 어느 날, 별나게 빨간 놀이 진 늦저녁때 아이네는 누이의 부고를 받았다. 아이는 언뜻 누이의 얼굴을 생각해 내려 하였으나 도무지 떠오르지가 않았다. 슬프지도 않았다. 그러다가 아이는 지난날 누이가 자기에게 만들어 주었던, 뒤에 과수 노파가 사는 골목 안에 묻어 버린 인형의 얼굴이 떠오를 듯함을 느꼈다. 아이는 골목으로 뛰어갔다. 거기서

8) 죽였다 9) 저런

아이는 인형 묻었던 자리라고 생각키우는 곳을 손으로 팠다. 흙이 단단했다. 손가락을 세워 힘껏힘껏 파 댔다. 없었다. 짐작되는 곳을 또 파 보았으나 없었다. 벌써 썩어 흙과 분간치 못하게 된 지가 오래리라. 도로 골목을 나오는데 전처럼 당나귀가 매어 있는 게 눈에 띄었다. 그러나 전처럼 당나귀가 아이를 차지는 않았다. 아이는 달구지채에 올라서지도 않고 전보다 쉽사리 당나귀 등에 올라탔다. 당나귀가 전처럼 제 꼬리를 물려는 듯이 돌다가 날뛰기 시작했다. 그리고 아이는 당나귀에게나처럼, 우리 뉠 왜 쥑엔[8]! 왜 쥑엔! 하고 소리질렀다. 당나귀가 더 날뛰었다. 당나귀가 더 날뛸수록 아이의, 왜 쥑엔! 왜 쥑엔! 하는 지름소리가 더 커갔다. 그러다가 아이는 문득 골목 밖에서 누이의, 데런![9] 하는 부르짖음을 들은 거로 착각하면서, 부러 당나귀 등에서 떨어져 굴렀다. 이번에는 어느 쪽 다리도 삐지 않았다. 그러나 아이의 눈에는 그제야 눈물이 괴었다. 어느 새 어두워지는 하늘에 별이 돋아났다가 눈물 괸 아이의 눈에 내려왔다. 아이는 지금 자기의 오른쪽 눈에 내려온 별이 돌아간 어머니라고 느끼면서, 그럼 왼쪽 눈에 내려온 별은 죽은 누이가 아니냐는 생각에 미치자 아무래도 누이는 어머니와 같은 아름다운 별이 되어서는 안 된다고 머리를 옆으로 저으며 눈을 감아 눈 속의 별을 내몰았다.

해 답

1. 누이가 죽은 엄마를 닮았다는 것 때문에 **2.** 죽은 엄마 (별은 세상에서 가장 아름다운 존재라 생각하기 때문) **3.** 누이의 진정한 사랑을 깨닫게 해 주었다.

요점별 정리

별 · 황순원

정답 p.233

1. 핵심 정리

* 갈래 : 단편소설
* 배경 : 가을 무렵 대동강변의 어느 마을
* 성격 : 동화적 신비적 낭만적
* 시점 : 3인칭 전지적 작가 시점
* 주제 : 삶과 죽음에 대한 인식의 성숙

2. 등장인물의 성격

* 아이 : 누이를 적대하다가 그 누이를 통해 어머니의 실체를 인식해 나가는 인물로 미성숙에서 성숙한 인물로 성장해 나가는 인물
* 누이 : 어머니처럼 소년을 보살펴 주는데 소년의 '모성 고착'의 원인을 제공함과 동시에 그를 성숙으로 이끄는 인물이기도 함.
* 의붓어머니 : 진심으로 누이를 위해 주는 착한 여자

3. 작품 개관

죽은 어머니의 이미지를 찾아 헤매는 소년의 마음의 방황을 그린 작품이다. 어렸을 때 여읜 어머니의 아름다운 이미지를 찾아 헤매는 소년은 현실 속에서 어머니의 영상을 찾으려는 강한 집념에서 벗어나지 못한다. 성장소설인 이 작품은 누이의 죽음이라는 경험을 겪은 후에야 모성으로부터 벗어나 삶과 죽음에 대한 인식이 성숙하게 되는 사내아이를 주인공으로 하고 있다.

9개의 일화로 진행되는 사내아이의 누이에 대한 미움은 사실은 미움이 아니라 죽은 어미에 대한 깊은 그리움의 역설적 표현이었던 것이다. 누이

의 동생에 대한 섬세한 마음 씀씀이와 그에 대한 동생의 거부 심리가 섬세하게 그려진 이 소설은 한 편의 서정시와 동화를 떠올리게 하는 수작이다.

4. 문제

01_소년이 누이를 미워하게 된 원인은 무엇인가?

02_별이 상징하는 것은 무엇인가?

03_누이의 죽음이 아이의 의식 변화에 어떻게 작용하고 있는지 쓰시오.

09 이상

날 개

이상(李箱, 1910~1937) ●● 시인, 소설가. 원래는 고등 공업학교(지금의 공대) 출신의 건축 기사였지만 1930년대 초부터 초현실주의 계열의 시를 발표하면서 시인이 되었다. 박태원, 김기림, 김유정과 더불어 모더니즘 문학 운동 단체인 구인회의 핵심 회원이었다.

주요 작품으로는 〈날개〉 〈종생기〉 등을 비롯한 소설과 다수의 시, 수필 등을 창작했다.

09 이상

날개

'박제(剝製)가 되어 버린 천재'를 아시오? 나는 유쾌하오. 이런 때 연애까지가 유쾌하오.

육신이 흐느적흐느적하도록 피로했을 때만 정신이 은화(銀貨)처럼 맑소. 니코틴이 내 횟배[1] 앓는 뱃속으로 스미면 머릿속에 으레 백지가 준비되는 법이오. 그 위에다 나는 위트와 패러독스를 바둑 포석처럼 늘어놓소. 가증할 상식의 병(病)이오.

나는 또 여인과 생활을 설계하오. 연애 기법에마저 서먹서먹해진 지성의 극치를 흘깃 좀 들여다본 일이 있는, 말하자면 일종의 정신분일자(精神奔逸者) 말이오. 이런 여인의 반(半) – 그것은 온갖 것의 반이오 – 만을 영수하는 생활을 설계

1) 회충으로 인한 배앓이

한다는 말이오. 그런 생활 속에 한 발만 들여놓고 흡사 두 개의 태양처럼 마주 쳐다보면서 낄낄거리는 것이오. 나는 아마 어지간히 인생의 제행(諸行)이 싱거워서 견딜 수가 없게끔 되고 그만둔 모양이오. 굿바이.

굿바이, 그대는 이따금 그대가 제일 싫어하는 음식을 탐식(貪食)하는 아이러니를 실천해 보는 것도 좋을 것 같소. 위트와 패러독스와…….

그대 자신을 위조하는 것도 할 만한 일이오. 그대의 작품은 한 번도 본 일이 없는 기성품에 의하여 차라리 경편(輕便)[2]하고 고매(高邁)하리라.

19세기는 될 수 있거든 봉쇄하여 버리오. 도스토예프스키 정신이란 자칫하면 낭비인 것 같소. 위고를 불란서의 빵 한 조각이라고는 누가 그랬는지 지언(至言)인 듯싶소. 그러나 인생 혹은 그 모형에 있어서 디테일 때문에 속는다거나 해서야 되겠소? 화(禍)를 보지 마오. 부디 그대께 고하는 것이니…….

(테이프가 끊어지면 피가 나오. 생채기도 머지않아 완치될 줄 믿소. 굿바이.)

감정은 어떤 포즈(그 포즈의 소(素)만을 지적하는 것이 아닌지나 모르겠소) 그 포즈가 부동자세에까지 고도화할 때 감정은 딱 공급을 정지합네다.

나는 내 비범한 발육을 회고하여 세상을 보는 안목을 규정하였소.

여왕봉(女王蜂)[3]과 미망인 – 세상의 하고 많은 여인이 본질적으로 이미 미망인 아닌 이가 있으리까? 아니! 여인의 전부가 그 일상에 있어서 개개 '미망인'이라는 내 논리가 뜻밖에도 여성에 대한 모독이 되오? 굿바이.

2) 가볍고 편리함 3) 여왕벌

그 33번지라는 것이 구조가 흡사 유곽[4]이라는 느낌이 없지 않다. 한 번지에 18가구가 죽 – 어깨를 맞대고 늘어서서 창호가 똑같고 아궁이 모양이 똑같다. 게다가 각 가구에 사는 사람들이 송이송이 꽃과 같이 젊다. 해가 들지 않는다. 해가 드는 것을 그들이 모른 체하는 까닭이다. 턱살 밑에다 철줄을 매고 얼룩진 이부자리를 널어 말린다는 핑계로 미닫이에 해가 드는 것을 막아 버린다. 침침한 방 안에서 낮잠들을 잔다. 그들은 밤에는 잠을 자지 않나? 알 수 없다. 나는 밤이나 낮이나 잠만 자느라고 그런 것은 알 길이 없다. 33번지 18가구의 낮은 참 조용하다.

조용한 것은 낮뿐이다. 어둑어둑하면 그들은 이부자리를 걷어 들인다. 전등불이 켜진 뒤의 18가구는 낮보다 훨씬 화려하다. 저물도록 미닫이 여닫는 소리가 잦다. 바빠진다. 여러 가지 내음새가 나기 시작한다. 비웃[5] 굽는 내, 탕고도란 내[6], 뜨물내, 비눗내…….

그러나 이런 것들보다도 그들의 문패가 제일로 고개를 끄덕이게 하는 것이다. 이 18가구를 대표하는 대문이라는 것이 일각이 져서 외따로 떨어지기는 했으나 있다. 그러나 그것은 한 번도 닫힌 일이 없는 한길이나 마찬가지 대문인 것이다. 온갖 장사아치들은 하루 가운데 어느 시간에라도 이 대문을 통하여 드나들 수 있는 것이다. 이네들은 문간에서 두부를 사는 것이 아니라 미닫이만 열고 방에서 두부를 사는 것이다. 이렇게 생긴 33번지 대문에 그들 18가구의 문패를 몰아다 붙이는 것은 의미가 없다. 그들은 어느 사이엔가 각 미닫이 위 백인당(百忍堂)이니 길상당(吉祥堂)이니 써붙인 한곁에다 문패를 붙이는 풍속을 가져 버렸다.

내 방 미닫이 위 한 곁에 칼표딱지를 넷에다 낸 것만한 내, 아니! 내 아내의 명함이 붙어 있는 것도 이 풍속을 좇은 것이 아닐 수 없다.

4) 창녀들이 손님을 맞아 매음하는 집 / 창녀촌 5) 청어 6) 탕 끓는 냄새

나는 그러나 그들의 아무와도 놀지 않는다. 놀지 않을 뿐만 아니라 인사도 않는다. 나는 내 아내와 인사하는 외에 누구와도 인사하고 싶지 않았다.

내 아내 외의 다른 사람과 인사를 하거나 놀거나 하는 것은 내 아내 낯을 보아 좋지 않은 일인 것만 같이 생각이 들었기 때문이다. 나는 이만큼까지 내 아내를 소중히 생각한 것이다.

내가 이렇게까지 내 아내를 소중히 생각한 까닭은 이 33번지 18가구 가운데서 내 아내가 내 아내의 명함처럼 제일 작고 제일 아름다운 것을 안 까닭이다. 18가구에 각기 별러 든 송이송이 꽃들 가운데서도 내 아내가 특히 아름다운 한 떨기의 꽃으로 이 함석지붕 밑 볕 안 드는 지역에서 어디까지든지 찬란하였다. 따라서 그런 한 떨기 꽃을 지키고, 아니 그 꽃에 매달려 사는 나라는 존재가 도무지 형언할 수 없는 거북살스러운 존재가 아닐 수 없었던 것은 물론이다.

나는 어디까지든지 내 방이 – 집이 아니다. 집은 없다 – 마음에 들었다. 방 안의 기온은 내 체온을 위하여 쾌적하였고, 방 안의 침침한 정도가 또한 내 안력[7]을 위하여 쾌적하였다. 나는 내 방 이상의 서늘한 방도, 또 따뜻한 방도 희망하지 않았다. 이 이상으로 밝거나 이 이상으로 아늑한 방을 원하지 않았다. 내 방은 나 하나를 위하여 요만한 정도를 꾸준히 지키는 것 같아 늘 내 방에 감사하였고 나는 또 이런 방을 위하여 이 세상에 태어난 것만 같아서 즐거웠다.

그러나 이것은 행복이라든가 불행이라든가 하는 것을 계산하는 것은 아니었다. 말하자면 나는 내가 행복되다고도 생각할 필요가 없었고, 그렇다고 불행하다고도 생각할 필요가 없었다. 그냥 그날그날을 그저 까닭 없이 펀둥펀둥 게으르고만 있으면 만사는 그만이었던 것이다.

내 몸과 마음에 옷처럼 잘 맞는 방 속에서 뒹굴면서, 축 처져 있는 것은 행복이니 불행이니 하는 그런 세속적인 계산을 떠난, 가장 편리하고 안일한, 말하자면

7) 시력

절대적인 상태인 것이다. 나는 이런 상태가 좋았다.

이 절대적인 내 방은 대문간에서 세어서 똑 일곱째 칸이다. 럭키 세븐의 뜻이 없지 않다. 나는 이 일곱이라는 숫자를 훈장처럼 사랑하였다. 이런 이 방이 가운데 장지로 말미암아 두 칸으로 나뉘어 있었다는 그것이 내 운명의 상징이었던 것을 누가 알랴?

아랫방은 그래도 해가 든다. 아침결에 책보만한 해가 들었다가 오후에 손수건만해지면서 나가 버린다. 해가 영영 들지 않는 윗방이 즉 내 방인 것은 말할 것도 없다. 이렇게 볕 드는 방이 아내 방이요, 볕 안 드는 방이 내 방이오 하고 아내와 나 둘 중에 누가 정했는지 나는 기억하지 못한다. 그러나 나에게는 불평이 없다.

아내가 외출만 하면 나는 얼른 아랫방으로 와서 그 동쪽으로 난 들창을 열어 놓고, 열어 놓으면 들이비치는 볕살이 아내의 화장대를 비쳐 가지각색 병들이 아롱이 지면서 찬란하게 빛나고 이렇게 빛나는 것을 보는 것은 다시없는 내 오락이다. 나는 쪼끄만 '돋보기'를 끄내 가지고 아내만이 사용하는 지리가미(휴지)를 끄실려 가면서 불장난을 하고 논다. 평행 광선을 굴절시켜서 한 초점에 모아 가지고 그 초점이 따끈따끈해지다가, 마지막에는 종이를 끄실리기 시작하고 가느다란 연기를 내면서 드디어 구멍을 뚫어 놓는 데까지에 이르는 고 얼마 안 되는 동안의 초조한 맛이 죽고 싶을 만치 내게는 재미있었다.

이 장난이 싫증이 나면 나는 또 아내의 손잡이 거울을 가지고 여러 가지로 논다. 거울이란 제 얼굴을 비출 때만 실용품이다. 그 외의 경우에는 도무지 장난감인 것이다.

이 장난도 곧 싫증이 난다. 나의 유희심은 육체적인 데서 정신적인 데로 비약한다. 나는 거울을 내던지고 아내의 화장대 앞으로 가까이 가서 나란히 늘어놓인 고 가지각색의 화장품 병들을 들여다본다. 고것들은 세상의 무엇보다도 매력적이다. 나는 그 중의 하나만을 골라서 가만히 마개를 빼고 병구멍을 내 코에 가져다 대이고 숨죽이듯이 가벼운 호흡을 하여 본다. 이국적인 센슈얼한(관능적인) 향기가 폐로 스며들면 나는 저절로 스르르 감기는 내 눈을 느낀다. 확실히 아내의 체취의 파편이다. 나는 도로 병마개를 막고 생각해 본다. 아내의 어느 부분에서 요 내음새가 났던가를…… 그러나 그것은 분명치 않다. 왜? 아내의 체취는 여기 늘어섰는 가지각색 향기의 합계일 것이니까.

아내의 방은 늘 화려하였다. 내 방이 벽에 못 한 개 꽂히지 않은 소박한 것인 반대로 아내 방에는 천장 밑으로 쫙 돌려 못이 박히고 못마다 화려한 아내의 치마와 저고리가 걸렸다. 여러 가지 무늬가 보기 좋다. 나는 그 여러 조각의 치마에서 늘 아내의 동(胴)체[8] – 와 그 동체가 될 수 있는 여러 가지 포즈를 연상하고 연상하면서 내 마음은 늘 점잖지 못하다.

그렇건만 나에게는 옷이 없었다. 아내는 내게는 옷을 주지 않았다. 입고 있는 코르덴 양복 한 벌이 내 자리옷이었고 통상복과 나들이옷을 겸한 것이었다. 그리고 하이 넥의 스웨터가 한 조각 사철을 통한 내 내의다. 그것들은 하나같이 다 빛이 검다. 그것은 내 짐작 같아서는 즉 빨래를 될 수 있는 데까지 하지 않아도 보기 싫지 않도록 하기 위한 것이 아닌가 한다. 나는 허리와 두 가랑이 세 군데다 고무 밴드가 끼어 있는 부드러운 사루마다[9]를 입고 그리고 아무 소리 없이 잘 놀았다.

어느덧 손수건만해졌던 볕이 나갔는데 아내는 외출에서 돌아오지 않는다. 나는 요만 일에도 좀 피곤하였고 또 아내가 돌아오기 전에 내 방으로 가 있어야 될 것을 생각하고 그만 내 방으로 건너간다. 내 방은 침침하다. 나는 이불을 뒤집어쓰고 낮잠을 잔다. 한 번도 걷은 일이 없는 내 이부자리는 내 몸뚱이의 일부분처럼 내게는 참 반갑다. 잠은 잘 오는 적도 있다. 그러나 또 전신이 까칫까칫하면서 영 잠이 오지 않는 적도 있다. 그런 때는 아무 제목으로나 제목을 하나 골라서 연

8) 몸체 9) 일본어, 허드레 옷 / 잠옷

구하였다. 나는 내 좀 축축한 이불 속에서 참 여러 가지 발명도 하였고 논문도 많이 썼다. 시도 많이 지었다. 그러나 그것들은 내가 잠이 드는 것과 동시에 내 방에 담겨서 철철 넘치는 그 흐늑흐늑한 공기에 다 비누처럼 풀어져서 온데간데가 없고 한참 자고 깬 나는 속이 무명 헝겊이나 메밀 껍질로 띵띵 찬 한 덩어리 베개와도 같은 한 벌 신경이었을 뿐이고 뿐이고 하였다.

그러기에 나는 빈대가 무엇보다도 싫었다. 그러나 내 방에서는 겨울에도 몇 마리씩의 빈대가 끊이지 않고 나왔다. 내게 근심이 있었다면 오직 이 빈대를 미워하는 근심일 것이다. 나는 빈대에게 물려서 가려운 자리를 피가 나도록 긁었다. 쓰라리다. 그것은 그윽한 쾌감에 틀림없었다. 나는 혼곤히 잠이 든다.

나는 그러나 그런 이불 속의 사색생활에서도 적극적인 것을 궁리하는 법이 없다. 내게는 그럴 필요가 대체 없었다. 만일 내가 그런 좀 적극적인 것을 궁리해 내었을 경우에 나는 반드시 내 아내와 의논하여야 할 것이고 그러면 반드시 나는 아내에게 꾸지람을 들을 것이고 – 나는 꾸지람이 무서웠다느니보다도 성가셨다. 내가 제법 한 사람의 사회인의 자격으로 일을 해보는 것도, 아내에게 사설 듣는 것도 나는 가장 게으른 동물처럼 게으른 것이 좋았다. 될 수만 있으면 이 무의미한 인간의 탈을 벗어 버리고도 싶었다.

나에게는 인간 사회가 스스러웠다. 생활이 스스러웠다. 모두가 서먹서먹할 뿐이었다.

아내는 하루에 두 번 세수를 한다. 나는 하루 한 번도 세수를 하지 않는다. 나는 밤중 세 시나 네 시 해서 변소에 갔다 달이 밝은 밤에는 한참씩 마당에 우두커니 섰다가 들어오곤 한다. 그러니까 나는 이 18가구의 아무와도 얼굴이 마주치는 일이 거의 없다. 그러면서도 나는 이 18가구의 젊은 여인네 얼굴들을 거반 다 기억하고 있었다. 그들은 하나같이 내 아내만 못하였다.

열한시쯤 해서 하는 아내의 첫 번 세수는 좀 간단하다. 그러나 저녁 일곱시쯤 해서 하는 두 번째 세수는 손이 많이 간다. 아내는 낮에보다도 밤에 더 좋고 깨끗한 옷을 입는다. 그리고 낮에도 외출하고 밤에도 외출하였다.

아내에게 직업이 있었던가? 나는 아내의 직업이 무엇인지 알 수 없다. 만일 아내에게 직업이 없었다면, 같이 직업이 없는 나처럼 외출할 필요가 생기지 않을 것인데 – 아내는 외출한다. 외출할 뿐만 아니라 내객이 많다. 아내에게 내객이 많은 날은 나는 온종일 내 방에서 이불을 쓰고 누워 있어야만 된다. 불장난도 못 한다. 화장품 내음새도 못 맡는다. 그런 날은 나는 의식적으로 우울해하였다. 그러면 아내는 나에게 돈을 준다. 오십 전짜리 은화다. 나는 그것이 좋았다. 그러나 그것을 무엇에 써야 옳을지 몰라서 늘 머리맡에 던져 두고 두고 한 것이 어느결에 모여서 꽤 많아졌다. 어느 날 이것을 본 아내는 금고처럼 생긴 벙어리[10]를 사다 준다. 나는 한 푼씩 한 푼씩 고 속에 넣고 열쇠는 아내가 가져갔다. 그 후에도 나는 더러 은화를 그 벙어리에 넣은 것을 기억한다. 그리고 나는 게을렀다. 얼마 후 아내의 머리 쪽에 보지 못하던 누깔잠[11]이 하나 여드름처럼 돋았던 것은 바로 그 금고형 벙어리의 무게가 가벼워졌다는 증거일까. 그러나 나는 드디어 머리맡에 놓였던 그 벙어리에 손을 대지 않고 말았다. 내 게으름은 그런 것에 내 주의를 환기시키기도 싫었다.

아내에게 내객[12]이 있는 날은 이불 속으로 암만 깊이 들어가도 비 오는 날만큼 잠이 잘 오지는 않았다. 나는 그런 때 아내에게는 왜 늘 돈이 있나 왜 돈이 많은가를 연구했다.

내객들은 장지 저쪽에 내가 있는 것을 모르나 보다. 내 아내와 나도 좀 하기 어려운 농을 아주 서슴지 않고 쉽게 해 내던지는 것이다. 그러나 아내의 내객 가운데 서너 사람의 내객들은 늘 비교적 점잖았다고 볼 수 있는 것이 자정이 좀 지나면 으레 돌아들 갔다. 그들 가운데는 퍽 교양이 옅은 자도 있는 듯싶었는데 그런 자는 보통 음식을 사다 먹고 논다. 그래서 보충을 하고 대체로 무사하였다.

10) 저금통 11) 비녀의 일종 12) 내방객 / 손님

나는 우선 내 아내의 직업이 무엇인가를 연구하기에 착수하였으나 좁은 시야와 부족한 지식으로는 이것을 알아내기 힘이 든다. 나는 끝끝내 내 아내의 직업이 무엇인가를 모르고 말려나 보다.

아내는 늘 진솔 버선[13]만 신었다. 아내는 밥도 지었다. 아내가 밥 짓는 것을 나는 한 번도 구경한 일은 없으나 언제든지 끼니때면 내 방으로 내 조석밥을 날라다 주는 것이다. 우리집에는 나와 내 아내 외에 다른 사람은 아무도 없다. 이 밥은 분명히 아내가 손수 지었음에 틀림없다.

그러나 아내는 한 번도 나를 자기 방으로 부른 일이 없다. 나는 늘 윗방에서 나 혼자서 밥을 먹고 잠을 잤다. 밥은 너무 맛이 없었다. 반찬이 너무 엉성하였다. 나는 닭이나 강아지처럼 말없이 주는 모이를 넙죽넙죽 받아 먹기는 했으나 내심 야속하게 생각한 적도 더러 없지 않다. 나는 안색이 여지없이 창백해 가면서 말라들어 갔다. 나날이 눈에 보이듯이 기운이 줄어들었다. 영양 부족으로 하여 몸뚱이 곳곳이 뼈가 불쑥불쑥 내밀었다. 하룻밤 사이에도 수십 차를 돌쳐눕지 않고는 여기저기가 배겨서 나는 배겨 낼 수가 없었다.

그렇기 때문에 나는 내 이불 속에서 아내가 늘 흔히 쓸 수 있는 저 돈의 출처를 탐색해 보는 일변 장지 틈으로 새어 나오는 아랫방의 음식은 무엇일까를 간단히 연구하였다. 나는 잠이 잘 안 왔다.

깨달았다. 아내가 쓰는 돈은 그, 내게는 다만 실없는 사람들로밖에 보이지 않는 까닭 모를 내객들이 놓고 가는 것에 틀림없으리라는 것을 나는 깨달았다. 그러나 왜 그들 내객은 돈을 놓고 가나, 왜 내 아내는 그 돈을 받아야 되나 하는 예의(禮儀) 관념이 내게는 도무지 알 수 없는 것이었다.

그것은 그저 예의에 지나지 않는 것일까 그렇지 않으면 혹 무슨 대가일까 보수일까. 내 아내가 그들의 눈에는 동정을 받아야만 할 가엾은 인물로 보였던가.

13) 새버선

이런 것들을 생각하노라면 으레 내 머리는 그냥 혼란하여 버리곤 하였다. 잠들기 전에 획득했다는 결론이 오직 불쾌하다는 것뿐이었으면서도 나는 그런 것을 아내에게 물어 보거나 한 일이 참 한 번도 없다. 그것은 대체 귀찮기도 하려니와 한잠 자고 일어나면 나는 사뭇 딴사람처럼 이것도 저것도 다 깨끗이 잊어버리고 그만두는 까닭이다.

내객들이 돌아가고, 혹 밤외출에서 돌아오고 하면 아내는 경편한 것으로 옷을 바꾸어 입고 내 방으로 나를 찾아온다. 그리고 이불을 들치고 내 귀에는 영 생동생동한 몇 마디 말로 나를 위로하려 든다. 나는 조소도 고소도 홍소도 아닌 웃음을 얼굴에 띄우고 아내의 아름다운 얼굴을 쳐다본다. 아내는 방그레 웃는다. 그러나 그 얼굴에 떠도는 일말의 애수를 나는 놓치지 않는다.

아내는 능히 내가 배고파하는 것을 눈치챌 것이다. 그러나 아랫방에서 먹고 남은 음식을 나에게 주려 들지는 않는다. 그것은 어디까지든지 나를 존경하는 마음일 것임에 틀림없다. 나는 배가 고프면서도 적이 마음이 든든한 것을 좋아했다. 아내가 무엇이라고 지껄이고 갔는지 귀에 남아 있을 리가 없다. 다만 내 머리맡에 아내가 놓고 간 은화가 전등불에 흐릿하게 빛나고 있을 뿐이다.

고 금고형 벙어리 속에 고 은화가 얼마큼이나 모였을까. 나는 그러나 그것을 쳐들어 보지 않았다. 그저 아무런 의욕도 기원도 없이 그 단추 구멍처럼 생긴 틈사구니로 은화를 떨어뜨려 둘 뿐이었다.

왜 아내의 내객들이 아내에게 돈을 놓고 가나 하는 것이 풀 수 없는 의문인 것같이 왜 아내는 나에게 돈을 놓고 가나 하는 것도 역시 나에게는 똑같이 풀 수 없는 의문이었다. 내 비록 아내가 내게 돈을 놓고 가는 것이 싫지 않았다 하더라도 그것은 다만 고것이 내 손가락에 닿는 순간에서부터 고 벙어리 주둥이에서 자취를 감추기까지의 하잘것없는 짧은 촉각이 좋았달 뿐이지 그 이상 아무 기쁨도 없다.

어느 날 나는 고 벙어리를 변소에 갖다 넣어 버렸다. 그때 벙어리 속에는 몇 푼이나 되는지는 모르겠으나 고 은화들이 꽤 들어 있었다.

나는 내가 지구 위에 살며 내가 이렇게 살고 있는 지구가 질풍신뢰의 속력으로 광대무변의 공간을 달리고 있다는 것을 생각했을 때 참 허망하였다. 나는 이렇게 부지런한 지구 위에서는 현기증도 날 것 같고 해서 한시바삐 내려 버리고 싶었다.

이불 속에서 이런 생각을 하고 난 뒤에는 나는 고 은화를 고 벙어리에 넣고 넣고 하는 것조차도 귀찮아졌다. 나는 아내가 손수 벙어리를 사용하였으면 하고 희망하였다. 벙어리도 돈도 사실에는 아내에게만 필요한 것이지 내게는 애초부터 의미가 전연 없는 것이었으니까 될 수만 있으면 그 벙어리를 아내는 아내 방으로 가져갔으면 하고 기다렸다. 그러나 아내는 가져가지 않는다. 나는 내가 아내 방으로 가져다 둘까 하고 생각하여 보았으나 그 즈음에는 아내의 내객이 원체 많아서 내가 아내 방에 가볼 기회가 도무지 없었다. 그래서 나는 하는 수 없이 변소에 갖다 집어넣어 버리고 만 것이다.

나는 서글픈 마음으로 아내의 꾸지람을 기다렸다. 그러나 아내는 끝내 아무 말도 나에게 묻지도 하지도 않았다. 않았을 뿐 아니라 여전히 돈은 돈대로 내 머리맡에 놓고 가지 않나? 내 머리맡에는 어느덧 은화가 꽤 많이 모였다.

내객이 아내에게 돈을 놓고 가는 것이나 아내가 내게 돈을 놓고 가는 것이나 일종의 쾌감 – 그 외의 다른 아무런 이유도 없는 것이 아닐까 하는 것을 나는 또 이불 속에서 연구하기 시작하였다. 쾌감이라면 어떤 종류의 쾌감일까를 계속하여 연구하였다. 그러나 그것은 이불 속의 연구로는 알 길이 없었다. 쾌감 쾌감, 하고 나는 뜻밖에도 이 문제에 대해서만 흥미를 느꼈다.

아내는 물론 나를 늘 감금하여 두다시피 하여 왔다. 내게 불평이 있을 리 없다. 그런 중에도 나는 그 쾌감이라는 것의 유무를 체험하고 싶었다.

나는 아내의 밤 외출 틈을 타서 밖으로 나왔다. 나는 거리에서 잊어버리지 않고 가지고 나온 은화를 지폐로 바꾼다. 오 원이나 된다. 그것을 주머니에 넣고 나는 목적을 잃어버리기 위하여 얼마든지 거리를 쏘다녔다. 오래간만에 보는 거리는 거의 경이에 가까울 만치 내 신경을 흥분시키지 않고는 마지않았다. 나는 금시에 피곤하여 버렸다. 그러나 나는 참았다. 그리고 밤이 이슥하도록 까닭을 잊어버린 채 이거리 저거리로 지향없이 헤매었다. 돈은 물론 한 푼도 쓰지 않았다. 돈을 쓸 아무 엄두도 나서지 않았다. 나는 벌써 돈을 쓰는 기능을 완전히 상실한 것 같았다.

나는 과연 피로를 이 이상 견디기가 어려웠다. 나는 가까스로 내 집을 찾았다. 나는 내 방으로 가려면 아내 방을 통과하지 아니하면 안 될 것을 알고 아내에게 내객이 있나 없나를 걱정하면서 미닫이 앞에서 좀 거북살스럽게 기침을 한번 했더니 이것은 참 또 너무 암상스럽게[14] 미닫이가 열리면서 아내의 얼굴과 그 등 뒤에 낯선 남자의 얼굴이 이쪽을 내다보는 것이다. 나는 별안간 내어쏟아지는 불빛에 눈이 부셔서 좀 머뭇머뭇했다.

나는 아내의 눈초리를 못 본 것은 아니다. 그러나 나는 모른 체하는 수밖에 없었다. 왜? 나는 어쨌든 아내의 방을 통과하지 아니하면 안 되니까…….

나는 이불을 뒤집어썼다. 무엇보다도 다리가 아파서 견딜 수가 없었다. 이불 속에서는 가슴이 울렁거리면서 암만해도 까무러칠 것만 같았다. 걸을 때는 몰랐더니 숨이 차다. 등에 식은땀이 쭉 내배인다. 나는 외출한 것을 후회하였다. 이런 피로를 잊고 어서 잠이 들었으면 좋겠다. 한잠 잘 자고 싶었다.

얼마 동안이나 비스듬히 엎드려 있었더니 차츰차츰 뚝딱거리는 가슴 동기(動氣)가 가라앉는다. 그만해도 우선 살 것 같았다. 나는 몸을 돌쳐 반듯이 천장을 향하여 눕고 쭉 다리를 뻗었다.

그러나 나는 또다시 가슴의 동기를 피할 수 없게 되었다. 아랫방에서 아내와 그 남자의 내 귀에도 들리지 않을 만치 옅은 목소리로 소곤거리는 기척이 장지

14) 샘을 잘 내고 심술부리다

틈으로 전하여 왔던 것이다. 청각을 더 예민하게 하기 위하여 나는 눈을 떴다. 그리고 숨을 죽였다. 그러나 그때는 벌써 아내와 남자는 앉았던 자리를 툭툭 털며 일어섰고 일어서면서 옷과 모자 쓰는 기척이 나는 듯하더니 이어 미닫이가 열리고 구두 뒤축 소리가 나고 그리고 뜰에 내려서는 소리가 쿵 하고 나면서 뒤를 따르는 아내의 고무신 소리가 두어 발자국 찍찍 나고 사뿐사뿐 나나 하는 사이에 두 사람의 발소리가 대문간 쪽으로 사라졌다.

나는 아내의 이런 태도를 본 일이 없다. 아내는 어떤 사람과도 결코 소곤거리는 법이 없다. 나는 윗방에서 이불을 쓰고 누웠는 동안에도 혹 술이 취해서 혀가 잘 돌아가지 않는 내객들의 담화는 더러 놓치는 수가 있어도 아내의 높지도 얕지도 않은 말소리를 일찍이 한 마디도 놓쳐 본 일이 없다. 더러 내 귀에 거슬리는 소리가 있어도 나는 그것이 태연한 목소리로 내 귀에 들렸다는 이유로 충분히 안심이 되었다.

그렇던 아내의 이런 태도는 필시 그 속에 여간하지 않은 사정이 있는 듯싶이 생각이 되고 내 마음은 좀 서운했으나 그러나 그보다도 나는 좀 너무 피곤해서 오늘만은 이불 속에서 아무것도 연구치 않기로 굳게 결심하고 잠을 기다렸다. 잠은 좀처럼 오지 않았다. 대문간에 나간 아내도 좀처럼 들어오지 않았다. 그러는 동안에 흐지부지 나는 잠이 들어 버렸다. 꿈이 얼쑹덜쑹 종을 잡을 수 없는 거리의 풍경을 여전히 헤맸다.

나는 몹시 흔들렸다. 내객을 보내고 들어온 아내가 잠든 나를 잡아 흔드는 것이다. 나는 눈을 번쩍 뜨고 아내의 얼굴을 쳐다보았다. 아내의 얼굴에는 웃음이 없다. 나는 좀 눈을 비비고 아내의 얼굴을 자세히 보았다. 노기가 눈초리에 떠서 얇은 입술이 바르르 떨린다. 좀처럼 이 노기가 풀리기는 어려울 것 같았다. 나는 그대로 눈을 감아 버렸다. 벼락이 내리기를 기다린 것이다. 그러나 쌔근 하는 숨소리가 나면서 푸시시 아내의 치맛자락 소리가 나고 장지가 여닫히며 아내는 아내 방으로 돌아갔다. 나는 다시 몸을 돌쳐 이불을 뒤집어쓰고는 개구리처럼 엎드리고, 엎드려서 배가 고픈 가운데서도 오늘 밤의 외출을 또 한번 후회하였다.

나는 이불 속에서 아내에게 사죄하였다. 그것은 네 오해라고…….

나는 사실 밤이 퍽으나 이슥한 줄만 알았던 것이다. 그것이 네 말마따나 자정 전인 줄은 나는 정말이지 꿈에도 몰랐다. 나는 너무 피곤하였었다. 오래간만에 나는 너무 많이 걸은 것이 잘못이다. 내 잘못이라면 잘못은 그것밖에는 없다. 외출은 왜 하였느냐고?

나는 그 머리맡에 저절로 모인 오 원 돈을 아무에게라도 좋으니 주어 보고 싶었던 것이다. 그뿐이다. 그러나 그것도 내 잘못이라면 나는 그렇게 알겠다. 나는 후회하고 있지 않나?

내가 그 오 원 돈을 써 버릴 수가 있었던들 나는 자정 안에 집에 돌아올 수 없었을 것이다. 그러나 거리는 너무 복잡하였고 사람은 너무도 들끓었다. 나는 어느 사람을 붙들고 그 오 원 돈을 내주어야 할지 갈피를 잡을 수가 없었다. 그러는 동안에 나는 여지없이 피곤해 버리고 말았던 것이다.

나는 무엇보다도 좀 쉬고 싶었다. 눕고 싶었다. 그래서 나는 하는 수 없이 집으로 돌아온 것이다. 내 짐작 같아서는 밤이 어지간히 늦은 줄만 알았는데 그것이 불행히도 자정 전이었다는 것은 참 안된 일이다. 미안한 일이다. 나는 얼마든지 사죄하여도 좋다. 그러나 종시 아내의 오해를 풀지 못하였다 하면 내가 이렇게까지 사죄하는 보람은 그럼 어디 있나? 한심하였다.

한 시간 동안을 나는 이렇게 초조하게 굴지 않으면 안 되었다. 나는 이불을 홱 젖혀 버리고 일어나서 장지를 열고 아내 방으로 비칠비칠 달려갔던 것이다. 내게는 거의 의식이라는 것이 없었다. 나는 아내 이불 위에 엎드러지면서 바지 포켓 속에서 그 돈 오 원을 꺼내 아내 손에 쥐어 준 것을 간신히 기억할 뿐이다.

이튿날 잠이 깨었을 때 나는 내 아내 방 아내 이불 속에 있었다. 이것이 이 33번지에서 살기 시작한 이래 내가 아내 방에서 잔 맨 처음이었다.

해가 들창에 훨씬 높았는데 아내는 이미 외출하고 벌써 내 곁에 있지는 않다. 아니! 아내는 엊저녁 내가 의식을 잃은 동안에 외출한 것인지도 모른다. 그러나 나는 그런 것을 조사하고 싶지 않았다. 다만 전신이 찌뿌드드한 것이 손가락 하나 꼼짝할 힘조차 없었다. 책보보다 좀 작은 면적의 볕이 눈이 부시다. 그 속에서 수없는 먼지가 흡사 미생물처럼 난무한다. 코가 칵 막히는 것 같다. 나는 다시 눈을 감고 이불을 푹 뒤집어쓰고 낮잠을 자기에 착수하였다. 그러나 코를 스치는 아내의 체취는 꽤 도발적이었다. 나는 몸을 여러 번 여러 번 비비 꼬면서 아내의 화장대에 늘어선 고 가지각색 화장품 병들과 고 병들의 마개를 뽑았을 때 풍기던 내음새를 더듬느라고 좀처럼 잠은 들지 않는 것을 나는 어찌하는 수도 없었다.

견디다 못하여 나는 그만 이불을 걷어차고 벌떡 일어나서 내 방으로 갔다. 내 방에는 다 식어 빠진 내 끼니가 가지런히 놓여 있는 것이다. 아내는 내 모이를 여기다 주고 나간 것이다. 나는 우선 배가 고팠다. 한 숟갈을 입에 떠넣었을 때 그 촉감은 참 너무도 냉회[15]와 같이 써늘하였다. 나는 숟갈을 놓고 내 이불 속으로 들어갔다. 하룻밤을 비워 버린 내 이부자리는 여선히 반갑게 나를 맞아 준다. 나는 내 이불을 뒤집어쓰고 이번에는 참 늘어지게 한잠 잤다. 잘…….

내가 잠을 깬 것은 전등이 켜진 뒤다. 그러나 아내는 아직도 돌아오지 않았나 보다. 아니! 들어왔다 또 나갔는지도 알 수 없다. 그러나 그런 것을 삼고(三考)[16] 하여 무엇 하나?

정신이 한결 난다. 나는 지난밤 일을 생각해 보았다. 그 돈 오 원을 아내 손에 쥐어 주고 넘어졌을 때에 느낄 수 있었던 쾌감을 나는 무엇이라고 설명할 수가 없었다. 그러니 내객들이 내 아내에게 돈 놓고 가는 심리며 내 아내가 내게 돈 놓고 가는 심리의 비밀을 나는 알아낸 것 같아서 여간 즐거운 것이 아니다. 나는 속으로 빙그레 웃어 보았다. 이런 것을 모르고 오늘까지 지내 온 나 자신이 어떻게 우스꽝스러워 보이는지 몰랐다. 나는 어깨춤이 났다.

15) 싸늘하게 식은 재 16) 세 번 생각함

따라서 나는 또 오늘 밤에도 외출하고 싶었다. 그러나 돈이 없다. 나는 엊저녁에 그 돈 오 원을 한꺼번에 아내에게 주어 버린 것을 후회하였다. 또 고 벙어리를 변소에 갖다 처넣어 버린 것도 후회하였다. 나는 실없이 실망하면서 습관처럼 그 돈이 들어 있던 내 바지 포켓에 손을 넣어 한번 휘둘러 보았다. 뜻밖에도 내 손에 쥐어지는 것이 있었다. 이 원밖에 없다. 그러나 많아야 맛은 아니다. 얼마간이고 있으면 된다. 나는 그만한 것이 여간 고마운 것이 아니었다.

나는 기운을 얻었다. 나는 그 단벌 다 떨어진 코르텐 양복을 걸치고 배고픈 것도 주제 사나운 것도 다 잊어버리고 활갯짓을 하면서 또 거리로 나섰다. 나서면서 나는 제발 시간이 화살 닫듯 해서 자정이 어서 홱 지나 버렸으면 하고 조바심을 태웠다. 아내에게 돈을 주고 아내 방에서 자보는 것은 어디까지든지 좋았지만 만일 잘못해서 자정 전에 집에 들어갔다가 아내의 눈총을 맞는 것은 그것은 여간 무서운 일이 아니었다. 나는 저물도록 길가 시계를 들여다보고 들여다보고 하면서 또 지향없이 거리를 방황하였다. 그러나 이날은 좀처럼 피곤하지는 않았다. 다만 시간이 좀 너무 더디게 가는 것만 같아서 안타까웠다.

경성역 시계가 확실히 자정을 지난 것을 본 뒤에 나는 집을 향하였다. 그날은 그 일각대문에서 아내와 아내의 남자가 이야기하고 섰는 것을 만났다. 나는 모른 체하고 두 사람 곁을 지나서 내 방으로 들어갔다. 뒤이어 아내도 들어왔다. 와서는 이 밤중에 평생 안 하던 쓰레질을 하는 것이다. 조금 있다가 아내가 눕는 기척을 엿듣자마자 나는 또 장지를 열고 아내 방으로 가서 그 돈 이 원을 아내 손에 덥석 쥐어 주고 그리고 - 하여간 그 이 원을 오늘 밤에도 쓰지 않고 도로 가져온 것이 참 이상하다는 듯이 아내는 내 얼굴을 몇 번이고 엿보고 - 아내는 드디어 아무 말도 없이 나를 자기 방에 재워 주었다. 나는 이 기쁨을 세상의 무엇과도 바꾸고 싶지는 않았다. 나는 편히 잘 잤다.

이튿날도 내가 잠이 깨었을 때는 아내는 보이지 않았다. 나는 또 내 방으로 가서 피곤한 몸이 낮잠을 잤다.

내가 아내에게 흔들려 깨었을 때는 역시 불이 들어온 뒤였다. 아내는 자기 방으로 나를 오라는 것이다. 이런 일은 또 처음이다. 아내는 끊임없이 얼굴에 미소를 띠고 내 팔을 이끄는 것이다. 나는 이런 아내의 태도 이면에 엔간치 않은 음모가 숨어 있지나 않은가 하고 적이 불안을 느끼지 않을 수 없었다.

나는 아내의 하자는 대로 아내 방으로 끌려갔다. 아내 방에는 저녁 밥상이 조촐하게 차려져 있는 것이다. 생각하여 보면 나는 이틀을 굶었다. 나는 지금 배고픈 것까지도 긴가민가 잊어버리고 어름어름하던 차다.

나는 생각하였다. 이 최후의 만찬을 먹고 나자마자 벼락이 내려도 나는 차라리 후회하지 않을 것을. 사실 나는 인간 세상이 너무나 심심해서 못 견디겠던 차다. 모든 일이 성가시고 귀찮았으나 그러나 불의의 재난이라는 것은 즐거웁다.

나는 마음을 턱 놓고 조용히 아내와 마주 이 해괴한 저녁밥을 먹었다. 우리 부부는 이야기하는 법이 없었다. 밥을 먹은 뒤에도 나는 말이 없이 그냥 부스스 일어나서 내 방으로 건너가 버렸다. 아내는 나를 붙잡지 않았다. 나는 벽에 기대어 앉아서 담배를 한 대 피워 물고 그리고 벼락이 떨어질 테거든 어서 떨어져라 하고 기다렸다.

오 분! 십 분!

그러나 벼락은 내리지 않았다. 긴장이 차츰 늘어지기 시작한다. 나는 어느덧 오늘 밤에도 외출할 것을 생각하고 있었다. 돈이 있었으면 하고 생각하고 있었다.

그러나 돈은 확실히 없다. 오늘은 외출하여도 나중에 올 무슨 기쁨이 있나. 나는 앞이 그냥 아뜩하였다. 나는 화가 나서 이불을 뒤집어쓰고 이리 뒹굴 저리 뒹굴 굴렀다. 금시 먹은 밥이 목으로 자꾸 치밀어 올라온다. 메스꺼웠다.

하늘에서 얼마라도 좋으니 왜 지폐가 소낙비처럼 퍼붓지 않나, 그것이 그저 한없이 야속하고 슬펐다. 나는 이렇게밖에 돈을 구하는 아무런 방법도 알지는 못했다. 나는 이불 속에서 좀 울었나 보다. 돈이 왜 없냐면서…….

그랬더니 아내가 또 내 방에를 왔다. 나는 깜짝 놀라 아마 인제서야 벼락이 내리려나 보다 하고 숨을 죽이고 두꺼비 모양으로 엎디어 있었다. 그러나 떨어진 입을 새어 나오는 아내의 말소리는 참 부드러웠다. 정다웠다. 아내는 내가 왜 우는지를 안다는 것이다. 돈이 없어서 그러는 게 아니냔다. 나는 실없이 깜짝 놀랐다. 어떻게 저렇게 사람의 속을 환?하게 들여다보는구 해서 나는 한편으로 슬그머니 겁도 안 나는 것은 아니었으나 저렇게 말하는 것을 보면 아마 내게 돈을 줄 생각이 있나 보다, 만일 그렇다면 오죽이나 좋은 일일까. 나는 이불 속에 뚤뚤 말린 채 고개도 들지 않고 아내의 다음 거동을 기다리고 있으니까, 옜소 – 하고 내 머리맡에 내려뜨리는 것은 그 가뿐한 음향으로 보아 지폐에 틀림없었다. 그리고 내 귀에다 대고, 오늘일랑 어제보다도 좀더 늦게 들어와도 좋다고 속삭이는 것이다. 그것은 어렵지 않다. 우선 그 돈이 무엇보다도 고맙고 반가웠다.

어쨌든 나섰다. 나는 좀 야맹증이다. 그래서 될 수 있는 대로 밝은 거리를 골라서 돌아다니기로 했다. 그리고는 경성역 일이등 대합실 한곁 티룸에를 들렀다. 그것은 내게는 큰 발견이었다. 거기는 우선 아무도 아는 사람이 안 온다. 설사 왔다가도 곧 가니까 좋다. 나는 날마다 여기 와서 시간을 보내리라 속으로 생각하여 두었다.

제일 여기 시계가 어느 시계보다도 정확하리라는 것이 좋았다. 섣불리 서투른 시계를 보고 그것을 믿고 시간 전에 집에 돌아갔다가 큰코를 다쳐서는 안 된다.

나는 한 부스에 아무것도 없는 것과 마주 앉아서 잘 끓은 커피를 마셨다. 총총한 가운데 여객들은 그래도 한 잔 커피가 즐거운가 보다. 얼른얼른 마시고 무얼 좀 생각하는 것같이 담벼락도 좀 쳐다보고 하다가 곧 나가 버린다. 서글프다. 그러나 내게는 이 서글픈 분위기가 거리의 티룸들의 그 거추장스러운 분위기보다는 절실하고 마음에 들었다. 이따금 들리는 날카로운 혹은 우렁찬 기적 소리가 모차르트보다도 더 가깝다. 나는 메뉴에 적힌 몇 가지 안 되는 음식 이름을 치읽고 내리읽고 여러 번 읽었다. 그것들은 아물아물한 것이 어딘가 내 어렸을 때 동무들 이름과 비슷한 데가 있었다.

거기서 얼마나 내가 오래 앉았는지 정신이 오락가락하는 중에, 객이 슬며시 뜸해지면서 이구석 저구석 걷어치우기 시작하는 것을 보면 아마 닫을 시간이 된 모양이다. 열한시가 좀 지났구나, 여기도 결코 내 안주의 곳은 아니구나, 어디 가서 자정을 넘길까, 두루 걱정을 하면서 나는 밖으로 나섰다. 비가 온다. 빗발이 제법 굵은 것이 우비도 우산도 없는 나를 고생을 시킬 작정이다. 그렇다고 이런 괴이한 풍모를 차리고 이 홀에서 어물어물하는 수는 없고, 에이 비를 맞으면 맞았지 하고 나는 그냥 나서 버렸다.

대단히 선선해서 견딜 수가 없다. 코르덴 옷이 젖기 시작하더니 나중에는 속속들이 스며들면서 처근거린다. 비를 맞아 가면서라도 견딜 수 있는 데까지 거리를 돌아다녀서 시간을 보내려 하였으나 인제는 선선해서 이 이상은 더 견딜 수가 없다. 오한이 자꾸 일어나면서 이가 딱딱 맞부딪는다.

나는 걸음을 재우치면서 생각하였다. 오늘 같은 궂은 날도 아내에게 내객이 있을라구, 없겠지, 하는 생각이 드는 것이다. 집으로 가야겠다. 아내에게 불행히 내객이 있거든 내 사정을 하리라. 사정을 하면 이렇게 비가 오는 것을 눈으로 보고 알아주겠지.

부리나케 와보니까 그러나 아내에게는 내객이 있었다. 나는 그만 너무 춥고 척척해서 얼떨김에 노크하는 것을 잊었다. 그래서 나는 보면 아내가 좀 덜 좋아할 것을 그만 보았다. 나는 감발 자국 같은 발자국을 내면서 덤벙덤벙 아내 방을 디디고 그리고 내 방으로 가서 쭉 빠진 옷을 활활 벗어 버리고 이불을 뒤썼다. 덜덜덜 떨린다. 오한이 점점 더 심해 들어온다. 여전 땅이 꺼져 들어가는 것만 같았다. 나는 그만 의식을 잃어버리고 말았다.

이튿날 내가 눈을 떴을 때 아내는 내 머리맡에 앉아서 제법 근심스러운 얼굴이다. 나는 감기가 들었다. 여전히 으스스 춥고 또 골치가 아프고 입에 군침이 도는 것이 씁쓸하면서 다리 팔이 척 늘어져서 노곤하다.

아내는 내 머리를 쓱 짚어 보더니 약을 먹어야지 한다. 아내 손이 이마에 선뜩

한 것을 보면 신열이 어지간한 모양인데, 약을 먹는다면 해열제를 먹어야지 하고 속생각을 하자니까 아내는 따뜻한 물에 하얀 정제약 네 개를 준다. 이것을 먹고 한잠 푹 자고 나면 괜찮다는 것이다. 나는 널름 받아 먹었다. 쌉싸름한 것이 짐작 같아서는 아마 아스피린인가 싶다. 나는 다시 이불을 쓰고 단번에 그냥 죽은 것처럼 잠이 들어 버렸다.

나는 콧물을 훌쩍훌쩍하면서 여러 날을 앓았다. 앓는 동안에 끊이지 않고 그 정제약을 먹었다. 그러는 동안에 감기도 나았다. 그러나 입맛은 여전히 소태처럼 썼다.

나는 차츰 또 외출하고 싶은 생각이 났다. 그러나 아내는 나더러 외출하지 말라고 이르는 것이다. 이 약을 날마다 먹고 그리고 가만히 누워 있으라는 것이다. 공연히 외출을 하다가 이렇게 감기가 들어서 저를 고생을 시키는 게 아니냔다. 그도 그렇다. 그럼 외출을 하지 않겠다고 맹세하고 그 약을 연복(連服)하여 몸을 좀 보해 보리라고 나는 생각하였다.

나는 날마다 이불을 뒤집어쓰고 밤이나 낮이나 잤다. 유난스럽게 밤이나 낮이나 졸려서 견딜 수가 없는 것이다. 나는 이렇게 잠이 자꾸만 오는 것은 내가 몸이 훨씬 튼튼해진 증거라고 굳게 믿었다.

나는 아마 한 달이나 이렇게 지냈나 보다. 내 머리와 수염이 좀 너무 자라서 후툿해서 견딜 수가 없어서 내 거울을 좀 보리라고 아내가 외출한 틈을 타서 나는 아내 방으로 가서 아내의 화장대 앞에 앉아 보았다. 상당하다. 수염과 머리가 참 산란하였다. 오늘은 이발을 좀 하리라 생각하고 겸사겸사 고 화장품 병들 마개를 뽑고 이것저것 맡아 보았다. 한동안 잊어버렸던 향기 가운데서는 몸이 배배 꼬일 것 같은 체취가 전해 나왔다. 나는 아내의 이름을 속으로만 한번 불러 보았다. '연심(蓮心)이' 하고…….

오래간만에 돋보기 장난도 하였다. 거울 장난도 하였다. 창에 든 볕이 여간 따뜻한 것이 아니었다. 생각하면 오월이 아니냐.

나는 커다랗게 기지개를 한번 켜보고 아내 베개를 내려 베고 벌떡 자빠져서는 이렇게도 편안하고도 즐거운 세월을 하느님께 흠씬 자랑하여 주고 싶었다. 나는 참 세상의 아무것과도 교섭을 가지지 않는다. 하느님도 아마 나를 칭찬할 수도 처벌할 수도 없는 것 같다.

그러나 다음 순간, 실로 세상에도 이상스러운 것이 눈에 띄었다. 그것은 최면약 아달린 갑이었다. 나는 그것을 아내의 화장대 밑에서 발견하고 그것이 흡사 아스피린처럼 생겼다고 느꼈다. 나는 그것을 열어 보았다. 똑 네 개가 비었다.

나는 오늘 아침에 네 개의 아스피린을 먹은 것을 기억하고 있었다. 나는 잤다. 어제도 그제도 그끄제도 – 나는 졸려서 견딜 수가 없었다. 나는 감기가 다 나았는데도 아내는 내게 아스피린을 주었다. 내가 잠이 든 동안에 이웃에 불이 난 일이 있다. 그때에도 나는 자느라고 몰랐다. 이렇게 나는 잤다. 나는 아스피린으로 알고 그럼 한 달 동안을 두고 아달린을 먹어 온 것이다. 이것은 좀 너무 심하다.

별안간 아뜩하더니 하마터면 나는 까무러칠 뻔하였다. 나는 그 아달린을 주머니에 넣고 집을 나섰다. 그리고 산을 찾아 올라갔다. 인간 세상의 아무것도 보기가 싫었던 것이다. 길으면서 나는 아무쪼록 아내에 관계되는 일은 일체 생각하지 않도록 노력하였다. 길에서 까무러치기 쉬우니까다. 나는 어디라도 양지가 바른 자리를 하나 골라서 자리를 잡아 가지고 서서히 아내에 관하여서 연구할 작정이었다. 나는 길가의 돌창, 핀 구경도 못 한 진개나리꽃, 종달새, 돌멩이도 새끼를 까는 이야기, 이런 것만 생각하였다. 다행히 길가에서 나는 졸도하지 않았다.

거기는 벤치가 있었다. 나는 거기 정좌하고 그리고 그 아스피린과 아달린에 관하여 연구하였다. 그러나 머리가 도무지 혼란하여 생각이 체계를 이루지 않는다. 단 오 분이 못 가서 나는 그만 귀찮은 생각이 번쩍 들면서 심술이 났다. 나는 주머니에서 가지고 온 아달린을 꺼내 남은 여섯 개를 한꺼번에 질겅질겅 씹어 먹어 버렸다. 맛이 익살맞다. 그리고 나서 나는 그 벤치 위에 가로 기다랗게 누웠다. 무슨 생각으로 내가 그 따위 짓을 했나? 알 수가 없다. 그저 그러고 싶었다. 나는 게서 그냥 깊이 잠이 들었다. 잠결에도 바위 틈을 흐르는 물소리가 졸졸 하고 귀에 언제까지나 어렴풋이 들려 왔다.

내가 잠을 깨었을 때는 날이 환 – 히 밝은 뒤다. 나는 거기서 일주야를 잔 것이다. 풍경이 그냥 노 – 랗게 보인다. 그 속에서도 나는 번개처럼 아스피린과 아달린이 생각났다.

아스피린, 아달린, 아스피린, 아달린, 맑스, 말사스, 마도로스, 아스피린, 아달린.

아내는 한 달 동안 아달린을 아스피린이라고 속이고 내게 먹였다. 그것은 아내 방에서 이 아달린 갑이 발견된 것으로 미루어 증거가 너무나 확실하다.

무슨 목적으로 아내는 나를 밤이나 낮이나 재웠어야 됐나?

나를 밤이나 낮이나 재워 놓고 그리고 아내는 내가 자는 동안에 무슨 짓을 했나?

나를 조금씩 조금씩 죽이려던 것일까?

그러나 또 생각하여 보면, 내가 한 달을 두고 먹어 온 것은 아스피린이었는지도 모른다. 아내는 무슨 근심되는 일이 있어서 밤이면 잠이 잘 오지 않아서 정작 아내가 아달린을 사용한 것이나 아닌지, 그렇다면 나는 참 미안하다. 나는 아내에게 이렇게 큰 의혹을 가졌다는 것이 참 안됐다.

나는 그래서 부리나케 거기서 내려왔다. 아랫도리가 홰홰 내어저이면서 어찔어찔한 것을 나는 겨우 집을 향하여 걸었다. 여덟시 가까이였다.

나는 내 잘못된 생각을 죄다 일러바치고 아내에게 사죄하려는 것이다. 나는 너무 급해서 그만 또 말을 잊어버렸다.

그랬더니 이건 참 너무 큰일났다. 나는 내 눈으로는 절대로 보아서 안 될 것을 그만 딱 보아 버리고 만 것이다. 나는 얼떨결에 그만 냉큼 미닫이를 닫고 그리고 현기증이 나는 것을 진정시키느라고 잠깐 고개를 숙이고 눈을 감고 기둥을 짚고 섰자니까 일 초 여유도 없이 홱 미닫이가 다시 열리더니 매무새를 풀어헤친 아내가 불쑥 내밀면서 내 멱살을 잡는 것이다. 나는 그만 어지러워서 게서 그냥 나동그라졌다. 그랬더니 아내는 넘어진 내 위에 덮치면서 내 살을 함부로 물어뜯는 것이다. 아파 죽겠다. 나는 사실 반항할 의사도 힘도 없어서 그냥 넙죽 엎디어 있으면서 어떻게 되나 보고 있자니까 뒤이어 남자가 나오는 것 같더니 아내를 한아름에 덥석 안아 가지고 방으로 들어가는 것이다. 아내는 아무 말 없이 다소곳이 그렇게 안겨 들어가는 것이 내 눈에 여간 미운 것이 아니다. 밉다.

아내는 너 밤새워 가면서 도둑질하러 다니느냐, 계집질하러 다니느냐고 발악이다. 이것은 참 너무 억울하다. 나는 어안이 벙벙하여 도무지 입이 떨어지지를 않았다.

너는 그야말로 나를 살해하려던 것이 아니냐고 소리를 한번 꽥 질러 보고도 싶었으나 그런 긴가민가한 소리를 섣불리 입 밖에 내었다가는 무슨 화를 볼는지 알 수 있나. 차라리 억울하지만 잠자코 있는 것이 우선 상책인 듯싶이 생각이 들길래 나는 이것은 또 무슨 생각으로 그랬는지 모르지만 툭툭 털고 일어나서 내 바지 포켓 속에 남은 돈 몇 원 몇십 전을 가만히 꺼내서는 몰래 미닫이를 열고 살며시 문지방 밑에다 놓고 나서는 그냥 줄달음박질을 쳐서 나와 버렸다.

여러 번 자동차에 치일 뻔하면서 나는 그대로 경성역을 찾아갔다. 빈자리와 마주 앉아서 이 쓰디쓴 입맛을 거두기 위하여 무엇으로나 입가심을 하고 싶었다.

커피. 좋다. 그러나 경성역 홀에 한걸음을 들여놓았을 때 나는 내 주머니에는 돈이 한푼도 없는 것을, 그것을 깜빡 잊었던 것을 깨달았다. 또 아뜩하였다. 나는 어디선가 그저 맥없이 머뭇머뭇하면서 어쩔 줄을 모를 뿐이었다. 얼빠진 사람처럼 그저 이리 갔다 저리 갔다 하면서…….

나는 어디로 어디로 들입다 쏘다녔는지 하나도 모른다. 다만 몇 시간 후에 내가 미쓰꼬시 옥상에 있는 것을 깨달았을 때는 거의 대낮이었다.

나는 거기 아무 데나 주저앉아서 내 자라 온 스물여섯 해를 회고하여 보았다. 몽롱한 기억 속에서는 이렇다는 아무 제목도 불그러져 나오지 않았다.

나는 또 나 자신에게 물어 보았다. 너는 인생에 무슨 욕심이 있느냐고. 그러나 있다고도 없다고도, 그런 대답은 하기가 싫었다. 나는 거의 나 자신의 존재를 인식하기조차도 어려웠다.

허리를 굽혀서 나는 그저 금붕어나 들여다보고 있었다. 금붕어는 참 잘들도 생겼다. 작은 놈은 작은 놈대로 큰 놈은 큰 놈대로 다 싱싱하니 보기 좋았다. 내리비치는 오월 햇살에 금붕어들은 그릇 바탕에 그림자를 내려뜨렸다. 지느러미는 하늘하늘 손수건을 흔드는 흉내를 낸다. 나는 이 지느러미 수효를 헤어 보기도 하면서 굽힌 허리를 좀처럼 펴지 않았다. 등허리가 따뜻하다.

나는 또 회탁의 거리를 내려다보았다. 거기서는 피곤한 생활이 똑 금붕어 지느러미처럼 흐늑흐늑 허비적거렸다. 눈에 보이지 않는 끈적끈적한 줄에 엉켜서 헤어나지들을 못한다. 나는 피로와 공복 때문에 무너져 들어가는 몸뚱이를 끌고 그 회탁의 거리 속으로 섞여 들어가지 않는 수도 없다 생각하였다.

나서서 나는 또 문득 생각하여 보았다. 이 발길이 지금 어디로 향하여 가는 것인가를…….

그때 내 눈앞에는 아내의 모가지가 벼락처럼 내려 떨어졌다. 아스피린과 아달린.

우리들은 서로 오해하고 있느니라. 설마 아내가 아스피린 대신에 아달린 정량을 나에게 먹여 왔을까? 나는 그것을 믿을 수가 없다. 아내가 대체 그럴 까닭이 없을 것이니 그러면 나는 날밤을 새면서 도적질을, 계집질을 하였나? 정말이지 아니다.

우리 부부는 숙명적으로 발이 맞지 않는 절름발이인 것이다. 내가 아내나 제 거동에 로직(논리)을 붙일 필요는 없다. 변해(辯解)[17]할 필요도 없다. 사실은 사실대로 오해는 오해대로 그저 끝없이 발을 절뚝거리면서 세상을 걸어가면 되는 것이다. 그렇지 않을까?

그러나 나는 이 발길이 아내에게로 돌아가야 옳은가 이것만은 분간하기가 좀 어려웠다. 가야 하나? 그럼 어디로 가나?

이때 뚜? 하고 정오 사이렌이 울렸다. 사람들은 모두 네활개를 펴고 닭처럼 푸

17) 변명 / 해명

드덕거리는 것 같고 온갖 유리와 강철과 대리석과 지폐와 잉크가 부글부글 끓고 수선을 떨고 하는 것 같은 찰나, 그야말로 현란을 극한 정오다.

나는 불현듯이 겨드랑이가 가렵다. 아하 그것은 내 인공의 날개가 돋았던 자국이다. 오늘은 없는 이 날개, 머릿속에서는 희망과 야심의 말소된 페이지가 딕셔너리(사전) 넘어가듯 번뜩였다.

나는 걷던 걸음을 멈추고 그리고 어디 한번 이렇게 외쳐 보고 싶었다.

날개야 다시 돋아라.

날자. 날자. 날자. 한 번만 더 날자꾸나.

한 번만 더 날아 보자꾸나.

해 답

1. 나와 아내의 방은 장지문으로 구분되어 있으며 나는 아내의 방을 통과해야 방으로 들어갈 수 있다. 아내의 방에는 창문이 있고 나의 방에는 사철 펼쳐진 이부자리뿐이다.
2. 나는 내성적이고 아내는 외향적이다. 나는 생활력이 없고 아내는 생활력이 있다.

요점별 정리 날개 · 이상

정답 p.262

1. 핵심 정리

* 갈래 : 단편소설, 심리소설
* 배경 : 1930년대 어느 날 경성
* 성격 : 고백적, 상징적
* 시점 : 1인칭 주인공 시점
* 주제 : 식민지 지식인의 분열된 의식과 자기 극복 의지

2. 등장인물의 성격

* 나 - 직업 없는 지식인으로 매춘하는 아내에게 얹혀 살지만 이면에는 사회로 복귀하고자 하는 희망이 남아 있다.
* 아내 - 나에 비해 적극적이고 현실적이다.

3. 작품 개관

나는 조선의 전형적인 지식인으로서 직업 없이 방에서 지내면서 아내에게 모든 경제권을 맡기고 폐인의 생활을 하고 있다.

나는 1930년대 무기력한 지식인의 삶을 보여주고 있는데 하루 종일 방안에서 빈둥대다가 거리를 쏘다니고 찻집에 앉아 차를 마시는 나의 모습은 식민지 시대를 살아가는 무기력한 지식인의 삶을 적나라하게 보여주고 있다.

그러나, 내가 아내가 준 돈을 버리고 일종의 탈출의 성격을 지닌 외출을 하면서 자아의 정체성을 의미하는 날개가 돋기를 염원하는 것은 무의미한 삶의 도정에서 생의 의미 찾기를 포기하지 않았음을 드러내는 것이다.

4. 문제

01_ 나와 아내의 방을 묘사해 보자.

02_ 나와 아내의 성격을 말해 보자.

03_ 이 소설의 끝에는 내가 미쯔비시 옥상에서 '날개야, 다시 돋아라. 날자, 날자, 날자, 한 번만 더 날자꾸나, 한 번만 더 날아보자꾸나.' 라고 생각한다. 이 후의 행동을 상상해서 써 보자.(500자 내외)

10 현진건

운수 좋은 날

현진건(玄鎭健, 1900~1943) ●● 대구에서 태어났다. 1920년 〈개벽〉에 〈희생화〉를 발표하며 등단하였다. 1936년 베를린 올림픽 금메달리스트 손기정 선수의 일장기 말살 사건의 주역으로 1년간 복역했다. 그는 1920년대 한국 문학을 주도했던 최고의 작가로 평가를 받았다. 지식인이 세계와 조화되지 못해 방황하는 모습을 그린 작품이 많고, 경제적 궁핍에 시달리는 소시민의 아픔을 그린 것 등의 작품이 많았다.
대표작에 〈술 권하는 사회〉〈고향〉〈운수 좋은날〉〈할머니의 죽음〉〈빈처〉〈무영탑〉〈B 사감과 러브레터〉 등이 있다.

10 현진건

운수 좋은 날

새침하게 흐린 품이 눈이 올 듯하더니 눈은 아니 오고 얼다가 만 비가 추적추적 내리는 날이었다.

이날이야말로 동소문 안에서 인력거[1]꾼 노릇을 하는 김 첨지에게는 오래간만에도 닥친 운수 좋은 날이었다. 문안에(거기도 문 밖은 아니지만) 들어간답시는 앞집 마마님을 전찻길까지 모셔다 드린 것을 비롯으로 행여나 손님이 있을까 하고 정류장에서 어정어정하며 내리는 사람 하나하나에게 거의 비는 듯한 눈길을 보내고 있다가 마침내 교원인 듯한 양복쟁이를 동광학교(東光學校)까지 태워다 주기로 되었다.

첫번에 삼십 전, 둘째 번에 오십 전 – 아침 댓바람에 그리 흉치 않은 일이었다. 그야말로 재수가 옴 붙어서 근 열흘 동안 돈 구경도 못한 김 첨지는 십 전짜리 백

1) 사람을 태우고 사람이 끄는 두 개의 큰 바퀴가 달린 수레

동화 서 푼, 또는 다섯 푼이 찰깍 하고 손바닥에 떨어질 제 거의 눈물을 흘릴 만큼 기뻤었다. 더구나 이 날 이 때에 이 팔십 전이라는 돈이 그에게 얼마나 유용한지 몰랐다. 컬컬한 목에 모주[2] 한 잔도 적실 수 있거니와 그보다도 앓는 아내에게 설렁탕 한 그릇도 사다 줄 수 있음이다.

그의 아내가 기침으로 쿨룩거리기는 벌써 달포[3]가 넘었다. 조밥도 굶기를 먹다시피 하는 형편이니 물론 약 한 첩 써 본 일이 없다. 구태여 쓰려면 못 쓸 바도 아니로되 그는 병이란 놈에게 약을 주어 보내면 재미를 붙여서 자꾸 온다는 자기의 신조(信條)에 어디까지 충실하였다. 따라서 의사에게 보인 적이 없으니 무슨 병인지는 알 수 없으되 반듯이 누워 가지고 일어나기는 새로 모로도 못 눕는 걸 보면 중증은 중증인 듯. 병이 이대도록 심해지기는 열흘 전에 조밥을 먹고 체한 때문이다. 그때도 김 첨지가 오래간만에 돈을 얻어서 좁쌀 한 되와 십 전짜리 나무 한 단을 사다 주었더니 김 첨지의 말에 의하면 그 오라질 년[4]이 천방지축(天方地軸)으로 냄비에 대고 끓였다. 마음은 급하고 불길은 달지 않아 채 익지도 않은 것을 그 오라질 년이 숟가락은 고만두고 손으로 움켜서 두 뺨에 주먹덩이 같은 혹이 불거지도록 누가 빼앗을 듯이 처박질하더니만 그날 저녁부터 가슴이 땡긴다, 배가 켕긴다고 눈을 홉뜨고 지랄병을 하였다. 그때 김 첨지는 열화와 같이 성을 내며,

"에이, 오라질 년, 조랑복은 할 수가 없어, 못 먹어 병, 먹어서 병! 어쩌란 말이야! 왜 눈을 바루 뜨지 못해!"

하고 앓는 이의 뺨을 한 번 후려갈겼다. 홉뜬 눈은 조금 바루어졌건만 이슬이 맺히었다. 김 첨지의 눈시울도 뜨끈뜨끈하였다.

이 환자가 그러고도 먹는 데는 물리지 않았다. 사흘 전부터 설렁탕 국물이 마시고 싶다고 남편을 졸랐다.

"이런 오라질 년! 조밥도 못 먹는 년이 설렁탕은. 또 처먹고 지랄병을 하게."라

2) 밑술 / 약주를 거르고 난 찌끼술 3) 한 달쯤 무렵
4) '오라를 묶여 갈' 이란 뜻으로 상대를 부르는 말 앞에 욕하는 뜻으로 씀

고 야단을 쳐보았건만, 못 사 주는 마음이 시원치는 않았다.

인제 설렁탕을 사 줄 수도 있다. 앓는 어미 곁에서 배고파 보채는 개똥이(세살먹이)에게 죽을 사줄 수도 있다 – 팔십 전을 손에 쥔 김 첨지의 마음은 푼푼하였다.

그러나 그의 행운은 그걸로 그치지 않았다. 땀과 빗물이 섞여 흐르는 목덜미를 기름 주머니가 다 된 왜목 수건으로 닦으며, 그 학교 문을 돌아 나올 때였다. 뒤에서 "인력거!" 하고 부르는 소리가 난다. 자기를 불러 멈춘 사람이 그 학교 학생인 줄 김 첨지는 한 번 보고 짐작할 수 있었다. 그 학생은 다짜고짜로,

"남대문 정거장까지 얼마요?"

라고 물었다. 아마도 그 학교 기숙사에 있는 이로 동기 방학을 이용하여 귀향하려 함이리라. 오늘 가기로 작정은 하였건만 비는 오고, 짐은 있고 해서 어찌할 줄 모르다가 마침 김 첨지를 보고 뛰어나왔음이리라. 그렇지 않으면 왜 구두를 채 신지 못해서 질질 끌고 비록 고구라 양복일망정 노박이로 비를 맞으며 김 첨지를 뒤쫓아 나왔으랴.

"남대문 정거장까지 말씀입니까?"

하고 김 첨지는 잠깐 주저하였다. 그는 이 우중에 우장도 없이 그 먼 곳을 철벅거리고 가기가 싫었음일까? 처음것 둘째것으로 고만 만족하였음일까? 아니다 결코 아니다. 이상하게도 꼬리를 맞물고 덤비는 이 행운 앞에 조금 겁이 났음이다. 그리고 집을 나올 제 아내의 부탁이 마음이 켕기었다. 앞집 마마님한테서 부르러 왔을 제 병인은 그 뼈만 남은 얼굴에 유일의 생물 같은 유달리 크고 움푹한 눈에 애걸하는 빛을 띠며,

"오늘은 나가지 말아요. 제발 덕분에 집에 붙어 있어요. 내가 이렇게 아픈데……."

라고 모기 소리같이 중얼거리고 숨을 걸그렁걸그렁하였다. 그때에 김 첨지는 대수롭지 않은 듯이,

"아따, 젠장맞을 년, 별 빌어먹을 소리를 다 하네. 맞붙들고 앉았으면 누가 먹

여 살릴 줄 알아."

하고 훌쩍 뛰어나오려니까 환자는 붙잡을 듯이 팔을 내저으며,

"나가지 말라도 그래, 그러면 일찍이 들어와요."

하고 목메인 소리가 뒤를 따랐다.

정거장까지 가잔 말을 들은 순간에 경련적으로 떠는 손, 유달리 큼직한 눈, 울 듯한 아내의 얼굴이 김 첨지의 눈앞에 어른어른하였다.

"그래 남대문 정거장까지 얼마란 말이요?"

하고 학생은 초조한 듯이 인력거꾼의 얼굴을 바라보며 혼잣말같이,

"인천 차가 열한 점에 있고, 그 다음에는 새로 두 점이든가."

라고 중얼거린다.

"일 원 오십 전만 줍시오."

이 말이 저도 모를 사이에 불쑥 김 첨지의 입에서 떨어졌다. 제 입으로 부르고도 스스로 그 엄청난 돈 액수에 놀랐다. 한꺼번에 이런 금액을 불러라도 본 지가 그 얼마 만인가! 그러자 그 돈 벌 용기가 병자에 대한 염려를 사르고 말았다. 설마 오늘 내로 어떠랴 싶었다. 무슨 일이 있더라도 제일 제이의 행운을 곱친 것보다도 오히려 갑절이 많은 이 행운을 놓칠 수 없다 하였다.

"일 원 오십 전은 너무 과한데."

이런 말을 하며 학생은 고개를 기웃하였다.

"아니올시다. 릿수로 치면 여기서 거기가 시오 리가 넘는답니다. 또 이런 진 날은 좀 더 주셔야지요."

하고 빙글빙글 웃는 차부의 얼굴에는 숨길 수 없는 기쁨이 넘쳐흘렀다.

"그러면 달라는 대로 줄 터이니 빨리 가요."

관대한 어린 손님은 이런 말을 남기고 총총히 옷도 입고 짐도 챙기러 갈 데로 갔다.

그 학생을 태우고 나선 김 첨지의 다리는 이상하게 거뿐하였다. 달음질을 한다느니보다 거의 나는 듯하였다. 바퀴도 어떻게 속히 도는지 구른다느니보다 마

치 얼음을 지쳐 나가는 스케이트 모양으로 미끄러져 가는 듯하였다. 언 땅에 비가 내려 미끄럽기도 하였지만.

이윽고 끄는 이의 다리는 무거워졌다. 자기 집 가까이 다다른 까닭이다. 새삼스러운 염려가 그의 가슴을 눌렀다. "오늘은 나가지 말아요. 내가 이렇게 아픈데" 이런 말이 잉잉 그의 귀에 울렸다. 그리고 병자의 움쑥 들어간 눈이 원망하는 듯이 자기를 노리는 듯하였다. 그러자 엉엉 하고 우는 개똥이의 곡성을 들은 듯싶다. 딸국딸국 하고 숨 모으는 소리도 나는 듯싶다.

"왜 이리우, 기차 놓치겠구먼."

하고 탄 이의 초조한 부르짖음이 간신히 그의 귀에 들어왔다. 언뜻 깨달으니 김 첨지는 인력거를 쥔 채 길 한복판에 엉거주춤 멈춰 있지 않은가.

"예, 예."

하고, 김 첨지는 또다시 달음질하였다. 집이 차차 멀어 갈수록 김 첨지의 걸음에는 다시금 신이 나기 시작하였다. 다리를 재게 놀려야만 쉴 새 없이 자기의 머리에 떠오르는 모든 근심과 걱정을 잊을 듯이.

정거장까지 끌어다 주고 그 깜짝 놀란 일 원 오십 전을 정말 제 손에 쥠에 제 말마따나 십 리나 되는 길을 비를 맞아 가며 질퍽거리고 온 생각은 아니하고 거저나 얻은 듯이 고마웠다. 졸부나 된 듯이 기뻤다. 제 자식뻘밖에 안 되는 어린 손님에게 몇 번 허리를 굽히며,

"안녕히 다녀옵시오."

라고 깍듯이 재우쳤다.

그러나 빈 인력거를 털털거리며 이 우중에 돌아갈 일이 꿈 밖이었다. 노동으로 하여 흐른 땀이 식어지자 굶주린 창자에서, 물 흐르는 옷에서 어슬어슬 한기가 솟아나기 비롯하매 일 원 오십 전이란 돈이 얼마나 괜찮고 괴로운 것인 줄 절절히 느끼었다. 정거장을 떠나는 그의 발길은 힘 하나 없었다. 온몸이 옹송그려지며 당장 그 자리에 엎어져 못 일어날 것 같았다.

"젠장맞을 것, 이 비를 맞으며 빈 인력거를 털털거리고 돌아를 간담. 이런 빌

어먹을 제 할미를 붙을 비가 왜 남의 상판을 딱딱 때려!"

그는 몹시 화증을 내며 누구에게 반항이나 하는 듯이 게걸거렸다. 그럴 즈음에 그의 머리엔 또 새로운 광명이 비쳤나니 그것은 '이러구 갈 게 아니라 이 근처를 빙빙 돌며 차 오기를 기다리면 또 손님을 태우게 될는지도 몰라'란 생각이었다. 오늘 운수가 괴상하게도 좋으니까 그런 요행이 또 한번 없으리라고 누가 보증하랴. 꼬리를 굴리는 행운이 꼭 자기를 기다리고 있다고 내기를 해도 좋을 만한 믿음을 얻게 되었다. 그렇다고 정거장 인력거꾼의 등쌀이 무서우니 정거장 앞에 섰을 수는 없었다. 그래 그는 이전에도 여러 번 해본 일이라 바로 정거장 앞 전차 정류장에서 조금 떨어지게 사람 다니는 길과 전찻길 틈에 인력거를 세워 놓고 자기는 그 근처를 빙빙 돌며 형세를 관망하기로 하였다. 얼마 만에 기차는 왔고 수십 명이나 되는 손이 정류장으로 쏟아져 나왔다. 그 중에서 손님을 물색하는 김 첨지의 눈엔 양머리에 뒤축 높은 구두를 신고 망토까지 두른 기생 퇴물인 듯, 난봉 여학생인 듯한 여편네의 모양이 띄었다. 그는 슬근슬근 그 여자의 곁으로 다가들었다.

"아씨, 인력거 아니 타실랍시오."

그 여학생인지 뭔지가 한참은 매우 태깔을 빼며 입술을 꼭 다문 채 김 첨지를 거들떠보지도 않았다. 김 첨지는 구걸하는 거지나 무엇같이 연해연방 그의 기색을 살피며,

"아씨, 정거장 애들보담 아주 싸게 모셔다 드리겠습니다. 댁이 어디신가요."

하고 추근추근하게도 그 여자의 들고 있는 일본식 버들고리짝에 제 손을 대었다.

"왜 이래, 남 귀찮게."

소리를 벽력같이 지르고는 돌아선다. 김 첨지는 어랍시오 하고 물러섰다.

전차는 왔다. 김 첨지는 원망스럽게 전차 타는 이를 노리고 있었다. 그러나 그의 예감(豫感)은 틀리지 않았다. 전차가 빽빽하게 사람을 싣고 움직이기 시작하였을 제 타고 남은 손 하나가 있었다. 굉장하게 큰 가방을 들고 있는 걸 보면 아

마 붐비는 차 안에 짐이 크다 하여 차장에게 밀려 내려온 눈치였다. 김 첨지는 대어 섰다.

"인력거를 타실랍시오."

한동안 값으로 승강이를 하다가 육십 전에 인사동까지 태워다 주기로 하였다. 인력거가 무거워지매 그의 몸은 이상하게도 가벼워졌고 그리고 또 인력거가 가벼워지니 몸은 다시금 무거워졌건만 이번에는 마음조차 초조해 온다. 집의 광경이 자꾸 눈앞에 어른거리어 인제 요행을 바랄 여유도 없었다. 나무 등걸이나 무엇 같고 제 것 같지도 않은 다리를 연해 꾸짖으며 질팡갈팡 뛰는 수밖에 없었다. 저놈의 인력거꾼이 저렇게 술이 취해 가지고 이 진땅에 어찌 가노, 라고 길 가는 사람이 걱정을 하리만큼 그의 걸음은 황급하였다. 흐리고 비 오는 하늘은 어둠침침하게 벌써 황혼에 가까운 듯하다. 창경원 앞까지 다다라서야 그는 턱에 닿은 숨을 돌리고 걸음도 늦추잡았다. 한 걸음 두 걸음 집이 가까워 갈수록 그의 마음조차 괴상하게 누그러웠다. 그런데 이 누그러움은 안심에서 오는 게 아니요 자기를 덮친 무서운 불행을 빈틈없이 알게 될 때가 박두한 것을 두리는 마음에서 오는 것이다. 그는 불행에 다닥치기 전 시간을 얼마쯤이라도 늘이려고 버르적거렸다. 기적(奇蹟)에 가까운 벌이를 하였다는 기쁨을 할 수 있으면 오래 지니고 싶었다. 그는 두리번두리번 사면을 살피었다. 그 모양은 마치 자기 집 – 곧 불행을 향하고 달아가는 제 다리를 제 힘으로는 도저히 어찌할 수 없으니 누구든지 나를 좀 잡아다고, 구해다고 하는 듯하였다.

그럴 즈음에 마침 길가 선술집에서 그의 친구 치삼이가 나온다. 그의 우글우글 살찐 얼굴에 주홍이 덧는 듯, 온 턱과 뺨을 시커멓게 구레나룻이 덮였거늘 노르탱탱한 얼굴이 바짝 말라서 여기저기 고랑이 패이고 수염도 있대야 턱밑에만 마치 솔잎 송이를 거꾸로 붙여 놓은 듯한 김 첨지의 풍채하고는 기이한 대상을 짓고 있었다.

"여보게 김 첨지, 자네 문안 들어갔다 오는 모양일세그려. 돈 많이 벌었을 테니 한잔 빨리게."

뚱뚱보는 말라깽이를 보던 맡에 부르짖었다. 그 목소리는 몸집과 딴판으로 연하고 싹싹하였다. 김 첨지는 이 친구를 만난 게 어떻게 반가운지 몰랐다. 자기를 살려 준 은인이나 무엇같이 고맙기도 하였다.

"자네는 벌써 한잔 한 모양일세그려. 자네도 오늘 재미가 좋아 보이."

하고 김 첨지는 얼굴을 펴서 웃었다.

"아따, 재미 안 좋다고 술 못 먹을 낸가. 그런데 여보게, 자네 왼몸이 어째 물독에 빠진 새앙쥐 같은가. 어서 이리 들어와 말리게."

선술집은 훈훈하고 뜨뜻하였다. 추어탕을 끓이는 솥뚜껑을 열 적마다 뭉게뭉게 떠오르는 흰 김 석쇠에서 뻐지짓뻐지짓 구워지는 너비아니구이며 제육이며 간이며 콩팥이며 북어며 빈대떡…… 이 너저분하게 늘어놓인 안주 탁자에 김 첨지는 갑자기 속이 쓰려서 견딜 수 없었다. 마음대로 할 양이면 거기 있는 모든 먹음 먹이를 모조리 깡그리 집어삼켜도 시원치 않았다 하되 배고픈 이는 위선 분량 많은 빈대떡 두 개를 쪼이기로 하고 추어탕을 한 그릇 청하였다. 주린 창자는 음식 맛을 보더니 더욱더욱 비어지며 자꾸자꾸 들이라 들이라 하였다. 순식간에 두부와 미꾸리 든 국 한 그릇을 그냥 물같이 들이켜키고 말았다. 셋째 그릇을 받아 들었을 제 데우던 막걸리 곱빼기 두 잔이 더웠다. 치삼이와 같이 마시자 원원히 비었던 속이라 찌르르 하고 창자에 퍼지며 얼굴이 화끈하였다. 눌러 곱빼기 한 잔을 또 마셨다.

김 첨지의 눈은 벌써 개개 풀리기 시작하였다. 석쇠에 얹힌 떡 두 개를 숭덩숭덩 썰어서 볼을 불룩거리며 또 곱빼기 두 잔을 부어라 하였다.

치삼은 의아한 듯이 김 첨지를 보며,

"여보게 또 붓다니, 벌써 우리가 넉 잔씩 먹었네, 돈이 사십 전일세."

라고 주의시켰다.

"아따 이놈아, 사십 전이 그리 끔찍하냐. 오늘 내가 돈을 막 벌었어. 참 오늘 운수가 좋았느니."

"그래 얼마를 벌었단 말인가."

"삼십 원을 벌었어, 삼십 원을! 이런 젠장맞을 술을 왜 안 부어……. 괜찮다 괜찮다, 막 먹어도 상관이 없어. 오늘 돈 산더미같이 벌었는데."

"어, 이 사람 취했군, 그만두세."

"이놈아, 그걸 먹고 취할 내냐, 어서 더 먹어."

하고는 치삼의 귀를 잡아 치며 취한 이는 부르짖었다. 그리고 술을 붓는 열다섯 살 됨직한 중대가리[5]에게로 달려들며,

"이놈, 오라질 놈, 왜 술을 붓지 않어."

라고 야단을 쳤다. 중대가리는 희희 웃고 치삼을 보며 문의하는 듯이 눈짓을 하였다. 주정꾼이 이 눈치를 알아보고 화를 버럭 내며,

"에미를 붙을 이 오라질 놈들 같으니, 이놈 내가 돈이 없을 줄 알고."

하자마자 허리춤을 훔칫훔칫하더니 일 원짜리 한 장을 꺼내어 중대가리 앞에 펄쩍 집어던졌다. 그 사품에 몇 푼 은전이 잘그랑 하며 떨어진다.

"여보게 돈 떨어졌네, 왜 돈을 막 끼얹나."

이런 말을 하며 일변 돈을 줍는다. 김 첨지는 취한 중에도 돈의 거처를 살피는 듯이 눈을 크게 떠서 땅을 내려다보다가 불시에 제 하는 짓이 너무 더럽다는 듯이 고개를 소스라치자 더욱 성을 내며,

"봐라 봐! 이 더러운 놈들아, 내가 돈이 없나, 다리 뼉다구를 꺾어 놓을 놈들 같으니."

하고 치삼이 주워 주는 돈을 받아,

"이 원수엣 돈! 이 육시[6]를 할 돈!"

하면서 풀매질을 친다. 벽에 맞아 떨어진 돈은 다시 술 끓이는 양푼에 떨어지며 정당한 매를 맞는다는 듯이 쨍 하고 울었다.

곱빼기 두 잔은 또 부어질 겨를도 없이 말려 가고 말았다. 김 첨지는 입술과 수염에 붙은 술을 빨아들이고 나서 매우 만족한 듯이 그 솔잎 송이 수염을 쓰다듬

5) 중처럼 빡빡 깎은 머리 또는 그렇게 깎은 사람을 속되게 이르는 말
6) 옛날 죽은 사람의 목을 베던 일, 또는 그 형벌

으며,

"또 부어, 또 부어."

라고 외쳤다.

또 한 잔 먹고 나서 김 첨지는 치삼의 어깨를 치며 문득 껄껄 웃는다. 그 웃음소리가 어떻게 컸던지 술집에 있는 이의 눈은 모두 김 첨지에게로 몰리었다. 웃는 이는 더욱 웃으며,

"여보게 치삼이, 내 우스운 이야기 하나 할까. 오늘 손을 태우고 정거장에 가지 않았겠나."

"그래서."

"갔다가 그저 오기가 안됐데그려. 그래 전차 정류장에서 어름어름하며 손님 하나를 태울 궁리를 하지 않았나. 거기 마침 마마님이신지 여학생이신지(요새야 어디 논다니와 아가씨를 구별할 수가 있던가) 망토를 잡수시고 비를 맞고 서 있겠지. 슬근슬근 가까이 가서 인력거 타시랍시오 하고 손가방을 받으랴니까 내 손을 탁 뿌리치고 홱 돌아서더니만 '왜 남을 이렇게 귀찮게 굴어!' 그 소리야말로 꾀꼬리 소리지, 허허!"

김 첨지는 교묘하게도 정말 꾀꼬리 같은 소리를 내었다. 모든 사람은 일시에 웃었다.

"빌어먹을 깍쟁이 같은 년, 누가 저를 어쩌나, '왜 남을 귀찮게 굴어!' 어이구 소리가 처신도 없지, 허허."

웃음소리들은 높아졌다. 그러나 그 웃음소리들이 사라지기 전에 김 첨지는 훌쩍훌쩍 울기 시작하였다.

치삼은 어이없이 주정뱅이를 바라보며,

"금방 웃고 지랄을 하더니 우는 건 또 무슨 일인가."

김 첨지는 연해 코를 들이마시며,

"우리 마누라가 죽었다네."

"뭐, 마누라가 죽다니, 언제?"

"이놈아 언제는, 오늘이지."

"예끼 미친놈, 거짓말 말아."

"거짓말은 왜, 참말로 죽었어, 참말로…… 마누라 시체를 집에 뻐들쳐 놓고 내가 술을 먹다니, 내가 죽일 놈이야, 죽일 놈이야."

하고 김 첨지는 엉엉 소리를 내어 운다.

치삼은 흥이 조금 깨어지는 얼굴로,

"원 이 사람이, 참말을 하나 거짓말을 하나. 그러면 집으로 가세, 가."

하고 우는 이의 팔을 잡아당기었다.

치삼의 끄는 손을 뿌리치더니 김 첨지는 눈물이 글썽글썽한 눈으로 싱그레 웃는다.

"죽기는 누가 죽어."

하고 득의가 양양.

"죽기는 왜 죽어, 생때같이 살아만 있단다. 그 오라질 년이 밥을 죽이지. 인제 나한테 속았다."

하고 어린애 모양으로 손뼉을 치며 웃는다.

"이 사람이 정말 미쳤단 말인가. 나도 아주먼네가 앓는단 말은 들었는데."

하고 치삼이도 어느 불안을 느끼는 듯이 김 첨지에게 또 돌아가라고 권하였다.

"안 죽었어, 안 죽었대도 그래."

김 첨지는 화증을 내며 확신 있게 소리를 질렀으되 그 소리엔 안 죽은 것을 믿으려고 애쓰는 가락이 있었다. 기어이 일 원 어치를 채워서 곱빼기 한 잔씩 더 먹고 나왔다. 궂은 비는 의연히 추적추적 내린다.

김 첨지는 취중에도 설렁탕을 사 가지고 집에 다다랐다. 집이라 해도 물론 셋집이요 또 집 전체를 세든 게 아니라 안과 뚝 떨어진 행랑방 한 칸을 빌려 든 것인데 물을 길어 대고 한 달에 일 원씩 내는 터이다. 만일 김 첨지가 주기를 띠지 않았던들 한 발을 대문에 들여놓았을 제 그곳을 지배하는 무시무시한 정적(靜寂) - 폭풍우가 지나간 뒤의 바다 같은 정적에 다리가 떨렸으리라. 쿨룩거리는 기침 소리도 들을 수 없다. 그르렁거리는 숨소리조차 들을 수 없다. 다만 이 무덤 같은 침묵을 깨뜨리는 – 깨뜨린다느니보다 한층 더 침묵을 깊게 하고 불길하게 하는 빡빡 하는 그윽한 소리, 어린애의 젖 빠는 소리가 날 뿐이다. 만일 청각(聽覺)이 예민한 이 같으면 그 빡빡 소리는 빨 따름이요, 꿀떡꿀떡 하고 젖 넘어가는 소리가 없으니 빈 젖을 빤다는 것도 짐작할는지 모르리라.

혹은 김 첨지도 이 불길한 침묵을 짐작했는지도 모른다. 그렇지 않으면 대문에 들어서자마자 전에 없이,

"이 난장맞을 년, 남편이 들어오는데 나와 보지도 않아, 이 오라질 년."

이라고 고함을 친 게 수상하다. 이 고함이야말로 제 몸을 엄습해 오는 무시무시한 증을 쫓아 버리려는 허장성세(虛張聲勢)[7]인 까닭이다.

하여간 김 첨지는 방문을 왈칵 열었다. 구역을 나게 하는 추기 – 떨어진 삿자리 밑에서 나온 먼지내, 빨지 않은 기저귀에서 나는 똥내와 오줌내, 가지각색 때가 켜켜이 앉은 옷내, 병인의 땀 썩은 내가 섞인 추기가 무딘 김 첨지의 코를 찔렀다.

방 안에 들어서며 설렁탕을 한구석에 놓을 사이도 없이 주정꾼은 목청을 있는 대로 다 내어 호통을 쳤다.

"이런 오라질 년, 주야장천(晝夜長川)[8] 누워만 있으면 제일이야. 남편이 와도 일어나지를 못해."

라는 소리와 함께 발길로 누운 이의 다리를 몹시 찼다. 그러나 발길에 채이는 건 사람의 살이 아니고 나무등걸과 같은 느낌이 있었다. 이때에 빡빡 소리가 응아 소리로 변하였다. 개똥이가 물었던 젖을 빼어 놓고 운다. 운대도 온 얼굴을 찡그려 붙여서 운다는 표정을 할 뿐이다. 응아 소리도 입에서 나는 게 아니고 마치 뱃속에서 나는 듯하였다. 울다가 울다가 목도 잠겼고 또 울 기운조차 시진한 것 같다.

7) 실속은 없으면서 허세로 떠벌림 8) 밤낮으로 쉬지 않고 잇달아서 늘

발로 차도 그 보람이 없는 걸 보자 남편은 아내의 머리맡으로 달려들어 그야말로 까치집 같은 환자의 머리를 꺼들어 흔들며,

"이년아, 말을 해, 말을! 입이 붙었어, 이 오라질 년!"

"……."

"으응, 이것 봐, 아무 말이 없네."

"……."

"이년아, 죽었단 말이냐, 왜 말이 없어."

"……."

"으응, 또 대답이 없네. 정말 죽었나 버이."

이러다가 누운 이의 흰 창을 덮은 위로 치뜬 눈을 알아보자마자,

"이 눈깔! 이 눈깔! 왜 나를 바라보지 못하고 천장만 보느냐, 응."

하는 말 끝엔 목이 메었다. 그러자 산 사람의 눈에서 떨어진 닭의 똥 같은 눈물이 죽은 이의 뻣뻣한 얼굴을 어룽어룽 적시었다. 문득 김 첨지는 미친 듯이 제 얼굴을 죽은 이의 얼굴에 한데 비비대며 중얼거렸다.

"설렁탕을 사다 놓았는데 왜 먹지를 못하니, 왜 먹지를 못하니……. 괴상하게도 오늘은! 운수가, 좋더니만……."

해 답

2. 설렁탕 **3.** 일제시대 노동자 계층
4. 암울한 분위기를 조성하며 주인공에게 다가올 불행을 암시
5. 하층민의 생활상을 생동감 있게 표현하며 사실감을 부여하고 있다.

요점별 정리 운수 좋은 날 · 현진건

정답 p.280

1. 핵심 정리

* 갈래 : 단편소설, 사실주의 소설
* 배경 : 일제 강점기 서울, 어느 겨울 비오는 날
* 성격 : 반어적, 사실적
* 시점 : 전지적 작가 시점
* 주제 : 일제 강점하의 도시 하층민의 비참한 삶

2. 등장인물의 성격

* 김첨지 : 가난한 인력거 꾼
* 아내 : 병든 중년 여자
* 치삼 : 김첨지의 친구

3. 작품 개관

이 작품은 1920년대 도시 하층 노동자의 삶을 날카로운 관찰로 생생하게 그려 놓은 작품이다. 일제 강점하 서울 동소문 안에 사는 인력거꾼 김첨지의 어느 하루를 담아 보이면서 당시 도시 하층민의 비참한 생활상을 비극적으로 드러내고 있는 것이다.

거칠고 투박하지만 생동감이 넘치고 사실적인 문체를 보여주고 있으며 신(新)문화에 수용되는 과정을 학생이나 양복쟁이와 같은 인물들을 등장시켜 표현함으로써 당시의 급변하는 사회상의 일면을 제시하고 있다.

4. 문제

01_ 이 소설의 주제를 제목과 연관지어 말해 보자.

02_ 이 작품에서 비극성을 극대화하기 위해 쓰인 소재는 무엇인가?

03_ 김첨지는 어느 시대 어떤 계층을 대표하는 인물인가?

04_ "새침하게 흐린 품이 눈이 올 듯하더니 눈은 아니 오고 얼다만 비가 추적추적 내리는 날이었다."는 이 소설에서 어떤 분위기를 조성하며 무엇을 암시하는가?

05_ 김첨지의 대화에 나오는 욕설과 비속한 말이 이 소설에 기여하는 바가 무엇인가?

11 김유정

봄 봄

김유정(金裕貞, 1908~1937) ●● 서울에서 태어나 춘천과 서울을 오가며 성장하였다. 김유정은 지독한 말더듬이였는데, 이것이 문학적인 성과를 이루어 낸 바탕이 됐는지도 모른다는 점에서 흥미를 준다. 폐결핵으로 고생하다가 요절했다. 1932년 〈심청〉을 시작으로 〈산골 나그네〉 〈총각과 맹꽁이〉 〈소낙비〉 등을 발표했으며, 1935년 〈조선일보〉 신춘문예에 〈소낙비〉가 당선되었다. 그의 작품은 농민이나 도시 서민들의 애환과 풍속을 잘 묘사하고 있는데, 이는 현실 인식의 예리함과 깊이 때문이다. 절대 가난에 허덕이고 있는 사람들의 삶을 그리면서도 그것을 처절하게 그리지 않고 웃음이 넘치는 생활감으로 포착한 것은 매우 독특한 성과로 기록된다. 토속적인 해학의 세계, 토속어의 자유자재한 구사 등이 돋보인다.

대표작으로는 〈동백꽃〉 〈봄봄〉 〈금따는 콩밭〉 〈만무방〉 등이 있다.

11 김유정

봄 봄

"장인님! 인젠 저……."

내가 이렇게 뒤통수를 긁고, 나이가 찼으니 성례[1] 를 시켜 줘야 하지 않겠느냐고 하면 대답이 늘,

"이 자식아! 성례구 뭐구 미처 자라야지!"

하고 만다.

이 자라야 한다는 것은 내가 아니라 장차 내 아내가 될 점순이의 키 말이다.

내가 여기에 와서 돈 한 푼 안 받고 일하기를 삼 년하고 꼬박이 일곱 달 동안을 했다. 그런데도 미처 못 자랐다니까 이 키는 언제야 자라는 겐지 짜장 영문 모른다. 일을 좀더 잘해야 한다든지 혹은 밥을(많이 먹는다고 노상 걱정이니까) 좀 덜 먹어야 한다든지 하면 나도 얼마든지 할 말이 많다. 하지만 점순이가 아직 어

1) 혼인의 예식

리니까 더 자라야 한다는 여기에는 어째 볼 수 없이 그만 벙벙하고 만다.

이래서 나는 애초 계약이 잘못된 걸 알았다. 이태면 이태, 삼 년이면 삼 년, 기한을 딱 작정하고 일을 했어야 할 것이다. 덮어놓고 딸이 자라는 대로 성례를 시켜 주마 했으니 누가 늘 지키고 섰는 것도 아니고 그 키가 언제 자라는지 알 수 있는가. 그리고 난 사람의 키가 무럭무럭 자라는 줄만 알았지 붙박이 키에 모로만 벌어지는 몸도 있는 것을 누가 알았으랴. 때가 되면 장인님이 어련하랴 싶어서 군소리 없이 꾸벅꾸벅 일만 해왔다. 그럼 말이다, 장인님이 제가 다 알아차려서,

"어 참, 너 일 많이 했다. 고만 장가들어라."

하고 살림도 내주고 해야 나도 좋을 것이 아니냐. 시치미를 딱 떼고 도리어 그런 소리가 나올까 봐서 지레 펄펄 뛰고 이 야단이다. 명색이 좋아 데릴사위[2]지 일하기에 싱겁기도 할 뿐더러 이건 참 아무것도 아니다.

숙맥[3]이 그걸 모르고 점순이의 키 자라기만 까맣게 기다리지 않았나.

언젠가는 하도 갑갑해서 자를 가지고 덤벼들어서 그 키를 한번 재 볼까 했다마는, 우리는 장인님이 내외를 해야 한다고 해서 마주 서 이야기도 한마디 하는 법 없다. 우물길에서 언제나 마주칠 적이면 겨우 눈어림으로 재보곤 하는 것인데 그럴 적마다 나는 저만치 가서,

"제 에미 키두!"

하고 논둑에다 침을 퉤, 뱉는다. 아무리 잘 봐야 내 겨드랑(다른 사람보다 좀 크긴 하지만) 밑에서 넘을락 말락 밤낮 요 모양이다.

개돼지는 푹푹 크는데 왜 이리도 사람은 안 크는지, 한동안 머리가 아프도록 궁리도 해 보았다. 아하, 물동이를 자꾸 이니까 뼈다귀가 움츠러드나 보다, 하고 내가 넌짓이 그 물을 대신 길어도 주었다. 뿐만 아니라 나무를 하러 가면 서낭당에 돌을 올려놓고,

2) 처가에서 데리고 사는 사위 3) 숙맥불변의 줄임말 / 어리석고 못난 사람을 비유

"점순이의 키 좀 크게 해줍소사. 그러면 담엔 떡 갖다 놓고 고사드립죠니까."

하고 치성도 한두 번 드린 것이 아니다. 어떻게 돼먹은 킨지 이래도 막무가내니……. 그래 내 어저께 싸운 것이지 결코 장인님이 밉다든가 해서가 아니다.

모를 붓다가 가만히 생각을 해 보니까 또 싱겁다. 이 벼가 자라서 점순이가 먹고 좀 큰다면 모르지만 그렇지도 못할 걸 내 심어서 뭘 하는 거냐. 해마다 앞으로 축 불거지는 장인님의 아랫배(너무 먹은 걸 모르고 냇병이라나, 그 배)를 불리기 위하여 심곤 조금도 싶지 않다.

"아이구 배야!"

난 물 붓다 말고 배를 쓰다듬으면서 그대로 논둑으로 기어올랐다. 그리고 겨드랑에 꼈던 벼 담긴 키를 그냥 땅바닥에 털썩 떨어치며 나도 털썩 주저앉았다. 일이 암만 바빠도 나 배 아프면 고만이니까. 아픈 사람이 누가 일을 하느냐. 파릇파릇 돋아 오른 풀 한 숲을 뜯어 들고 다리의 거머리를 쓱쓱 문대며 장인님의 얼굴을 쳐다보았다.

논 가운데서 장인님이 이상한 눈을 해가지고 한참을 날 노려보더니,

"너 이 자식, 왜 또 이래 응?"

"배가 좀 아파서유!"

하고 풀 위에 슬며시 쓰러지니까 장인님은 약이 올랐다. 저도 논에서 철벙철벙 둑으로 올라오더니 잡은 참 내 멱살을 움켜잡고 뺨을 치는 것이 아닌가.

"이 자식아, 일허다 말면 누굴 망해 놀 속셈이냐, 이 대가릴 까놀 자식?"

우리 장인님은 약이 오르면 이렇게 손버릇이 아주 못됐다. 또 사위에게 이자식 저자식 하는 이놈의 장인님은 어디 있느냐. 오죽해야 우리 동리에서 누굴 물론하고 그에게 욕을 안 먹는 사람은 명이 짜르다 한다. 조그만 아이들까지도 그를 돌아세워 놓고 욕필이(본 이름이 봉필이니까) 욕필이 하고 손가락질을 할 만치 두루 인심을 잃었다. 하나 인심을 정말 잃었다면 욕보다 읍의 배참봉 댁 마름[4]으로 더 잃었다. 본디 마름이란 욕 잘 하고 사람 잘 치고 그리고 생김 생기길 호박개 같아야 쓰는 거지만 장인님은 외양에 똑 됐다. 장인께 닭 마리나 좀 보내지

않는다든가 애벌논 때 품을 좀 안 준다든가 하면 그해 가을에는 영락없이 땅이 뚝뚝 떨어진다. 그러면 미리부터 돈도 먹고 술도 먹이고 안달재신으로 돌아치던 놈이 그 땅을 슬쩍 돌아앉는다. 이 바람에 장인님 집 외양간에는 눈깔 커다란 황소 한 놈이 절로 엉금엉금 기어들고, 동리 사람들은 그 욕을 다 먹어 가면서도 그래도 굽신굽신하는 게 아닌가?

그러나 내겐 장인님이 감히 큰소리할 계제가 못 된다. 뒷생각은 못 하고 뺨 한 개를 딱 때려 놓고는 장인님은 무색해서 덤덤히 쓴 침만 삼킨다. 난 그 속을 퍽 잘 안다. 조금 있으면 갈도 꺾어야 하고, 모도 내야 하고, 한창 바쁜 때인데 나 일 안 하고 우리 집으로 그냥 가면 고만이니까.

작년 이맘때도 트집을 좀 하니까 늦잠 잔다고 돌멩이를 집어던져서 자는 놈의 발목을 삐게 해놨다. 사날씩이나 건숭 끙끙 앓았더니 종당에는 거반 울상이 되지 않았는가.

"얘, 그만 일어나 일 좀 해라. 그래야 올 갈에 벼 잘 되면 너 장가들지 않니."

그래 귀가 번쩍 띄어서 그날로 일어나서 남이 이틀 품 들일 논을 혼자 삶아 놓으니까 장인님도 눈깔이 커다랗게 놀랐다. 그럼 정말로 가을에 와서 혼인을 시켜 줘야 원 경우가 옳지 않겠나. 볏섬을 척척 들여 쌓아도 다른 소리는 없고 물동이를 이고 들어오는 점순이를 담배통으로 가리키며,

"이 자식아 미처 커야지. 조걸 무슨 혼인을 한다고 그러니 원!"

하고 남 낯짝만 붉게 해주고 고만이다. 골김[5]에 그저 이놈의 장인님, 하고 댓돌에다 메꽂고 우리 고향으로 내뺄까 하다가 꾹꾹 참고 말았다.

참말이지 난 이 꼴 하고는 집으로 차마 못 간다. 장가를 들러 갔다가 오죽 못났어야 그대로 쫓겨 왔느냐고 손가락질을 받을 테니까.

논둑에서 벌떡 일어나 한풀 죽은 장인님 앞으로 다가서며,

"난 갈 테야유, 그 동안 사경[6] 쳐내슈."

4) 지주의 위임을 받아 소작지를 관리하던 사람 5) 골이 난 김 / 홧김
6) 새경 / 농가에서 일 년 동안 일해 준 대가로 주인이 머슴에게 주는 곡물이나 돈

"너 사위로 왔지 어디 머슴 살러 왔니?"

"그러면 얼찐 성례를 해줘야 안 하지유. 밤낮 부려만 먹구 해준다 해준다……."

"글쎄 내가 안 하는 거냐? 그년이 안 크니까……."

하고 어름어름 담배만 담으면서 늘 하는 소리를 또 늘어놓는다.

이렇게 따져 나가면 언제든지 늘 나만 밑지고 만다. 이번엔 안 된다 하고 대뜸 구장님[7]한테로 판단 가자고 소맷자락을 내끌었다.

"아 이 자식아, 왜 이래 어른을."

안 간다고 뻗디디고 이렇게 호령은 제 맘대로 하지만 장인님 제가 내 기운은 못 당한다. 막 부려먹고 딸은 안 주고 게다 땅땅 치는 건 다 뭐야…….

그러나 내 사실 참 장인님이 미워서 그런 것은 아니다.

그 전날 왜 내가 새고개 맞은 봉우리 화전밭을 혼자 갈고 있지 않았느냐. 밭 가생이로 돌 적마다 야릇한 꽃내가 물컥물컥 코를 찌르고 머리 위에서 벌들은 가끔 붕, 붕, 소리를 친다. 바위 틈에서 샘물 소리밖에 안 들리는 산골짜기니까 맑은 하늘의 봄볕은 이불 속같이 따스하고 꼭 꿈꾸는 것 같다. 나는 몸이 나른하고 (몸살을 아직 모르지만) 병이 나려고 그러는지 가슴이 울렁울렁하고 이랬다.

"이러이! 말이! 맘 마 마……."

이렇게 노래를 하며 소를 부리면 여느 때 같으면 어깨가 으쓱으쓱한다. 웬일인지 밭을 반도 갈지 않아서 온몸의 맥이 풀리고 대고 짜증만 난다. 공연히 소만 들입다 두들기며,

"안야! 안야! 이 망할자식의 소(장인님의 소니까) 대리를 꺾어 줄라."

그러나 내 속은 정말 안야 때문이 아니라 점심을 이고 온 점순이의 키를 보고 울화가 났던 것이다.

점순이는 뭐 그리 썩 예쁜 계집애는 못 된다. 그렇다구 개떡이냐 하면 그런 것

7) 옛날 시 · 읍 · 면 등에 딸렸던 구의 장 / 지금의 통장, 이장

도 아니고, 꼭 내 아내가 돼야 할 만치 그저 툽툽하게 생긴 얼굴이다. 나보다 십 년이 아래니까 올해 열여섯인데 몸은 남보다 두 살이나 덜 자랐다. 남은 잘도 훤칠히들 크건만 이건 위아래가 몽톡한 것이 내 눈에는 헐없이 감참외 같다. 참외 중에는 감참외가 제일 맛 좋고 예쁘니까 말이다. 둥글고 커단 눈은 서글서글하니 좋고 좀 지쳐 찢어졌지만 입은 밥술이나 톡톡히 먹음직하니 좋다. 아따 밥만 많이 먹게 되면 팔자는 고만 아니냐. 한데 한 가지 파가 있다면 가끔가다 몸이(장인님은 이걸 채신이 없이 들까분다고 하지만) 너무 빨리빨리 논다. 그래서 밥을 나르다가 때없이 풀밭에서 깻박을 쳐서 흙투성이 밥을 곧잘 먹인다. 안 먹으면 무안해할까 봐서 이걸 씹고 앉았노라면 으적으적 소리만 나고 돌을 먹는 겐지 밥을 먹는 겐지…….

그러나 이날은 웬일인지 성한 밥째로 밭머리에 곱게 내려놓았다. 그리고 또 내외를 해야 하니까 저만큼 떨어져 이쪽으로 등을 향하고 웅크리고 앉아서 그릇 나기를 기다린다. 내가 다 먹고 물러섰을 때 그릇을 와서 챙기는데, 그런데 난 깜짝 놀라지 않았느냐. 고개를 푹 숙이고 밥함지에 그릇을 포개면서 날더러 들으라는지 혹은 제 소린지,

"밤낮 일만 하다 말 텐가!"

하고 혼자 쫑알거린다. 고대 잘 내외하다가 이게 무슨 소린가, 하고 난 정신이 얼떨떨했다. 그러면서도 한편 무슨 좋은 수가 있는가 싶어서 나도 공중을 대고 혼자말로,

"그럼 어떡해?"

하니까,

"성례시켜 달라지 뭘 어떡해……."

하고 되알지게 쏘아붙이고 얼굴이 발개져서 산으로 그저 도망질을 친다.

나는 잠시 동안 어떻게 되는 셈판인지 맥을 몰라서 그 뒷모양만 덤덤히 바라보았다.

봄이 되면 온갖 초목이 물이 오르고 싹이 트고 한다. 사람도 아마 그런가 보다

하고 며칠 내에 부쩍(속으로) 자란 듯싶은 점순이가 여간 반가운 것이 아니다. 이런 걸 멀쩡하게 안직 어리다구 하니까…….

우리가 구장님을 찾아갔을 때 그는 싸리문 밖에 있는 돼지우리에서 죽을 퍼 주고 있었다. 서울엘 좀 갔다 오더니 사람은 점잖아야 한다고 웃쉼이(얼른 보면 지붕 위에 앉은 제비 꼬랑지 같다) 양쪽으로 뾰족이 뻗치고 그걸 에헴, 하고 늘 쓰다듬는 손버릇이 있다. 우리를 멀뚱히 쳐다보고 미리 알아챘는지,

"왜 일들 허다 말구 그래?"

하더니 손을 올려서 그 에헴을 한번 후딱 했다.

"구장님! 우리 장인님과 츰에 계약하기를……."

먼저 덤비는 장인님을 뒤로 떠다밀고 내가 허둥지둥 달려들다가 가만히 생각하고,

"아니 우리 빙장님[8]과 츰에."

하고 첫번부터 다시 말을 고쳤다. 장인님은 빙장님 해야 좋아하고 밖에 나와서 장인님 하면 괜스레 골을 내려 든다. 뱀두 뱀이래야 좋으냐구, 창피스러우니 남 듣는 데는 제발 빙장님, 빙모님, 하라구 일상 당조짐을 받아 오면서 난 그것도 자꾸 잊는다. 당장도 장인님 하다 옆에서 내 발등을 꾹 밟고 곁눈질을 흘기는 바람에야 겨우 알았지만…….

구장님도 내 이야기를 자세히 듣더니 퍽 딱한 모양이었다. 하기야 구장님뿐만 아니라 누구든지 다 그럴 게다. 길게 길러 둔 새끼 손톱으로 코를 후벼서 저리 탁 튀기며,

"그럼 봉필 씨! 얼른 성례를 시켜 주구려, 그렇게까지 제가 하구 싶다는 걸……."

하고 내 짐작대로 말했다. 그러나 이 말에 장인님은 삿대질로 눈을 부라리고,

"아 성례구 뭐구 계집애년이 미처 자라야 할 게 아닌가?"

8) 장인의 높임말

하니까 고만 멀쑤룩해서 입맛만 쩍쩍 다실 뿐이 아닌가.

"그것두 그래!"

"그래, 거진 사 년 동안에도 안 자랐다니 그 킨 은제 자라지유? 다 그만두구 사경 내슈……."

"글쎄, 이 자식아! 내가 크질 말라구 그랬니, 왜 날 보구 떼냐?"

"빙모님은 참새만한 것이 그럼 어떻게 앨 낳지유?(사실 장모님은 점순이보다도 귀때기 하나가 작다.)"

장인님은 이 말을 듣고 껄껄 웃더니(그러나 암만해두 돌 씹은 상이다) 코를 푸는 척하고 날 은근히 곯리려고 팔꿈치로 옆 갈비께를 퍽 치는 것이다. 더럽다. 나도 종아리의 파리를 쫓는 척하고 허리를 구부리며 그 궁둥이를 콱 떼밀었다. 장인님은 앞으로 우찔근하고 싸리문께로 쓰러질 듯하다 몸을 바로 고치더니 눈총을 몹시 쏘았다. 이런 상년의 자식! 하곤 싶으나 남의 앞이라서 차마 못 하고 섰는 그 꼴이 보기에 퍽 쟁그라웠다.

그러나 이 밖에는 별반 신통한 귀정[9]을 얻지 못하고 도로 논으로 돌아와서 모를 부었다. 왜냐면 장인님이 뭐라고 귓속말로 수군수군하고 간 뒤다. 구장님이 날 위해서 조용히 데리고 아래와 같이 일러 주었기 때문이다.(뭉태의 말은 구장님이 장인님에게 땅 두 마지기 얻어 부치니까 그래 꾀었다고 하지만 난 그렇게 생각 않는다.)

"자네 말두 하기야 옳지, 암 나이찼으니까 아들이 급하다는 게 잘못된 말은 아니야. 허지만 농사가 한창 바쁜 때 일을 안 한다든가 집으로 달아난다든가 하면 손해죄루 그것두 징역을 가거든!(여기에 그만 정신이 번쩍 났다.) 왜 요전에 삼포 말서 산에 불 좀 놓았다구 징역 간 거 못 봤나? 제 산에 불을 놓아도 징역을 가는 이땐데 남의 농사를 버려 주니 죄가 얼마나 더 중한가. 그리고 자넨 정장을(사경 받으러 정장 가겠다 했다) 간대지만 그러면 괜시리 죄를 들쓰고 들어가는 걸세.

9) 그릇된 일이 바른 길로 돌아옴

또 결혼두 그렇지, 법률에 성년이란 게 있는데 스물하나가 돼야 비로소 결혼을 할 수 있는 걸세. 자넨 물론 아들이 늦을 걸 염려하지만 점순이루 말하면 이제 겨우 열여섯이 아닌가. 그렇지만 아까 빙장님의 말씀이 올 갈에는 열일을 제치고라두 성례를 시켜 주겠다 하니 좀 고마울 겐가. 빨리 가서 모 붓던 거나 마저 붓게, 군소리 말구 어서 가."

그래서 오늘 아침까지 끽소리 없이 왔다.

장인님과 내가 싸운 것은 지금 생각하면 뜻밖의 일이라 안 할 수 없다. 장인님으로 말하면 요즈막 작인들에게 행세를 좀 하고 싶다고 해서 '돈 있으면 양반이지 별게 있느냐!' 하고 일부러 아랫배를 툭 내밀고 걸음도 뒤틀리게 걷고 하는 이판이다. 이까짓 나쯤 두들기다 남의 땅을 가지고 모처럼 닦아 놓았던 가문을 망친다든지 할 어른이 아니다. 또 나로 논지면 아무쪼록 잘 봬서 점순이에게 얼른 장가를 들어야 하지 않느냐.

이렇게 말하자면 결국 어젯밤 뭉태네 집에 마슬 간 것이 썩 나빴다. 낮에 구장님 앞에서 장인님과 내가 싸운 것을 어떻게 알았는지 대고 빈정거리는 것이 아닌가.

"그래 맞구두 그걸 가만둬?"

"그럼 어떡허니?"

"임마 봉필일 모판에다 거꾸루 박아 놓지 뭘 어떡해?"

하고 괜히 내 대신 화를 내가지고 주먹질을 하다 등잔까지 쳤다. 놈이 본시 괄괄은 하지만 그래 놓고 날더러 석윳값을 물라고 막 지다위[10]를 붓는다. 난 어안이 벙벙해서 잠자코 앉았으니까 저만 연방 지껄이는 소리가,

"밤낮 일만 해주구 있을 테냐?"

"……."

"영득이는 일 년을 살구도 장갈 들었는데 난 사 년이나 살구두 더 살아야 해."

10) 남에게 등을 대어 기대거나 떼를 씀 / 제 허물을 남에게 덮어 씌움

"……."

"네가 세 번째 사윈 줄이나 아니? 세 번째 사위."

"……."

"남의 일이라두 분하다 이 자식아, 우물에 가 빠져 죽어."

나중에는 겨우 손톱으로 목을 따라고까지 하고 제 아들같이 함부로 훅닥이었다. 별의별 소리를 다 해서 그대로 옮길 수는 없으나 그 줄거리는 이렇다.

우리 장인님이 딸이 셋이 있는데 맏딸은 재작년 가을에 시집을 갔다. 정말은 시집을 간 것이 아니라 그 딸도 데릴사위를 해 가지고 있다가 내보냈다. 그런데 딸이 열 살 때부터 열아홉, 즉 십 년 동안에 데릴사위를 갈아 들이기를, 동리에선 사위 부자라고 이름이 났지마는 열 놈이란 참 너무 많다. 장인님이 아들은 없고 딸만 있는 고로 그 담 딸을 데릴사위를 해올 때까지는 부려먹지 않으면 안 된다. 물론 머슴을 두면 좋지만 그건 돈이 드니까, 일 잘하는 놈을 고르느라고 연방 바꿔 들였다. 또 한편 놈들이 욕만 줄창 퍼붓고 심히도 부려먹으니까 뱃이 상해서 달아나기도 했겠지. 점순이는 둘째딸인데 내가 일테면 그 세 번째 데릴사위로 들어온 셈이다. 내 담으로 네 번째 놈이 들어올 것을 내가 일도 참 잘하고 그리고 사람이 좀 어수룩하니까 장인님이 잔뜩 붙들고 놓질 않는다. 셋째딸이 인제 여섯 살, 적어두 열 살은 돼야 데릴사위를 할 테므로 그 동안은 죽도록 부려먹어야 된다. 그러니 인제는 속 좀 차리고 장가를 들여 달라구 떼를 쓰고 나자빠져라, 이것이다.

나는 건성으로 엉, 엉, 하며 귓등으로 들었다. 뭉태는 땅을 얻어 부치다가 떨어진 뒤로는 장인님만 보면 공연히 못 먹어서 으릉거린다. 그것도 장인님이 저 달라고 할 적에 제 집에서 위한다는 그 감투(예전에 원님이 쓰던 것이라나, 옆구리에 뽕뽕 좀먹은 걸레)를 선뜻 주었더라면 그럴 리도 없었던 걸…….

그러나 나는 뭉태란 놈의 말을 전수이 곧이듣지 않았다. 꼭 곧이들었다면 간밤에 와서 장인님과 싸웠지 무사히 있었을 리가 없지 않은가. 그러면 딸에게까지 인심을 잃은 장인님이 혼자 나빴다.

실토이지, 나는 점순이가 아침상을 가지고 나올 때까지는 오늘은 또 얼마나 밥을 담았나, 하고 이것만 생각했다. 상에는 된장찌개하고 간장 한 종지, 조밥 한 그릇, 그리고 밥보다 더 수부룩하게 담은 산나물이 한 대접, 이렇다. 나물은 점순이가 틈틈이 해오니까 두 대접이고 네 대접이고 멋대로 먹어도 좋으나 밥은 장인님이 한 사발 외엔 더 주지 말라고 해서 안 된다. 그런데 점순이가 그 상을 내 앞에 내놓으며 제 말로 지껄이는 소리가,

"구장님한테 갔다 그냥 온담 그래!"

하고 엊그제 산에서와 같이 되우 쫑알거린다. 딴은 내가 더 단단히 덤비지 않고 만 것이 좀 어리석었다, 속으로 그랬다. 나도 저쪽 벽을 향하여 외면하면서 내 말로,

"안 된다는 걸 그럼 어떡헌담!"

하니까,

"쉼을 잡아 채지 그냥 둬, 이 바보야!"

하고 또 얼굴이 빨개지면서 성을 내며 안으로 샐죽하니 튀들어 가지 않느냐. 이때 아무도 본 사람이 없었게망정이지 보았다면 내 얼굴이 어미 잃은 황새새끼처럼 가엾다, 했을 것이다.

사실 이 때만치 슬펐던 일이 또 있었는지 모른다. 다른 사람은 암만 못생겼다 해도 괜찮지만 내 아내 될 점순이가 병신으로 본다면 참 신세는 따분하다. 밥을 먹은 뒤 지게를 지고 일터로 가려 하다 도로 벗어던지고 바깥 마당 공석 위에 드러누워서 나는 차라리 죽느니만 같지 못하다 생각했다.

내가 일 안 하면 장인님 저는 나이가 먹어 못 하고 결국 농사 못 짓고 만다. 뒷짐으로 트림을 꿀꺽 하고 대문 밖으로 나오다 날 보고서,

"이 자식아! 너 왜 또 이러니?"

"관격[11]이 났어유, 아이구 배야!"

"기껀 밥 처먹고 나서 무슨 관격이야, 남의 농사 버려 주면 이 자식아 징역 간다 봐라!"

"가두 좋아유, 아이구 배야!"

참말 난 일 안 해서 징역 가도 좋다 생각했다. 일후 아들을 낳아도 그 앞에서 바보 바보 이렇게 별명을 들을 테니까 오늘은 열 쪽이 난대도 결정을 내고 싶었다.

장인님이 일어나라고 해도 내가 안 일어나니까 눈에 독이 올라서 저편으로 휭하게 가더니 지게 막대기를 들고 왔다. 그리고 그걸로 내 허리를 마치 돌 떠넘기 듯이 쿡 찍어서 넘기고 넘기고 했다. 밥을 잔뜩 먹고 딱딱한 배가 그럴 적마다 퉁겨지면서 밸창이 꿋꿋한 것이 여간 켕기지 않았다. 그래도 안 일어나니까 이번에는 배를 지게 막대기로 위에서 쿡쿡 찌르고 발길로 옆구리를 차고 했다. 장인님은 원체 심청이 굿어서 그렇지만 나도 저만 못하지 않게 배를 채였다. 아픈 것을 눈을 꽉 감고 넌 해라 난 재밌단 듯이 있었으나 볼기짝을 후려 갈길 적에는 나도 모르는 결에 벌떡 일어나서 그 수염을 잡아챘다마는 내 골이 난 것이 아니라 정말은 아까부터 부엌 뒤 울타리 구멍으로 점순이가 우리들의 꼴을 몰래 엿보고 있었기 때문이다.

가뜩이나 말 한 마디 똑똑히 못 한다고 바보라는데 매까지 잠자코 맞는 걸 보면 짜장 바보로 알 게 아닌가. 또 점순이도 미워하는 이까짓 놈의 장인님 나하곤 아무것도 안 되니까 막 때려도 좋지만 사정 보아서 수염만 채고(제 원대로 했으니까 이때 점순이는 퍽 기뻤겠지) 저기까지 잘 들리도록,

"이걸 까셀라 부다!"

하고 소리를 쳤다.

장인님은 더 약이 바짝 올라서 잡은 참 지게 막대기로 내 어깨를 그냥 내리갈겼다. 정신이 다 아찔하다. 다시 고개를 들었을 때 그때엔 나도 온몸에 약이 올랐다. 이 녀석의 장인님을, 하고 눈에서 불이 퍽 나서 그 아래 밭 있는 넝 아래로 그대로 떠밀어 굴려 버렸다. 조금 있다가 장인님이 씩, 씩, 하고 한번 해 보려고 기어오르는 걸 얼른 또 떠밀어 굴려 버렸다.

11) 한방에서 음식이 급하게 체하여 먹지도 못하고 대소변도 못 보며 정신을 잃는 위급한 병

기어오르면 굴리고, 굴리면 기어오르고, 이러길 한 너덧 번을 하며 그럴 적마다,

"부려만 먹구 왜 성례 안 하지유!"

나는 이렇게 호령했다. 하지만 장인님이 선뜻, 오냐 낼이라두 성례시켜 주마, 했으면 나도 성가신 걸 그만두었을지 모른다. 나야 이러면 때린 건 아니니까 나중에 장인 쳤다는 누명도 안 들을 터이고 얼마든지 해도 좋다.

한번은 장인님이 헐떡헐떡 기어서 올라오더니 내 바짓가랑이를 요렇게 노리고서 단박 움켜잡고 매달렸다. 악, 소리를 치고 나는 그만 세상이 다 팽그르 도는 것이,

"빙장님! 빙장님! 빙장님!"

"이 자식! 잡아먹어라. 잡아먹어!"

"아! 아! 할아버지! 살려 줍쇼, 할아버지!"

하고 두 팔을 허둥지둥 내절 적에는 이마에 진땀이 쭉 내솟고 인젠 참으로 죽나 보다 했다. 그래도 장인님은 놓질 않더니 내가 기어이 땅바닥에 쓰러져서 거진 까무러치게 되니까 놓는다. 더럽다 더럽다. 이게 장인님인가, 나는 한참을 못 일어나고 쩔쩔맸다. 그러다, 얼굴을 드니(눈에 참 아무것도 보이지 않았다) 사지가 부르르 떨리면서 나도 엉금엉금 기어가 장인님의 바짓가랑이를 꽉 움키고 잡아나꿨다.

내가 머리가 터지도록 매를 얻어맞은 것이 이 때문이다. 그러나 여기가 또한 우리 장인님이 유달리 착한 곳이다. 여느 사람이면 사경을 주어서라도 당장 내쫓았지 터진 머리를 볼솜으로 손수 지져 주고, 호주머니에 희연 한 봉을 넣어 주시고 그리고,

"올 갈엔 꼭 성례를 시켜 주마. 암말 말구 가서 뒷골의 콩밭이나 얼른 갈아라."

하고 등을 뚜덕여 줄 사람이 누구냐.

나는 장인님이 너무나 고마워서 어느덧 눈물까지 났다. 점순이를 남기고 이젠 내쫓기려니, 하다 뜻밖의 말을 듣고,

"빙장님! 인제 다시는 안 그러겠어유."

이렇게 맹세를 하며 부랴부랴 지게를 지고 일터로 갔다.

그러나 이때는 그걸 모르고 장인님을 원수로만 여겨서 잔뜩 잡아당겼다.

"아! 아! 이놈아! 놔라, 놔."

장인님은 헛손질을 하며 솔개미에 챈 닭의 소리를 연해 질렀다. 놓긴 왜, 이왕이면 호되게 혼을 내주리라, 생각하고 짓궂이 더 댕겼다마는 장인님은 땅에 쓰러져서 눈에 눈물이 피잉 도는 것을 알고 좀 겁도 났다.

"할아버지! 놔라, 놔, 놔, 놔놔."

그래도 안 되니까,

"얘 점순아! 점순아!"

이 악장에 안에 있었던 장모님과 점순이가 헐레벌떡하고 단숨에 뛰어나왔다.

나의 생각에 장모님은 제 남편이니까 역성을 할는지도 모른다. 그러나 점순이는 내 편을 들어서 속으로 고소해하겠지……. 대체 이게 웬 속인지(지금까지도 난 영문을 모른다) 아버질 혼내 주기는 제가 내래 놓고 이제 와서는 달겨들며,

"에그머니! 이 망할 게 아버지 죽이네!"

하고 내 귀를 뒤로 잡아당기며 마냥 우는 것이 아니냐. 그만 여기에 기운이 탁 꺾이어 나는 얼빠진 등신이 되고 말았다. 장모님도 덤벼들어 한쪽 귀마저 뒤로 잡아채면서 또 우는 것이다.

이렇게 꼼짝도 못하게 해놓고 장인님은 지게 막대기를 들어서 사뭇 내려조졌다. 그러나 나는 구태여 피하려지도 않고 암만해도 그 속 알 수 없는 점순이의 얼굴만 멀거니 들여다보았다.

"이 자식! 장인 입에서 할아버지 소리가 나오도록 해?"

해 답

1. 데릴사위 **2.** 교활하고 욕심이 많음
3. 감, 참외 **4.** 더럽다. 더럽다. 이게 장인님인가?

요점별 정리 봄 봄 · 김유정

정답 p.299

1. 핵심 정리

* 갈래 : 단편소설, 향토소설
* 배경 : 1930년대 강원도 산골
* 성격 : 토속적, 향토적, 해학적
* 시점 : 1인칭 주인공 시점
* 주제 : 시골 남녀의 진솔한 사랑

2. 등장인물의 성격

* 나 - 머순이와 혼인하기로 약속하고 점순이네 집에 들어와 머슴살이를 하는 청년, 남의 말을 잘 믿고 순박하고 우직하다.
* 점순이 - 나와 결혼할 여자로 키가 작고 모로만 자란다. 결혼에 대해서 나보다 적극적이고 당찬 태도를 보인다.
* 장인 - 지주를 대신해서 소작인을 관리하는 마름, 인색하고 욕심 많다.
* 구장 - 동네 이장으로 유식한 척하기를 좋아하는 성격으로 우유부단하게 행동한다.

3. 작품 개관

김유정의 작품 중 가장 해학적인 작품이다. 우직하고 순진한 나와 인색하고 욕심 많은 장인 사이의 갈등이 해학적으로 잘 표현된 작품이다.

장인인 봉필은 지주를 대신하여 소작인을 관리하는 마름으로 동네 사람들로부터 욕을 많이 먹고 살아간다. 그런 장인이 나를 사위삼겠다고 했으니 그건 분명 나의 노동력을 착취하기 위함이다. 그런 사실을 나만 모르고 있다가 차츰차츰 깨달아 가는 과정을 보여준다.

어수룩한 주인공인 나를 1인칭 서술자로 설정, 점순과 나, 나와 장인어른, 그 밖의 구장, 뭉태를 통해 강자와 약자 사이를 토속적이고 향토적으로 표현한 수작이다.

4. 문제

01_ 이 글에서 나의 처지를 드러냄과 동시에 당시 농촌의 시대상을 반영하는 단어는 무엇인가요?

02_ 장인어른의 성격을 쓰시오.

03_ 점순이에 대한 나의 애정이 비유적으로 드러난 단어를 쓰시오.

04_ 싸움을 하면서 '나'가 장인에게 갖게 된 감정이 직접적으로 표현된 문장을 찾아 4 어절로 쓰시오.

05_ 소설에서 점순이는 이중적인 태도를 보인다. '나'에게는 장인의 수염을 잡아채지 그냥 둬하고 장인과의 싸움을 부추기고 장인과 싸움을 할 때는 장인의 편을 든다. 자신이 점순이의 입장이라면 어떻게 행동할지 구체적으로 써 보자. (300자 내외)

12 이효석

메밀꽃 필 무렵

이효석(李孝石, 1907~1942) ●● 강원도 평창에서 태어났다. 1925년 〈매일신보〉에 시 〈봄〉을 발표, 같은 신문에 콩트 〈여인〉을 발표했다. 1928년 〈조선지광〉에 〈도시와 유령〉을 발표하면서 정식으로 문단에 등단하였다. 소위 동반자 작가였던 그는 초기에는 프롤레타리아 문학을 기웃거렸다. 그러나 그의 소설에 구현된 프로 문학은 그 본질에 있어서 다른 프로 문학과는 이질적이었다. 카프가 해체된 뒤에까지 프로 문학적 성향을 버리지 않았지만, 그의 소설에서 중시되는 점은 역시 자연과 인간의 혼융된 삶이라고 하겠는데, 〈메밀꽃 필 무렵〉에서 그것이 구현되고 있다. 성과 자연, 인간이 어우러진 서정의 세계를 구축한 것은 그의 탁월한 성과가 아닐 수가 없다.
대표작에 〈노령 근해〉 〈북극 점경〉 〈화분〉 등이 있다.

12 이효석

메밀꽃 필 무렵

1.

여름장이란 애시당초에 글러서, 해는 아직 중천에 있건만 장판은 벌써 쓸쓸하고 더운 햇발이 벌려 놓은 전 휘장 밑으로 등줄기를 훅훅 볶는다. 마을 사람들은 거지반 돌아간 뒤요, 팔리지 못한 나무꾼패가 길거리에 궁싯거리고들 있으나 석유병이나 받고 고깃마리나 사면 족할 이 축들을 바라고 언제까지든지 버티고 있을 법은 없다. 춥춥스럽게 날아드는 파리 떼도 장난꾼 각다귀들도 귀치않다. 얼금뱅이요 왼손잡이인 드팀전[1] 의 허생원은 기어코 동업의 조선달을 낚아 보았다.

"그만 걷을까?"

"잘 생각했네. 봉평 장에서 한 번이나 흐뭇하게 사 본 일 있었을까. 내일 대화

1) 피륙을 파는 가게

장에서나 한몫 벌어야겠네."

"오늘 밤은 밤을 새서 걸어야 될걸."

"달이 뜨렷다."

절렁절렁 소리를 내며 조선달이 그 날 산 돈을 따지는 것을 보고 허생원은 말뚝에서 넓은 휘장을 걷고 벌여놓았던 물건을 거두기 시작하였다. 무명 필과 주단바리가 두 고리짝에 꼭 찼다. 멍석 위에는 천 조각이 어수선하게 남았다.

다른 축들도 벌써 거진 전들을 걷고 있었다. 약빠르게 떠나는 패도 있었다. 어물장수도 땜장이도 엿장수도 생강장수도 꼴들이 보이지 않았다. 내일은 진부와 대화에 장이 선다. 축들은 그 어느 쪽으로든지 밤을 새며 육칠십 리 밤길을 타박거리지 않으면 안 된다. 장판은 잔치 뒷마당같이 어수선하게 벌어지고 술집에서는 싸움이 터져 있었다. 주정꾼 욕지거리에 섞여 계집의 앙칼진 목소리가 찢어졌다. 장날 저녁은 정해 놓고 계집의 고함소리로 시작되는 것이다.

"생원, 시침을 떼두 다 아네…… 충줏집 말야."

계집 목소리로 문득 생각난 듯이 조선달은 비죽이 웃는다.

"화중지병이지. 연소패들을 적수로 하구야 대거리가 돼야 말이지."

"그렇지두 않을걸. 축들이 사족을 못 쓰는 것두 사실은 사실이나, 아무리 그렇다곤 해두 왜 그 동이 말일세, 감쪽같이 충줏집을 후린 눈치거든."

"무어 그 애숭이가? 물건 가지고 낚었나 부지. 착실한 녀석인 줄 알었더니."

"그 길만은 알 수 있나…… 궁리 말구 가보세나그려. 내 한턱 씀세."

그다지 마음이 당기지 않는 것을 쫓아갔다. 허생원은 계집과는 연분이 멀었다. 얼금뱅이 상판을 쳐들고 대어 설 숫기도 없었으나 계집 편에서 정을 보낸 적도 없었고, 쓸쓸하고 뒤틀린 반생이었다. 충줏집을 생각만 하여도 철없이 얼굴이 붉어지고 발밑이 떨리고 그 자리에 소스라쳐 버린다. 충줏집 문을 들어서 술좌석에서 짜장 동이를 만났을 때에는 어찌 된 서슬엔지 발끈 화가 나버렸다. 상위에 붉은 얼굴을 쳐들고 제법 계집과 농탕치는 것을 보고서야 견딜 수 없었던 것이다. 녀석이 제법 난질꾼인데 꼴사납다. 머리에 피도 안 마른 녀석이 낮부터 술 처먹고 계집과 농탕이야. 장돌뱅이 망신만 시키고 돌아다니누나. 그 꼴에 우리들과 한몫 보자는 셈이지. 동이 앞에 막아서면서부터 책망이었다. 걱정두 팔자요 하는 듯이 빤히 쳐다보는 상기된 눈망울에 부딪칠 때, 결김에 따귀를 하나 갈겨 주지 않고는 배길 수 없었다. 동이도 화를 쓰고 팩하게 일어서기는 하였으나, 허생원은 조금도 동색하는 법 없이 마음먹은 대로는 다 지껄였다 – 어디서 주워 먹은 선머슴인지는 모르겠으나, 네게도 아비 어미 있겠지. 그 사나운 꼴 보면 맘 좋겠다. 장사란 탐탁하게 해야 되지, 계집이 다 무어야, 나가거라, 냉큼 꼴 치워.

그러나 한마디도 대거리하지 않고 하염없이 나가는 꼴을 보려니, 도리어 측은히 여겨졌다. 아직도 서름서름한 사인데 너무 과하지 않았을까 하고 마음이 섬뜩해졌다. 주제도 넘지, 같은 술손님이면서도 아무리 젊다고 자식 낳게 되는 것을 붙들고 치고 닦아 세울 것은 무어야, 원. 충줏집은 입술을 쫑긋하고 술 붓는 솜씨도 거칠었으나, 젊은애들한테는 그것이 약이 된다나 하고 그 자리는 조선달이 얼버무려 넘겼다. 너 녀석한테 반했지? 애숭이를 빨면 죄 된다. 한참 법석을 친 후이다. 담도 생긴 데다가 웬일인지 흠뻑 취해 보고 싶은 생각도 있어서 허생원은 주는 술잔이면 거의 다 들이켰다. 거나해짐을 따라 계집 생각보다도 동이의 뒷일이 한결같이 궁금해졌다. 내 꼴에 계집을 가로채서는 어떡할 작정이었누 하고 어리석은 꼬락서니를 모질게 책망하는 마음도 한편에 있었다. 그러기 때문에 얼마나 지난 뒤인지 동이가 헐레벌떡거리며 황급히 부르러 왔을 때에는, 마시던 잔을 그 자리에 던지고 정신없이 허덕이며 충줏집을 뛰어나간 것이었다.

"생원 당나귀가 바를 끊구 야단이에요."

"각다귀들 장난이지 필연코."

짐승도 짐승이려니와 동이의 마음씨가 가슴을 울렸다. 뒤를 따라 장판을 달음질하려니 거슴츠레한 눈이 뜨거워질 것 같다.

"부락스런 녀석들이라 어쩌는 수 있어야죠."

"나귀를 몹시 구는 녀석들은 그냥 두지는 않는걸."

반평생을 같이 지내 온 짐승이었다. 같은 주막에서 잠자고, 같은 달빛에 젖으면서 장에서 장으로 걸어다니는 동안에 이십 년의 세월이 사람과 짐승을 함께 늙게 하였다. 까스러진 목 뒤 털은 주인의 머리털과도 같이 바스러지고, 개진개진 젖은 눈은 주인의 눈과 같이 눈꼽을 흘렸다. 몽당비처럼 짧게 쓸리운 꼬리는, 파리를 쫓으려고 기껏 휘저어 보아야 벌써 다리까지는 닿지 않았다. 닳아 없어진 굽을 몇 번이나 도려내고 새 철을 신겼는지 모른다. 굽은 벌써 더 자라나기는 틀렸고 닳아 버린 철 사이로는 피가 빼짓이 흘렀다. 냄새만 맡고도 주인을 분간하였다. 호소하는 목소리로 야단스럽게 울며 반겨한다.

어린아이를 달래듯이 목덜미를 어루만져 주니 나귀는 코를 벌름거리고 입을 투르르거렸다. 콧물이 튀었다. 허생원은 짐승 때문에 속도 무던히는 썩였다. 아이들의 장난이 심한 눈치여서 땀 밴 몸뚱어리가 부들부들 떨리고 좀체 흥분이 식지 않는 모양이었다. 굴레가 벗어지고 안장도 떨어졌다. 요 몹쓸 자식들, 하고 허생원은 호령을 하였으나 패들은 벌써 줄행랑을 논 뒤요 몇 남지 않은 아이들이 호령에 놀라 비슬비슬 멀어졌다.

"우리들 장난이 아니우. 암놈을 보고 저 혼자 발광이지."

코흘리개 한 녀석이 멀리서 소리를 쳤다.

"고 녀석 말투가……."

"김첨지 당나귀가 가버리니까 왼통 흙을 차고 거품을 흘리면서 미친 소같이 날뛰는걸. 꼴이 우스워 우리는 보고만 있었다우. 배를 좀 보지."

아이는 앵돌아진 투로 소리를 치며 깔깔 웃었다. 허생원은 모르는 결에 낯이 뜨거워졌다. 뭇 시선을 막으려고 그는 짐승의 배 앞을 가리워 서지 않으면 안 되었다.

"늙은 주제에 암샘을 내는 셈야, 저놈의 짐승이."

아이의 웃음 소리에 허생원은 주춤하면서 기어코 견딜 수 없어 채찍을 들더니 아이를 쫓았다.

"쫓으려거든 쫓아 보지. 왼손잡이가 사람을 때려."

줄달음에 달아나는 각다귀에는 당하는 재주가 없었다. 왼손잡이는 아이 하나도 후릴 수 없다. 그만 채찍을 던졌다. 술기도 돌아 몸이 유난스럽게 화끈거렸다.

"그만 떠나세. 녀석들과 어울리다가는 한이 없어. 장판의 각다귀들이란 어른보다도 더 무서운 것들인걸."

조선달과 동이는 각각 제 나귀에 안장을 얹고 짐을 싣기 시작하였다. 해가 꽤 많이 기울어진 모양이었다.

드팀전 장돌이를 시작한 지 이십 년이나 되어도 허생원은 봉평 장을 빼논 적은 드물었다. 충주 제천 등의 이웃 군에도 가고, 멀리 영남지방도 헤매이기는 하였으나 강릉쯤에 물건하러 가는 외에는 처음부터 끝까지 군내를 돌아다녔다. 닷새만큼씩의 장날에는 달보다도 확실하게 면에서 면으로 건너간다. 고향이 청주라고 자랑삼아 말하였으나 고향에 돌보러 간 일도 있는 것 같지는 않았다. 장에서 장으로 가는 길의 아름다운 강산이 그대로 그에게는 그리운 고향이었다. 반날 동안이나 뚜벅뚜벅 걷고 장터 있는 마을에 거지반 가까웠을 때, 거친 나귀가 한바탕 우렁차게 울면 – 더구나 그것이 저녁녘이어서 등불들이 어둠 속에 깜박거릴 무렵이면 늘 당하는 것이건만 허생원은 변치 않고 언제든지 가슴이 뛰놀았다.

젊은 시절에는 알뜰하게 벌어 돈푼이나 모아 본 적도 있기는 있었으나, 읍내에 백중이 열린 해 호탕스럽게 놀고 투전을 하고 하여 사흘 동안에 다 털어 버렸다. 나귀까지 팔게 된 판이었으나 애끊는 정분에 그것만은 이를 물고 단념하였다. 결국 도로아미타불로 장돌이를 다시 시작할 수밖에는 없었다. 짐승을 데리고 읍내를 도망해 나왔을 때에는 너를 팔지 않기 다행이었다고 길가에서 울면서 짐승의 등을 어루만졌던 것이었다. 빚을 지기 시작하니 재산을 모을 염은 당초에 틀리고 간신히 입에 풀칠을 하러 장에서 장으로 돌아다니게 되었다.

호탕스럽게 놀았다고는 하여도 계집 하나 후려 보지는 못하였다. 계집이란 쌀쌀하고 매정한 것이었다. 평생 인연이 없는 것이라고 신세가 서글퍼졌다. 일신에 가까운 것이라고는 언제나 변함없는 한 필의 당나귀였다.

그렇다고는 하여도 꼭 한 번의 첫 일을 잊을 수는 없었다. 뒤에도 처음에도 없는 단 한 번의 괴이한 인연! 봉평에 다니기 시작한 젊은 시절의 일이었으나 그것을 생각할 적만은 그도 산 보람을 느꼈다.

"달밤이었으나 어떻게 해서 그렇게 됐는지 지금 생각해도 도무지 알 수는 없어."

허생원은 오늘 밤도 또 그 이야기를 끄집어내려는 것이다. 조선달은 친구가 된 이래 귀에 못이 박히도록 들어 왔다. 그렇다고 싫증을 낼 수도 없었으나 허생원은 시침을 떼고 되풀이할 대로는 되풀이하고야 말았다.

"달밤에는 그런 이야기가 격에 맞거든."

조선달 편을 바라는 보았으나 물론 미안해서가 아니라 달빛에 감동하여서였다. 이지러는 졌으나 보름을 가제 지난 달은 부드러운 빛을 흐붓이 흘리고 있다. 대화까지는 칠십 리의 밤길, 고개를 둘이나 넘고 개울을 하나 건너고 벌판과 산길을 걸어야 된다. 달은 지금 긴 산허리에 걸려 있다. 밤중을 지난 무렵인지 죽은 듯이 고요한 속에서 짐승 같은 달의 숨소리가 손에 잡힐 듯이 들리며, 콩포기와 옥수수 잎새가 한층 달에 푸르게 젖었다. 산허리는 온통 메밀밭이어서 피기 시작한 꽃이 소금을 뿌린 듯이 흐뭇한 달빛에 숨이 막힐 지경이다. 붉은 대궁이 향기같이 애잔하고 나귀들의 걸음도 시원하다. 길이 좁은 까닭에 세 사람은 나귀를 타고 외줄로 늘어섰다. 방울 소리가 시원스럽게 딸랑딸랑 메밀밭께로 흘러간다. 앞장선 허생원의 이야기 소리는 꽁무니에 선 동이에게는 확적히는 안 들렸으나, 그는 그대로 개운한 제 멋에 적적하지는 않았다.

"장 선 꼭 이런 날 밤이었네. 객줏집 토방이란 무더워서 잠이 들어야지. 밤중은 돼서 혼자 일어나 개울가에 목욕하러 나갔지. 봉평은 지금이나 그제나 마찬가지나 보이는 곳마다 메밀밭이어서 개울가가 어디 없이 하얀 꽃이야. 돌밭에 벗어도 좋을 것을, 달이 너무도 밝은 까닭에 옷을 벗으러 물방앗간으로 들어가지 않았나. 이상한 일도 많지. 거기서 난데없는 성서방네 처녀와 마주쳤단 말이네. 봉평서야 제일 가는 일색이었지…… 팔자에 있었나 부지."

아무렴 하고 응답하면서 말머리를 아끼는 듯이 한참이나 담배를 빨 뿐이었다. 구수한 자줏빛 연기가 밤기운 속에 흘러서는 녹았다.

"날 기다린 것은 아니었으나 그렇다고 달리 기다리는 놈팽이가 있는 것두 아니었네. 처녀는 울고 있단 말야. 짐작은 대고 있으나 성서방네는 한창 어려워서 들고날 판인 때였지. 한집안 일이니 딸에겐들 걱정이 없을 리 있겠나. 좋은 데만 있으면 시집도 보내련만 시집은 죽어도 싫다지…… 그러나 처녀란 울 때같이 정을 끄는 때가 있을까. 처음에는 놀라기도 한 눈치였으나 걱정 있을 때는 누그러지기도 쉬운 듯해서 이럭저럭 이야기가 되었네…… 생각하면 무섭고도 기막힌 밤이었어."

"제천인지로 줄행랑을 놓은 건 그 다음날이렸다?"

"다음 장도막에는 벌써 온 집안이 사라진 뒤였네. 장판은 소문에 발끈 뒤집혀 고작해야 술집에 팔려가기가 상수라고 처녀의 뒷공론이 자자들 하단 말이야. 제천 장판을 몇 번이나 뒤졌겠나. 하나 처녀의 꼴은 꿩 궈 먹은 자리야. 첫날 밤이 마지막 밤이었지. 그때부터 봉평이 마음에 든 것이 반평생을 두고 다니게 되었네. 반평생인들 잊을 수 있겠나."

"수 좋았지. 그렇게 신통한 일이란 쉽지 않어. 항용 못난 것 얻어 새끼 낳고, 걱정 늘고 생각만 해두 진저리나지…… 그러나 늘그막바지까지 장돌뱅이로 지내기도 힘드는 노릇 아닌가? 난 가을까지만 하구 이 생애와두 하직하려네. 대화쯤에 조그만 전방이나 하나 벌이구 식구들을 부르겠어. 사시장철 뚜벅뚜벅 걷기란 여간이래야지."

"옛 처녀나 만나면 같이나 살까…… 난 거꾸러질 때까지 이 길 걷고 저 달 볼 테야."

산길을 벗어나니 큰길로 틔어졌다. 꽁무니의 동이도 앞으로 나서 나귀들은 가로 늘어섰다.

"총각두 젊겠다, 지금이 한창 시절이렸다. 충줏집에서는 그만 실수를 해서 그 꼴이 되었으나 설게 생각 말게."

"천만에요. 되려 부끄러워요. 계집이란 지금 웬 제격인가요. 자나깨나 어머니 생각뿐인데요."

허생원의 이야기로 실심해한 끝이라 동이의 어조는 한풀 수그러진 것이었다.

"아비 어미란 말에 가슴이 터지는 것도 같았으나 제겐 아버지가 없어요. 피붙이라고는 어머니 하나뿐인걸요."

"돌아가셨나?"

"당초부터 없어요."

"그런 법이 세상에."

생원과 선달이 야단스럽게 껄껄들 웃으니, 동이는 정색하고 우길 수밖에는 없었다.

"부끄러워서 말하지 않으려 했으나 정말예요. 제천 촌에서 달도 차지 않은 아이를 낳고 어머니는 집을 쫓겨났죠. 우스운 이야기나, 그러기 때문에 지금까지 아버지 얼굴도 본 적 없고, 있는 고장도 모르고 지내 와요."

고개가 앞에 놓인 까닭에 세 사람은 나귀를 내렸다. 둔덕은 험하고 입을 벌리기도 대견하여 이야기는 한동안 끊겼다. 나귀는 건듯하면 미끄러졌다. 허생원은 숨이 차 몇 번이고 다리를 쉬지 않으면 안 되었다. 고개를 넘을 때마다 나이가 알렸다. 동이 같은 젊은 축이 그지없이 부러웠다. 땀이 등을 한바탕 쭉 씻어 내렸다.

고개 너머는 바로 개울이었다. 장마에 흘러 버린 널다리가 아직도 걸리지 않은 채로 있는 까닭에 벗고 건너야 되었다. 고의를 벗어 띠로 등에 얽어매고 반벌거숭이의 우스꽝스런 꼴로 물 속에 뛰어들었다. 금방 땀을 흘린 뒤였으나 밤 물은 뼈를 찔렀다.

"그래, 대체 기르긴 누가 기르구?"

"어머니는 하는 수 없이 의부를 얻어 가서 술장사를 시작했죠. 술이 고주래서 의부라고 전망나니예요. 철들어서부터 맞기 시작한 것이 하룬들 편할 날 있었을까. 어머니는 말리다가 채이고 맞고 칼부림을 당하곤 하니 집 꼴이 무어겠소. 열여덟 살 때 집을 뛰어나와서부터 이 짓이죠."

"총각 낫세론 심이 무던하다고 생각했더니 듣고 보니 딱한 신세로군."

물은 깊어 허리까지 찼다. 속 물살도 어지간히 센데다가 발에 채이는 돌멩이도 미끄러워 금시에 휩칠 듯하였다. 나귀와 조선달은 재빨리 거의 건넜으나 동이는 허생원을 붙드느라고 두 사람은 훨씬 떨어졌다.

"모친의 친정은 원래부터 제천이었던가?"

"웬걸요, 시원스리 말은 안 해주나 봉평이라는 것만은 들었죠."

"봉평? 그래 그 아비 성은 무엇이구?"

"알 수 있나요. 도무지 듣지를 못했으니까."

"그, 그렇겠지."

하고 중얼거리며 흐려지는 눈을 까물까물하다가 허생원은 경망하게도 발을 빗디디었다. 앞으로 고꾸라지기가 바쁘게 몸째 풍덩 빠져 버렸다. 허위적거릴수록 몸을 건잡을 수 없어 동이가 소리를 치며 가까이 왔을 때에는 벌써 퍽이나 흘렀었다. 옷째 쫄딱 젖으니 물에 젖은 개보다도 참혹한 꼴이었다. 동이는 물 속에서 어른을 해깝게 업을 수 있었다. 젖었다고는 하여도 여윈 몸이라 장정 등에는 오히려 가벼웠다.

"이렇게까지 해서 안됐네. 내 오늘은 정신이 빠진 모양이야."

"염려하실 것 없어요."

"그래 모친은 아비를 찾지는 않는 눈치지?"

"늘 한번 만나고 싶다고는 하는데요."

"지금 어디 계신가?"

"의부와도 갈라져 제천에 있죠. 가을에는 봉평에 모셔오려고 생각중인데요. 이를 물고 벌면 이럭저럭 살아갈 수 있겠죠."

"아무렴, 기특한 생각이야. 가을이랬다?"

동이의 탐탁한 등허리가 뼈에 사무쳐 따뜻하다. 물을 다 건넜을 때에는 도리어 서글픈 생각에 좀더 업혔으면도 하였다.

"진종일 실수만 하니 웬일이오, 생원."

조선달이 바라보며 기어코 웃음이 터졌다.

"나귀야. 나귀 생각하다 실족을 했어. 말 안 했던가. 저 꼴에 제법 새끼를 얻었단 말이지. 읍내 강릉집 피마에게 말일세. 귀를 쫑긋 세우고 달랑달랑 뛰는 것이 나귀 새끼같이 귀여운 것이 있을까. 그것 보러 나는 일부러 읍내를 도는 때가 있다네."

"사람을 물에 빠치울 젠 딴은 대단한 나귀 새끼군."

허생원은 젖은 옷을 웬만큼 짜서 입었다. 이가 덜덜 갈리고 가슴이 떨리며 몹시도 추웠으나 마음은 알 수 없이 둥실둥실 가벼웠다.

"주막까지 부지런히들 가세나. 뜰에 불을 피우고 훗훗이 쉬어. 나귀에겐 더운 물을 끓여 주고. 내일 대화장 보고는 제천이다."

"생원도 제천으로?"

"오래간만에 가보고 싶어. 동행하려나, 동이?"

나귀가 걷기 시작하였을 때 동이의 채찍은 왼손에 있었다. 오랫동안 아둑신이같이 눈이 어둡던 허생원도 요번만은 동이의 왼손잡이가 눈에 띄지 않을 수 없었다.

걸음도 해깝고 방울소리가 밤 벌판에 한층 청청하게 울렸다.

달이 어지간히 기울어졌다.

해 답

1. 아버지가 누구인지도 모른 채 태어나서 술주정뱅인 의붓아버지의 학대에 견디지 못하여 집을 뛰쳐나온 후 장터를 돌아다니는 장돌뱅이로 살고 있다. **2.** 왼손잡이
3. 허생원과 동이 **4.** 낮 - 장터 - 주인공의 현실적 삶, 밤 - 산길 추억과 환상의 세계

요점별 정리 메밀꽃 필 무렵 · 이효석

정답 p.313

1. 핵심 정리

* 갈래 : 단편소설
* 배경 : 오후부터 밤중까지, 봉평 장터에서 대화로 가는 산길
* 성격 : 서정적, 낭만적, 사실적
* 시점 : 전지적 작가 시점
* 주제 : 떠돌이의 삶을 통해 본 인간 본연의 애정

2. 등장인물의 성격

* 허생원 : 주인공. 서정적인 일면도 있음. 유랑의 원형을 가진 떠돌이 인생. 과거의 추억 속에 살아가는 외로운 장돌뱅이. 성서방네 처녀를 만나기 전에는 죽을 때까지 장터에 남겠다는 낭만주의적 성향의 인물. 소심하고 숫기가 없는 인물.
* 조선달 : 보조적 인물. 원만한 성격.
* 동이 : 행동에서 허생원의 친자식으로 암시되는 인물. 의부의 행패로 가출한 애숭이 장사꾼으로 솔직하고 순박한 청년

3. 작품 개관

일제 강점기 한국 단편소설의 배미로서 떠돌이 인간의 삶을 통해 본 인간의 혈육의 정과 운명에 대한 확인을 형상화하는 예술 작품이다.

토속적인 어휘 구사와 서정적이고도 환상적인 묘사가 일품이다. 주인공인 허생원은 하룻밤 인연으로 성서방네 쳐녀와 인연을 맺고 이후 그 여인을 평생 만나지 못하는데 우연히 봉평 장터에서 동이라는 사내를 만나게 되고 이 사람이 자기의 아들이라는 것을 확신하게 된다는 내용이다.

작품의 중심 구조는 허생원과 동이 사이의 갈등과 해소에 있는데 작가는 치밀하게 계산된 과거와 현재의 사건을 구조적으로 배치하고 적절한 공간적 배경과 향토적 어휘를 구사하면서 갈등을 해소하고 있다.

남녀간의 만남과 헤어짐 그리고 부자간의 정이라고 하는 두 가지 이야기를 근간으로 하여 일생을 길 위에서 살아가는 한 장돌뱅이의 삶과 애환을 통해 인간의 근원적인 애정을 다룬 작품이다.

4. 문제

01_ 동이가 살아온 과정을 쓰시오.

02_ 이 소설에서 친자 확인의 매개 역할을 하는 것은 무엇인가?

03_ 결말 부분에서 나귀와 나귀새끼의 관계가 암시하는 바를 쓰시오.

04_ 싸움을 하면서 '나'가 장인에게 갖게 된 감정이 직접적으로 표현된 문장을 찾아 4 어절로 쓰시오.